Danielle Steel

Plus de 90 romans publiés, 800 millions d'exemplaires vendus à travers le monde : Danielle Steel est un auteur dont le succès ne se dément pas depuis maintenant plus de trente ans. Une catégorie en soi. Un véritable phénomène d'édition. Elle a récemment été promue au grade de chevalier de l'ordre de la Légion d'honneur.

Retrouvez toute l'actualité de l'auteur sur :
www.danielle-steel.fr

UN PARFAIT INCONNU

DU MÊME AUTEUR
CHEZ POCKET

. Coups de cœur
. Joyaux
. Naissances
. Disparu
. Le Cadeau
. Accident
. Cinq jours à Paris
. La Maison des jours heureux
. Au nom du cœur
. Honneur et courage
. Le Ranch
. Renaissance
. Le Fantôme
. Le Klone et moi
. Un si long chemin
. Douce amère
. Forces irrésistibles
. Le Mariage
. Mamie Dan
. Voyage
. Le Baiser
. Rue de l'Espoir
. L'Aigle solitaire
. Le Cottage
. Courage
. Vœux secrets
. Coucher de soleil à Saint-Tropez
. Rendez-vous
. À bon port
. L'Ange gardien
. Rançon
. Les Échos du passé
. Impossible
. Éternels célibataires
. La Clé du bonheur
. Miracle
. Princesse
. Sœurs et amies
. Le Bal
. Villa numéro 2
. Une grâce infinie
. Paris retrouvé
. Irrésistible
. Une femme libre
. Au jour le jour
. Affaire de cœur
. Double reflet
. Maintenant et pour toujours
. Album de famille
. Cher Daddy
. Les Lueurs du Sud
. Une grande fille
. Liens familiaux
. La Vagabonde
. Il était une fois l'amour
. Une autre vie
. Colocataires
. En héritage
. Joyeux anniversaire
. Traversées
. Un monde de rêve
. Les Promesses de la passion
. Hôtel Vendôme
. Trahie
. Secrets
. La Belle Vie
. Souvenirs d'amour
. Zoya
. Des amis si proches
. La Fin de l'été
. L'Anneau de Cassandra
. Le Pardon
. Seconde chance
. Jusqu'à la fin des temps
. Star
. Plein ciel
. Souvenirs du Viêtnam
. Un pur bonheur
. Victoires
. Loving
. Coup de foudre
. Palomino
. Ambitions
. La Ronde des souvenirs
. Kaléidoscope
. Une vie parfaite
. Bravoure
. Un si grand amour
. Malveillance
. Un parfait inconnu
. Le Fils prodigue

. Offrir l'espoir

DANIELLE STEEL

UN PARFAIT INCONNU

ROMAN

Traduit de l'anglais (États-Unis)
par Isabelle Marrast et Arlette Rosenblum

Titre original :
A PERFECT STRANGER
First published in 1981 by Dell Publishing, New York

Pocket, une marque d'Univers Poche,
est un éditeur qui s'engage pour la préservation
de son environnement et qui utilise du papier fabriqué
à partir de bois provenant de forêts
gérées de manière responsable.

ISBN : 978-2-266-24029-1

À Nicolas,

Puisses-tu trouver dans la vie ce que tu désires,
le reconnaître quand tu le vois,
avoir la chance de l'obtenir…
et la chance de le garder !
Avec toute mon affection,

D.S.

1

La porte du garage s'ouvrit mystérieusement et resta béante, tel un gros crapaud sur le point de gober une mouche sans défiance. De l'autre côté de la rue, un petit garçon la surveillait, fasciné. Il adorait voir la porte s'ouvrir comme ça car il savait que la belle voiture de sport allait apparaître bientôt au coin de la rue. Il attendit tout en comptant cinq… six… sept… Tous les soirs, dissimulé, il attendait l'arrivée de la Porsche noire. C'était un rite et il était déçu lorsque le conducteur rentrait tard ou pas du tout. Le petit garçon se tenait immobile, dans l'ombre, et comptait onze… douze… puis il la vit, silhouette d'un noir étincelant qui surgissait au détour de la rue et se glissait en souplesse dans le garage. L'enfant contempla encore un instant, avec avidité, la belle voiture noire, puis rentra chez lui à pas lents, avec des visions de la Porsche dansant encore devant ses yeux.

À l'intérieur du garage, Alexander Hale coupa le contact et resta assis un moment, dans l'obscurité familière. Pour la centième fois de la journée, ses pensées le ramenèrent à Rachel et, pour la centième fois, il la chassa de son esprit. Il soupira, attrapa son porte-documents, puis sortit de la voiture. Le système électronique fermerait automatiquement la porte du garage. Passant par le jardin, il entra par une porte de derrière dans le vestibule de la jolie petite maison de style victorien et contempla la cuisine déserte, naguère accueillante. Des casseroles de cuivre pendaient d'un râtelier en fer forgé, près de la cuisinière, mais la femme de ménage ne les avait pas astiquées depuis longtemps, et il n'y avait personne d'autre pour s'en préoccuper. Les plantes, entassées devant les fenêtres, avaient l'air desséchées et, en allumant la lumière, il s'aperçut que quelques-unes étaient déjà mortes. Il se détourna, ne jetant qu'un rapide coup d'œil à la petite salle à manger aux murs lambrissés, de l'autre côté du vestibule, puis monta lentement l'escalier.

À présent, il passait toujours par le jardin pour rentrer chez lui ; c'était moins déprimant que d'arriver par l'entrée principale. Chaque fois qu'il franchissait le seuil il s'attendait toujours, malgré tout, à la trouver à la maison. Il s'attendait à la voir, avec la masse épaisse de sa voluptueuse chevelure blonde tordue en chignon sur le haut de sa tête et les tailleurs trompeusement stricts qu'elle portait au tribunal. Rachel… juriste brillante… amie précieuse… femme fascinante… jusqu'à ce qu'elle lui fasse mal, jusqu'à ce qu'elle le quitte… jusqu'à leur divorce, exactement deux ans auparavant, jour pour jour.

Il s'était demandé, en revenant de son bureau, s'il se souviendrait toujours de cette date avec autant de précision. Un certain matin d'octobre lui causerait-il la même souffrance jusqu'à la fin de sa vie ? C'était étrange que les deux anniversaires soient tombés le même jour. L'anniversaire de leur mariage et la date de leur divorce. Simple coïncidence, avait commenté prosaïquement Rachel. Ironie du sort, avait-il dit. Affreux, s'était écriée sa mère, lorsqu'elle lui avait téléphoné le soir où les documents officiels étaient arrivés. Il était ivre et riait, parce qu'il ne voulait pas pleurer.

Rachel. Penser à elle le bouleversait encore. Il savait que cela ne devrait plus être, au bout de deux ans, et pourtant… Les cheveux dorés, les yeux couleur de l'océan avant la tempête, gris sombre strié de bleu et de vert. La première fois qu'il l'avait vue, elle était l'avocat de la partie adverse dans une affaire qui s'était terminée par une transaction. La bataille avait été rude, et Jeanne d'Arc n'aurait pas plaidé avec plus de feu et d'astuce. Alexander l'avait observée tout au long des débats avec une fascination amusée, plus attiré par elle que par aucune autre femme dans sa vie. Il l'avait invitée à dîner ce soir-là, et elle avait insisté pour payer la moitié de la note. Elle ne voulait pas « corrompre ses relations professionnelles », avait-elle dit avec un petit sourire malicieux qui lui avait donné envie à la fois de la gifler et d'arracher ses vêtements. Elle était tellement belle et tellement intelligente.

Ce souvenir d'elle lui fit froncer les sourcils quand il passa devant la salle de séjour vide. Elle en avait emporté tout le mobilier à New York. Elle avait laissé à Alex le reste des meubles, mais le grand salon double au premier étage de la jolie petite demeure victorienne qu'ils avaient achetée ensemble avait été complètement dépouillé. Il se disait quelquefois que, s'il n'en avait pas acheté d'autres, c'était pour pouvoir se rappeler, pour pouvoir continuer à lui en vouloir. Mais ce soir-là, il monta l'escalier sans voir le vide qui régnait autour de lui ; il était à mille lieues de là, songeant à leur vie passée et à ce qu'ils avaient partagé ou non : des espoirs, des mots d'esprit, des moments de gaieté, leur métier, leur lit, cette maison, et guère plus.

Alex avait souhaité des enfants pour remplir de bruit et de rires les chambres du dernier étage. Rachel avait envie de se lancer dans la politique ou d'obtenir une place dans un important cabinet juridique de New York. Elle lui avait déjà parlé vaguement d'une carrière politique quand elle l'avait rencontré, ce qui était naturel : son père était un homme influent à Washington et avait été gouverneur de leur État natal. Cela aussi la rapprochait d'Alex dont la sœur était députée à New York. Rachel avait beaucoup d'admiration pour Kay et elles étaient rapidement devenues des amies. Mais ce n'était pas la politique qui avait éloigné Rachel d'Alex ; c'était l'autre moitié de son rêve, le cabinet juridique de New York. En tout, il lui avait fallu deux ans pour prendre ses cliques et ses claques et le quitter. Il tâtait à présent la blessure. Elle ne le faisait plus souffrir autant mais, au début, jamais il n'avait éprouvé pareille souffrance.

Elle était belle, brillante, dynamique, pleine d'humour, et tout lui réussissait... seulement quelque chose manquait toujours, quelque chose de tendre, de gentil et d'aimable. Ce n'étaient pas des qualificatifs que l'on utilisait pour décrire Rachel. Et elle attendait autre chose de la vie que d'aimer Alexander, que d'être une épouse et une simple avocate à San Francisco. Elle avait exactement vingt-neuf ans lorsqu'ils s'étaient rencontrés et n'avait jamais été mariée. Elle était trop occupée pour cela, lui avait-elle expliqué, trop affairée à réaliser ses ambitions. Elle s'était promis, en sortant de l'école de droit, qu'à trente ans elle ramasserait le paquet. Lorsqu'il lui avait demandé ce qu'elle entendait par là, elle lui avait rétorqué le plus sérieusement du monde : « Cent mille dollars annuels. » Il s'était mis à rire jusqu'à ce qu'il ait vu l'expression de son regard. Elle ne plaisantait pas. Et elle y parviendrait. Sa vie était axée sur ce genre de réussite. Le succès se mesurait à cette aune-là, billets de banque et grosses affaires, et peu importe qui se trouvait victime de l'opération. Avant de partir pour New York, Rachel avait marché sur le ventre de la moitié de San Francisco, et même Alex avait fini par la voir telle qu'elle était. Elle était froide, impitoyable, ambitieuse, prête à tout pour parvenir à ses fins.

Quatre mois après leur mariage, un poste s'était libéré dans l'un des plus prestigieux cabinets juridiques de San Francisco. Au début, Alex avait été impressionné par le seul fait que sa candidature soit prise en compte ; elle n'était après tout qu'une très jeune femme, et une avocate à ses débuts. Toutefois, il ne lui avait pas fallu longtemps pour découvrir qu'elle était prête à toutes les bassesses pour obtenir le poste. Elle s'y était appliquée et elle l'avait eu. Pendant deux ans, Alex tenta d'oublier ce qu'il lui avait vu faire pour réussir, en se disant qu'elle n'utilisait de telles méthodes qu'en affaires, puis vint l'ultime moment critique ; elle fut nommée associée à part entière et se vit offrir une place dans le cabinet de New York. Cette fois, le salaire dépassait les cent mille dollars par an. Et Rachel Hale n'avait que trente et un ans. Horrifié et fasciné, Alex assista à ses tergiversations. Le choix était simple, et aux yeux d'Alex il n'y aurait même pas dû y en avoir. New York ou San Francisco, Alexander ou pas. Elle finit par lui dire gentiment que l'occasion était trop belle pour la laisser passer, « mais que cela ne changerait pas forcément leurs relations ». Elle avait toujours la ressource de prendre l'avion pour San Francisco presque tous les week-ends, ou bien sûr si Alex voulait... il pouvait très bien abandonner sa clientèle et partir avec elle dans l'Est.

« Pour quoi faire ? Préparer tes dossiers ? » Il l'avait dévisagée avec chagrin et fureur. « Et moi, qu'est-ce que je deviens là-dedans, Rachel ? » Il l'avait regardée longuement lorsqu'elle lui avait annoncé sa décision de prendre le poste de New York. Il aurait aimé que la décision soit autre, que Rachel lui dise qu'elle y renonçait, qu'il comptait davantage, mais ce n'était pas là le style de Rachel, pas plus que ce n'était celui de sa sœur Kay. À partir du moment où il accepta de voir les choses en face, il se rendit compte qu'il connaissait déjà une autre femme comme Rachel. Sa sœur avait foncé dans le chemin qu'elle s'était tracé, bondissant par-dessus les obstacles, dévorant ou détruisant tous ceux qui se trouvaient par inadvertance sur sa route. La seule différence, c'était que Kay le faisait dans le domaine de la politique et Rachel dans le monde juridique.

Il était plus facile de comprendre et de respecter une femme telle que sa mère. Charlotte Brandon avait su concilier avec bonheur son rôle de mère de famille et sa carrière. Elle était depuis vingt-cinq ans l'une des grandes romancières à succès du pays, ce qui ne l'avait pas empêchée de s'occuper d'Alex et de sa sœur, de les suivre de près, de les aimer et de les choyer. À la mort de son mari, alors qu'Alex était encore un bébé, elle avait trouvé un emploi à temps partiel dans un journal où elle faisait des recherches pour une rubrique, qu'elle finit d'ailleurs par rédiger entièrement pour le journaliste qui la signait. En même temps, elle passait ses moindres moments de loisir à écrire son premier roman bien avant dans la nuit. Le reste était connu et se trouvait résumé sur les jaquettes des dix-neuf livres qu'elle avait écrits et vendus à des millions d'exemplaires. Sa carrière s'était bâtie par hasard sous le coup de la nécessité, mais quoi qu'il en soit, elle s'était arrangée pour considérer sa réussite comme un cadeau tout particulier qu'elle pouvait partager et apprécier avec ses enfants, et non pas comme quelque chose qu'elle aurait préféré à eux. Charlotte Brandon était vraiment une femme remarquable, mais sa fille était différente ; irritable, jalouse, dominatrice, elle n'avait rien de la douceur, de la chaleur, de la générosité de sa mère, et avec le temps, Alex apprit que sa femme, elle non plus, n'avait aucune de ces qualités.

Lorsqu'elle était partie pour New York, Rachel avait affirmé qu'elle ne voulait pas divorcer. Pendant un temps, elle avait même fait la navette entre New York et San Francisco, mais avec le poids de leurs jobs respectifs, aux deux extrémités du pays, Alex et elle avaient passé de moins en moins de week-ends ensemble. C'était une situation impossible comme Rachel l'avait finalement reconnu et Alex en était arrivé à songer sérieusement, durant deux semaines interminables, à fermer son cabinet lucratif et à aller s'installer à New York. À quoi bon s'accrocher à un métier, se disait-il, s'il devait pour cela perdre sa femme ? Et c'est ainsi qu'à quatre heures un beau matin il prit la décision de fermer son cabinet et de partir. Épuisé, mais plein d'espoir, il décrocha le téléphone et l'appela. Il était sept heures du matin à New York. Mais ce n'est pas Rachel qui répondit ; c'était un homme à la voix profonde et douce. « Mme Hale ? » Il eut un temps d'hésitation. « Oh, Mlle Patterson. » Rachel Patterson. Alex ne s'était pas rendu compte qu'elle avait commencé sa nouvelle vie à New York sous son nom de jeune fille. Mais il n'avait pas compris non plus qu'elle avait aussi changé de style de vie. Elle n'était pas en mesure de lui dire grand-chose et il l'écouta, les larmes aux yeux. Elle le rappela de son bureau plus tard dans la matinée.

— Qu'est-ce que je peux te dire, Alex ? Je suis désolée…

Désolée de quoi ? D'être partie ? D'avoir une liaison ? Ou bien se désolait-elle pour lui, pauvre type, resté tout seul à San Francisco ?

— Est-ce qu'il n'y a pas moyen d'arranger les choses ?

Il voulait à tout prix essayer mais, au moins cette fois, Rachel se montra franche.

— Non, Alex. J'ai bien peur que non.

Ils discutèrent encore quelques minutes, puis raccrochèrent. Il n'y avait plus rien à dire, sinon à leurs avocats respectifs. La semaine suivante, Alex demanda le divorce et tout se passa en douceur, d'une manière « parfaitement civilisée » comme Rachel se plut à le souligner. Il n'y eut en effet aucun problème particulier, à cela près qu'Alex en fut ébranlé jusqu'au tréfonds de son âme.

Pendant toute l'année suivante, il eut l'impression d'avoir perdu un être cher.

Peut-être est-ce lui-même qu'il pleurait. Il lui semblait qu'un peu de lui avait été emballé dans les caisses et les cartons, en même temps que les meubles du salon expédiés à New York. Sa vie se déroulait tout à fait normalement ; il mangeait, il dormait, il avait des aventures, il jouait au tennis, au squash, il allait à des réceptions, il voyageait, et ses affaires prospéraient. Mais une part essentielle de lui-même était morte et il le savait, même si personne ne s'en rendait compte.

Durant plus de deux ans, il n'avait rien eu, excepté son corps, à donner à une femme.

Tandis qu'il montait l'escalier pour rejoindre son bureau, le silence lui parut tout à coup insupportable et il n'eut qu'une envie, fuir. Il lui arrivait fréquemment, depuis peu, d'éprouver le désir irrépressible d'échapper à ce vide et à ce silence. Il lui avait fallu deux ans pour sortir de sa torpeur. C'était comme si les bandages finissaient par tomber, et que ce qui restait dessous était à vif.

Après s'être changé et avoir enfilé un jean, des tennis et un vieux blouson, Alex, ses cheveux noirs un peu ébouriffés, un regard tendu dans ses yeux bleus, redescendit rapidement l'escalier en effleurant la rampe d'une longue main ferme et claqua la porte derrière lui. Tournant à droite pour rejoindre Divisadero, il se mit à monter en courant lentement la colline escarpée en direction de Broadway, où il s'arrêta enfin et se retourna pour admirer le point de vue incomparable. À ses pieds, la baie brillait comme du satin dans le crépuscule, les collines se voilaient de brume et les lumières de Marin étincelaient comme des pierres précieuses juste en face, de l'autre côté de la baie.

Lorsqu'il arriva à hauteur des résidences somptueuses de Broadway, il prit à droite et se mit à marcher vers le Presidio, admirant alternativement les énormes demeures solennelles et la beauté tranquille de la baie. Les maisons comptaient parmi les plus belles de San Francisco. C'étaient les deux ou trois blocs résidentiels les plus chics de la ville, avec des palais de brique et des demeures de style Tudor, des jardins merveilleux, des points de vue imprenables et des arbres énormes. On ne voyait pas une âme dehors et l'on n'entendait pas un bruit provenant de la noble rangée de maisons même si l'on pouvait aisément concevoir le tintement du cristal, le son métallique de l'argenterie, les domestiques en livrée, les messieurs et les dames en habit de soirée et en robe de soie ou de satin. Ces tableaux qu'il s'inventait faisaient toujours sourire Alex. Ils l'aidaient plus à surmonter sa solitude que ce qu'il imaginait quand il se promenait devant les maisons plus modestes, dans les rues moins imposantes, où il passait souvent. Il se représentait alors toujours des hommes enlaçant leur femme, entourés d'enfants joyeux et de petits chiens batifolant dans la cuisine, ou bien installés devant un feu pétillant dans la cheminée. Dans les belles demeures, rien ne l'attirait. C'était un monde dont il n'avait pas envie de faire partie, même s'il était souvent allé dans des maisons de ce genre. Ce que souhaitait Alex pour lui-même était quelque chose de très différent, quelque chose que Rachel et lui n'avaient jamais eu.

C'était difficile d'imaginer qu'il puisse de nouveau aimer, être épris de quelqu'un, difficile de s'imaginer plongeant son regard dans ses yeux et se sentant près d'exploser de joie. Alex n'avait plus connu cela depuis si longtemps qu'il en avait presque oublié ce que c'était et parfois il n'était même plus très sûr d'en avoir envie. Il était las des femmes ne vivant que pour leur carrière, plus intéressées par leur salaire et leur prochaine promotion que par le mariage et la maternité. Il cherchait une femme à l'ancienne mode, un miracle, une rareté, un joyau. Et il n'en avait rencontré aucune. Depuis près de deux ans, il n'y avait eu que de coûteux articles en toc dans la vie d'Alex. Or ce qu'il voulait c'était du vrai, un diamant sans défaut, une perfection, et il doutait sérieusement de son existence. Mais il savait une chose, c'est qu'il attendrait d'avoir rencontré la femme de ses rêves pour s'engager à nouveau. Et il ne voulait pas d'une autre Rachel. Cela aussi, il le savait.

La chassant une fois encore de son esprit, il se mit à contempler la baie du haut des marches de Baker Street. Elles avaient été creusées à pic sur le flanc de la colline et reliaient Broadway à Vallejo Street, en contrebas. Il décida de ne pas aller plus loin et s'assit sur la dernière marche pour jouir du panorama et de la fraîcheur de la brise. Tout en étendant ses longues jambes, il eut un sourire pour cette ville qu'il avait adoptée. Peut-être ne trouverait-il jamais la femme qu'il lui fallait, peut-être resterait-il célibataire. Et après ? Il avait une vie agréable, une belle maison, un métier qu'il aimait et qui lui rapportait. Peut-être était-ce suffisant. Peut-être n'avait-il pas le droit d'en demander davantage.

Il laissa courir son regard sur les maisons aux teintes pastel de la marina et sur les petites demeures de style victorien, couleur pain d'épice, de Cow Hollow qui ressemblaient assez à la sienne, sur la splendeur grecque du musée des Beaux-Arts, tout en bas, puis, comme il quittait des yeux le dôme que Maybeck avait érigé un demi-siècle plus tôt, il se retrouva en train de contempler les toits au-dessous de lui, et soudain il la vit. Une femme assise, tassée sur elle-même, en bas de l'escalier, presque comme si elle avait été sculptée là. Une statue comme celles du musée des Beaux-Arts, mais bien plus gracieuse, la tête inclinée et son profil silhouetté par la lumière du lampadaire de l'autre côté de la rue. Il prit conscience qu'il demeurait parfaitement immobile à l'observer, telle une sculpture, une statue, une œuvre d'art que quelqu'un aurait abandonnée là, un superbe marbre en forme de femme, taillé avec tant d'adresse qu'il en paraissait presque vivant.

Elle ne bougea pas pendant près de cinq minutes, puis se redressa et inspira une longue bouffée d'air frais qu'elle exhala lentement, comme si elle avait eu une journée difficile. Un halo de fourrure claire l'entourait, et Alex voyait peu à peu son visage et ses traits se préciser dans la nuit. Il y avait quelque chose d'insolite en elle qui l'intriguait, et il restait assis là, incapable de détourner les yeux. C'était la sensation la plus étrange qu'Alex se rappelait avoir jamais ressentie auparavant, d'être assis là, à la regarder dans la clarté diffuse des lampadaires, attiré par elle. Qui était-elle ? Que faisait-elle ici ? Sa présence semblait l'émouvoir jusqu'au tréfonds de lui-même et il restait figé sur place, brûlant d'en savoir davantage.

Sa peau semblait très blanche dans l'obscurité, et ses cheveux étaient noirs et lustrés, relevés en chignon sur la nuque. Ils donnaient l'impression d'être très longs, retenus peut-être seulement par une ou deux épingles judicieusement placées. L'espace d'un instant, il eut le désir fou de descendre les marches en courant, de poser les mains sur elle, de la prendre dans ses bras et de libérer ses cheveux noirs. Et presque comme si elle avait senti ce qu'il pensait, elle sortit de sa rêverie et leva la tête, comme tirée de très loin par une main ferme. Elle se tourna vers lui et le regarda. Il vit alors le plus beau visage qu'il lui ait été donné de contempler. Un visage comme il l'avait pensé, aux parfaites proportions d'une œuvre d'art, aux traits fins et délicats, un visage sans défaut aux immenses yeux noirs, à la bouche finement dessinée. Mais ce sont ses yeux qui le captivèrent quand leurs regards se rencontrèrent, des yeux qui semblaient occuper tout son visage, des yeux qui semblaient emplis d'un chagrin incommensurable et à la clarté du réverbère il voyait maintenant deux ruisseaux de larmes sur les joues de marbre. Leurs regards se croisèrent durant un instant qui lui parut infini, et Alex eut l'impression que chaque fibre de son être était attirée par cette belle inconnue aux yeux immenses et à la chevelure sombre. Elle paraissait si vulnérable et perdue, assise là. Alors, comme gênée de ce qu'elle lui avait laissé voir même un court instant, elle baissa vivement la tête. Alex ne bougea pas d'abord, puis, brusquement, se sentit de nouveau attiré vers elle, comme s'il devait courir la rejoindre. Tandis qu'il continuait à l'observer, se demandant que faire, elle se leva, enveloppée de fourrure. C'était un manteau de lynx qui flottait autour d'elle comme un nuage. Elle regarda de nouveau Alex, mais seulement quelques secondes cette fois, puis, tel un fantôme, elle parut s'enfoncer dans une haie et disparut.

Pendant un long moment, Alex contempla l'endroit où elle était assise, cloué sur place. Tout était arrivé si vite. Subitement, il se leva, se précipita en bas des marches, là où il l'avait vue. Il découvrit un étroit sentier conduisant à une lourde porte. Il pensa qu'elle devait donner sur un jardin, mais il n'avait aucun moyen de savoir à quelle maison ce jardin appartenait. Il pouvait dépendre de plusieurs. Le mystère restait donc entier. Un instant, Alex songea à frapper à la porte en se disant qu'elle était peut-être assise dans le jardin masqué par la porte close. Il eut un accès de désespoir à l'idée qu'il ne la reverrait jamais. Puis, se reprenant et se trouvant ridicule, il se rappela qu'elle n'était après tout qu'une inconnue. Il regarda longuement la porte d'un air pensif et, se retournant avec lenteur, remonta l'escalier.

2

Quand il mit la clé dans la serrure, Alex était encore hanté par le visage de la femme en pleurs. Qui était-elle ? Pourquoi pleurait-elle ? De quelle maison était-elle venue ? Il s'assit au bas de l'étroit escalier en colimaçon, dans l'entrée, les yeux tournés vers le salon vide, contemplant le clair de lune qui se reflétait sur le plancher nu. Jamais il n'avait vu une femme aussi belle. Son visage était de ceux qui s'impriment aisément dans la mémoire et, assis là sans bouger, il comprit qu'il se souviendrait d'elle longtemps sinon toujours. Il n'entendit même pas le téléphone quelques minutes plus tard. Il était encore perdu dans ses pensées, songeant à cette vision, mais quand il prit conscience que le téléphone sonnait, il monta en courant jusqu'à son bureau, à temps pour déterrer le combiné enfoui sous des piles de papiers.

— Salut, Alex.

Un silence tendu s'installa aussitôt. C'était sa sœur Kay.

— Qu'est-ce qui se passe ?

Ce qui revenait à lui demander ce qu'elle désirait.

Elle ne téléphonait jamais à personne à moins d'avoir besoin de quelque chose.

— Rien de spécial. Où étais-tu ? Ça fait une demi-heure que j'appelle. La secrétaire qui travaille tard dans ton cabinet m'a dit que tu rentrais directement.

Elle était toujours comme ça. Elle voulait ce qu'elle voulait quand elle le voulait, que cela plaise ou non aux autres.

— Je suis allé me promener.

— À cette heure-ci ? dit-elle d'un ton soupçonneux. Pourquoi ? Quelque chose ne va pas ?

Il soupira légèrement. Sa sœur le fatiguait depuis toujours. Il y avait trop peu de générosité, de douceur en elle. Par sa froideur, sa dureté, elle le faisait penser à ces bibelots de cristal que l'on pose sur un bureau, aux angles aigus et jolis à regarder mais que personne n'a envie de prendre ou de toucher. Son mari semblait d'ailleurs éprouver la même chose depuis des années. Alex devait pourtant admettre que cette femme si indifférente aux sentiments des autres avait une intuition infaillible pour deviner lorsqu'il était déprimé.

— Non, tout va bien, Kay. J'avais simplement besoin de respirer. La journée a été longue.

Puis, pour rendre la conversation moins sérieuse et détourner légèrement de lui son attention, il ajouta :

— Tu ne te promènes donc jamais, Kay ?

— À New York ? Tu es fou. Tu peux mourir rien qu'en respirant.

— Sans compter les agressions et les viols, ajouta-t-il en souriant, et il sentit qu'elle souriait aussi.

Kay Willard n'était pas une femme qui souriait souvent. Elle était trop passionnée, trop pressée, trop harassée et trop rarement amusée.

— À quoi dois-je l'honneur de ce coup de téléphone ?

Il se carra dans son siège et regarda par la fenêtre en attendant patiemment la réponse.

Pendant longtemps, Kay avait téléphoné pour lui parler de Rachel. Kay était restée en relation avec son ex-belle-sœur pour des raisons évidentes. Le père de Rachel, le vieux gouverneur, était quelqu'un qu'elle voulait ménager et, si elle avait pu persuader Alex de reprendre Rachel, le vieil homme en aurait été enchanté. À condition, bien sûr, qu'elle ait pu convaincre Rachel du désespoir d'Alex depuis qu'elle était partie, et de sa joie si elle acceptait de lui donner une seconde chance. Kay ne dédaignait pas d'user de ce genre de pression et elle avait déjà essayé à plusieurs reprises d'arranger une rencontre entre eux lorsque Alex était venu à New York. Mais même si Rachel paraissait d'accord, ce dont Kay n'était pas absolument certaine, il devenait évident, au fil des années, qu'Alex, lui, ne l'était plus.

— Alors, madame le député Willard ?

— Rien de particulier. Je me demandais simplement quand tu allais venir à New York.

— Pourquoi ?

— Ne sois pas si bourru, bon Dieu. J'avais envie d'inviter quelques personnes à dîner.

— Qui, par exemple ? demanda Alex qui savait déjà où elle voulait en venir.

C'était une femme étonnante, sa sœur. Un vrai rouleau compresseur. Il fallait lui reconnaître au moins une qualité, elle ne se laissait jamais décourager.

— Allons, Alex, ne sois pas sur la défensive !

— Qui est sur la défensive ? Je veux simplement savoir avec qui tu veux que je dîne. Où est le mal ?

À moins bien sûr que tu n'aies prévu sur ta liste une invitée qui risque de nous mettre un peu mal à l'aise. Tu veux que je devine les initiales, Kay ? Ça te simplifierait les choses ?

Elle ne put s'empêcher de rire.

— D'accord, d'accord, message reçu. Mais, tu sais, Alex, je suis tombée sur elle l'autre jour dans un avion qui revenait de Washington, et elle était sensationnelle.

— Elle peut ! Avec son salaire, tu le serais aussi.

— Merci, mon cher.

— De rien.

— Tu savais qu'on lui a demandé de se présenter aux élections ?

— Non.

Il y eut un long silence.

— Mais cela ne me surprend pas vraiment. Et toi ?

— Non.

Kay poussa un soupir appuyé.

— Parfois je me demande si tu te rends compte de ce que tu as laissé passer.

— J'en suis tout à fait conscient, et j'en suis reconnaissant chaque jour de ma vie. Je ne veux pas être le mari d'une femme politique, Kay. C'est un honneur qui devrait être réservé aux hommes comme George.

— Qu'est-ce que tu entends par là ?

— Il est tellement pris par son propre métier que je suis sûr qu'il ne se rend même pas compte si tu restes trois semaines à Washington. Moi, je m'en apercevrais.

Et il ne lui dit pas que la fille de Kay s'en apercevait aussi. Il le savait parce qu'il avait de grandes conversations avec Amanda, chaque fois qu'il allait à New York. Il l'emmenait déjeuner, dîner, ou ils faisaient de grandes promenades ensemble. Il connaissait sa nièce mieux que ses propres parents, ce dont Kay se souciait comme d'une guigne.

— À propos, comment va Amanda ?

— Très bien, je suppose.

— Qu'est-ce que tu veux dire par « je suppose » ?

Le reproche perçait dans le ton de sa voix.

— Tu ne l'as pas vue ?

— Que diable, je viens juste d'arriver de Washington ! Qu'attends-tu donc de moi, Alex ?

— Pas grand-chose. Ce que tu fais ne me regarde pas mais, quand il s'agit d'Amanda, c'est différent.

— Ça non plus, ça ne te regarde pas.

— Ah bon ? Mais ça regarde qui, alors, Kay ? George ? Est-ce qu'il se rend compte que tu n'as même pas dix minutes par jour à consacrer à ta fille ? Est-ce qu'il essaie de compenser ça ?

— Mais elle a seize ans, sapristi ! Elle n'a plus besoin d'une bonne d'enfant, Alex.

— Non, mais elle a désespérément besoin d'une mère et d'un père.

— Je n'y peux rien. Je fais de la politique, et tu sais à quel point c'est contraignant.

— Oui.

Il secoua lentement la tête, c'était donc cette vie-là qu'elle voulait lui imposer. Une vie avec Rachel « Patterson ».

— Quoi d'autre ?

Il n'avait plus envie de discuter avec elle. Il en avait assez au bout de cinq minutes.

— Je me présente au Sénat l'an prochain.

— Félicitations, commenta-t-il d'une voix neutre.

— Ne t'enthousiasme surtout pas.

— Non. Je pense à Mandy et à tout ce que cela impliquera pour elle.

— Si je gagne, cela signifiera qu'elle sera une fille de sénateur, un point c'est tout, répliqua-t-elle d'une voix soudain rageuse, et Alex l'aurait volontiers giflée.

— Tu crois vraiment qu'elle y attache de l'importance, Kay ?

— Probablement pas. Elle est tellement dans les nuages qu'elle se ficherait pas mal que je me présente à la présidence, ajouta-t-elle.

Pendant un instant, Kay parut morose et Alex hocha la tête.

— Ce n'est pas ça qui compte, Kay. Nous sommes tous très fiers de toi, nous t'aimons, mais il y a plus que cela…

Comment lui dire ? Comment lui expliquer ? Seuls comptaient pour elle son métier et sa carrière.

— J'ai l'impression qu'aucun de vous ne comprend ce que cela représente pour moi, Alex, combien j'ai travaillé dur pour y arriver, pour être là où je suis. C'était terriblement difficile, mais j'ai réussi, et toi, tout ce que tu trouves à faire, c'est de me reprocher d'être une mauvaise mère. Notre chère maman est encore pire que toi. Quant à George, il est trop occupé à ouvrir le ventre des gens pour se rappeler si je suis député ou maire. Le moins qu'on puisse dire, mon petit, c'est que c'est un peu décourageant.

— Je le conçois. Mais parfois des gens souffrent à cause de carrières comme la tienne.

— Il faut s'y attendre.

— Vraiment ? Cela se réduit à cela ?

— Peut-être, répondit-elle d'un ton las. Je n'ai pas

toutes les réponses. Je le voudrais bien. Et toi ? Qu'est-ce qui se passe dans ta vie, ces temps-ci ?

— Pas grand-chose. Du travail.

— Tu es heureux ?

— Quelquefois.

— Tu devrais recommencer avec Rachel.

— Au moins, tu vas droit au but. Non. Je n'en ai pas envie, Kay. D'ailleurs, qu'est-ce qui te fait croire qu'elle voudrait de moi ?

— Elle m'a dit qu'elle aimerait te voir.

— Mon Dieu, soupira-t-il, tu ne renonces jamais, hein ? Pourquoi n'épouses-tu pas simplement son père, pourquoi ne me laisses-tu pas en paix ? Tu arriverais au même résultat, non ?

Cette fois, Kay se mit à rire.

— Peut-être.

— Est-ce que tu t'attends vraiment à ce que je mène ma vie sentimentale de façon à favoriser ta carrière ? (L'idée l'amusait mais, derrière l'exagération, il savait qu'il y avait du vrai.) Je crois que ce que je préfère en toi, grande sœur, c'est ton incroyable culot.

— Il m'amène là où je veux, petit frère.

— J'en suis sûr, mais pas cette fois, mon ange.

— Alors, pas de petit dîner avec Rachel ?

— Pas question. Mais si tu la revois, fais-lui mes amitiés.

Quelque chose se crispa en lui de nouveau à la mention de son nom. Il ne l'aimait plus mais de temps à autre rien que d'entendre parler d'elle le faisait encore souffrir.

— Je n'y manquerai pas. Et réfléchis-y. Je peux toujours arranger une rencontre quand tu viendras à New York.

— Avec un peu de chance, tu seras à Washington et trop occupée pour me voir.

— Cela se pourrait. Quand penses-tu venir ?

— Probablement dans une quinzaine de jours. J'ai un client à voir. Je suis un de ses avocats-conseils dans une très grosse affaire.

— Impressionnant !

— Vraiment ?

Il plissa les yeux en contemplant le paysage.

— Pourquoi ? Cela fera bien dans ta campagne électorale ? Je pense que les lecteurs de maman t'apporteront davantage de voix que moi, tu ne crois pas ? ajouta-t-il avec une pointe d'ironie. À moins, bien sûr, que je n'aie le bon esprit de me remarier avec Rachel.

— Contente-toi de ne pas te mettre une mauvaise affaire sur les bras.

— Est-ce que j'en ai déjà eu ? demanda-t-il, amusé.

— Non, mais si je suis candidate au Sénat, le combat sera rude. Je me présente contre un maniaque de la morale, et que la plus lointaine de mes relations fasse le moindre faux pas, je serai grillée.

— N'oublie pas de prévenir maman.

Il l'avait dit histoire de blaguer, mais elle réagit immédiatement sur un ton grave :

— C'est déjà fait.

— Tu plaisantes ?

Il rit à la seule pensée que son élégante et svelte mère aux cheveux blancs puisse faire quelque chose de répréhensible qui risque de saborder la tentative de Kay pour décrocher un siège au Sénat ou ailleurs.

— Je ne plaisante pas. C'est sérieux. En ce moment, je ne peux me permettre aucun problème. Pas de bêtise, pas de scandale.

— Quel dommage.

— Qu'est-ce que tu veux dire ?

— Ma foi… j'avais envie d'avoir une aventure avec cette ex-prostituée qui vient juste de sortir de prison.

— Très drôle. Je parle sérieusement.

— J'en ai malheureusement l'impression. De toute façon, tu n'auras qu'à me donner la liste de tes instructions quand je viendrai à New York. J'essaierai de bien me conduire jusque-là.

— Parfait, et préviens-moi quand tu compteras venir.

— Pourquoi ? Pour que tu arranges un rendez-vous avec Rachel ? J'ai bien peur, madame le député Willard, de ne pas accepter, même pour sauver votre carrière.

— Tu es un imbécile.

— C'est possible.

Mais il ne le pensait plus. Il ne le pensait pas du tout et, après cet entretien avec Kay, il se surprit à regarder par la fenêtre en songeant non à Rachel mais à la jeune femme qu'il avait vue sur les marches. En fermant les yeux, il revoyait le profil au dessin parfait, les yeux immenses et la bouche délicate. Il n'avait jamais rencontré femme plus belle ou plus inoubliable. Il resta assis à son bureau, immobile, les yeux fermés, songeant à elle, puis avec un soupir il secoua la tête, rouvrit les yeux et se leva. C'était ridicule de rêver à une parfaite inconnue, et, se sentant bête, il rit tout bas et la chassa de son esprit. Tomber amoureux d'une femme qu'il ne connaissait absolument pas était absurde. Pourtant, en descendant se préparer quelque chose pour dîner, il s'aperçut qu'il était obligé de se le répéter sans arrêt.

3

Le soleil inondait la chambre et faisait chatoyer la soie beige du dessus-de-lit et des fauteuils recouverts de la même étoffe. C'était une vaste pièce imposante avec de hautes portes-fenêtres donnant sur la baie. Du boudoir attenant à la chambre, on pouvait voir le pont du Golden Gate – le plus grand pont suspendu du monde. Il y avait une cheminée en marbre blanc dans chaque pièce, il y avait des tableaux français soigneusement choisis, et dans un angle, dans la vitrine Louis XV en marqueterie, trônait un vase de Chine inestimable. Devant les fenêtres était placé un élégant bureau Louis XV, qui aurait fait paraître minuscule toute autre pièce que celle-ci. Elle était belle, monumentale, dépourvue d'originalité et froide. À côté, il y avait aussi une petite salle lambrissée, remplie de livres en anglais, en espagnol et en français. Ils occupaient une place essentielle dans sa vie, et c'est là que Raphaella resta silencieusement une minute à regarder la baie. Il était neuf heures du matin, et elle portait un costume noir merveilleusement bien taillé, qui moulait son corps et mettait en valeur sa grâce et sa perfection subtilement, avec une élégance folle. Le tailleur avait été fait pour elle à Paris, comme presque tous ses vêtements, à part ceux qu'elle trouvait en Espagne. Elle achetait rarement quelque chose à San Francisco. Elle ne sortait presque jamais. À San Francisco, elle était une personne invisible, un nom que les gens mentionnaient rarement. Pour la plupart, il aurait été difficile d'associer un visage au nom de Mme John Henry Phillips, et certainement pas ce visage-là. Il aurait été difficile d'imaginer cette beauté parfaite au teint d'albâtre et aux immenses yeux noirs. Lorsqu'elle avait épousé John Henry, un journaliste avait écrit qu'elle ressemblait à une princesse de conte de fées et avait longuement développé la comparaison. Mais les yeux qui regardaient la baie en ce matin d'octobre n'étaient pas ceux d'une princesse de conte, c'étaient ceux d'une jeune femme très solitaire, emmurée dans une profonde solitude.

— Votre petit déjeuner est prêt, Madame.

Une femme de chambre vêtue d'un uniforme blanc amidonné se tenait dans l'encadrement de la porte, son avertissement ressemblant plutôt à un ordre, songea Raphaella, mais elle avait toujours eu cette impression à propos des domestiques de John Henry. Elle avait eu la même chez son père à Paris ou chez son grand-père en Espagne. Il lui semblait toujours que c'étaient les serviteurs qui donnaient les ordres, décidant de l'heure où il fallait se lever, se préparer, déjeuner ou dîner. « Madame est servie » annonçait le dîner dans la maison de son père, à Paris. Mais si Madame ne voulait pas être servie ? Si Madame souhaitait seulement manger un sandwich assise par terre devant la cheminée ? Ou préférait une coupe de crème glacée pour le petit déjeuner à la place du pain grillé et des œufs pochés ? Cette idée la fit sourire quand elle regagna sa chambre et regarda autour d'elle. Tout était prêt. Ses bagages – tous en daim souple couleur chocolat – étaient empilés en bon ordre dans un coin, et il y avait un grand fourre-tout où Raphaella pouvait mettre les cadeaux destinés à sa mère, à sa tante et à ses cousins, ainsi que ses bijoux et quelque chose à lire pendant le trajet en avion.

En voyant ses bagages, elle n'éprouva aucun plaisir à la perspective de partir en voyage. Elle ne ressentait presque jamais plus de plaisir désormais. Il n'y en avait plus dans sa vie. Il y avait une route qui s'étirait interminablement vers une destination à la fois invisible et inconnue, pour laquelle Raphaella n'éprouvait plus d'intérêt. Elle savait que chaque jour serait semblable au précédent. Chaque jour, elle ferait exactement ce qu'elle avait déjà fait pendant presque sept ans, mis à part les quatre semaines d'été lorsqu'elle partait pour l'Espagne, et les quelques jours qu'elle passait auparavant à Paris pour voir son père. Elle faisait aussi de temps à autre un saut à New York pour y retrouver des parents espagnols de passage. Son dernier voyage là-bas, son départ d'Europe et son mariage avec John Henry, tout cela lui semblait appartenir à un autre âge. La situation avait tellement changé depuis.

Tout s'était produit comme dans un conte de fées, ou dans un concours de circonstances – il y avait en réalité un peu des deux dans l'histoire. Le mariage de la banque Malle, de Paris, Milan, Madrid et Barcelone, avec la Phillips Bank de Californie et de New York, l'une et l'autre des empires consistant en banques d'investissement d'une importance majeure à l'échelle internationale. La première transaction d'une énorme ampleur que son père avait menée avec John Henry leur avait valu l'honneur de figurer ensemble sur la couverture de la revue *Time*. C'était aussi ce qui avait réuni si souvent ce printemps-là son père et John Henry et, de même que leurs affaires avaient commencé à prospérer, de même la cour que faisait John Henry à la fille unique d'Antoine prenait bonne tournure.

Raphaella n'avait jamais rencontré personne comme John Henry. Il était grand, distingué, imposant, fort, et pourtant aimable, gentil, avec une voix douce et un perpétuel scintillement de gaieté dans les yeux, qui devenait même quelquefois malicieux et Raphaella, avec le temps, avait appris qu'il adorait taquiner et plaisanter. C'était un homme doté d'une imagination et d'une faculté d'invention extraordinaires, un homme d'esprit, un homme éloquent et distingué à l'extrême. Il était tout ce qu'une jeune fille pouvait jamais souhaiter.

La seule chose qui manquait à John Henry Phillips était la jeunesse. Même cela était difficile à croire en voyant son beau visage mince ou en regardant ses bras musclés lorsqu'il jouait au tennis ou qu'il nageait. Il avait un superbe corps svelte que lui auraient envié beaucoup d'hommes moitié moins âgés que lui.

Son âge l'avait découragé d'abord de faire la cour à Raphaella, mais au fur et à mesure que le temps passait et qu'augmentait la fréquence de ses voyages à Paris, il la trouvait chaque fois plus charmante, plus détendue, plus délicieuse. Et, en dépit de la rigidité de ses principes lorsqu'il s'agissait de Raphaella, Antoine de Mornay-Malle ne repoussa pas la perspective d'un mariage entre son vieil ami et son unique enfant. Lui-même était conscient de la beauté de sa fille, de sa gentillesse, de sa franchise et de son charme innocent. Il mesurait aussi l'excellent parti que représentait John Henry Phillips pour n'importe quelle femme en dépit de la différence d'âge. Il n'était pas aveugle non plus à ce que cela impliquerait pour l'avenir de sa banque, un genre de considération qui l'avait influencé au moins une fois déjà. Son propre mariage avait eu pour fondation l'affection, mais aussi un excellent sens des affaires.

Le vieux marquis de Quadral, le père de sa femme, avait été le génie financier qui faisait la pluie et le beau temps à Madrid, mais ses fils n'avaient pas hérité sa passion pour le monde de la finance et s'étaient tournés vers d'autres activités. Pendant des années, le vieux marquis avait cherché quelqu'un pour lui succéder à la tête des banques qu'il avait créées les unes après les autres. Et ce qui se passa, c'est qu'il rencontra Antoine et finalement, après de multiples travaux d'approche, la banque Malle s'était associée à la banque Quadral pour de nombreuses transactions. Cette union avait fait rapidement quadrupler la puissance et la fortune d'Antoine, enchanté le marquis, et entraîné l'entrée en scène de la fille du marquis, Alejandra, marquesa de Santos y Quadral. Antoine avait été instantanément séduit par cette beauté espagnole aux cheveux blonds et aux yeux bleus. À l'époque, il se disait justement qu'il était temps pour lui de se marier et d'avoir un héritier. Il avait jusqu'alors été trop occupé à édifier son empire financier, mais à présent, à trente-cinq ans, d'autres considérations commençaient à s'imposer aussi à lui. Alejandra était la solution parfaite au problème, et une solution très agréable de surcroît. À dix-neuf ans, elle était d'une surprenante beauté, avec le visage le plus séduisant qu'Antoine avait jamais vu. C'était lui qui avait l'air d'un Espagnol à côté d'elle, avec ses cheveux et ses yeux noirs, et ils formaient tous les deux un couple extraordinaire.

Sept mois après leur rencontre, leur mariage fut l'événement marquant de la saison ; ils partirent un mois en voyage de noces dans le sud de la France. Tout de suite après, ils se rendirent dans le domaine du marquis, à Santa Eugenia, sur la côte espagnole. C'était un domaine princier et c'est là qu'Antoine commença à comprendre ce qu'être marié avec Alejandra signifiait. Il était maintenant un membre de la famille, un autre fils du vieux marquis. On attendait de lui qu'il fasse de fréquentes visites à Santa Eugenia et qu'il vienne le plus souvent possible à Madrid. C'était sans doute ce qu'avait projeté Alejandra, et lorsqu'il fallut songer à rentrer à Paris, elle implora son mari de la laisser rester quelques semaines de plus à Santa Eugenia. Quand elle revint enfin, six semaines plus tard qu'elle ne l'avait promis, Antoine comprit ce que serait la suite. Alejandra allait passer la plupart de son temps comme elle l'avait toujours fait, entourée de sa famille, sur ses terres en Espagne. Elle y était restée cloîtrée durant toute la guerre et même à présent que la paix était revenue et qu'elle était mariée, elle voulait continuer à vivre dans cet environnement familial.

Un an après leur mariage, Alejandra, comme on pouvait s'y attendre, donna naissance à un fils prénommé Julien, à la grande joie d'Antoine. Il avait un héritier à présent, et il arpenta pendant des heures le domaine de Santa Eugenia avec le marquis, quand le bébé eut un mois, pour discuter de ses projets concernant les banques et son fils. Son beau-père lui avait donné les pleins pouvoirs, et, dans l'année qui avait suivi son mariage avec Alejandra, la banque Malle et la banque Quadral n'avaient cessé de prospérer.

Alejandra demeura tout l'été à Santa Eugenia, avec

ses frères et ses sœurs, leurs enfants, des cousins, des nièces et des amis. Et lorsque Antoine regagna Paris, elle était déjà de nouveau enceinte. Cette fois, Alejandra fit une fausse couche, la fois suivante elle accoucha prématurément de deux jumeaux qui moururent à la naissance. Il y eut alors un bref intervalle quand elle se reposa pendant six mois à Madrid avec sa famille. À son retour à Paris, elle devint enceinte encore. De cette quatrième grossesse naquit Raphaella, qui avait deux ans de moins que Julien. Il y eut encore deux fausses couches, et un autre enfant mort-né, après quoi la ravissante Alejandra déclara que c'était le climat de Paris qui ne lui convenait pas et que ses sœurs pensaient qu'elle se porterait mieux en Espagne. Antoine, qui s'attendait à cet inévitable retour dans la Péninsule depuis le début de leur mariage, acquiesça sans protester. Ainsi se conduisaient les femmes de son pays, et c'était une bataille qu'il n'aurait jamais pu gagner.

À partir de ce moment, il se contenta de voir Alejandra à Santa Eugenia ou à Madrid, entourée de ses cousins, de ses sœurs et de chaperons, parfaitement heureuse d'être constamment avec sa famille, diverses amies et quelques-uns de leurs frères célibataires qui les escortaient quand elles se rendaient aux concerts, à l'opéra ou au théâtre. Alejandra était toujours une des plus belles femmes d'Espagne et elle y menait une existence d'indolence et de luxe qui lui plaisait à l'extrême. Ce n'était pas un problème pour Antoine de sauter dans un avion pour aller là-bas, lorsqu'il pouvait s'échapper de la banque, ce qui lui arriva de moins en moins souvent. À la longue, il réussit à convaincre sa femme de laisser leurs enfants regagner Paris pour y faire leurs études, à la condition bien sûr qu'ils retourneraient à Santa Eugenia à chaque congé et durant les mois d'été. De temps à autre, elle consentait à venir le voir à Paris, en dépit de ses allusions constantes à ce qu'elle appelait les effets nuisibles du climat français sur sa santé. Après la naissance de son dernier enfant mort-né, il n'y eut plus de bébés, en fait après cela il n'y eut plus entre Alejandra et son mari qu'une affection platonique, ce qui, d'après ce qu'elle savait de ses sœurs, était parfaitement normal.

Antoine se satisfaisait très bien de la situation et, lorsque le marquis mourut, le mariage rapporta les dividendes escomptés. Le testament ne surprit personne. Alejandra et Antoine avaient hérité conjointement la banque Quadral. Les frères d'Alejandra étaient amplement dédommagés, mais c'est à Antoine qu'échut l'empire qu'il avait tant désiré adjoindre au sien. À présent, c'est à son fils qu'il songeait quand il continuait à l'agrandir, mais son fils unique n'était pas destiné à être son héritier. À seize ans, Julien de Mornay-Malle mourut accidentellement à Buenos Aires, en jouant au polo, laissant sa mère accablée, son père désespéré, et Raphaella devenue l'unique enfant d'Antoine.

Et ce fut Raphaella qui consola son père, qui prit l'avion avec lui pour Buenos Aires afin de ramener le corps du jeune garçon en France. Ce fut elle encore qui garda la main de son père dans la sienne durant ces heures interminables et, tandis qu'ils regardaient descendre solennellement le cercueil sur la piste d'Orly, Alejandra revenait à Paris de son côté, accompagnée de ses sœurs, de ses cousines, d'un de ses frères et de plusieurs amies intimes, toujours entourée, protégée, comme elle l'avait été sa vie entière. Et quelques heures à peine après les obsèques, comme ils la pressaient de rentrer avec eux en Espagne, elle accepta les larmes aux yeux et les laissa l'emmener. Alejandra avait une véritable armée autour d'elle pour la protéger, et Antoine n'en avait pas, il y avait seulement près de lui une adolescente de quatorze ans.

Par la suite, cette tragédie créa entre eux un lien étrange. C'était quelque chose dont ils ne parlaient jamais, mais qui était toujours présent. Cette tragédie rapprocha aussi le père de Raphaella et John Henry, lorsque les deux hommes découvrirent qu'ils avaient chacun perdu leur fils unique. Celui de John Henry était mort à vingt et un ans aux commandes de son avion qui s'était écrasé. Sa femme était morte aussi, cinq ans plus tard, mais c'est la perte de leur fils qui avait été pour l'un et l'autre un coup intolérable. Antoine avait heureusement Raphaella pour le consoler, mais John Henry n'avait pas d'autre enfant et après le décès de sa femme ne s'était jamais remarié.

Au début de leur association financière, chaque fois que John Henry arrivait à Paris, Raphaella était en Espagne. Il s'était mis à taquiner Antoine à propos de sa fille imaginaire. C'était devenu une plaisanterie rituelle jusqu'au jour où le maître d'hôtel l'introduisit dans le bureau d'Antoine et au lieu de son ami, John Henry se retrouva le regard plongé dans les yeux bruns d'une ravissante jeune fille qui le regardait craintivement comme une biche effrayée. Elle avait levé la tête avec une expression qui ressemblait à de la terreur en voyant un inconnu dans le bureau. Elle travaillait à un devoir pour son école et elle consultait des ouvrages de référence que son père rangeait là, ses longs cheveux tombant sur ses épaules en flots lisses de soie noire que rompaient des cascades de boucles souples. Un instant, il était resté silencieux, impressionné. Puis il s'était vivement ressaisi et la flamme chaleureuse de son regard s'était posée sur elle, lui assurant qu'il était un ami. Mais Raphaella ne voyait pas grand monde durant les mois où elle étudiait à Paris, et elle était si bien gardée et protégée en Espagne qu'il lui arrivait rarement d'être seule quelque part avec un inconnu. Elle ne sut pas d'abord que lui dire, puis, après quelques propos échangés sur le ton du badinage, elle fit écho à la petite lueur de malice qu'il avait dans le regard et rit. Antoine survint une demi-heure plus tard, se confondant en excuses pour avoir été retenu à la banque. Dans la voiture qui le ramenait chez lui, il s'était demandé si John Henry avait enfin pu faire la connaissance de sa fille, et il dut s'avouer plus tard qu'il l'avait espéré.

Raphaella s'était retirée quelques instants après l'arrivée de son père, le teint crémeux de ses joues empourpré d'un rose délicat.

— Mon Dieu, Antoine, mais c'est une beauté ! s'exclama John Henry en regardant son ami français avec une drôle d'expression.

— Alors, ma fille imaginaire te plaît, n'est-ce pas ? demanda Antoine en souriant. Elle ne s'est pas montrée trop éperdue de timidité ? Sa mère lui a mis dans la tête que tous les hommes qui essaient de lier conversation avec une jeune fille seule sont des assassins, ou tout au moins des violeurs. Quelquefois, son regard terrorisé m'inquiète.

— Ça t'étonne ? Elle a été complètement protégée toute sa vie. Ce n'est guère surprenant qu'elle soit timide, en somme.

— Non, mais elle a presque dix-huit ans maintenant, et cela va devenir un vrai problème pour elle, à moins qu'elle ne passe le reste de sa vie en Espagne.

À Paris, elle devrait être capable au moins de parler à un homme sans avoir autour d'elle une demi-douzaine de femmes pour la plupart de sa famille, sinon toutes.

Antoine parlait d'un ton amusé, mais son regard avait quelque chose de très sérieux. Il observait attentivement John Henry, évaluant l'expression qu'il voyait encore persister dans les yeux de l'Américain.

— Elle est jolie, n'est-ce pas ? C'est immodeste de dire cela de ma propre fille, mais…

Il ouvrit les bras dans un geste d'impuissance et sourit.

Cette fois, John Henry sourit en retour.

— Jolie n'est pas tout à fait le mot juste.

Puis d'une manière presque enfantine, il posa une question qui alluma une lueur de gaieté dans les yeux d'Antoine :

— Dînera-t-elle avec nous, ce soir ?

— Si tu n'y vois pas trop d'inconvénient. J'ai pensé que nous pourrions passer ensuite un moment à mon club. Matthieu de Bourgeon y sera, et il y a des mois que je lui promets de te présenter.

— Excellent.

Mais ce n'était pas à Matthieu de Bourgeon que songeait John Henry quand il sourit.

Il réussit à sortir Raphaella de sa réserve, ce soir-là, et de nouveau deux jours plus tard quand il arriva pour prendre le thé. Il était venu spécialement pour elle et lui apportait deux livres dont il lui avait parlé au cours du dîner. Elle avait rougi de nouveau et plongé dans le silence, mais il réussit à la taquiner jusqu'à ce qu'elle recommence à bavarder avec lui et, à la fin de l'après-midi, ils étaient presque amis. Durant les six mois qui suivirent, elle se mit à le considérer comme un personnage presque aussi révéré et aimé que son père, et lorsqu'elle parla de lui à sa mère, au printemps, en Espagne, ce fut comme d'une sorte d'oncle.

Ce fut pendant ce séjour-là que John Henry fit son apparition à Santa Eugenia avec le père de Raphaella. Ils ne restèrent qu'un week-end, pendant lequel John Henry charma Alejandra et les hordes d'autres personnes qui séjournaient à Santa Eugenia au cours de ce printemps. C'est à ce moment-là qu'Alejandra devina les intentions de John Henry, mais Raphaella n'en eut connaissance que plus tard, en été. C'était la première semaine de ses vacances, et elle devait prendre l'avion pour Madrid peu après. Entre-temps, elle profitait des derniers jours qu'elle passait à Paris. Quand John Henry arriva, elle insista pour qu'il sorte se promener avec elle sur les bords de la Seine. Ils parlèrent des peintres de la rue et des enfants, et le visage de Raphaella s'éclaira lorsqu'elle évoqua tous ses cousins d'Espagne. Elle semblait avoir une passion pour les enfants, et elle était infiniment belle quand elle levait vers lui ses immenses yeux bruns.

— Et combien en aurez-vous, lorsque vous serez grande, Raphaella ?

Il prononçait toujours son nom en détachant bien les syllabes. Elle en était contente. C'était un nom difficile à prononcer pour un Américain.

— Mais je suis grande.

— Vraiment ? À dix-huit ans ?

Il la regarda avec amusement et il y avait dans ses yeux une expression bizarre, qu'elle ne comprit pas. Quelque chose de las, de vieux, de sage et de triste comme si, durant un instant, il avait songé à son fils. Ils en avaient parlé aussi, et Raphaella lui avait dit quelques mots de son frère.

— Bien sûr que je suis grande. J'entre à la Sorbonne cet automne.

Ils avaient échangé un sourire, et John Henry avait dû se faire violence pour ne pas l'embrasser sur-le-champ.

Tout en marchant, il se demandait comment il allait se déclarer et s'il n'était pas devenu fou d'y avoir même songé. Ils se promenaient lentement le long de la Seine, évitant les enfants, et elle effeuillait doucement les pétales d'une fleur.

— Raphaella, vous n'avez jamais pensé à continuer vos études aux États-Unis ?

Elle leva les yeux, et secoua la tête.

— Cela ne me paraît pas possible.

— Pourquoi ? Votre anglais est excellent.

Elle secoua lentement la tête et quand elle le regarda de nouveau son expression était triste.

— Ma mère ne m'y autoriserait jamais. C'est tellement… tellement différent de sa manière de vivre. Et c'est si loin.

Mais est-ce ce que vous souhaitez ? Votre père mène aussi une existence différente de la sienne. Seriez-vous heureuse en Espagne ?

— Je ne le pense pas, répondit-elle avec simplicité, mais je n'ai guère le choix. Je crois que papa avait toujours prévu de prendre Julien avec lui à la banque, et c'était entendu que j'irais en Espagne auprès de ma mère.

Il fut consterné à l'idée de la voir entourée de duègnes pour le restant de ses jours. Même s'il ne restait qu'un ami, il voulait pour elle mieux que cela. Il voulait la voir libre, heureuse, indépendante, en aucun cas enterrée vive à Santa Eugenia comme sa mère. Ce n'était pas ce qui convenait à cette jeune fille. Il en était foncièrement persuadé.

— Vous n'avez pas à le faire, j'estime, si ce n'est pas ce que vous désirez.

Elle lui sourit, cette jeune fille de dix-huit ans, avec une expression de résignation mêlée de sagesse dans le regard.

— Nous avons des obligations dans la vie, monsieur Phillips.

— Pas à votre âge, petite. Pas encore. Quelques-unes seulement. Comme les études. Et aussi l'obéissance aux parents jusqu'à une certaine limite, mais vous n'avez pas à vous imposer un mode de vie dont vous ne voulez pas.

— Et quel autre genre de vie mener, alors ? Je n'en connais pas d'autre.

— Ce n'est pas une excuse. Êtes-vous heureuse à Santa Eugenia ?

— Quelquefois oui, et quelquefois non. Il m'arrive de trouver toutes ces femmes assommantes. Ma mère aime ça, pourtant. Elle part même en voyage avec elles. Elles se déplacent en groupe imposant, elles vont à Rio, à Buenos Aires, en Uruguay, à New York, et même quand elle vient à Paris elle les emmène. Elles me font toujours songer à des pensionnaires. Elles ont l'air tellement… tellement… (les grands yeux se levèrent vers les siens avec une expression d'excuse) tellement bêtes. Vous ne croyez pas ?

— Peut-être un peu. Raphaella…

Mais au même moment, elle s'arrêta brusquement et se retourna pour lui faire face, candide, complètement inconsciente de sa beauté, son corps élancé et gracieux incliné vers lui, et elle lui jeta un regard tellement confiant qu'il eut peur de continuer.

— Oui ?

Alors il fut incapable de se contenir. Il ne pouvait pas. Il devait…

— Raphaella, chérie. Je vous aime.

Les mots résonnèrent comme le plus faible des murmures dans l'air léger et son beau visage buriné resta penché au-dessus du sien pendant un instant encore avant qu'il l'embrasse. Ses lèvres s'étaient faites légères et douces, sa langue sondait sa bouche comme si sa soif de Raphaella ne connaissait pas de bornes, mais sa bouche à elle se pressait maintenant aussi contre la sienne, ses bras s'étaient noués autour de son cou plaquant son corps contre le sien. Alors avec la même douceur il s'écarta d'elle, ne voulant pas qu'elle sente le désir qui naissait en lui.

— Raphaella… il y a si longtemps que j'avais envie de vous embrasser.

Il l'embrassa de nouveau, plus doucement cette fois, et elle sourit avec une expression de bonheur sensuel qu'il ne lui avait encore jamais vue.

— Moi aussi. (Elle baissa la tête comme une écolière.) Je vous ai aimé dès notre première rencontre. Vous êtes tellement beau, ajouta-t-elle en souriant et cette fois c'est elle qui l'embrassa.

Elle le prit par la main comme pour l'inviter à continuer leur promenade, mais il secoua la tête et retint sa main dans la sienne.

— Nous avons à parler d'abord. Voulez-vous vous asseoir ?

Il montra un banc et elle le suivit.

Elle le regarda d'un air interrogateur et lui vit une expression qui l'intrigua.

— Quelque chose ne va pas ?

— Non. Mais si vous pensez que je vous ai emmenée ici cet après-midi simplement pour vous « faire la cour », comme on disait de mon temps, vous vous trompez, petite. Il y a une question que je veux vous poser et je n'ai pas osé le faire de la journée.

— Qu'est-ce que c'est ?

Le cœur de Raphaella battait soudain plus fort et sa voix était très basse.

Il la contempla longuement, le visage tout près du sien, serrant sa main dans la sienne.

— Voulez-vous m'épouser, Raphaella ?

Il entendit sa respiration se précipiter et, fermant les paupières, il l'embrassa de nouveau. Lorsqu'il s'écarta lentement, elle avait des larmes dans les yeux, et elle souriait comme il ne l'avait jamais vue sourire auparavant. Peu à peu, le sourire s'épanouit et elle hocha la tête.

— Oui… je veux bien.

Le mariage de Raphaella de Mornay-Malle de Santos y Quadral et de John Henry Phillips IV fut grandiose. Il fut célébré à Paris et, le jour de la cérémonie civile, deux cents personnes furent invitées à déjeuner ; le soir, le dîner rassembla cent cinquante personnes, membres de la famille et « amis intimes ». Le lendemain, une foule de plus de six cents invités assista au mariage religieux à Notre-Dame. Tout le monde s'accorda à dire que le mariage et la réception étaient les plus beaux qu'on avait jamais vus. Un accord avait été conclu avec la presse pour que, si Raphaella et John Henry acceptaient de poser pendant une demi-heure pour les photographes et de répondre à toutes les questions des journalistes, ils ne soient plus importunés par la suite.

Des articles parurent dans *Vogue*, *Women's Wear Daily*, et la semaine suivante dans *Time*. Pendant toute la durée de la conférence de presse, Raphaella agrippa presque désespérément la main de John Henry, et ses yeux paraissaient plus grands et plus noirs que jamais au milieu de son visage d'une blancheur de neige.

Ce fut à la suite de cela que John Henry se jura de la protéger désormais des regards indiscrets des journalistes. Il ne voulait pas qu'elle soit confrontée à des situations qui la mettraient mal à l'aise ou qui la rendraient malheureuse, sachant qu'elle avait mené une existence particulièrement préservée durant son enfance. Le problème était que John Henry attirait l'attention de la presse avec une fréquence inquiétante et, lorsqu'il épousa une jeune fille de quarante-quatre ans sa cadette, sa femme devint aussi pour tous un point de mire. Les fortunes aussi importantes que celle de John Henry ne couraient pas les rues, et une jeune fille de dix-huit ans, née d'une marquise et d'un célèbre banquier français, c'était presque trop beau pour être vrai. Cela ressemblait fort à un conte de fées, et il n'y a pas de conte de fées sans princesse. Mais, grâce aux efforts de John Henry, elle resta cachée. Ils gardèrent un anonymat que personne n'aurait cru possible pendant des années, et Raphaella réussit même à faire deux ans d'études à l'université de Berkeley sans qu'on découvre jamais qui elle était. Elle avait refusé que le chauffeur l'y conduise en limousine et John Henry lui avait acheté une petite voiture pour se rendre à la faculté.

Et puis, elle trouvait excitant de se fondre dans la masse des étudiants en ayant un secret et un homme qu'elle adorait. Car elle aimait John Henry qui était doux et affectueux en tous points. John Henry, quant à lui, avait l'impression d'avoir reçu un cadeau tellement précieux qu'il osait à peine y toucher tant il était reconnaissant de la nouvelle vie qu'il menait avec cette jeune fille si délicate et si belle. Elle n'était encore qu'une enfant, par bien des côtés, et lui faisait une confiance totale. C'est peut-être pour cette raison qu'il fut si amèrement déçu quand il apprit qu'il était stérile, probablement à la suite d'une grave infection rénale dont il avait souffert dix ans auparavant. Il savait à quel point Raphaella souhaitait avoir des enfants, et un terrible sentiment de culpabilité s'empara de lui à l'idée de la priver de ce qu'elle désirait tant. Lorsqu'il le lui dit, elle lui assura que cela n'avait aucune importance et qu'elle avait tous les enfants de Santa Eugenia qu'elle pouvait gâter et aimer. Elle adorait leur raconter des histoires, leur offrir des cadeaux. Elle tenait à jour la liste sans fin de leurs anniversaires, et se rendait sans cesse au centre ville pour leur acheter des jouets fabuleux qu'elle faisait expédier en Espagne.

Même l'impossibilité où il était d'engendrer des enfants ne pouvait rompre le lien qui les tint unis au fil des années. Elle l'idolâtrait et lui l'adorait, et si leur différence d'âge faisait jaser certains, elle ne les gêna jamais. Ils jouaient au tennis ensemble presque chaque matin. John Henry allait quelquefois courir au Presidio ou le long de la plage, et Raphaella courait près de lui, riant et le taquinant, parfois se contentant de marcher ensuite sans rien dire en lui donnant la main. Entre John Henry, ses études, et les lettres qu'elle envoyait à sa famille à Paris et en Espagne, sa vie était bien remplie. Jusqu'à l'âge de vingt-cinq ans, elle avait mené une existence traditionnelle, très protégée, et était une femme, ou plutôt en réalité une jeune fille, heureuse.

L'avant-veille de son soixante-neuvième anniversaire, John Henry devait prendre l'avion pour Chicago afin d'y conclure un important marché. Il parlait bien de prendre sa retraite depuis plusieurs années mais, tout comme le père de Raphaella, ne semblait pas s'y résoudre. Il aimait trop le monde de la haute finance, la gestion bancaire, l'acquisition de nouvelles compagnies, les gigantesques transactions boursières ou immobilières comme celle qu'il avait menée à bien en association avec le père de Raphaella. La retraite n'était pas pour lui. En partant pour Chicago il avait mal à la tête, et malgré les comprimés que Raphaella l'avait obligé à prendre le matin, sa migraine n'avait fait qu'empirer.

Affolé, son assistant fréta un avion et le ramena de Chicago le soir même, presque inconscient. Raphaella le vit descendre de l'avion sur une civière, très pâle. Il était en proie à une telle souffrance qu'il put à peine lui parler, mais, durant le trajet jusqu'à l'hôpital, il lui pressa plusieurs fois la main dans l'ambulance. Elle le regardait, terrifiée et désespérée, ravalant les sanglots qui lui bloquaient la gorge, lorsqu'elle remarqua soudain que sa bouche avait quelque chose de bizarre. Une heure plus tard, son visage était étrangement convulsé et peu après il tomba dans un coma dont il ne sortit que plusieurs jours plus tard. Ce soir-là, on annonça sur les ondes que John Henry Phillips avait été victime d'une attaque. C'est son secrétariat qui avait préparé le communiqué de presse, protégeant comme toujours Raphaella de la curiosité des journalistes.

John Henry resta à l'hôpital près de quatre mois, et il eut encore deux petites attaques avant son départ. Lorsqu'on le ramena chez lui, il avait perdu définitivement l'usage de la jambe et du bras droits ; son beau visage à l'allure jeune était affaissé d'un côté et faisait peine à voir, et l'aura de force et de puissance qui émanait de lui avait disparu. John Henry Phillips était brusquement devenu un vieillard. C'était un homme à l'âme et au corps brisés et pendant sept années encore sa santé devait continuer à décliner.

Il ne sortit jamais plus de chez lui. L'infirmière poussait son fauteuil roulant dans le jardin pour qu'il profite du soleil, et Raphaella passait des heures à son côté mais, par moments, John Henry n'avait plus toute sa tête ; sa vie, autrefois si active et si trépidante, avait radicalement changé. Il n'était plus que l'ombre de l'homme qu'il avait été et c'est avec cette ombre que vivait Raphaella fidèlement, dévotement, affectueusement, lui faisant la lecture, lui parlant, le réconfortant. Tandis que les infirmières prenaient soin jour et nuit de son corps brisé, Raphaella s'efforçait de réconforter son âme. Mais cette âme avait été foudroyée, et la jeune femme se demandait parfois si la sienne ne l'était pas aussi. Sept ans avaient passé depuis les premières attaques, et il en avait eu deux autres qui l'avaient encore affaibli, jusqu'à ce qu'il ne puisse plus rien faire, sinon rester assis sur son fauteuil, le regard perdu dans le vide, songeant à son passé, à ce qui était aboli. Il pouvait encore parler, bien que difficilement, mais, la plupart du temps, il semblait ne plus rien avoir à dire. Le sort s'était montré cruel en faisant de cet homme naguère plein de vitalité un être aussi faible et incapable de quoi que ce soit. Quand Antoine était venu de Paris en avion pour le voir, il avait quitté la chambre de John Henry avec des larmes ruisselant sans vergogne sur ses joues, et ses recommandations à sa fille avaient été claires. Son devoir était de rester jusqu'à ce qu'il meure auprès de cet homme qui l'avait aimée et qu'elle avait aimé et épousé. Pas de bêtises, pas de jérémiades, pas de dérobade, pas de plaintes. Son devoir était tracé, et Raphaella s'y était pliée pendant sept longues années, sans jamais se dérober, murmurer ou se plaindre.

Le seul répit dans la sinistre réalité de sa vie restait ses séjours en Espagne, chaque été. Elle n'y passait plus que quinze jours à présent, mais John Henry tenait absolument à ce qu'elle parte. C'était pour lui une torture de se dire que la jeune femme qu'il avait épousée était autant que lui prisonnière de ses infirmités. La protéger des regards indiscrets de la presse tandis qu'ils menaient une vie distrayante était une chose ; la claquemurer avec lui dans la maison, alors que son corps se dégradait lentement en était une autre. Il disait souvent à son médecin qu'il se serait volontiers supprimé, s'il en avait le moyen, ne serait-ce que pour les libérer tous les deux. Il en avait parlé un jour à Antoine que cette seule idée avait scandalisé.

— Mais la petite t'adore ! avait-il tempêté dans la chambre de son vieil ami. Tu lui dois de ne jamais tenter une folie comme ça.

— Ce n'en serait pas une, avait rétorqué John Henry d'une voix hachée mais compréhensible. C'est un crime de lui infliger cette vie-là. Je n'en ai pas le droit.

Les larmes l'avaient suffoqué.

— Tu n'as pas le droit de la priver de toi. Elle t'aime. Elle t'a aimé pendant sept ans avant que cela arrive. Rien n'est changé parce que tu es malade. Si elle tombait malade, est-ce que tu l'aimerais moins, toi ?

John Henry secoua la tête.

— Elle devrait être mariée à un homme de son âge, elle devrait avoir des enfants.

— Elle a besoin de toi, John. Elle t'appartient. Elle a grandi à ton côté. Elle serait perdue sans toi. Comment peux-tu songer à l'abandonner une minute plus tôt que tu ne le dois ? Tu peux vivre encore des années !

Il avait voulu l'encourager, mais John Henry le regarda avec désespoir. Des années… Quel âge aurait Raphaella à ce moment-là ? Trente-cinq ans ? Quarante ? Quarante-deux ? Elle serait complètement désarmée pour entreprendre une nouvelle vie. C'étaient ces pensées qui ne cessaient de lui torturer l'esprit, qui le laissaient silencieux, les yeux voilés par l'anxiété et le chagrin non pas tant pour lui-même que pour elle. Il l'incitait à partir aussi souvent que possible, mais elle se sentait coupable de le laisser, et s'en aller ne lui apportait aucun soulagement.

Lui, pourtant, la poussait continuellement à s'évader de sa prison. Chaque fois qu'il apprenait par Raphaella que sa mère faisait escale quelques jours à New York avant de repartir pour Buenos Aires, Mexico ou ailleurs, accompagnée de l'habituelle bande de sœurs et de cousines, il pressait aussitôt Raphaella de les rejoindre. Que ce soit pour deux ou dix jours, il voulait toujours qu'elle y aille, qu'elle prenne contact avec le monde, ne serait-ce que brièvement, et il savait que dans ce groupe elle serait en parfaite sécurité, bien protégée, fortement escortée. Les seuls moments où elle était seule, c'était durant ses trajets en avion, pour l'Europe ou New York. Son chauffeur la mettait toujours dans l'avion à San Francisco, et une limousine de location l'attendait à l'arrivée. Raphaella menait toujours une vie de princesse, mais le conte de fées avait considérablement changé. Ses yeux paraissaient plus grands et plus graves que jamais, et elle restait assise pensive et silencieuse pendant des heures, fixant le feu dans la cheminée ou le paysage par la fenêtre. Le son de son rire n'était pratiquement plus qu'un souvenir et, lorsqu'il retentissait un instant, cela semblait en quelque sorte une erreur.

Même lorsqu'elle retrouvait sa famille pour quelques jours à New York ou ailleurs, on aurait dit qu'elle n'était pas vraiment là. Depuis la maladie de John Henry, Raphaella s'était insensiblement refermée sur elle-même jusqu'à être à peine différente de son mari. Sa vie semblait être terminée autant que la sienne. La seule différence était que celle de Raphaella n'avait jamais vraiment commencé. C'est seulement à Santa Eugenia qu'elle avait l'air de revivre lorsque, un enfant dans son giron, un autre se balançant sur ses genoux, trois ou quatre groupés autour d'elle, elle leur racontait de merveilleuses histoires qui les laissaient suspendus à ses lèvres, impressionnés et béats de ravissement. C'est avec les enfants qu'elle oubliait son chagrin de ce qui était arrivé, sa solitude, et son accablant sentiment de perte. Avec les adultes, elle était toujours réservée et silencieuse, comme si elle n'avait plus rien à dire et trouvait malséant de partager leur gaieté.

Pour Raphaella, c'était comme un enterrement qui durait depuis la moitié d'une vie, plus précisément depuis sept ans. Elle ne savait que trop combien John Henry souffrait et se culpabilisait à cause de son état de santé, surtout cette dernière année. Aussi, n'y avait-il que tendresse et compassion dans sa voix, un ton doux et une main encore plus douce lorsqu'elle était auprès de lui. Ce qu'il lisait pourtant dans ses yeux lui déchirait le cœur. Non pas tant parce qu'il allait mourir que parce qu'il avait tué la très jeune fille qu'elle était et laissé à sa place cette jeune femme triste et solitaire, au visage exquis et aux immenses yeux éperdus. C'était la femme qu'il avait créée ; c'était ce qu'il avait fait de la jeune fille qu'il avait naguère aimée.

Tout en descendant les marches recouvertes d'un épais tapis vers l'étage au-dessous, Raphaella jeta un bref coup d'œil dans le hall et vit les domestiques déjà occupés à épousseter les longues tables anciennes qui meublaient les corridors interminables. C'était le grand-père de John Henry qui avait fait construire la maison lorsqu'il était arrivé à San Francisco après la guerre de Sécession. Elle avait résisté au tremblement de terre de 1906 et était devenue l'un des plus importants témoignages architecturaux de la ville, avec sa silhouette élancée et ses quatre étages qui étaient perchés à côté du Presidio et dominaient la baie. La maison était exceptionnelle aussi parce qu'elle possédait quelques-uns des plus beaux lanterneaux de la ville, aux vitres colorées et qu'elle appartenait toujours à la même famille depuis sa construction, ce qui était très rare. Mais ce n'était pas une maison où Raphaella pourrait se sentir heureuse à présent. Elle ressemblait à ses yeux davantage à un musée ou un mausolée qu'à un foyer ; tout y était froid et inamical, comme le personnel qui n'avait pas changé depuis son arrivée. Elle n'avait jamais eu l'occasion de redécorer une seule pièce de la maison, et même si elle y vivait depuis quatorze ans, chaque fois qu'elle la quittait, elle avait l'impression d'être une orpheline ayant une valise pour tout bagage.

— Encore du café, Madame ?

La vieille femme qui officiait depuis trente-six ans dévisageait Raphaella comme chaque matin. Raphaella la voyait cinq jours par semaine depuis quatorze ans, mais cette femme demeurait pour elle une étrangère, et le serait toujours. Elle s'appelait Marie.

— Pas ce matin, répondit Raphaella en secouant la tête. Je suis pressée, merci.

Elle jeta un coup d'œil à la montre en or toute simple qu'elle portait au poignet, posa sa serviette de table et se leva. Le service à fleurs avait appartenu à la première femme de John Henry, comme beaucoup de choses du même genre dans la maison. Tout semblait appartenir à quelqu'un d'autre. « À la première Mme Phillips », comme disait le personnel, ou à la mère de John Henry, ou à sa grand-mère. Il n'y avait rien à elle. Parfois, elle avait l'impression que si un étranger se promenait dans la maison en posant des questions sur les ouvrages d'art, les tableaux et même de petits objets sans importance, il n'y avait rien dont on puisse dire : « Oh, ça c'est à Raphaella. » Elle possédait seulement ses vêtements et ses livres, ainsi que la collection impressionnante de lettres que lui écrivaient les enfants d'Espagne et qu'elle gardait dans des boîtes.

Les talons de Raphaella claquèrent sur le sol de marbre noir et blanc de l'office. Elle décrocha le téléphone et appela une ligne intérieure. Un instant après, un combiné fut décroché au deuxième étage par l'infirmière de jour.

— Bonjour. M. Phillips est réveillé ?

— Oui, mais il n'est pas tout à fait prêt.

Prêt. Prêt pour quoi ? Raphaella ressentit une curieuse crispation. Comment pouvait-elle lui tenir rigueur de quelque chose dont il n'était pas responsable ? Et pourtant, comment cela avait-il pu lui arriver à elle ? Tout, durant ces sept premières années avait été si merveilleux, si parfait, si…

— J'aimerais monter un moment, avant de m'en aller.

— Oh, mon Dieu, vous partez ce matin ?

Raphaella regarda à nouveau sa montre.

— Dans une demi-heure.

— Eh bien, alors, donnez-moi un quart d'heure. Passez avant votre départ.

Pauvre John Henry. Il aurait droit à dix minutes, et serait ensuite rendu à sa solitude. Elle ne partait que quatre ou cinq jours, mais elle hésitait pourtant à le laisser. S'il arrivait quelque chose ? Si les infirmières se montraient négligentes ? Elle avait toujours cette réaction lorsqu'elle le quittait. Elle se sentait mal à l'aise, tourmentée, coupable, comme si elle n'avait pas le droit de s'octroyer quelques jours de liberté. C'était toujours John Henry qui la persuadait de partir, qui sortait de sa rêverie et insistait pour l'obliger à s'évader de ce cauchemar qu'ils partageaient depuis si longtemps. Ce n'était d'ailleurs même plus un cauchemar, mais un néant, un état vague, comateux, où ils traînaient leur existence, interminablement.

Cette fois, elle prit l'ascenseur jusqu'au premier étage et gagna sa chambre, après avoir prévenu l'infirmière qu'elle irait voir son mari dans une quinzaine de minutes. Elle se regarda attentivement et longuement dans la glace, lissa ses cheveux noirs et passa la main sur l'épais chignon bas qu'ils formaient sur sa nuque. Elle sortit ensuite un chapeau de la penderie. C'était un modèle unique qu'elle avait acheté l'année précédente à Paris, lorsque les chapeaux étaient redevenus à la mode. Tout en l'ajustant avec soin, elle se demanda pourquoi elle avait pris la peine de l'acheter. Une légère voilette noire donnait encore plus de mystère à ses grands yeux en amande et, par contraste avec son chapeau noir, ses cheveux et la voilette, son teint ressortait plus laiteux que jamais. Elle mit avec application une touche de rouge à lèvres, fixa à ses oreilles des perles montées sur clip, ajusta son tailleur, tira ses bas, et s'assura que l'argent liquide qu'elle emportait toujours en voyage était bien dissimulé dans la poche intérieure du sac à main en lézard noir que sa mère lui avait envoyé d'Espagne. Son miroir lui renvoya l'image d'une femme d'une élégance, d'une beauté et d'une classe extraordinaires. Une femme qui dînait chez Maxim's, assistait aux courses à Longchamp, était invitée à des réceptions à Venise, Rome, Vienne et New York. C'était une femme qui allait au théâtre à Londres. Ce n'était ni le visage, ni le corps, ni l'allure d'une jeune fille qui était devenue femme sans que personne s'en aperçoive et qui était maintenant mariée à un vieil infirme moribond de soixante-seize ans. Voyant son image et ne connaissant que trop bien la vérité, Raphaella prit son sac et ses affaires avec un petit sourire lugubre, consciente plus que jamais de ce que les apparences pouvaient être trompeuses.

Elle haussa les épaules, jeta sur son bras un long et beau manteau de vison sombre en quittant sa chambre, et se dirigea de nouveau vers l'escalier. Un ascenseur avait été installé à cause de John Henry mais, la plupart du temps, elle préférait encore monter à pied. C'est ce qu'elle fit, jusqu'au deuxième étage où un appartement avait depuis longtemps été aménagé pour son mari, avec trois chambres attenantes réservées aux infirmières qui s'occupaient de lui à tour de rôle. C'étaient trois femmes d'un certain âge satisfaites de leur logement, de leur malade et de leur emploi. Elles étaient payées royalement et, comme la domestique qui avait servi son petit déjeuner à Raphaella, elles avaient en quelque sorte réussi à demeurer effacées et anonymes au fil des années. Raphaella regrettait souvent les domestiques passionnées et quelquefois impossibles de Santa Eugenia. Elles étaient prêtes à se mettre en quatre, mais se montraient souvent indociles et capricieuses comme des enfants, ayant servi la famille de sa mère parfois depuis des générations, en tout cas depuis de nombreuses années. Elles étaient batailleuses, puériles, aimantes et généreuses. Elles étaient gaies, coléreuses et pleines de dévouement à l'égard des gens pour qui elles travaillaient, pas comme ces calmes professionnelles qui s'occupaient de John Henry.

Raphaella frappa doucement à la porte de l'appartement de son mari, et un visage apparut aussitôt dans l'encadrement.

— Bonjour, madame Phillips. Nous sommes prêts.

Pourquoi « nous » ? Raphaella hocha la tête et suivit les quelques mètres de couloir jusqu'à la chambre à coucher, qui, comme sa propre chambre à l'étage au-dessous, était complétée par un boudoir et une petite bibliothèque. John Henry était dans son lit et contemplait la cheminée où flambait déjà un bon feu. Elle s'avança lentement et il ne sembla pas s'apercevoir de sa présence jusqu'à ce qu'elle s'asseye dans un fauteuil près de son lit et lui prenne la main.

— John Henry… (Après quatorze ans de vie à San Francisco, son accent était encore décelable quand elle prononçait son nom, mais son anglais était parfait à présent, depuis déjà des années.) John Henry…

Il tourna lentement les yeux vers elle sans déplacer

la tête, puis bougea légèrement de façon à la voir, et son visage las et ridé se tordit dans un demi-sourire.

— Bonjour, petite.

Son élocution était difficile mais elle parvenait à le comprendre, et, comme chaque fois, le cœur de Raphaella se serra à la vue de son sourire déformé.

— Tu es ravissante. Ma mère avait un chapeau comme celui-là, il y a longtemps, ajouta-t-il après un silence.

— Il est un peu ridicule sur moi, mais…

Elle haussa les épaules avec un petit sourire, mais ses yeux gardèrent la même expression triste. C'est sa bouche qui souriait à présent. Ses yeux le faisaient rarement. De même ceux de John Henry ne souriaient qu'à de rares occasions, et c'était quand il la regardait.

— Tu pars aujourd'hui ?

Il paraissait soucieux, et elle se demanda encore une fois si elle ne devrait pas annuler son voyage.

— Oui. Tu préférerais que je reste, chéri ?

Il secoua la tête et sourit de nouveau.

— Non. Pas du tout. Je voudrais même que tu partes plus souvent. Ça te fait du bien. Tu vas rejoindre…

Un instant, il eut l'air vague tandis qu'il cherchait dans sa mémoire quelque chose qui ne s'y trouvait manifestement plus.

— Ma mère, ma tante et deux de mes cousines.

— Alors, je suis sûr que tu seras en sécurité, répondit-il en fermant les yeux.

— Je suis toujours en sécurité.

Il acquiesça silencieusement, comme sous le coup d'une grande fatigue, Raphaella se leva et se pencha pour l'embrasser sur la joue, puis lâcha doucement sa main. Elle crut un instant qu'il allait s'endormir, mais il rouvrit brusquement les yeux.

— Sois prudente, Raphaella.

— C'est promis. Je t'appellerai.

— Ne te donne pas cette peine. Oublie plutôt tout ça et amuse-toi.

Avec qui ? Sa mère ? Sa tante ? Un soupir se forma en elle, mais elle ne le laissa pas échapper.

— Je serai de retour très vite, et tout le monde ici sait où me trouver si tu as besoin de moi.

— Je n'ai pas besoin de toi… enfin, pas de cette façon. Pas suffisamment pour gâcher ton plaisir.

— Ça n'est jamais arrivé, chuchota-t-elle en se penchant pour l'embrasser encore une fois. Tu vas me manquer.

Cette fois il secoua la tête et se détourna.

— Non.

— Chéri…

Il était temps de partir pour l'aéroport, mais elle se sentait mal à l'aise de le laisser comme ça. Elle se sentait toujours mal à l'aise. Était-ce bien de le laisser ? Devait-elle rester ?

— John Henry…

Elle lui effleura la main et il se tourna pour la regarder.

— Il faut que je parte maintenant.

— Très bien, mon petit, très bien, répondit-il avec un regard qui l'absolvait, et il prit sa jeune main ferme dans ses doigts déformés qui avaient été naguère si doux et si jeunes. Fais bon voyage.

Il tenta d'y mettre toute la conviction dont il était capable.

Il secoua la tête lorsqu'il vit qu'elle avait les larmes aux yeux. Il savait à quoi elle pensait.

— Va-t'en donc. Tout ira bien.

— Tu me le promets ?

Elle avait les yeux pleins de larmes à présent, et le sourire de John Henry était très doux quand il lui baisa la main.

— Je te le promets. Maintenant, sois raisonnable, pars et amuse-toi bien. Promets-moi de t'acheter quelque chose de très beau et de très cher à New York.

— Quoi, par exemple ?

— Un manteau de fourrure, ou un bijou, dit-il avec une expression nostalgique. Quelque chose que tu aurais aimé que je t'offre.

Puis il plongea son regard dans le sien et sourit. Elle secoua la tête, des larmes roulaient sur ses joues. Elles la rendaient encore plus belle et la voilette noire donnait à ses yeux un charme mystérieux.

— Je ne suis jamais aussi généreuse que toi, John Henry.

— Eh bien, tâche de faire mieux, dit-il en prenant sa plus grosse voix et tous deux éclatèrent de rire. Promis ?

— D'accord. Mais pas une autre fourrure.

— Alors quelque chose qui étincelle.

— Je verrai.

Un bijou ? Mais ou le porterait-elle ? Chez elle, à San Francisco, devant la cheminée ? L'inanité de sa vie l'accabla presque tandis qu'elle lui souriait sur le pas de la porte et agitait la main une dernière fois à son adresse.

4

À l'aéroport, le chauffeur vint s'arrêter devant l'entrée des vols en partance et montra à l'agent de police son laissez-passer. Les chauffeurs de John Henry bénéficiaient de laissez-passer délivrés par le bureau du gouverneur et renouvelés tous les ans, qui leur permettaient de se garer là où ils le désiraient, et, en l'occurrence, de laisser la limousine le long du trottoir pendant qu'il emmenait Raphaella à l'intérieur du bâtiment pour la mettre dans son avion. La compagnie était toujours prévenue de son arrivée et elle avait toujours l'autorisation de monter à bord avant les autres passagers.

Dans l'immense hall animé qu'ils traversaient posément, le chauffeur chargé de son fourre-tout, les gens se retournaient sur cette femme d'une extraordinaire beauté portant manteau de vison et voilette. Le chapeau ajoutait une note spectaculaire et les joues étaient creuses sous les pommettes d'ivoire parfaitement dessinées soulignant ses splendides yeux noirs.

— Tom, voulez-vous m'attendre ici une minute, s'il vous plaît ?

Elle lui avait effleuré le bras pour l'arrêter, alors qu'il marchait selon les ordres reçus à côté d'elle, uniquement soucieux de la mener jusqu'à l'avion le plus vite possible. M. Phillips n'aimait pas qu'elle s'attarde dans les aéroports, encore que reporters ou photographes ne les aient pas pourchassés depuis des années ; elle avait été tenue à l'écart de l'attention du public si radicalement que même les journalistes ne savaient plus qui elle était.

Elle laissa le chauffeur près d'une colonne et entra vivement dans la librairie de l'aéroport, après un coup d'œil au chauffeur qui s'adossait au mur en tenant d'une main ferme son grand fourre-tout en cuir. De là où il se trouvait, il pouvait admirer sa beauté fascinante, tandis qu'elle évoluait entre les rayons de journaux, de livres et de confiserie, tranchant sur les autres voyageurs en manteau de voyage, parka et vieux jean. De temps à autre on voyait bien une femme séduisante ou encore un homme élégamment habillé, mais rien de comparable à Mme Phillips. Tom la vit choisir un livre relié sur un rayon, se diriger vers la caisse et chercher dans son sac.

Ce fut à ce moment-là qu'Alex Hale entra d'un pas pressé dans l'aéroport, son porte-documents à une main et une housse de voyage sur l'autre bras. Il était préoccupé. Il était en avance mais il devait téléphoner à son bureau avant de prendre l'avion. Il s'arrêta devant une rangée de cabines téléphoniques voisines de la librairie, posa ses bagages et fouilla dans sa poche pour trouver de la monnaie. Il composa le numéro et introduisit les pièces supplémentaires demandées par l'opératrice quand sa réceptionniste prit la communication. Il avait plusieurs messages de dernière minute à laisser à ses associés, il voulait expliquer un mémo à sa secrétaire avant de partir, et il était impatient de savoir si elle avait bien reçu le coup de téléphone qu'il attendait de Londres. Au moment où il posait cette dernière question, il se tourna par hasard et vit avec amusement un exemplaire du nouveau roman de sa mère changer de mains à la caisse de la librairie. Une femme vêtue d'un manteau de vison et portant un chapeau noir avec une voilette était en train de l'acheter. Il la contempla avec fascination tandis que sa secrétaire le mettait en attente pour répondre à un autre appel. C'est alors que Raphaella repartit dans sa direction, les yeux à peine ombragés par la voilette, tenant le livre dans sa main gantée. Lorsqu'elle passa près de lui, il sentit tout à coup son parfum et, en un instant, il s'avisa qu'il avait déjà vu ces yeux-là.

« Oh, mon Dieu ! » Les mots s'échappèrent dans un murmure, tandis qu'il restait stupéfait. C'était la femme de l'escalier. La voilà qui disparaissait dans la foule de l'aéroport, avec le dernier roman de sa propre mère à la main. Pendant un instant, il eut follement envie de crier « Attendez ! » mais il était prisonnier du téléphone et ne pouvait bouger tant que sa secrétaire n'avait pas répondu à sa question, cependant qu'il fouillait désespérément du regard la foule en mouvement. En une minute, malgré tous ses efforts pour ne pas la perdre de vue, elle sortit du cercle de sa vision et disparut. La secrétaire reprit la ligne peu après, mais ce ne fut que pour donner une réponse décevante, et lui dire qu'elle devait prendre un autre appel.

— J'ai attendu tout cc temps-là au téléphone pour ça, Barbara ?

Pour la première fois depuis bien longtemps, la jeune femme remarqua qu'il avait l'air en colère, mais elle ne put que marmotter « Excusez-moi » avant de se hâter de répondre à deux autres appels.

Alors, comme s'il pouvait encore la rattraper s'il se dépêchait, il se retrouva courant au milieu de la foule, guettant le manteau de fourrure et le chapeau noir à voilette. Il ne tarda pas à se rendre à l'évidence, elle n'était pas là. Mais quelle différence cela faisait-il, après tout ? Qui était-elle ? Personne. Une inconnue.

Il se moqua de cet élan romanesque qui l'avait entraîné à poursuivre une femme mystérieuse à travers la moitié de l'aéroport. « Du calme », se dit-il en se faufilant dans la foule jusqu'au comptoir où les passagers s'alignaient déjà pour prendre le numéro de leur place et leur carte d'embarquement. Lorsque son tour arriva, les seules places qui restaient se trouvaient dans les deux dernières rangées de sièges.

— Pourquoi ne pas me mettre dans les toilettes, pendant que vous y êtes ?

Il regarda d'un air désabusé l'employé qui se contenta de sourire.

— Croyez-moi, celui qui viendra après vous devra s'en contenter et nous placerons les suivants dans les soutes. L'avion est plein à craquer.

— Charmante perspective !

L'employé lui adressa un sourire désarmant et eut un geste d'impuissance.

— Que faire si la compagnie a du succès ?

Tous deux rirent.

Brusquement, Alex se surprit de nouveau à la chercher des yeux et de nouveau en vain. Il eut même un fol instant la tentation de demander à l'employé s'il ne l'avait pas vue mais il reconnut que c'était plus qu'un peu stupide.

L'employé lui donna sa carte d'embarquement et il prit place dans la file qui s'était formée. Il avait de quoi s'occuper l'esprit pendant l'attente, en pensant au client qu'il devait rencontrer à New York, à sa mère, à sa sœur, à sa nièce Amanda. Pourtant, la femme au manteau de vison recommença à l'obséder, comme le soir où il l'avait vue pleurer sur les marches. À moins qu'il ne soit devenu fou et que ce ne soit pas la même femme ? Il sourit, les créatures de son imagination achetaient même les livres de sa mère ! Peut-être était-ce de la psychose et il perdait l'esprit ? Néanmoins, l'idée l'amusa tandis que la file avançait lentement ; il sortit de sa poche sa carte d'embarquement et, une fois de plus, se força à penser à tout ce qu'il avait à faire à New York.

Raphaella s'était assise rapidement à sa place, tandis que Tom, le chauffeur, glissait le fourre-tout sous son siège et que l'hôtesse la débarrassait en silence de son manteau. Tout le personnel avait été prévenu qu'une personnalité était à bord du vol pour New York, mais qu'elle avait choisi de voyager en classe touriste et non en première. Depuis des années, Raphaella répétait en effet à John Henry que cela lui semblait plus « discret », et que personne ne s'attendait à voir la femme d'un des hommes les plus riches du pays perdue au milieu de mères de famille, de secrétaires, de représentants de commerce et d'enfants. Quand on la fit embarquer avant tout le monde, elle s'installa vivement dans un fauteuil de l'avant-dernier rang – comme toujours. C'était discret, presque au point d'atteindre l'invisibilité. Raphaella savait aussi que le personnel s'arrangeait dans la mesure du possible pour ne placer personne à côté d'elle, de sorte qu'elle était pratiquement sûre de rester seule pendant toute la durée du trajet. Elle remercia Tom de son aide, et le regarda quitter l'avion juste au moment où les premiers passagers montaient à bord.

5

Au milieu de la cohue, Alex avançait pas à pas sur l'étroite passerelle qui menait à la porte de l'avion où ils étaient canalisés et entraient un par un dans le gigantesque appareil, accueillis par la cohorte d'hôtesses souriantes qui vérifiaient et gardaient les cartes d'embarquement et indiquaient leurs places aux passagers. Ceux de première classe étaient déjà assis et ils étaient cachés dans leur monde privilégié par deux rideaux tirés pour les protéger des regards curieux. Dans la partie centrale de l'appareil, les autres s'installaient déjà, poussant des bagages à main trop volumineux dans le couloir central ou fourrant porte-documents et paquets dans les filets, ce qui obligea rapidement les hôtesses à des va-et-vient continuels pour demander aux passagers de tout mettre sous leur siège à l'exception des chapeaux et des manteaux. C'était un refrain bien connu pour Alex qui chercha machinalement sa place, sachant déjà où elle se trouvait. Il avait abandonné sa housse à vêtements entre les mains d'une hôtesse en entrant, quant à son porte-documents, il le glisserait sous son siège, après en avoir sorti un ou deux dossiers qu'il avait l'intention de lire pendant la première partie du voyage. C'est à cela qu'il songeait en se dirigeant vers la queue de l'appareil, prenant garde de ne pas heurter d'autres passagers ou leurs enfants. Brièvement il repensa à son inconnue, mais c'était inutile de se demander si elle était là. Elle ne se trouvait pas dans la foule des passagers qui attendait pour embarquer, il en déduisit donc qu'elle ne serait pas dans l'avion.

Il atteignit la place qui lui avait été assignée et déposa tranquillement son porte-documents sous son siège avant de s'asseoir. Il remarqua, un peu agacé seulement, qu'il y avait déjà un petit bagage sous un des sièges proches de lui et il en conclut qu'il ne serait pas seul pendant le vol.

Il espéra que ce serait quelqu'un qui avait autant de travail que lui. Il n'avait aucune envie d'être obligé de tenir une conversation pendant le voyage. Il s'installa, reprit le porte-documents et en sortit les deux dossiers qu'il voulait étudier, heureux que son voisin ait momentanément disparu. Quelques instants plus tard, devinant une présence à côté de lui, il quitta machinalement des yeux la page qu'il était en train de lire. Et, ce faisant, il se retrouva en train de contempler une paire de très élégantes et coûteuses chaussures en lézard noir agrémentées de petits clips dorés – de chez Gucci, pensa-t-il machinalement – puis deux chevilles encore plus séduisantes que les chaussures. Se sentant quelque peu semblable à un potache, il eut conscience que ses yeux remontaient lentement le long des jambes élancées, jusqu'à l'ourlet de la jupe noire, puis encore plus haut, tout au long de l'interminable tailleur, jusqu'au visage de femme légèrement incliné sur le côté qui l'examinait. On aurait dit qu'elle était sur le point de lui poser une question et aussi qu'elle s'était parfaitement rendu compte qu'il venait de la détailler des pieds à la tête. Mais lorsqu'il se redressa pour la voir, une expression de stupeur se peignit sur sa figure et sans réfléchir, il se leva et lui dit :

— Mon Dieu, c'est vous !

Elle eut l'air aussi stupéfaite que lui et le regarda en se demandant ce qu'il entendait par là et qui il était. Comme il semblait la connaître, elle eut peur qu'il n'ait vu sa photo un jour dans la presse. C'était peut-être même un journaliste, et elle fut tentée de tourner les talons et de s'enfuir. Mais dans l'avion, elle serait sa prisonnière pendant des heures. Anxieuse, les yeux dilatés et effrayés, serrant son sac sous son bras, elle recula, décidée à aller trouver une hôtesse pour demander à être placée en première classe. Ou peut-être n'était-il pas trop tard pour qu'on la fasse débarquer. Elle prendrait le vol suivant pour New York.

— Je… Non… murmura-t-elle en se détournant.

Mais avant qu'elle ait eu le temps de s'écarter de lui, elle sentit sa main sur son bras. Il avait vu la terreur qui se reflétait dans ses yeux et était horrifié de l'avoir effrayée.

— Non, je vous en prie.

Elle se retourna vers lui, sans trop savoir pourquoi. Son instinct lui disait encore de fuir.

— Qui êtes-vous ?

— Alex Hale. Je voulais seulement… c'est que… (Il lui sourit avec gentillesse.) Je vous ai vue acheter cela à l'aéroport, continua-t-il en jetant un coup d'œil vers le livre qui était posé sur le siège de Raphaella mais pour elle il n'y avait pas de rapport logique et c'était incompréhensible.

« … Et je… je vous ai vue une fois sur les marches,

au coin de Broderick et Broadway il y a environ une semaine. Vous étiez…

Comment lui expliquer à présent qu'elle était en train de pleurer ? Cela ne pouvait que provoquer sa fuite. Mais ce qu'il avait dit lui causa un choc, et cette fois, elle le considéra avec attention. La mémoire parut lui revenir et son visage s'empourpra peu à peu légèrement.

— Je…

Elle hocha la tête et détourna le regard. Peut-être n'était-ce pas un journaliste, simplement un fou, ou un naïf. En tout cas, elle n'avait aucune envie de passer cinq heures à côté de lui, à se demander pourquoi il l'avait retenue par le bras ou s'était exclamé : « Mon Dieu, c'est vous ! » Mais tandis qu'elle le regardait, immobile, en réfléchissant, les yeux rivés aux siens, les passagers furent invités à gagner leur place et il s'écarta lentement pour lui libérer le passage.

— Pourquoi ne vous asseyez-vous pas ?

Il était là, grand, fort, imposant et, comme incapable de lui échapper, elle passa en silence devant lui et s'assit. Elle avait déjà rangé son chapeau dans le filet avant l'arrivée d'Alex, et ses cheveux scintillèrent comme de la soie noire quand elle inclina la tête et se détourna. Elle avait l'air de regarder par le hublot et Alex ne lui dit plus rien. Il s'assit à sa place, laissant un siège libre entre eux.

Il sentait son cœur battre la chamade. Elle était aussi belle qu'il l'avait pensé la première fois, le soir où il l'avait vue assise sur les marches, enveloppée dans son manteau de lynx comme dans un nuage gris, ses yeux noirs inoubliables levés vers lui, des flots de larmes ruisselant silencieusement sur sa figure. C'était la même femme qui se trouvait à présent à deux pas de lui, et chaque fibre de son être le poussait à s'approcher d'elle, à la toucher et à la prendre dans ses bras. C'était de la folie et il le savait. Elle était une parfaite inconnue. Il sourit intérieurement. Les termes convenaient bien. En contemplant son cou, ses mains, la façon dont elle était assise, tout ce qu'il voyait était perfection et lorsqu'il aperçut son profil l'espace d'un instant, il ne put détacher ses yeux de son visage. Prenant conscience de la gêne qu'il lui causait, il saisit brusquement ses deux dossiers et les parcourut sans les voir, espérant lui faire croire qu'elle ne l'intéressait plus et qu'il était occupé à autre chose. Ce n'est qu'après le décollage qu'il se rendit compte qu'elle le regardait et remarqua du coin de l'œil qu'elle l'examinait avec attention.

Incapable de feindre l'indifférence plus longtemps, il se tourna vers elle, le regard bienveillant, avec un sourire hésitant mais chaleureux.

— Je suis désolé si je vous ai fait peur tout à l'heure. Pourtant... ce n'est pas mon habitude, ajouta-t-il en souriant plus carrément, mais elle ne répondit pas à son sourire. Je... je ne sais pas comment m'expliquer.

Pendant un instant, il se sentit vraiment fou d'essayer de s'expliquer devant elle qui restait là à le dévisager sans autre expression dans ses yeux que ce regard qui l'avait tant touché la première fois.

— Ce soir-là où je vous ai vue sur les marches, quand vous... (il décida de sauter le pas et de le dire) quand vous pleuriez, vous avez levé la tête vers moi et je me suis senti tellement impuissant... puis vous avez disparu. D'un seul coup. Vous n'étiez plus là. Cela m'a tourmenté pendant plusieurs jours. Je n'ai cessé de penser à vous, avec ces larmes qui vous coulaient sur la figure.

Tandis qu'il lui parlait, il crut voir l'expression de son

regard s'adoucir, mais ses traits restèrent imperturbables. Il sourit de nouveau et haussa légèrement les épaules.

— Peut-être que j'ai un faible pour les demoiselles en détresse, mais vous m'avez tracassé toute la semaine. Et voilà que je vous retrouve ce matin. Je regardais une femme en train d'acheter un livre pendant que je téléphonais à mon bureau…

Il sourit en direction du livre à la jaquette bien connue sans préciser à quel point elle l'était pour lui.

— … Et j'ai compris que c'était vous… un vrai scénario de film. Depuis une semaine, l'image de vous en train de pleurer sur une marche ne me quitte pas, et brusquement vous êtes là, toujours aussi belle.

Cette fois elle sourit. Il était si gentil et il avait l'air si jeune. Jusqu'à un certain point il lui rappelait subitement son frère qui tombait amoureux deux ou trois fois par mois quand il avait quinze ans.

— Puis vous avez de nouveau disparu, continua-t-il, et quand j'ai raccroché vous vous étiez volatilisée.

Elle ne voulut pas lui dire qu'elle était entrée dans un bureau privé et avait été conduite jusqu'à l'avion par des couloirs interdits au public. Mais il eut l'air déconcerté pendant un instant.

— Je ne vous ai même pas vue monter dans l'avion. Dites-moi la vérité, ajoutait-il en baissant la voix sur un ton de conspirateur, vous êtes magicienne ?

Il avait l'air d'un grand enfant et elle ne put réprimer un sourire.

Ses yeux commencèrent à pétiller quand elle le regarda sans plus d'humeur ni de crainte. Il était un peu fou, un peu jeune, pas mal romanesque et elle avait l'intuition qu'il ne lui voulait aucun mal. Il était simplement charmant et un tantinet ridicule.

— Effectivement, lui répondit-elle avec un petit sourire.

— Ah ! Je m'en doutais. Une magicienne. C'est fantastique.

Il se renversa dans son fauteuil avec un grand sourire et Raphaella lui sourit à son tour. Le jeu était amusant. Et rien ne pouvait lui arriver, elle était dans l'avion. C'était un inconnu et elle ne le reverrait jamais. Dès l'atterrissage à New York, les hôtesses la feraient immédiatement débarquer et elle serait de nouveau en sécurité, entre des mains familières. Mais juste pour une fois, c'était distrayant de jouer à ce jeu avec un inconnu. Elle se souvenait très bien de lui à présent, c'était le soir où, se sentant désespérément solitaire, elle s'était échappée de la maison et s'était assise pour pleurer sur les longues marches de pierre qui menaient au bas de la colline. Elle l'avait vu lorsqu'elle avait levé les yeux et avant qu'il ait pu s'approcher, elle avait fui par le jardin en terrasse. Tandis qu'elle repensait à cette soirée, elle s'aperçut qu'Alex lui souriait de nouveau.

— Est-ce difficile d'être une magicienne ?

— Quelquefois.

Il crut reconnaître dans sa voix un accent, mais n'en était pas sûr. Alors, entraîné par le jeu sans risque qu'ils jouaient, il décida de l'interroger.

— Êtes-vous une magicienne américaine ?

— Non, lui répondit-elle en lui souriant encore.

Malgré son mariage avec John Henry, elle avait gardé la double nationalité française et espagnole. Elle ne voyait pas quel mal il y avait à bavarder avec ce compagnon de voyage qui semblait s'interroger en regardant la collection de bagues qu'elle portait aux deux mains.

Elle connaissait la question qu'il se posait et savait aussi qu'il aurait bien du mal à trouver la réponse.

Elle n'eut soudain plus envie de le lui dire, elle n'eut plus envie d'être Mme John Henry Phillips rien que pour quelques heures. Pour un moment, elle voulait seulement être Raphaella, une très jeune femme.

— Vous ne m'avez pas dit d'où vous étiez, magicienne, reprit-il.

Son regard se détourna par force des mains de Raphaella. Peu importe qui elle était, il avait conclu qu'elle était aisée et il avait été soulagé de ne pas trouver d'alliance à sa main gauche. Il avait imaginé pour une raison quelconque qu'elle avait probablement un père fortuné, qui lui avait peut-être fait une scène, ce qui expliquait qu'il l'ait vue en train de pleurer sur les marches. Ou peut-être qu'elle était divorcée. Pour tout dire, il ne s'en souciait même pas. Ce qui l'intéressait, c'étaient ses mains, ses yeux, son sourire et l'attrait irrésistible qu'elle exerçait sur lui. Il s'était maintenant bien rapproché d'elle, mais il savait qu'il ne pouvait pas la toucher. Il devait se contenter de jouer le jeu.

Mais elle lui souriait franchement à présent. Pendant un instant, ils étaient presque devenus amis.

— Je suis française.

— Vraiment ? Vous vivez toujours là-bas ?

Elle secoua la tête, subitement plus grave.

— Non, j'habite San Francisco.

— Je m'en doutais.

— Vraiment ? demanda-t-elle, surprise, en levant les yeux vers lui. Comment le savez-vous ?

Il y avait quelque chose de très naïf dans sa manière de poser la question et, en même temps, son regard était empreint de sagesse. Sa façon de lui parler donnait à penser qu'elle n'avait pas dû se frotter beaucoup à la dure réalité du monde.

— Ai-je l'air d'une San-Franciscaine ?

— Non, pas du tout, mais j'avais le pressentiment que vous y viviez. Vous vous y plaisez ?

Elle acquiesça d'un lent hochement de tête mais ses yeux avaient repris leur expression de tristesse infinie. Parler avec elle, c'était comme de naviguer dans des eaux dangereuses, il ne savait jamais s'il était sur le point de s'échouer ou s'il pouvait au contraire poursuivre en toute sécurité.

— Oui, mais je ne sors plus beaucoup en ville.

— Ah ?

Il eut peur de poser une question sérieuse, comme demander pourquoi elle ne sortait pas.

— Que faites-vous à la place ?

Sa voix était si douce qu'elle produisit sur la jeune femme l'effet d'une caresse et elle tourna vers lui les plus grands yeux qu'il avait jamais vus.

— Je lis. Beaucoup.

Elle lui sourit et haussa les épaules, comme embarrassée. Puis elle rougit un peu en détournant son regard, qu'elle ramena ensuite sur lui pour demander :

— Et vous ?

Elle se sentit très courageuse d'avoir posé une question aussi personnelle à cet inconnu.

— Je suis avocat.

Sa réponse lui plut. Le droit l'avait toujours intriguée et en quelque sorte c'était un métier qui correspondait très bien à son interlocuteur. Elle lui donnait à peu près le même âge qu'elle. À la vérité, il en avait six de plus.

— Ça vous plaît ?

— Beaucoup. Et vous, magicienne, que faites-vous en dehors de lire ?

Un instant, elle pensa lui répondre avec une pointe d'ironie qu'elle était infirmière, mais cela lui parut d'une cruauté inaccoutumée à l'égard de John Henry, et elle resta silencieuse un instant, se contentant de secouer la tête.

— Rien, répondit-elle enfin. Rien du tout, répéta-t-elle en regardant Alex droit dans les yeux.

Il se demanda à nouveau quelle était son histoire, sa vie, ce qu'elle faisait toute la journée, et pourquoi elle avait pleuré cette nuit-là. Soudain cela le tracassait plus que jamais.

— Vous voyagez beaucoup ?

— De temps en temps. Seulement pour quelques jours.

Elle regarda ses mains, les yeux fixés sur le large nœud d'or qu'elle portait à la main gauche.

— Vous retournez en France maintenant ?

Il avait pensé à Paris et, bien sûr, avait vu juste.

— Non, à New York. Je ne vais à Paris qu'une fois par an, en été.

Il hocha la tête lentement et sourit.

— C'est une ville magnifique. J'y ai passé six mois et j'ai été enchanté.

— Tiens ? (Raphaella eut l'air contente.) Alors vous parlez français ?

— Pas vraiment… (Le large sourire juvénile réapparut.) Certainement pas aussi bien que vous parlez anglais.

Elle rit doucement et prit dans ses mains le livre qu'elle avait acheté à l'aéroport. Alex l'indiqua avec une lueur de malice dans les yeux.

— Vous lisez beaucoup de ses romans ?
— De qui ?
— Charlotte Brandon.
— Oui, je l'adore. J'ai lu tous ses livres.
Puis elle ajouta, avec un air d'excuse :
— Je sais que ce n'est pas très sérieux comme lecture, mais c'est merveilleux pour s'évader. Quand j'ouvre un de ses livres, je suis instantanément absorbée dans l'univers qu'elle décrit. Je pense que ce genre de lecture doit paraître idiot à un homme, mais... c'est très divertissant.
Elle ne pouvait pas lui dire que les livres l'avaient empêchée de devenir folle pendant ces sept dernières années.
Le sourire d'Alex s'accentua.
— Je sais, je les ai lus moi aussi.
— Tiens ?
Raphaella le considérait avec rien de moins que de la stupéfaction. Les romans de Charlotte Brandon ne semblaient pas le genre de livres qu'un homme lirait. John Henry n'avait certainement jamais rien lu d'elle, pas plus que son père. Ils lisaient des livres d'économie ou d'histoire.
— Et vous les aimez ?
— Beaucoup. D'ailleurs, ajouta-t-il, décidé à s'amuser encore un peu, je les ai tous lus.
— C'est vrai ?
Ses grands yeux s'élargirent encore. Cela lui semblait curieux de la part d'un avocat. Elle lui sourit de nouveau en lui montrant le livre. Peut-être avait-elle finalement trouvé un ami.
— Vous avez lu celui-ci ? C'est le dernier.
Il hocha la tête en donnant un coup d'œil au livre :
— Je crois que c'est son meilleur. Il est plus sérieux

que les autres, plus profond. Elle y évoque beaucoup la mort, ce n'est pas une simple histoire à l'eau de rose. Elle dit des choses très importantes.

Il savait que sa mère avait écrit ce roman l'année précédente avant de subir une grave opération chirurgicale et elle avait eu peur que ce soit son dernier livre. Elle avait essayé d'en faire une œuvre de poids et elle y avait réussi. Le visage d'Alex devint plus grave quand il répondit à Raphaella :

— Ce livre-là compte énormément pour elle.

Raphaella le regarda bizarrement.

— Comment le savez-vous ? Vous l'avez rencontrée ?

Il ne répondit pas tout de suite, puis son grand sourire réapparut et il se pencha vers Raphaella en chuchotant :

— C'est ma maman.

Mais, cette fois, Raphaella eut un rire moqueur. Le son était celui d'une cloche d'argent et il tinta agréablement aux oreilles d'Alex.

— Non, honnêtement, c'est vrai !

— Vous savez, pour un avocat, vous êtes très fantaisisiste.

— Fantaisiste ? répéta-t-il en s'efforçant d'avoir l'air vexé. Je ne plaisante pas. Charlotte Brandon est ma mère.

— Et le président des États-Unis est mon père.

— Félicitations. (Il tendit la main, elle y glissa la sienne toute fraîche et ils échangèrent une vigoureuse poignée de main.) À propos, je m'appelle Alex Hale.

— Vous voyez ! dit-elle en se mettant à rire. Vous ne vous appelez pas Brandon !

— C'est son nom de jeune fille. Elle s'appelle Charlotte Brandon Hale.

— Mais bien sûr…

Raphaella continuait à rire sans pouvoir s'arrêter.

— Vous racontez toujours des histoires comme ça ?

— Seulement à des inconnues. À propos, magicienne, comment vous appelez-vous ?

Il savait que sa question était indiscrète, mais il voulait absolument connaître son nom. Il voulait la faire sortir de son anonymat. Il voulait savoir qui elle était, où elle habitait, pour pouvoir la retrouver si jamais elle se volatilisait encore.

Elle n'hésita qu'un instant avant de répondre, puis sourit et dit :

— Raphaella.

Il secoua la tête avec un petit sourire dubitatif.

— C'est vous qui me racontez des histoires, maintenant. Raphaella, ce n'est pas un prénom français.

— Non, c'est espagnol. Je ne suis qu'à moitié française.

— Et à moitié espagnole ?

Il pensait que son teint de porcelaine, ses yeux noirs et ses cheveux de jais en étaient la preuve, sans se douter qu'elle ressemblait au contraire à son père qui était français.

— Oui, je suis à moitié espagnole.

— De cœur ou d'esprit ?

— C'est une question difficile. J'hésite moi-même. Je crois que mon cœur est français, et que mon esprit est espagnol. Je pense comme une Espagnole, pas tellement par choix personnel mais plutôt par habitude. Peut-être parce que le mode de vie conditionne en quelque sorte la personnalité.

Alex jeta par-dessus son épaule un coup d'œil méfiant et se pencha vers elle en chuchotant :

— Je ne vois pas de duègne.

Elle fit rouler ses yeux.

— Ah non, mais vous en verrez !

— Vraiment ?

— Tout à fait. Le seul endroit où je suis seule, c'est en avion.

— Voilà qui est étrange et bien mystérieux.

Il avait envie de lui demander son âge, tout en se disant qu'elle devait avoir vingt-cinq ou vingt-six ans, et il aurait été étonné d'apprendre qu'elle en avait trente-deux.

— Ça ne vous dérange pas ?

— Quelquefois, mais le contraire me paraîtrait plus bizarre. J'y suis habituée, et je me dis parfois que ce doit être effrayant de ne pas être protégée.

— Pourquoi ?

Elle l'intriguait plus que jamais. Elle était différente de toutes les femmes qu'il connaissait.

— On n'aurait plus de protection, répondit-elle avec le plus grand sérieux.

— Contre qui ?

Elle réfléchit un long moment, sourit, puis dit doucement :

— Des gens comme vous.

À cours de réponse, il se contenta de lui sourire, et ils restèrent un bon moment assis l'un à côté de l'autre, plongés dans leurs pensées, chacun s'interrogeant sur la vie de l'autre. Lorsqu'elle se tourna à nouveau vers lui, elle paraissait plus détendue, et elle lui demanda avec curiosité :

— Pourquoi m'avez-vous raconté cette histoire à propos de Charlotte Brandon ?

Elle n'arrivait pas bien à le cerner, mais il lui plaisait

et, pour autant qu'elle pouvait en juger, il lui paraissait honnête, gentil, drôle et intelligent.

— Parce que c'est vrai, lui répondit-il en souriant. C'est ma mère, Raphaella. Dites-moi, c'est vraiment votre prénom ?

— Mais oui, répondit-elle, sans pourtant lui donner son nom de famille. Rien que Raphaella.

Et ce nom plut à Alex.

— En tout cas, c'est vraiment ma mère.

Il lui montra du doigt la photo au dos du livre, puis regarda tranquillement Raphaella qui tenait toujours le roman dans sa main.

— Elle vous plairait beaucoup. C'est une femme remarquable.

— Je n'en doute pas.

Néanmoins, il était évident qu'elle ne le croyait pas. Amusé, Alex prit dans la poche de sa veste le portefeuille noir que Kay lui avait offert pour son anniversaire, l'année précédente. Les mêmes initiales G que sur les chaussures en lézard de Raphaella l'ornaient – Gucci. Il en sortit deux photos cornées qu'il lui tendit en silence par-dessus le siège vide. Elle le regarda un instant, puis ses yeux s'agrandirent. Une des photos était la même que celle qui se trouvait au dos du livre, et sur l'autre, on voyait Charlotte Brandon en train de rire, entourée d'Alex, de sa sœur et de George.

— Portrait de famille. Elle a été prise l'an dernier. Ma sœur, mon beau-frère et ma mère. Qu'en dites-vous ?

Raphaella souriait en le regardant avec une soudaine révérence.

— Oh, il faut que vous me parliez d'elle ! Elle est merveilleuse, n'est-ce pas ?

— Absolument ! Et en fait, magicienne…

Il se leva, glissa les deux dossiers dans le filet qui se trouvait au dos du fauteuil, devant lui, et se rassit sur le siège à côté d'elle.

— … je pense que vous êtes merveilleuse aussi. Et maintenant, avant de tout vous dire sur ma mère, puis-je vous proposer de boire quelque chose avant le déjeuner ?

C'était la première fois qu'il se servait de sa mère pour séduire une femme, mais il n'avait aucun scrupule ; il voulait savoir le plus de choses possible sur Raphaella avant que l'avion atterrisse à New York.

Ils bavardèrent pendant les quatre heures et demie qui suivirent, tout en buvant deux verres de vin blanc, puis en prenant un repas parfaitement immangeable qu'ils avalèrent sans même s'en rendre compte, parlant de Paris, de Rome, de Madrid, de la vie à San Francisco, de littérature, des gens, des enfants et du droit. Elle apprit qu'il possédait une jolie petite maison de style victorien à laquelle il tenait beaucoup. Il apprit quelle vie elle menait en Espagne, à Santa Eugenia et l'écouta, fasciné, évoquer un monde qui le ramenait plusieurs siècles en arrière et ne ressemblait à rien de ce qu'il avait connu. Elle lui parla des enfants qu'elle aimait tant, des histoires qu'elle leur racontait, de ses cousines, des potins ridicules que suscitait ce genre d'existence. Elle lui parla de tout, sauf de John Henry et de sa vie actuelle ; ce n'était d'ailleurs pas une vie. C'était un vide sombre, une non-vie. Ce n'est pas qu'elle voulait le lui cacher, mais c'est qu'elle-même n'avait pas envie d'y penser.

Lorsque l'hôtesse leur demanda d'attacher leur ceinture, ils eurent l'un et l'autre l'air de deux enfants à qui l'on vient de dire que la fête est terminée et qu'il faut rentrer à la maison.

— Qu'allez-vous faire maintenant ?

Il savait déjà qu'elle rejoignait sa mère, sa tante et ses cousines, dans la plus pure tradition espagnole, et qu'elle séjournait avec elles dans le même hôtel à New York.

— Maintenant ? Je vais retrouver ma mère à l'hôtel. Tout le monde doit être déjà arrivé.

— Puis-je vous déposer en taxi ?

Elle secoua lentement la tête.

— Non, on vient me chercher. En fait (elle le regarda à regret) je vais encore me volatiliser dès que nous allons arriver.

— Au moins je pourrai vous aider à prendre vos bagages.

Il le dit d'une voix qui suppliait.

— Inutile, dit-elle en secouant de nouveau la tête. Je serai accompagnée dès que j'aurai mis le pied hors de l'avion.

Il essaya de sourire.

— Vous êtes sûre que vous n'êtes pas une détenue qui voyage sous haute surveillance ou quelque chose comme ça ?

— Ça pourrait tout aussi bien être ça, répondit-elle avec tristesse et son regard s'assombrit.

Brusquement, la gaieté des cinq heures précédentes s'était évanouie pour tous les deux. La réalité faisait irruption dans leur petit jeu.

— Je suis navrée.

— Moi aussi. (Il la regarda avec gravité.) Raphaella…

pourrai-je vous revoir quand vous serez à New York ? Je sais que vous êtes très prise, mais peut-être pour un apéritif, ou…

Elle secouait déjà la tête.

— Pourquoi non ?

— C'est impossible. Ma famille ne comprendrait pas.

— Mais enfin, nom d'une pipe, vous êtes adulte !

— Justement. Chez nous, les femmes ne vont pas prendre un verre avec des inconnus.

— Mais je ne suis pas un inconnu.

Il avait de nouveau un air d'adolescent et elle rit.

— D'accord, dit-il. Admettons. Accepterez-vous de déjeuner avec ma mère et moi ? Demain ?

Il improvisait, mais il était prêt à amener sa mère au déjeuner, quand bien même il devrait l'extraire par les cheveux de chez son éditeur. S'il fallait que Charlotte Brandon serve de duègne pour que Raphaella accepte de déjeuner avec lui, eh bien, elle tiendrait le rôle.

— D'accord ? Alors, aux *Quatre Saisons*, à une heure.

— Alex, je ne sais pas. Je serai certainement…

— Essayez. Vous n'êtes même pas obligée de promettre. Nous serons là-bas. Si vous pouvez venir, tant mieux. Si vous ne vous montrez pas, je comprendrai. Faites au mieux.

L'avion venait de toucher la piste et il parlait d'une voix soudain pressante.

— Je ne vois pas comment…

Elle paraissait désemparée.

— Aucune importance. Rappelez-vous seulement à quel point vous avez envie de rencontrer ma mère. Les *Quatre Saisons*. Une heure. Rappelez-vous.

— Oui, mais…

— Chut…

Il posa un doigt sur les lèvres de Raphaella, et elle le regarda intensément un long moment. Alex se pencha tout à coup vers elle, éperdument conscient de l'envie qu'il avait de l'embrasser. S'il le faisait, peut-être qu'il ne la reverrait plus jamais et s'il s'abstenait, il avait une chance, peut-être. Alors, élevant la voix pour couvrir le bruit des moteurs de l'avion qui roulait vers le terminal, il demanda :

— À quel hôtel descendez-vous ?

Elle le fixa de ses grands yeux, hésitante, incertaine. En fait, il lui demandait de lui faire confiance, et elle était tentée, tout en se disant qu'elle n'aurait peut-être pas dû. Cependant, les mots jaillirent de sa bouche presque comme si elle était incapable de les retenir à l'instant où l'avion s'arrêta dans une brusque secousse.

— Au *Carlyle*.

Et c'est alors, comme sur un signal convenu, que deux hôtesses apparurent dans l'allée, l'une tenait son manteau de vison tandis que l'autre prenait son fourre-tout sous le siège, et Raphaella, en petite fille obéissante, demanda à Alex de lui donner son chapeau qui se trouvait dans le filet. Elle s'en coiffa sans un mot, défit sa ceinture de sécurité et se leva. Elle se tenait devant lui, à présent, telle qu'il l'avait vue à l'aéroport, emmitouflée dans son vison, les yeux dissimulés par la voilette du petit chapeau noir, avec son sac et son livre à la main. Elle le regarda et lui tendit une main gantée de chevreau noir en murmurant :

— Merci.

Ce merci, c'était pour ces cinq heures qu'il lui avait consacrées, pour ce moment privilégié, cette évasion de la réalité, cet aperçu de ce que sa vie aurait pu être, pouvait avoir été et n'était pas. Son regard ne s'attardant sur lui qu'un instant, elle s'éloigna.

Les deux hôtesses qui étaient venues chercher Raphaella avaient été rejointes par un steward qui s'était posté derrière elle, et une des sorties de secours était ouverte à l'arrière de l'appareil près de l'endroit où Alex et Raphaella avaient pris place, alors qu'une hôtesse annonçait par haut-parleur aux passagers qu'ils étaient invités à débarquer par l'avant de l'appareil. Raphaella et les trois membres de l'équipage franchirent rapidement la porte de cette sortie de secours qui se referma aussitôt. Tout juste quelques voyageurs proches se demandèrent ce qui se passait et pourquoi la femme au vison noir était emmenée par là, mais ils étaient occupés par leurs propres affaires et seul Alex resta immobile un long moment à fixer la porte par laquelle elle s'était enfuie. Une fois de plus, la femme brune à la beauté inoubliable avait disparu. Mais il savait à présent qu'elle s'appelait Raphaella et qu'elle était descendue au *Carlyle*.

Tout à coup, son cœur se serra lorsqu'il s'aperçut qu'il ne connaissait pas son nom de famille. Raphaella. Mais Raphaella qui ? Comment ferait-il pour la demander à l'hôtel ? Son seul espoir était donc de la voir le lendemain au déjeuner. Si elle venait, si elle parvenait à échapper à sa famille… si… Aussi bouleversé qu'un collégien, il prit son porte-documents et se dirigea vers l'avant de l'avion.

6

Le maître d'hôtel des *Quatre Saisons* escorta Charlotte Brandon jusqu'à sa table habituelle, près du bar. Le dépouillement du décor moderne formait une parfaite toile de fond pour les gens pittoresques qui fréquentaient ce restaurant nuit et jour.

Charlotte Brandon s'avança vers sa table en adressant sourires, signes de tête et salut en retour au salut d'un ami qui interrompait sa conversation le temps d'agiter la main à son intention. C'était une habituée. Pour elle, cela équivalait à venir déjeuner à son club et sa haute silhouette mince se déplaçait avec aisance dans ce lieu familier, ses cheveux couleur de neige sortant de dessous une seyante toque de vison assortie au splendide manteau de même fourrure qu'elle portait sur une robe bleu marine. Elle avait des saphirs et des diamants aux oreilles, trois rangs de perles de belle taille et d'un bel orient autour du cou et, à la main gauche, un saphir qu'elle s'était offert pour ses cinquante ans, à l'occasion de la sortie de son quinzième roman. Le précédent s'était vendu à plus de cinq millions d'exemplaires, ce qui l'avait décidée à faire cette folie.

Cela l'étonnait encore de penser que tout avait commencé à cause de la mort de son mari dans un accident d'avion, quand elle s'était mise à travailler comme documentaliste pour une rubrique fort ennuyeuse qui ne l'avait jamais vraiment passionnée. Ce qui la passionnait, par contre, elle l'avait vite découvert, c'était d'écrire et lorsqu'elle s'était assise pour rédiger son premier roman, elle avait eu l'impression d'avoir enfin trouvé sa voie. Le premier livre avait bien marché, le deuxième encore mieux, mais le troisième avait démarré en flèche dans la catégorie des best-sellers. Dès lors le travail avait été rude mais le succès assuré et elle aimait son métier chaque année davantage, avec chaque livre – ses romans étaient depuis longtemps ce qui comptait vraiment pour elle, avec ses enfants et sa petite-fille, Amanda.

Après la mort de son mari, il n'y avait eu personne d'important dans sa vie, mais elle avait fini par s'obliger à sortir avec d'autres hommes. Elle avait maintenant des amis intimes, des relations chaleureuses, mais elle n'avait jamais rencontré quelqu'un qu'elle ait eu envie d'épouser. Pendant vingt ans, les enfants avaient été son prétexte et à présent elle invoquait son métier.

— Je suis trop difficile à vivre et j'ai des horaires impossibles. J'écris toute la nuit et je dors le jour. De quoi te rendre fou ! Tu serais exaspéré !

Ses prétextes étaient nombreux et pas précisément valables. Elle savait s'organiser et programmer avec une rigueur toute militaire son emploi du temps. La vérité était qu'elle n'avait aucune envie de se remarier, elle n'avait jamais vraiment aimé quelqu'un d'autre qu'Arthur Hale. Il avait été le soleil de sa vie, il lui avait servi de modèle pour une demi-douzaine de ses héros de roman. Et Alexandre lui ressemblait tant qu'elle en avait la gorge serrée chaque fois qu'elle le voyait. Si grand, si svelte, si mince et beau. Elle se sentait remplie de fierté lorsqu'elle songeait que cet être extraordinairement beau, chaleureux et intelligent était son fils. C'est un sentiment bien différent qu'elle éprouvait quand elle voyait sa fille – Kay provoquait toujours chez elle le sentiment désagréable d'avoir commis une erreur. Pourquoi Kay était-elle devenue si amère, si froide, si coléreuse ? Qu'est-ce qui l'avait rendue ainsi ? Le fait que sa mère soit très prise par son métier ? Ou la mort de son père ? Ou une rivalité familiale ? Charlotte ressentait toujours le même malaise, la même tristesse lorsqu'elle regardait ces yeux froids si semblables aux siens mais où elle ne voyait se refléter aucun contentement.

Tout à coup, alors même qu'elle se disait combien Alex était différent, elle le vit debout devant elle, une sincère allégresse dans les yeux et un grand sourire sur les lèvres.

— Sapristi, maman, tu es splendide !

Il s'inclina légèrement pour l'embrasser et elle le serra brièvement dans ses bras. Cela faisait plusieurs mois qu'il n'était pas venu à New York, mais elle ne souffrait jamais vraiment de son absence. Il lui téléphonait souvent pour prendre de ses nouvelles, lui raconter une anecdote, savoir où en était son dernier roman, ou bien lui parler de l'affaire dont il était en train de s'occuper. Elle avait l'impression de faire partie de sa vie, chacun toutefois respectant l'indépendance de l'autre, et elle aimait cette relation privilégiée. Sa joie de le voir se lisait dans ses yeux tandis qu'elle prenait place en face de son fils.

— Tu n'as jamais eu aussi belle mine, dit-il avec une fierté évidente.

— Mon chéri, c'est très vilain, la flatterie, mais c'est tellement agréable ! Merci.

Elle lui adressa un regard malicieux et il lui sourit. À soixante-deux ans, elle était encore très belle, grande, gracieuse, élégante, avec la peau lisse d'un femme presque moitié plus jeune – la chirurgie esthétique l'avait aidée à garder son beau visage et son teint uni, mais elle était déjà belle par elle-même. Et impliquée comme elle l'était dans la promotion et la publicité de ses ouvrages, cela n'avait rien d'étonnant qu'elle soit désireuse de rester jeune. Au fil des années, Charlotte Brandon était devenue une affaire de premier plan. Son visage était une partie importante de son image, de même que sa cordialité et sa vitalité. Elle était une femme qui respectait les autres femmes et qui avait conquis la fidélité de ses lectrices depuis trente ans.

— Tu as une mine superbe, toi aussi. Comment vas-tu ?

— J'ai travaillé. Pratiquement sans arrêt depuis la dernière fois que je t'ai vue.

Mais tandis qu'il parlait, son regard se détourna brusquement vers la porte d'entrée. Un instant, il avait soudain cru voir Raphaella. Une femme brune vêtue d'un manteau de fourrure était apparue en haut de l'escalier, mais il s'aperçut que ce n'était pas elle et ses yeux revinrent vivement se poser sur sa mère.

— Tu attends quelqu'un, Alex ? Ou es-tu seulement las des Californiennes ?

— Comment aurais-je le temps d'en rencontrer ? Je travaille nuit et jour.

— Tu ne devrais pas.

Pendant un moment, elle le contempla avec tristesse. Elle souhaitait pour lui autre chose qu'une demi-vie. Elle souhaitait plus que cela pour ses deux enfants, mais jusqu'à présent ni l'un ni l'autre ne paraissaient avoir trouvé ce qu'ils désiraient. Alex avait fait ce mariage raté avec Rachel, et Kay était dévorée par sa passion pour la politique et son ambition qui occultaient tout le reste. Charlotte se disait quelquefois qu'elle ne les comprenait pas. Elle avait réussi à mener de front sa carrière et sa famille, mais eux lui disaient que les temps avaient changé et que mener une carrière n'était plus aussi facile qu'avant. Avaient-ils raison ou se berçaient-ils d'illusions pour justifier leurs échecs ? Elle se posait la question en observant son fils, et se demandait si son existence solitaire le satisfaisait pleinement ou s'il désirait quelque chose de très différent. Elle se demanda s'il avait une liaison sérieuse avec une femme, quelqu'un qu'il aimait.

— N'aie pas l'air si soucieuse, maman.

Il lui tapota la main en souriant et fit signe au serveur.

— Un cocktail ?

Elle acquiesça, et il commanda deux Bloody Mary avant de se carrer dans son fauteuil avec un sourire. Il fallait qu'il la prévienne. Maintenant, au cas où Raphaella serait à l'heure. Ils étaient là depuis midi et demi et il lui avait donné rendez-vous à une heure. Il y avait aussi la possibilité qu'elle ne vienne pas du tout. Il s'assombrit un instant, puis il plongea son regard dans les yeux bleu foncé de sa mère.

— J'ai invité une amie à déjeuner avec nous. Je ne suis pas sûr qu'elle puisse venir.

Il s'interrompit l'air embarrassé, comme un collégien

et baissa les yeux puis les releva et les fixa de nouveau sur les yeux bleus de sa mère.

— J'espère que tu n'y vois pas d'inconvénient.

Mais Charlotte Brandon riait déjà d'un rire jeune et gai, qui résonnait haut et clair.

— Arrête de te moquer, maman !

Ce rire était toujours contagieux et il se retrouva en train de sourire tandis qu'elle essuyait des larmes qui lui étaient montées aux yeux.

— Tu as l'air d'avoir quatorze ans, Alex ! Excuse-moi. Qui as-tu invité à déjeuner ?

— Seulement une amie.

Il faillit ajouter qu'il l'avait rencontrée dans l'avion.

— C'est une amie de New York ? demanda-t-elle en souriant.

Ces questions n'étaient pas de l'inquisition, elles étaient amicales.

— Non. Elle habite à San Francisco. Elle n'est ici que pour quelques jours. Nous étions dans le même avion.

— Très bien. Et que fait-elle ?

Elle buvait une gorgée de son cocktail en se demandant si elle ne devrait pas s'abstenir de questionner, mais elle était toujours curieuse de connaître ses amis. Elle avait du mal quelquefois à ne pas se comporter en mère mais, quand elle insistait trop, Alex lui disait toujours gentiment d'en rester là. Cette fois, pourtant, il ne parut pas contrarié ; en fait elle ne l'avait pas vu aussi heureux depuis longtemps. Avec Rachel, il avait toujours l'air mal à l'aise et préoccupé. Tout à coup, elle se demanda si son fils ne lui réservait pas une surprise.

Mais il la regardait seulement avec amusement et répondit :

— Eh bien, célèbre romancière Charlotte Brandon,

tu vas avoir du mal à le croire, mais j'ai l'impression qu'elle ne fait strictement rien !

— Voyez-vous ça ! Comme c'est décadent !

Toutefois, Charlotte n'était pas choquée, sa curiosité était seulement éveillée par ce qu'elle lisait dans les yeux de son fils.

— Elle est très jeune ?

Cela aurait tout expliqué. Les très jeunes gens avaient droit à un peu de temps pour décider de leur avenir, mais, dès qu'ils avaient quelques années de plus, Charlotte s'attendait à ce qu'ils aient trouvé leur voie, ou tout au moins un emploi quelconque.

— Non. Enfin, pas si jeune que ça. Elle doit avoir dans les trente ans. Mais c'est une Européenne.

— Ah ! dit sa mère, qui y voyait une explication, maintenant je comprends.

— Et pourtant, c'est étrange, continua-t-il, pensif, je n'ai encore jamais rencontré personne qui mène ce genre de vie. Son père est français, sa mère espagnole, et elle a passé la plus grande partie de son existence coupée du monde, entourée, escortée, assiégée par des parents et des duègnes. Cela paraît incroyable !

— Comment as-tu réussi à l'éloigner suffisamment de tout ce monde pour faire sa connaissance ?

Charlotte était intriguée et détourna son attention juste le temps d'agiter distraitement la main à l'adresse d'un ami à l'autre bout de la salle de restaurant.

— Je n'en ai pas eu l'occasion, mais j'y compte bien, et c'est pour cette raison que je l'ai invitée à déjeuner aujourd'hui. Elle adore tes livres.

— Oh ! non, Alex ! Pas quelqu'un comme ça, je t'en prie ! Pour l'amour du Ciel, comment veux-tu que je mange en face de gens qui me demandent depuis quand j'écris et combien de mois il m'a fallu pour écrire chacun de mes romans – mais son ton de reproche était badin et elle continuait à sourire à demi. Pourquoi ne pas t'amuser avec des femmes qui préfèrent d'autres auteurs ? Une fille gentille qui aime lire Proust, Balzac ou Camus, ou qui adore les Mémoires de Winston Churchill. Quelqu'un de raisonnable.

Il se mit à rire puis soudain aperçut derrière sa mère comme une apparition qui entrait aux *Quatre Saisons*, et Charlotte Brandon crut entendre la respiration lui manquer. Suivant la direction de son regard, elle se retourna et vit une grande jeune femme brune, éclatante de beauté en haut de l'escalier, l'air à la fois terriblement vulnérable et sûre d'elle. C'était une très belle femme, tous les yeux s'étaient tournés vers elle et l'admiraient ouvertement. Elle se tenait dans une pose parfaite, la tête haute, ses cheveux soigneusement rassemblés en une torsade miroitante qui ressemblait à de la soie noire. Elle était habillée d'une robe étroite en cachemire chocolat qui avait presque la même couleur que sa somptueuse fourrure. Un foulard de chez Hermès, en soie crème, entourait négligemment son cou et des perles rehaussées de diamants brillaient à ses oreilles. Ses jambes paraissaient infiniment longues et belles dans une paire de bas foncés et des chaussures de daim marron. Le sac qu'elle portait était du même daim marron chaud et lui venait non pas de chez Gucci mais de chez Hermès. C'était la plus belle créature que Charlotte ait vue depuis des années et elle comprit tout à coup l'expression extasiée de son fils. Ce qui la frappa aussi, comme Alex s'excusait et allait à sa rencontre, c'est que cette jeune femme ne lui était pas inconnue. Elle avait vu son visage quelque part, ou peut-être cette impression provenait-elle simplement du fait qu'elle était le type même de l'aristocrate espagnole. Elle se dirigea vers la table avec une grâce et une présence qui faisaient penser à une jeune reine, et en même temps l'expression de son regard laissait deviner une douceur, une timidité qui étaient remarquables étant donné son extrême beauté. C'était Charlotte, cette fois, qui avait du mal à retenir un cri d'admiration en la regardant. Cette jeune femme était si belle qu'on ne pouvait que la contempler avec révérence. Et la fascination d'Alex était facile à comprendre. Cette femme était une véritable merveille.

— Maman, je voudrais te présenter Raphaella. Raphaella, voici ma mère, Charlotte Brandon.

Charlotte s'étonna un instant de l'absence de nom de famille, mais oublia ce détail lorsqu'elle vit les yeux sombres et mystérieux de la jeune femme. De près, il était facile de se rendre compte qu'elle était presque effrayée et elle était un peu essoufflée, comme si elle avait couru.

— Je suis vraiment désolée d'être en retard, madame Brandon, dit-elle, regardant Charlotte droit dans les yeux, ses joues veloutées légèrement empourprées, mais j'étais prise et j'ai eu du mal à… me libérer.

Ses cils voilèrent ses yeux comme elle s'installait au fond de son fauteuil et Alex crut un instant qu'il allait défaillir devant tant de beauté. C'était la femme la plus fantastique qu'il ait jamais vue. Quant à Charlotte, elle les observait tous deux et ne pouvait s'empêcher de penser qu'ils formaient un couple remarquable. Chevelures sombres, grands yeux, corps splendides, mains gracieuses. Ils avaient l'air de deux jeunes dieux de la mythologie destinés à s'unir. Charlotte fit un effort pour revenir à la réalité et répondit en souriant :

— Ne vous excusez pas, ma chère. Alex et moi nous

échangions tout juste les dernières nouvelles. Il me dit que vous êtes venue aussi de San Francisco hier. Vous venez chez des amis ?

— Je viens rejoindre ma mère.

Raphaella, qui avait refusé un apéritif, commençait tout de même à se détendre.

— Elle habite ici ?

— Non, à Madrid. Elle est de passage, en route pour Buenos Aires. Et elle s'est dit que… eh bien, cela me donne l'occasion de venir à New York pour quelques jours.

— Elle a la chance de vous voir. Je suis toujours heureuse, moi aussi, quand Alex vient ici.

Tous trois échangèrent un sourire, et Alex les fit commander le déjeuner avant de poursuivre la conversation. C'est après cela que Raphaella confia à Charlotte combien ses romans avaient compté pour elle.

— Je dois avouer que je les lisais en espagnol et parfois en français, mais, lorsque je suis arrivée aux États-Unis, mon…

Elle rougit et garda les yeux baissés un instant. Elle allait dire que son mari lui avait offert plusieurs romans de Charlotte en anglais, mais elle s'était interrompue. Cela semblait malhonnête, pourtant elle n'avait pas envie de parler de John Henry pour le moment.

— J'en ai acheté en anglais, et maintenant, je les lis tous dans cette langue.

Son regard s'attrista et elle poursuivit en regardant Charlotte :

— Vous ne pouvez pas savoir tout ce que vous m'avez apporté. Quelquefois, je me dis que c'est ce qui… (sa voix devint un murmure) parfois, c'est ce qui m'a permis de survivre.

La douleur qui perçait dans sa voix n'échappa pas à Charlotte, et Alex se souvint de la première fois où il l'avait vue, qui pleurait sur les marches. À présent, dans le décor somptueux de ce restaurant new-yorkais, il se demandait quel était le secret qui pesait si lourdement sur son âme. Mais elle se contenta de regarder sa mère avec un sourire de remerciement et, sans réfléchir, Charlotte posa sa main sur la sienne.

— Mes livres sont importants pour moi lorsque je les écris, mais l'essentiel est qu'ils comptent pour des gens comme vous. Merci, Raphaella. C'est un merveilleux compliment et, d'une certaine façon, c'est ce qui donne un sens à ma vie.

Puis, comme elle percevait chez Raphaella une aspiration, un rêve caché, elle l'examina avec attention en demandant :

— Vous écrivez, vous aussi ?

Raphaella se contenta de sourire en secouant la tête, l'air tout à coup très jeune, enfantine, pas sophistiquée comme à son arrivée.

— Oh, non ! Mais je raconte des histoires, ajouta-t-elle en riant.

— C'est un premier pas.

Alex les observait en silence. Il aimait les voir ensemble, par la richesse du contraste, deux femmes séduisantes, l'une jeune et fragile, l'autre épanouie et sûre d'elle, l'une aux cheveux noirs, l'autre aux cheveux blancs, l'une qu'il connaissait si bien et l'autre pas du tout. Il voulait la connaître mieux. Il entendit sa mère qui demandait :

— Quel genre d'histoires racontez-vous, Raphaella ?

— Des contes pour enfants. L'été, à tous mes petits cousins. Nous passons l'été ensemble, dans notre propriété familiale, en Espagne. Il y en a des douzaines, nous sommes une très nombreuse famille et j'ai toujours aimé m'occuper des enfants, alors je leur raconte des histoires, ils écoutent, ils gloussent, ils rient. C'est merveilleux et cela met du baume au cœur.

Charlotte sourit en hochant la tête devant l'expression de la jeune femme et alors les souvenirs se précisèrent dans son esprit. Raphaella... l'Espagne... un domaine familial là-bas... et Paris... une banque... Elle dut réprimer la question qui lui montait aux lèvres et préféra laisser Alex continuer la conversation, tandis qu'elle regardait longuement la jeune femme. Et, ce faisant, elle se demanda si son fils était au courant. Quelque chose lui disait que non.

Au bout d'une heure à peine, Raphaella consulta nerveusement sa montre et déclara avec un air de regret :

— Je suis vraiment désolée, mais je crains d'être obligée de rejoindre ma mère, ma tante et mes cousines. Elles vont s'imaginer que j'ai pris la poudre d'escampette.

Elle se garda de dire à la mère d'Alex qu'elle avait prétexté une migraine pour échapper au déjeuner familial. Elle n'avait pu résister à l'envie de rencontrer Charlotte Brandon et de revoir Alex, ne serait-ce qu'une fois. Il offrit de l'accompagner jusqu'à un taxi et, laissant sa mère devant un nouveau *café filtre*[1] après lui avoir promis de revenir sans tarder, il partit avec sa ravissante amie à son bras. Avant son départ, Raphaella avait pris congé de Charlotte avec une parfaite correction, et, durant un instant, les deux femmes s'étaient regardées au fond des yeux. C'était comme si Raphaella avait

1. En français dans le texte.

voulu lui raconter son histoire, et comme si Charlotte lui avait répondu qu'elle la connaissait déjà. C'était une de ces communications silencieuses qui s'établissent entre femmes et, pendant ces quelques secondes où elles avaient échangé un regard, Charlotte avait senti son cœur ému pour cette charmante jeune femme. Elle s'était rappelé son histoire, mais ce n'était plus une nouvelle tragique dans les journaux, elle voyait en chair et en os la jeune femme solitaire victime de la tragédie. Elle avait été fugitivement tentée de l'embrasser mais s'était contentée de serrer la longue main fraîche et de les regarder, son fils si beau et elle si ravissante, descendre l'escalier et disparaître.

Alex la contemplait avec un plaisir évident quand ils se retrouvèrent dehors et restèrent un instant immobiles dans la rue à respirer l'air piquant des premiers jours d'automne, se sentant heureux et jeunes. Ses yeux pétillèrent et il ne put s'empêcher de sourire quand elle leva vers lui les siens qui avaient quelque chose d'un peu triste et de résigné mais aussi une lueur de bonheur.

— Vous avez beaucoup plu à ma mère, vous savez.

— Je me demande bien pourquoi. Mais elle m'a beaucoup plu à moi aussi. Elle est vraiment merveilleuse, Alex. Elle a toutes les qualités que doit avoir une femme.

— Oui, c'est une vieille dame vraiment charmante. (Il avait parlé d'un ton taquin, mais ce n'était pas à sa mère qu'il pensait en regardant Raphaella dans les yeux.) Quand est-ce qu'on se revoit ?

Mais elle détourna nerveusement la tête avant de répondre, jetant un coup d'œil dans la rue en quête d'un taxi. Et quand elle revint vers Alex, son visage était devenu inexplicablement triste, son regard sombre et inquiet.

— C'est impossible, Alex. Je suis désolée. Il faut que je reste avec ma mère… et…

— Vous n'êtes quand même pas avec eux nuit et jour.

Son ton était obstiné et elle sourit. Il ne pouvait pas comprendre. Il n'avait jamais mené une vie comme la sienne.

— Mais si, justement. Tout le temps. Et ensuite, il faudra que je rentre.

— Moi aussi. Je vous reverrai donc à San Francisco. Ce qui me fait penser, jeune dame, que vous avez oublié de me dire quelque chose quand vous m'avez annoncé que vous descendiez au *Carlyle*.

— Quoi donc ?

Elle parut soudain bouleversée.

— Votre nom de famille.

— J'ai oublié ?

C'était difficile de dire si son innocence était réelle ou feinte.

— Mais oui. Et si vous n'étiez pas venue aujourd'hui, j'aurais été dans l'obligation de m'installer dans le hall du *Carlyle* tout le reste de la semaine pour attendre que vous passiez, alors je me serais jeté à vos pieds, devant votre mère, ce qui vous aurait mise dans un terrible embarras, et je vous aurais suppliée de me dire votre nom !

Ils se mirent à rire tous les deux et il prit doucement sa main dans la sienne.

— Raphaella, je veux vous revoir.

Elle leva les yeux vers Alex, et tout son regard disait qu'elle désirait la même chose que lui, mais elle savait qu'elle n'en avait pas le droit. Quand il se pencha lentement pour l'embrasser, elle se détourna et cacha son visage contre l'épaule d'Alex, s'agrippant d'une main au revers de son manteau.

— Non, Alex, non.

Il comprit que si son univers était rempli de duègnes elle n'était guère préparée à embrasser un homme en pleine rue.

— D'accord. Mais je veux vous voir, Raphaella. Que diriez-vous de ce soir ?

Il y eut un bref petit rire contre son épaule comme elle relevait la tête.

— Et que faites-vous de ma mère, de ma tante et de mes cousines ?

Il était impossible, il était trop têtu, mais c'était aussi un des hommes les plus charmants qu'elle ait rencontrés.

— Eh bien, amenez-les. J'amènerai ma mère, répondit-il par taquinerie, et cette fois, elle éclata franchement de rire.

— Vous êtes impossible.

— Je sais. Et je n'accepterai pas un refus.

— Alex, je vous en prie !

Elle regarda de nouveau sa montre et fut prise tout à coup de panique.

— Oh, mon Dieu, elles vont me tuer ! Elles ont dû finir de déjeuner.

— Alors promettez de prendre un verre avec moi ce soir.

Il la tenait solidement par le bras et soudain se rappela :

— À propos, quel est donc votre nom de famille ?

Elle agita la main pour arrêter un taxi qui passait.

Il stoppa à leur hauteur dans un crissement de freins et Alex resserra son étreinte sur son bras.

— Alex, non. Il faut que je…

— Pas avant…

C'était à moitié un jeu, à moitié sérieux et elle rit nerveusement puis le regarda en face.

— D'accord. D'accord. Phillips.

— C'est sous ce nom que vous êtes inscrite au *Carlyle* ?

— Oui, Votre Honneur… (Elle avait un air soumis qui redevint très vite fébrile.) Mais je ne peux pas vous voir, Alex. Ni ici, ni à San Francisco, ni ailleurs. Il faut nous dire adieu.

— Pour l'amour du Ciel, ne soyez pas ridicule ! Nous commençons juste à nous connaître !

— Non.

Elle resta immobile un instant, l'air grave, le chauffeur grogna d'impatience et Alex roula des yeux furibonds. Elle reprit :

— Ce n'est pas le commencement, Alex, c'est la fin. Et il faut que je m'en aille maintenant.

— Pas comme ça.

Alex ne savait soudain plus à quel saint se vouer et il regretta de ne pas l'avoir embrassée.

— Alors ? Vous avez déjeuné avec moi uniquement pour faire la connaissance de ma mère ? Vous croyez que c'est bien ?

Il disait cela par taquinerie mais elle le regarda avec confusion, et il comprit qu'il avait marqué un point.

— Oh, Alex, comment pouvez-vous…

— Vous me rejoindrez tout à l'heure ?

— Alex…

— Inutile. Disons onze heures, ce soir, au *Café Carlyle*. Et si vous ne venez pas, je monterai tambouriner sur la porte de la chambre de votre mère. Vous croyez que vous pourrez vous libérer à onze heures ? demanda-t-il, brusquement soucieux.

Même lui était obligé de reconnaître que c'était cocasse. Elle avait trente-deux ans, et il lui demandait si elle pouvait échapper à sa mère. En fait, c'était profondément absurde.

— J'essaierai. (Elle lui sourit, de nouveau enfantine, l'air un peu coupable.) Mais nous ne devrions pas faire ça.

— Et pourquoi donc ?

Elle fut sur le point de le lui dire, puis, jugeant le moment mal choisi, elle répliqua :

— Nous en parlerons ce soir.

— Très bien.

Il eut un sourire triomphant. Elle serait donc au rendez-vous. Sur quoi, il ouvrit la portière du taxi et s'inclina dans un grand salut.

— À ce soir, mademoiselle Phillips.

Il se pencha légèrement pour l'embrasser sur le front, et, quelques secondes plus tard, la portière était refermée et le taxi emportait Raphaella, furieuse de s'être montrée si faible. Elle aurait dû lui dire la vérité dès le début, dans l'avion, et refuser son invitation à déjeuner. Mais une fois, rien qu'une fois, se dit-elle, n'avait-elle pas le droit de faire quelque chose d'un peu fou, de romanesque, d'amusant ? Ou bien était-ce vraiment mal ? Qu'est-ce qui lui donnait ce droit alors que John Henry se mourait dans un fauteuil roulant ? Comment osait-elle jouer à ce petit jeu ? Comme le taxi approchait de l'hôtel, elle se jura d'avouer à Alex qu'elle était mariée. Après, elle ne le reverrait plus. Après ce soir… Mais il y avait cette rencontre… et son cœur battit à l'idée de le revoir encore une fois.

— Alors ?

Alex regarda sa mère d'un air victorieux et s'assit. Elle lui sourit et, ce faisant, se sentit soudain très vieille. Comme il avait l'air jeune, plein d'espoir, heureux, aveugle !

— Alors quoi ? répondit-elle.

Ses yeux bleus le regardaient avec douceur et tristesse.

— Qu'est-ce que tu veux dire avec ton « Alors quoi ? » Elle n'est pas extraordinaire ?

— Si, répliqua Charlotte d'un ton posé. C'est probablement la plus belle jeune femme que j'aie jamais vue de ma vie, et je la trouve charmante, gentille, adorable. Mais, Alex…

Elle hésita un long moment, puis décida de lui parler franchement.

— Qu'en sortira-t-il de bon pour toi ?

— Que veux-tu dire par là ? (Il eut soudain une expression agacée et il but une gorgée de son café froid.) Elle est merveilleuse.

— Tu la connais bien ?

— Pas très… (il lui sourit largement) mais je compte y remédier, en dépit de sa mère, de sa tante, de ses cousines et de ses chaperons.

— Et de son mari ?

Alex eut l'air d'avoir reçu un coup de couteau, ses yeux s'écarquillèrent, puis se plissèrent avec une rare méfiance.

— Comment ça, « son mari » ?

— Alex, tu sais qui elle est ?

— Elle est moitié espagnole, moitié française, elle vit à San Francisco, elle ne travaille pas, elle a trente-deux ans, je l'ai su aujourd'hui, et elle s'appelle Raphaella Phillips. Je viens de découvrir son nom de famille.

— Tout cela ne te rappelle rien ?

— Non, et pour l'amour du Ciel, cesse de jouer à ce jeu avec moi ! s'écria-t-il, furieux.

Ses yeux jetaient feu et flamme, et Charlotte Brandon se renfonça dans son fauteuil en soupirant. Ainsi, elle ne s'était pas trompée. Le nom de famille le confirmait. Sans trop savoir pourquoi, elle s'était souvenue de ce visage, bien que n'ayant pas vu de photographies dans les journaux depuis des années. Cela devait remonter à sept ou huit ans, peut-être, lorsque John Henry Phillips était sorti de l'hôpital, après sa première attaque.

— Que diable essaies-tu de me dire, maman ?

— Qu'elle est mariée, chéri, et à un homme très important. Est-ce que le nom de John Henry Phillips n'évoque rien pour toi ?

Alex ferma les yeux, l'espace d'une fraction de seconde. Il songeait que ce que disait sa mère ne pouvait pas être vrai.

— Il est mort, n'est-ce pas ?

— Pas à ma connaissance. Il a eu une série d'attaques, voilà plusieurs années et il doit être âgé de près de quatre-vingts ans, mais je suis certaine qu'il est toujours en vie. Nous en aurions tous entendu parler.

— Mais qu'est-ce qui te fait penser que c'est sa femme ?

Alex était comme assommé.

— Je me rappelle l'article et les photos. Elle était tout aussi belle à l'époque. J'avais été choquée qu'il épouse une aussi jeune fille ; elle devait avoir dans les dix-sept ou dix-huit ans. La fille d'un grand banquier français. Mais quand je les ai vus ensemble à une conférence de presse où j'étais allée avec une amie journaliste et que j'ai examiné quelques photos, j'ai changé d'avis. John Henry Phillips était un homme extraordinaire, tu sais, à cette époque.

— Et maintenant ?

— Mystère. Je sais qu'il est impotent et très diminué à la suite de ses attaques, mais je ne pense pas que le public en sache davantage. Elle a toujours été tenue à l'écart, et c'est pour cela que je ne l'ai pas reconnue tout de suite. Mais ce visage… on ne l'oublie pas facilement.

Leurs regards se rencontrèrent, et Alex hocha la tête. Lui non plus ne l'avait pas oublié et il savait qu'il ne l'oublierait jamais.

— Je crois comprendre qu'elle ne t'a rien dit de tout cela.

Il secoua de nouveau la tête.

— J'espère qu'elle le fera. (La voix de sa mère était basse.) Elle devrait te mettre au courant elle-même. Peut-être que je n'aurais pas dû…

Sa voix s'éteignit et Alex regarda d'un air malheureux la femme qui était sa plus vieille amie.

— Pourquoi ? Pourquoi s'être mariée avec cet ancêtre ? Il est assez vieux pour être son grand-père, et il est pratiquement mort.

Cette injustice lui déchirait le cœur. Pourquoi ? Pourquoi ne pouvait-il pas avoir Raphaella ?

— Mais il n'est pas mort, Alex. Je ne comprends pas

ce qu'elle pense faire avec toi. Si tu veux mon avis, je crois qu'elle-même est désorientée. Elle ne sait pas ce qu'elle fait avec toi. Tu dois garder à l'esprit qu'elle a une vie totalement protégée et que John Henry Phillips la tient à l'abri du monde depuis près de quinze ans. Je ne pense pas qu'elle ait l'habitude de rencontrer de jeunes avocats pleins de fougue, ou d'avoir des liaisons passagères. Je me trompe peut-être, mais j'en doute.

— Moi aussi, commenta-t-il avec un long soupir de tristesse en se laissant aller contre le dossier de son siège. Et maintenant ?

— Tu vas la revoir ?

Il acquiesça d'un signe de tête.

— Dans la soirée. Elle a dit qu'elle voulait me parler.

Il se demanda si elle s'expliquerait à ce moment-là. Et ensuite ?

Assis en face de sa mère, le regard perdu dans le vide, Alex prit conscience que John Henry Phillips pouvait encore vivre vingt ans, ce qui l'amènerait, lui, Alex, à soixante ans, et Raphaella à cinquante-deux. Une vie passée à attendre la mort d'un vieil homme.

— À quoi songes-tu ? murmura sa mère.

Son regard vint se poser lentement sur elle.

— À rien de très agréable. Tu sais, je l'ai vue une fois sur un escalier, près de chez elle. Elle pleurait. J'ai pensé à elle pendant des jours, jusqu'à ce que je la retrouve dans l'avion en venant ici. Nous avons parlé, et…

Il s'interrompit et regarda tristement sa mère.

— Alex, tu la connais à peine.

— Tu te trompes. Je la connais bien. J'ai l'impression de la connaître mieux que quiconque. Je sais tout de son cœur, de son esprit et de son âme. Je connais ce qu'elle ressent, je connais sa solitude. Et maintenant je sais pourquoi. Et je sais aussi autre chose.

Il regarda intensément sa mère.

— Quoi, Alex ?

— Que je l'aime. Je me rends bien compte que cela a l'air fou, mais c'est vrai.

— Tu ne peux pas le savoir. C'est trop tôt. C'est quasiment une parfaite inconnue.

— Non, ce n'est pas une inconnue.

Il ne dit rien de plus. Il posa l'argent sur la note, regarda sa mère et se leva.

— Nous nous en sortirons.

Charlotte Brandon se contenta de hocher la tête, persuadée qu'il n'avait guère de chances d'y parvenir.

Lorsque Alex la quitta quelques minutes plus tard, dans Lexington Avenue, son expression dit à sa mère qu'il était résolu. Tout en marchant d'un bon pas, vers le nord, tête baissée pour affronter le vent violent, lui-même savait que peu lui importait ce qu'il devrait faire pour avoir Raphaella, il était prêt à le faire. Et son combat pour la conquérir venait juste de commencer, ce n'était pas un combat qu'Alex Hale était disposé à perdre.

7

À onze heures moins cinq, ce soir-là, après avoir remonté d'un pas vif Madison Avenue, Alex Hale tourna à droite dans la 76ᵉ Rue et entra au *Carlyle*.

Il avait réservé une table au *Café Carlyle*, avec l'intention de bavarder avec Raphaella pendant une heure, puis d'assister au spectacle de Bobby Short à minuit. C'était un des talents de New York. Ce show avec Raphaella était un plaisir dont Alex s'était fait une fête toute la soirée. Après avoir laissé son manteau à l'entrée, il se fraya un chemin jusqu'à la table qu'on lui indiquait et resta assis une dizaine de minutes à attendre. À onze heures et quart, il commença à s'inquiéter, et à onze heures et demie il pensa appeler la chambre de Raphaella, mais se rendit compte que c'était impossible. Surtout maintenant qu'il connaissait l'existence de son mari. Il prit conscience qu'il devait l'attendre discrètement sans faire d'esclandre.

À minuit moins vingt, il la vit qui regardait à travers la porte vitrée, avec l'air d'être prête à s'enfuir. Il essaya d'attirer son attention, mais elle ne le remarqua pas et, après avoir examiné un moment la salle, elle disparut. Presque sans réfléchir, Alex se leva, se précipita vers la porte et sortit juste à temps pour la voir s'éloigner rapidement dans le hall. « Raphaella », appela-t-il doucement, et elle se retourna, les yeux agrandis par la peur, le visage très pâle. Elle portait une magnifique robe du soir en satin ivoire qui tombait droit de ses épaules jusqu'à l'ourlet noir à ses pieds. Sur son épaule gauche étincelait une grande broche ornée en son centre d'une énorme perle baroque entourée d'onyx et de diamants, et elle avait aux oreilles des boucles assorties. L'effet produit était superbe, et Alex s'aperçut encore une fois à quel point elle était incroyablement belle. Elle s'était arrêtée lorsqu'il l'avait appelée, et resta immobile maintenant qu'il se tenait devant elle, vêtu de son complet-veston bleu foncé à rayures, une expression très grave dans les yeux.

— Ne vous sauvez pas encore. Prenons un verre et parlons, lui proposa-t-il d'une voix très douce.

Il avait envie de la prendre dans ses bras, mais il n'osait même pas lui toucher la main.

— Je… Je ne devrais pas. Je ne peux pas. Je suis venue vous le dire… Je suis désolée, il est si tard… Je…

— Raphaella, il n'est même pas minuit. Ne pouvons-nous parler rien que pour une demi-heure ?

— Il y a tellement de monde…

Elle avait l'air malheureuse. Il se rappela tout à coup le *Bemelmans Bar*. Il regrettait de rater Bobby Short, mais passer le temps à discuter de ce qu'elle avait en tête comptait davantage pour lui.

— Il y a un autre bar ici où nous serons tranquilles pour parler. Venez.

Et sans attendre sa réponse, il passa la main de Raphaella sous son bras et la conduisit le long du hall vers un bar en face du *Café Carlyle* ; là, ils se glissèrent sur une banquette derrière une petite table et Alex la regarda avec un lent sourire heureux.

— Que voulez-vous boire ? Du vin ? Une liqueur ? Du xérès ?

Elle secoua la tête et il vit qu'elle était encore bouleversée. Lorsque le garçon se fut éloigné, il se tourna vers elle et lui demanda à mi-voix :

— Raphaella, quelque chose ne va pas ?

Elle hocha lentement la tête, contempla d'abord ses mains, et son profil parfait se découpa nettement dans la pénombre, ce que voyant, Alex songea que jamais femme plus belle n'avait existé.

Elle leva enfin la tête, ses yeux cherchant les siens, comme si rien que cela lui était déjà une grande souffrance. Son visage était empreint de la même désolation qu'il avait remarquée la première fois, quand il l'avait aperçue qui pleurait sur l'escalier.

— Pourquoi ne pas en discuter ?

Elle prit une courte aspiration et s'adossa à la banquette, le regard toujours rivé au sien.

— J'aurais dû vous en parler plus tôt, Alex. J'ai... (elle hésita sur les mots puis poursuivit) j'ai été très déloyale avec vous. Je ne sais pas ce qui m'a pris, je crois que j'avais perdu la tête. Vous aviez été si gentil dans l'avion. Votre mère a été tellement charmante. Mais je me suis mal conduite envers vous, mon ami...

Ses yeux étaient pleins de chagrin et elle posa la main sur la sienne.

— ... Je vous ai donné l'impression que j'étais libre, et j'ai eu grand tort de le faire. À présent, je dois vous demander de m'en excuser.

Elle le regarda d'un air morne et retira sa main.

— Je suis mariée, Alex. Voilà ce que j'aurais dû vous dire dès le début. Je ne sais pas pourquoi j'ai joué à ce jeu avec vous. Mais c'était très mal. Je ne peux pas vous revoir.

C'était une femme d'honneur, et il se sentit ému jusqu'au fond de l'âme par la gravité avec laquelle elle le regardait maintenant, des larmes dansant au bout de ses cils, ses yeux si grands, son visage si pâle.

Il lui répondit en pesant ses mots, avec un grand sérieux, comme il le faisait avec Amanda quand elle était petite :

— Raphaella, je vous respecte énormément pour ce que vous venez de dire. Mais cela doit-il affecter pour autant notre… notre amitié ? Je saurai accepter votre situation. Ne pourrions-nous continuer à nous voir, malgré tout ?

Elle secoua la tête tristement.

— Cela me plairait beaucoup si… si j'étais libre. Mais je suis mariée. C'est impossible. Ce ne serait pas bien.

— Pourquoi ?

— Ce ne serait pas honnête vis-à-vis de mon mari. Et c'est un homme tellement… (elle hésitait sur les mots) tellement bon. Il a été si… si loyal… si gentil avec moi.

Elle détourna la tête, et Alex vit une larme couler sur une délicate joue d'ivoire. Il allongea la main pour caresser du bout des doigts la douceur satinée de son visage avec l'envie brusque de pleurer lui aussi. Impossible qu'elle le pense vraiment. Impossible qu'elle ait l'intention de rester fidèle à son mari pour le temps qu'il devrait encore vivre. Il commença en la regardant à se rendre compte de ce que cela avait d'horrible.

— Mais enfin, Raphaella… vous ne pouvez pas… Le soir où je vous ai vue sur l'escalier… vous n'étiez pas heureuse. Je le sais. Pourquoi ne pas nous voir et nous contenter de ce que nous avons ?

— Parce que je n'en ai pas le droit. Je ne suis pas libre.

— Pour l'amour du Ciel…

Il s'apprêtait à lui dire qu'il savait tout, mais elle l'arrêta d'un geste de la main tendue comme pour se défendre d'un agresseur, puis se leva d'un mouvement vif et dit, le visage toujours baigné de larmes :

— Non, Alex, non ! Je ne peux pas. Je suis mariée, et je regrette du fond du cœur d'avoir laissé les choses aller si loin. Je n'aurais jamais dû. J'ai été malhonnête de venir déjeuner avec votre mère…

— Cessez de battre votre coulpe et asseyez-vous.

Il l'attrapa doucement par le bras et la tira vers lui afin qu'elle se rasseye et, pour des raisons qu'elle-même ne comprenait pas, elle se laissa faire.

Il essuya alors avec sa main les larmes qui coulaient sur ses joues, il parla tout bas pour que personne ne l'entende :

— Raphaella, je vous aime. Je sais que cela peut paraître insensé. Nous nous connaissons à peine, mais je vous aime. C'est vous que j'attendais depuis des années. Vous ne pouvez pas renoncer à cela. Pas pour ce que vous vivez avec… avec votre mari.

— Que voulez-vous dire ?

— Je veux dire que, d'après ce que m'a appris ma mère, votre mari est très vieux et très malade et que cela dure depuis des années. Je dois admettre que je ne savais pas du tout qui vous étiez quand je vous ai rencontrée.

C'est ma mère qui vous a reconnue, c'est elle qui m'a dit qui vous étiez et m'a parlé de… de votre mari.

— Ainsi, elle savait… Elle doit me juger horrible.

Raphaella eut l'air profondément honteuse.

— Non, répondit-il avec force, puis sa voix se fit pressante quand il se pencha vers elle.

Il avait presque l'impression de sentir la chaleur de sa peau soyeuse contre la sienne et jamais il n'avait éprouvé autant de désir, mais ce n'était pas le moment de se laisser aller à la passion. Il fallait qu'il lui parle, qu'il lui explique, qu'il lui fasse voir clair.

— Comment pourrait-on vous trouver horrible ? Vous lui avez été fidèle, n'est-ce pas, pendant toutes ces années ?

C'était presque une question de pure forme et elle hocha lentement la tête, puis soupira.

— C'est vrai, mais je n'ai aucune raison de cesser maintenant. Je n'ai pas le droit de me conduire comme si j'étais libre, Alex, car je ne le suis pas, et je n'ai pas le droit de bouleverser votre vie ou de la gâcher par la tristesse de la mienne.

— Votre vie est solitaire parce que vous la vivez de cette façon-là. Isolée et seule avec un homme âgé et très malade. Vous avez droit à bien plus que cela.

— Peut-être, mais il n'est pas responsable de ce qui est arrivé.

— Vous non plus. Êtes-vous obligée de vous punir ?

— Non, mais je ne peux pas le punir, lui.

À la façon dont elle lui répondit, il sentit qu'il perdait à nouveau la partie, et son cœur se serra.

Soudain elle se leva, mais cette fois avec détermination.

— Il faut que je m'en aille.

Voyant le regard suppliant d'Alex, elle répéta :

— Il le faut.

Puis, en silence, elle l'embrassa sur le front et s'éloigna rapidement.

Comme il faisait mine de la suivre, elle leva la main pour l'arrêter. Il voyait bien qu'elle s'était remise à pleurer, mais il était certain d'avoir perdu la bataille. En la poursuivant, il ne ferait qu'augmenter son chagrin sans pouvoir y remédier. Il l'avait compris en l'écoutant parler. Elle était unie à John Henry Phillips par les liens du mariage, et elle n'était pas prête à les rompre, ni même à les desserrer, encore moins pour un parfait inconnu, un homme qu'elle avait rencontré la veille dans un avion.

Alex Hale paya sa consommation, oublia la table qu'il avait retenue pour assister au spectacle de Bobby Short et, une fois dans Madison Avenue, héla un taxi pour regagner son hôtel.

Lorsqu'il se glissa sur la banquette, le chauffeur lui jeta un coup d'œil dans le rétroviseur et, après avoir tiré sur son cigare, commenta avec surprise :

— On dirait qu'il fait rudement frisquet dehors, hein ?

En voyant les larmes couler lentement sur les joues de son client, c'était la seule explication logique qui lui était venue à l'esprit.

8

Alex et sa nièce restèrent debout côte à côte un long moment à regarder les patineurs qui évoluaient avec grâce au-dessous d'eux sur la patinoire de Rockefeller Center. Ils avaient dîné de bonne heure au *Café Français*, et Alex devait la ramener chez elle vers huit heures s'il ne voulait pas manquer son avion.

— C'est comme ça que j'aimerais passer ma vie, oncle Alex.

La petite jeune fille menue aux yeux bleu porcelaine et à la douce auréole de boucles blondes levait gaiement la tête vers son oncle.

— À faire quoi ? À patiner ?

Il sourit autant de ce qu'elle disait que de son apparence minuscule en comparaison de la sienne. Ils venaient de passer une soirée agréable, et comme toujours la solitude de la jolie adolescente avait déchiré le cœur d'Alex. Elle ne ressemblait à personne de la famille, ni à sa mère, ni à son père, pas même à sa grand-mère ou à Alex. Elle était silencieuse et dévouée, douce, solitaire et loyale. Et là, debout, elle lui rappelait Raphaella. Peut-être parce que toutes deux n'avaient pas été épargnées par la vie et il se demanda en regardant la jeune fille si elles n'étaient pas presque aussi solitaires. Il s'était demandé aussi toute la soirée ce qui la préoccupait. Elle lui avait paru silencieuse et inquiète, maintenant elle observait les patineurs avec un air d'envie, comme un enfant affamé, et il regretta tout à coup de prendre le vol de nuit pour San Francisco et de ne pas avoir plus de temps à passer avec elle ; ils auraient même pu louer des patins. Mais il avait déjà sa réservation et il avait libéré sa chambre d'hôtel.

— La prochaine fois que je viendrai, nous patinerons.

Elle lui dédia un large sourire.

— Je me débrouille très bien maintenant, tu sais.

— Tiens ? Comment ça ?

Il avait l'air taquin.

— Je patine tout le temps.

— Ici ?

Il contemplait la gracieuse jeune fille avec plaisir. Et il fut de nouveau désolé de ne pas avoir le temps de la laisser lui démontrer comment elle « se débrouillait ». Mais elle secouait négativement la tête.

— Non. Avec ce que j'ai comme argent de poche je ne peux pas me le permettre.

Alex trouva cela absurde. Son père était l'un des chirurgiens les plus réputés de Manhattan et Kay devait être loin de manquer d'argent.

— Je patine dans le parc, oncle Alex.

Elle ne l'appelait de cette façon que de temps à autre.

— Toute seule ?

Il eut l'air horrifié et elle lui sourit avec hauteur.

— Cela m'arrive. Je suis une grande fille, tu sais.

— Suffisamment pour ne pas être attaquée ? demanda-t-il.

Il avait une mine furieuse et elle secoua la tête en riant.

— Tu parles comme grand-mère.

— Elle sait que tu vas patiner toute seule à Central Park ? Et maintenant que j'y pense, est-ce que ta mère le sait aussi ?

Kay était finalement repartie pour Washington avant son arrivée, et il ne l'avait pas vue.

— Elles sont au courant toutes les deux. Et je suis prudente. Si je patine le soir, je quitte le parc avec d'autres gens pour ne pas me retrouver seule.

— Et comment peux-tu savoir que ces « autres gens » ne t'attaqueront pas ?

— Pourquoi m'attaqueraient-ils ?

— Oh, nom d'une pipe, Mandy, tu sais bien comment ça se passe, ici. Tu as toujours vécu à New York. Est-ce qu'il faut que je t'explique ce qu'on ne doit pas faire ?

— Ce n'est pas la même chose pour un enfant. Pourquoi veux-tu que quelqu'un m'attaque ? On me prendrait quoi ? Des bonbons, trois dollars et mes clés ?

— Peut-être. Ou alors… (il répugnait à continuer) ou alors quelque chose de bien plus précieux. Ils pourraient te blesser.

Il ne voulait pas dire « violer », pas devant ce petit visage innocent qui le regardait avec cet air amusé.

— Écoute, sois gentille. Abstiens-toi.

Et alors, les sourcils froncés, il fouilla dans sa poche dont il sortit son portefeuille et en tira un billet de cent dollars. Il le tendit d'un air grave à Amanda qui ouvrit de grands yeux.

— Qu'est-ce que c'est que ça ?

— C'est ton allocation de patinage. Je veux que tu viennes ici à partir de maintenant. Et, quand tu n'auras plus d'argent, je veux que tu me le dises et je t'en enverrai d'autre. Cela ne regarde que nous, jeune fille, mais je ne veux plus que tu ailles patiner à Central Park. C'est clair ?

— Oui, monsieur. Mais enfin, Alex, tu es fou ! Cent dollars !

Puis elle sourit et eut de nouveau l'air d'avoir dix ans. « Hourra ! » Et tout de go, elle se dressa sur la pointe des pieds, jeta les bras autour du cou de son oncle, lui appliqua un solide baiser sur la joue, puis fourra le billet de cent dollars dans son sac en jean. Alex était rassuré qu'elle ait accepté, mais il aurait été inquiet s'il avait su qu'au rythme où elle patinait l'argent ne durerait au plus que quelques semaines. Et Amanda serait gênée de lui demander d'en envoyer d'autre, ce n'était pas son genre. Elle n'était pas exigeante. Elle était toujours reconnaissante de ce qu'elle recevait sans attendre davantage.

Alex regarda sa montre à contrecœur et se tourna vers Amanda, dont le visage refléta le même regret.

— Jeune fille, je crains qu'il nous faille partir.

Elle hocha la tête sans rien dire, en se demandant quand elle le reverrait. Ses visites étaient toujours autant de rayons de soleil dans sa vie. Ces visites et le temps qu'elle passait avec sa grand-mère rendaient son existence un peu plus supportable et beaucoup plus digne d'être vécue. Ils regagnèrent lentement la Cinquième Avenue où Alex héla un taxi.

— Est-ce que tu sais quand tu reviendras, Alex ?

— Non, mais pas dans trop longtemps.

Il éprouvait toujours le même sentiment de peine et de remords lorsqu'il la quittait, comme s'il aurait dû faire davantage pour elle et se reprochait de ne pas l'avoir fait.

Mais que pouvait-on faire de plus ? Comment remplacer un parent aveugle et un autre qui était insensible ? Comment donner à une enfant ce qu'elle n'avait pas eu pendant presque dix-sept ans ? D'ailleurs, en dépit de sa petite taille, elle n'était plus une enfant, même Alex devait l'admettre. Elle était une jeune fille particulièrement jolie. Ce qu'il y avait de surprenant, c'est qu'elle ne s'en soit pas encore rendu compte elle-même.

— Tu reviendras pour Thanksgiving[1] ?

— Peut-être.

Il vit son regard implorant.

— D'accord. J'essaierai. Mais je ne promets rien.

Ils venaient d'arriver devant chez elle. Alex la laissa partir après une solide embrassade et un baiser sur la joue. Il vit des larmes scintiller dans ses yeux quand elle descendit, mais elle agita la main bravement à l'adresse du taxi qui s'éloignait, et son sourire traduisait toutes les promesses de ses seize ans. Cela le rendait toujours triste de la quitter. Elle lui rappelait les occasions qu'il avait manquées, les enfants qu'il n'avait pas. Il aurait adoré avoir Amanda pour fille. Et cette seule pensée le mettait d'ailleurs toujours en colère. Sa sœur ne méritait pas une enfant aussi charmante.

Il donna au chauffeur l'adresse de son hôtel où il prit ses bagages qu'il avait laissés au portier, puis se réinstalla sur la banquette avec un nouveau coup d'œil à sa montre et un long soupir las.

— Kennedy Airport, s'il vous plaît.

Il se rendit compte qu'il était heureux de rentrer chez lui. Il n'avait passé que deux jours à New York, mais

1. Fête célébrée chaque année le quatrième jeudi du mois de novembre.

ils l'avaient épuisé. Sa conversation avec Raphaella, le soir précédent, l'avait laissé morne et se sentant bien seul. Son affaire avait bien marché, mais ce succès semblait éclipsé par le tumulte intérieur dont il était la proie pendant qu'ils traversaient lentement la ville. Il se retrouva songeant de moins en moins à Amanda et de plus en plus à Raphaella. Il ressentait à son égard de la compassion et en même temps de la colère. Pourquoi s'évertuait-elle à rester fidèle à un mari qui était assez vieux pour être son grand-père et déjà à moitié mort ? Cela ne rimait à rien. C'était de la folie... Il se rappela l'expression de son visage lorsqu'elle l'avait quitté, la veille au soir. Hier. Il l'avait vue seulement hier. Brusquement, pris d'un inexplicable accès de rage, il se demanda pourquoi il serait obligé d'être compréhensif et d'accepter ce qu'elle lui avait dit. « Allez-vous-en », voilà en somme ce qu'elle lui avait dit. Lui, Alex, en décida autrement. Subitement. Comme ça.

— Chauffeur...

Alex regarda autour de lui comme s'il venait de se réveiller brusquement. Ils se trouvaient dans la 99e Rue, le long de l'East River.

— Conduisez-moi au *Carlyle*.

— Maintenant ?

Alex hocha la tête énergiquement.

— Maintenant.

— Pas à l'aéroport ?

— Non.

Il pourrait toujours s'installer dans l'appartement de sa mère s'il ratait le dernier avion pour San Francisco. Elle était allée à Boston passer le week-end où elle assurait la promotion de son dernier roman. Cela valait la peine d'essayer une fois encore, ne serait-ce que pour voir Raphaella une dernière fois. Si elle était là, si elle acceptait de le rejoindre. Si…

Dans sa chambre de l'hôtel *Carlyle*, Raphaella en sous-vêtements de dentelle crème et, par-dessus, un peignoir de soie rose, était étendue sur le grand lit à deux places. Pour la première fois depuis ce qui lui paraissait des siècles, elle était seule. Elle venait de dire au revoir à sa mère, sa tante et ses cousines, qui se trouvaient maintenant à l'aéroport montant dans l'avion en partance pour Buenos Aires. Elle rentrerait quant à elle le lendemain matin à San Francisco, mais, ce soir, elle allait pouvoir se détendre au *Carlyle* et ne rien faire du tout. Elle n'avait plus à se montrer charmante, gaie et patiente, à servir d'interprète pour sa famille dans une douzaine de boutiques élégantes. Elle n'avait plus à commander des repas pour elles ou à courir toute la ville pour faire des achats. Elle pouvait rester allongée là avec un livre, en attendant qu'on lui apporte son dîner. Elle mangerait dans une majestueuse solitude au salon. Et couchée là, se sentant à la fois fatiguée et ravie, elle regarda autour d'elle. C'était si bon de ne plus entendre leurs bavardages, de ne plus avoir à feindre l'amusement ou prétendre perpétuellement qu'elle était heureuse. Elle n'avait pas eu une minute à elle depuis qu'elle était arrivée ici. C'était précisément cela la question. Elle n'était pas censée être seule. Jamais. Ce n'était pas le rôle d'une femme. Une femme devait être entourée, protégée, gardée. À part, bien sûr, s'il s'agissait de passer seulement une nuit à l'hôtel comme maintenant. Elle resterait dans sa chambre, se ferait monter à dîner et, au matin, partirait pour l'aéroport dans une limousine.

Somme toute, se rappelait-elle cyniquement, il faut se montrer prudent sinon, regarde ce qui arrive. Pour la millième fois dans les dernières quarante-huit heures, ses pensées s'envolèrent vers Alex et elle revit son visage, l'expression de son regard, les larges épaules, la douceur de ses cheveux... voilà ce qui arrivait. On était accostée par des inconnus dans l'avion. On acceptait de déjeuner avec eux. On sortait prendre un verre. On oubliait ses devoirs. Et on tombait amoureuse.

Elle se rappela une fois de plus sa résolution et, se disant pour se consoler qu'elle avait fait ce qu'il fallait, elle se força à penser à autre chose. Il n'y avait plus aucune raison de songer encore à Alex Hale. Plus aucune. Elle ne le reverrait jamais. Elle ne le connaîtrait jamais davantage. Elle ne pouvait pas le prendre au sérieux. Et la déclaration qu'il lui avait faite, la veille au soir, dans le hall de l'hôtel n'était que l'engouement de quelqu'un de vraiment stupide. Stupide et irresponsable. Comment pouvait-il espérer la revoir ? Qu'est-ce qui pouvait bien lui faire croire qu'elle avait envie d'avoir une liaison ? Mais tandis que ses pensées s'attardaient de nouveau sur son visage, elle se retrouva en train de se demander si sa mère avait fait quelque chose de ce genre. Avait-elle rencontré un homme comme Alex ? Et toutes les femmes qu'elle connaissait en Espagne ? Elles paraissaient parfaitement satisfaites de leur existence en vase clos, passant leur temps à dépenser constamment de l'argent, à acheter des bijoux, des fourrures, des vêtements, à aller à des réceptions, mais vivaient entourées d'autres femmes, derrière des murs bien gardés. Qu'est-ce qui n'allait pas, chez elle ? Pourquoi regimbait-elle subitement contre ces traditions ? Les autres femmes qu'elle connaissait à Paris, à Madrid et à Barcelone, elles avaient les réceptions, les amusements et les fêtes qui faisaient s'écouler les années. Et elles avaient des enfants... Des enfants... son cœur souffrait chaque fois qu'elle y songeait. Pendant longtemps, elle avait été incapable de croiser une femme enceinte sans avoir envie d'éclater en sanglots. Elle n'avait jamais dit à John Henry à quel point elle se sentait dépossédée de ne pas avoir d'enfant, mais elle avait toujours soupçonné qu'il le savait. C'était pour cette raison qu'il était si généreux, qu'il la gâtait tant et semblait l'aimer toujours davantage.

Raphaella s'obligea à fermer les yeux et s'assit sur le lit, drapée dans son peignoir rose, furieuse d'avoir laissé ses pensées prendre ce tour. Elle était libérée de cette vie pour une nuit encore, un jour. Elle n'était pas obligée de penser à John Henry, à sa souffrance, à ses attaques, à ce qu'elle vivrait jusqu'à ce qu'il meure. Elle n'était pas obligée de penser à ce qu'elle manquait, à ce qu'elle avait déjà manqué. Cela ne servait à rien d'évoquer des réceptions où elle n'irait jamais, des gens qu'elle ne rencontrerait pas, des enfants qu'elle n'aurait jamais non plus. Sa vie était toute tracée. C'était sa destinée, sa voie, son devoir.

Du revers de la main, elle essuya une larme sur sa joue et se força à reprendre le livre posé à côté d'elle sur le lit. C'était le roman de Charlotte Brandon qu'elle avait acheté à l'aéroport et c'étaient ces pensées que les livres écartaient de son esprit. Pendant qu'elle les lisait, les livres évinçaient tout de son esprit sauf leurs intrigues complexes. Ils étaient son seul refuge, et cela depuis des années. Elle rouvrit celui-ci avec un soupir d'aise, heureuse que Charlotte Brandon puisse encore écrire deux romans par an ; il lui arrivait de les relire.

Elle avait lu la plupart au moins deux ou trois fois. Parfois dans des langues différentes. Mais elle n'avait lu que deux ou trois pages lorsque le téléphone sonna, l'arrachant à l'univers dans lequel elle s'était réfugiée.

— Allô ?

C'était bizarre que quelqu'un l'appelle. Sa mère devait déjà être dans l'avion, et on ne lui téléphonait jamais de San Francisco, à moins bien sûr qu'il ne se passe quelque chose de très grave, mais elle avait téléphoné le matin et l'infirmière lui avait dit que John Henry se portait bien.

— Raphaella ?

Elle ne reconnut pas la voix tout d'abord, puis soudain son cœur se mit à battre la chamade.

— Oui ?

Il l'entendait à peine.

— Je... Excusez-moi... Je... Je me demandais si je ne pourrais pas vous voir. Je sais que vous m'avez tout expliqué hier soir, mais j'ai pensé que nous pourrions peut-être en parler plus calmement, et... eh bien, que nous pourrions simplement être amis.

Le cœur d'Alex battait aussi vite que le sien. Et si elle lui disait qu'elle ne voulait pas le voir ? La pensée de ne plus jamais la voir lui fut soudain insupportable.

— Je... Raphaella...

Elle n'avait pas répondu, et il fut aussitôt terrifié à l'idée qu'elle avait peut-être raccroché.

— Vous êtes là ?

— Oui...

Elle se sentait presque incapable de parler. Pourquoi avoir fait cela ? Pourquoi l'avoir appelée ? Elle s'était résignée à ses obligations, à son devoir. Pourquoi fallait-il qu'il vienne la tenter si cruellement ?

— Je suis là.

— Est-ce que je peux… nous pourrions… Je peux vous voir ? Je pars pour l'aéroport dans quelques minutes. J'ai eu l'idée de m'arrêter.

C'était là tout ce qu'il voulait faire. Lui parler, encore une fois, avant de prendre le dernier avion.

— Où êtes-vous ? demanda-t-elle, tandis qu'une ombre passait sur son visage.

— En bas, avoua-t-il d'un ton si confus qu'elle se mit à rire.

— Ici ? À l'hôtel ?

Elle souriait. Il était ridicule, vraiment. Comme un tout petit garçon.

— Qu'est-ce que vous en pensez ?

— Je ne suis pas habillée, Alex.

Mais ce n'était qu'un détail mineur, et tous deux surent soudain qu'il avait gagné. Ne serait-ce que pour quelques minutes. Mais il avait gagné.

— Et alors ? Quelle importance si vous n'avez qu'une serviette de bain… Raphaella ?

Il y eut un long silence, puis il entendit la sonnette de l'appartement retentir dans le lointain.

— C'est votre mère ?

— Cela m'étonnerait. Elle vient de partir pour Buenos Aires. Cela doit être mon dîner.

Une seconde plus tard, la porte de l'appartement s'ouvrait lentement et le serveur roulait la lourde table dans la chambre. Elle indiqua par gestes qu'elle allait parapher la note et le fit tout en reportant son attention sur le téléphone.

— Alors, que décide-t-on ? Descendez-vous ou faut-il que je monte tambouriner à la porte de votre chambre ?

À moins que je me déguise en serveur de dîner en chambre… Qu'en dites-vous ?

— Arrêtez, Alex !

Puis elle ajouta d'un ton sérieux :

— J'ai dit tout ce que j'avais à dire hier soir.

— Non. Vous ne m'avez pas expliqué pourquoi vous réagissez de cette façon.

— Parce que j'aime mon mari…

Elle ferma les yeux, refusant d'admettre ce qu'elle éprouvait déjà pour Alex.

— … et je n'ai pas le choix.

— C'est faux. Vous avez une quantité de choix. Comme tout le monde, même si parfois nous n'en voulons pas, mais ils sont là. Je comprends ce que vous ressentez, et je le respecte, mais ne pouvons-nous au moins nous parler ? Écoutez, je resterai dans le couloir, sur le seuil de la porte, je ne vous toucherai pas, je le promets. Je veux seulement vous voir. Raphaella… je vous en prie.

Les larmes aux yeux, elle prit une grande inspiration pour lui dire qu'il devait s'en aller, qu'il ne pouvait pas lui faire ça, que ce n'était pas bien, puis, brusquement, sans savoir pourquoi, elle dit :

— Entendu. Montez. Mais seulement quelques minutes.

Quand elle raccrocha, sa main tremblait et elle sentait sa tête tourner au point qu'elle dut fermer les yeux.

Elle n'eut même pas le temps d'enfiler quelque chose qu'il sonna. Elle se contenta d'ajuster son peignoir et de lisser sa lourde chevelure qui lui tombait dans le dos, la faisant paraître bien plus jeune que lorsqu'elle la portait en chignon. Elle hésita un moment avant d'ouvrir, se disant qu'elle pouvait encore refuser de le laisser entrer. Mais elle déverrouilla la porte, tourna la poignée, et resta là à contempler l'homme si remarquablement beau qui attendait de l'autre côté du battant.

Il demeura aussi silencieux qu'elle pendant un instant, puis elle fit un pas en arrière et indiqua de la main l'intérieur de la chambre. Mais il n'y avait plus de sourire sur son visage à présent, seulement une expression très grave quand elle suivit des yeux Alex qui entrait.

— Bonsoir, dit-il avec nervosité.

L'air intimidé, il demeura un long moment à la regarder, de l'autre bout de la pièce.

— Merci de m'avoir permis de monter chez vous comme ça. Je sais que c'est un peu fou, mais il fallait que je vous voie.

Et tout en la regardant, il se demanda pourquoi il était venu. Qu'allait-il lui dire ? Que pouvait-il lui dire sinon que chaque fois qu'il la voyait son amour était plus fort qu'avant ? Et que lorsqu'elle n'était pas là, elle le hantait tel un fantôme sans qui il était incapable de vivre. Il se contenta de la regarder et d'incliner la tête.

— Merci.

— De rien. (Sa voix était très basse.) Voulez-vous manger quelque chose ?

Elle désigna d'un geste vague l'énorme table roulante, mais il secoua la tête.

— Non, merci. J'ai déjà dîné avec ma nièce. Mais je ne veux pas interrompre votre repas. Asseyez-vous et commencez, je vous en prie.

Mais elle fit de la tête un signe négatif et sourit.

— Cela peut attendre.

Au bout d'un moment, elle poussa un soupir et traversa lentement la pièce. Elle regarda d'un air troublé par la fenêtre puis tout aussi lentement se tourna vers lui.

— Je suis désolée, Alex. Ce que vous éprouvez me touche profondément, mais je ne peux absolument rien faire.

La voix qui lui parlait était celle d'une princesse solitaire, à jamais consciente des obligations de son rang et désolée de son impuissance. Tout en elle était aristocratique, sa prestance, son expression, la façon dont elle se tenait : même en peignoir de soie rose, Raphaella Phillips était royale jusqu'au bout des ongles. Seule la souffrance qui se lisait dans ses yeux et qu'elle ne pouvait cacher rappelait à Alex qu'elle était bien un être humain.

— Et si nous parlions de ce que vous ressentez, vous, Raphaella ?

— Moi ? Je suis ce que je suis, je n'y peux rien changer. Je suis l'épouse de John Henry Phillips, depuis presque quinze ans. C'est un état de fait que je dois assumer, Alex. Je l'assumerai toujours.

— Et depuis combien de temps est-il… comme il est maintenant ?

— Plus de sept ans.

— Est-ce suffisant pour vous ? De vous dire que vous faites votre devoir ? Cela vous console-t-il de votre jeunesse perdue ? Quel âge avez-vous à présent ? Trente-deux ans ? Vous vivez ainsi depuis que vous en avez vingt-cinq, Raphaella. Comment le pouvez-vous ? Comment pourrez-vous continuer à le faire ?

Elle secoua lentement la tête, les yeux débordant de larmes.

— Il le faut, c'est tout. Cela n'a pas d'importance.

— Bien sûr que ça en a. Comment pouvez-vous dire cela ?

Il s'approcha d'elle et la regarda avec douceur.

— Raphaella, c'est de votre vie que nous parlons.

— Mais il n'y a pas le choix, Alex. C'est ce que vous ne comprenez pas. Peut-être la façon dont vit ma mère est-elle préférable. Peut-être est-ce ce qui justifie cette existence-là. Au moins, il n'y a pas de tentations. Personne ne s'approche d'assez près pour forcer à faire un choix. Il n'y a donc pas de choix.

— Je suis désolé que ce soit si douloureux. Mais pourquoi y aurait-il obligatoirement un choix à faire ? Pourquoi ne serions-nous pas simplement des amis, vous et moi ? Je n'exigerai rien de vous. Mais nous pourrions nous voir en toute amitié, simplement pour déjeuner par exemple.

C'était rêver, il le savait, et Raphaella le savait aussi.

— Combien de temps cela durerait-il, d'après vous ? Je sais ce que vous ressentez, et je pense que vous savez que je ressens la même chose.

Quelque chose bondit dans le cœur d'Alex en l'entendant dire cela et il eut envie de la prendre dans ses bras, mais il n'osa pas.

— Est-ce que cela s'oublie ? Est-ce qu'on peut feindre que cela n'existe pas ?

L'expression d'Alex disait que ce n'était pas possible.

— J'estime que nous devons le faire.

Et elle ajouta avec un petit sourire courageux :

— Peut-être nous reverrons-nous dans quelques années.

— Où ? Dans la propriété de votre famille en Espagne, quand elle vous y aura enfermée de nouveau ? À qui voulez-vous faire croire cela, Raphaella ?

Il s'approcha d'elle et posa doucement les mains sur ses épaules, tandis qu'elle levait vers lui ces grands yeux noirs bouleversés qu'il chérissait déjà tant.

— Raphaella, il y a des gens qui passent leur vie entière à chercher l'amour, de toutes leurs forces, parce qu'ils le veulent et qu'ils en ont besoin, et la plupart du temps, ils ne le trouvent pas. Mais quelquefois, de rares fois, c'est lui qui vient à notre rencontre, qui se jette sur notre cœur, qui frappe à notre porte en disant : « Je suis là, prends-moi, je t'appartiens. » Comment le repousser quand il est là ? Comment pouvez-vous dire « Pas maintenant, peut-être plus tard » ? Comment prendre ce risque alors que cette chance peut ne jamais se représenter ?

— Parce que cette chance est quelquefois un luxe qu'on ne peut pas s'offrir, et je ne peux me l'offrir maintenant. Ce ne serait pas bien et vous le savez.

— Non, je ne le sais pas. Est-ce que vous priverez votre mari de quelque chose si vous m'aimez ? Cela fera-t-il vraiment une grande différence, dans l'état où il est ?

— Peut-être que oui. (Ils se tenaient face à face au centre de la pièce. Ses yeux ne se détournaient pas de ceux d'Alex et il n'avait pas enlevé ses mains de ses épaules.) Cela pourrait faire une très grande différence si je me désintéressais de ce qui lui est nécessaire, si je n'étais jamais là pour veiller qu'il soit bien soigné, si je l'oubliais en ayant une liaison avec vous. Quelque chose comme cela suffirait à le tuer. Cela risquerait de faire toute la différence pour lui entre la vie et la mort. Je ne pourrai jamais l'abandonner ainsi.

— Je ne vous le demanderai jamais. Jamais. Ne le comprenez-vous pas ? Je vous l'ai dit, je respecte ce qui vous unit à lui, je respecte ce que vous faites, ce que vous êtes et ce que vous ressentez. Cela, je le comprends. Je suis seulement en train de vous dire que vous avez droit à davantage, et moi aussi. Cela ne changera rien entre vous et votre mari. Je vous le jure, Raphaella. Ce que je veux simplement, c'est partager quelque chose que nous n'avons ni l'un ni l'autre, que nous n'avons peut-être jamais connu. D'après ce que je vois, votre vie est vide. La mienne aussi.

Raphaella le regardait avec encore dans les yeux la même expression douloureuse et décidée.

— Qu'est-ce qui vous fait dire qu'il puisse y avoir quelque chose entre nous, Alex ? Peut-être êtes-vous victime d'un rêve, d'une illusion ? Vous ne me connaissez pas. Tout ce que vous pensez de moi est pure imagination.

Mais cette fois, il se borna à secouer la tête et abaissa doucement sa bouche sur la sienne. Il la sentit se raidir durant un instant, mais il l'enlaça avec une telle rapidité, une telle fougue qu'elle ne put se dégager, et peu après elle n'en eut plus envie. Elle s'agrippa à lui comme s'il était le dernier homme sur la terre, son corps tout entier vibrant d'un désir violent qu'elle n'avait jamais connu auparavant. Alors, haletante, elle s'arracha à lui et secoua la tête en s'écartant :

— Non, Alex, non ! (Elle l'affronta, une flamme de colère dans les yeux.) Non ! Ne faites pas ça ! Ne me tentez pas avec ce que je ne peux pas avoir. Je n'en ai pas le droit, et vous le savez !

Elle s'éloigna, les épaules basses, les yeux remplis de larmes.

— Allez-vous-en, je vous en prie.

— Raphaella…

Elle se retourna lentement, le visage bouleversé, les yeux immenses dans son visage aux traits crispés. Et ce fut comme s'il la voyait se métamorphoser. La colère qui brûlait dans ses yeux s'éteignit, elle les ferma un instant puis elle se dirigea vers lui, ses mains l'enlacèrent, sa bouche chercha la sienne avec avidité.

— Oh, chérie, je vous aime... je vous aime...

Il parlait d'une voix douce mais pressante et elle l'enlaçait et l'embrassait avec toute la passion qu'elle refoulait depuis plus de sept ans. Alors, sans réfléchir, Alex ôta de ses épaules le peignoir de soie rose et, pour couvrir de baisers son corps, il s'agenouilla devant elle, déesse qu'il vénérait depuis le moment où il l'avait vue pleurer sur les marches de l'escalier. C'était la femme qu'il avait si longtemps attendue, la femme dont il avait besoin et qu'il avait aimée presque instantanément. Et tandis qu'il l'étreignait et la caressait, Raphaella sut qu'elle se donnait à lui de tout son cœur.

Un temps infini sembla s'écouler avant qu'ils cessent de s'embrasser et de se caresser, de s'étreindre et d'allonger la main pour la laisser courir sur le corps de l'autre. Elle sentit ses jambes trembler et voilà que soudain il la saisissait dans ses bras, l'emportait lentement jusqu'à la chambre, laissant le peignoir rose oublié gisant sur le tapis, et la déposait sur le lit.

— Raphaella ?

Sa bouche avait prononcé son nom comme une question et elle acquiesça d'un lent hochement de tête avec un petit sourire hésitant, cependant qu'il éteignait la lumière, se déshabillait vivement et s'étendait à côté d'elle.

Il l'embrassa et la caressa de nouveau avec avidité. Elle avait à présent l'impression de rêver, comme si tout cela ne pouvait pas vraiment se produire, et avec un abandon qu'elle n'avait jamais connu auparavant, elle se donna à lui, son corps arqué palpitant et vibrant d'un désir qu'elle n'avait même jamais imaginé. Et avec la même ferveur Alex se pressait contre elle, son corps allant jusqu'au tréfonds d'elle-même, leurs bras enlacés, leurs jambes faisant partie d'un seul corps, leurs bouches étroitement unies dans un baiser sans fin jusqu'à ce que soudain l'instant final de leur plaisir jaillisse d'eux et ensemble ils eurent l'impression de planer dans les airs.

Ils restèrent ensuite étendus en silence, Alex contemplant la femme qu'il aimait dans la douce clarté de la lampe. La peur l'envahit tout à coup pour un instant. Qu'avait-il fait et qu'allait-elle faire maintenant ? Le haïr ? Serait-ce fini entre eux ? Mais quand il vit une flamme chaleureuse grandir dans ses yeux, il comprit que c'était non pas la fin mais le commencement et, tandis qu'il la contemplait, elle se pencha sur lui, effleura ses lèvres d'un baiser et fit courir très lentement sa main le long de son dos. Il sentit son corps se mettre à vibrer, il se tourna vers elle, l'embrassa de nouveau puis se recoucha sur le côté et la regarda sourire.

— Je t'aime, Raphaella.

Ces mots avaient été prononcés si bas qu'elle seule pouvait l'entendre et elle hocha lentement la tête, son sourire gagnant ses yeux. Il le dit encore et le sourire s'agrandit.

— Je sais. Et je t'aime, moi aussi.

Elle parlait aussi bas que lui et soudain il l'attira dans ses bras, la tenant étroitement contre lui comme pour la garder à jamais. Et comme si elle comprenait, elle resserra son étreinte en chuchotant :

— Ne t'inquiète pas, Alex… Chut… tout va bien.

Il éteignit alors de nouveau la lumière et ils restèrent étendus sans bouger. Quelques minutes plus tard, ses mains recommencèrent à la caresser.

9

— Raphaella ?

Appuyé sur un coude, Alex regardait la jeune femme en l'appelant à voix basse. Il n'était pas sûr qu'elle soit réveillée. Mais ses paupières s'ouvrirent alors lentement, dans la clarté de l'aube, et la première chose qu'elle vit, c'est Alex qui la contemplait, les yeux pleins d'amour.

— Bonjour, ma chérie.

Il l'embrassa et lissa la longue chevelure soyeuse si pareille à la sienne. Tout à coup, elle le vit sourire, et elle sourit à son tour.

— Qu'est-ce qui te fait rire, si tôt le matin ?

— Je pensais seulement que, si nous avons des enfants un jour et qu'ils ne naissent pas avec des cheveux noirs comme jais, tu risqueras de sérieux ennuis.

— Oh, tu crois ?

Elle le regarda, amusée, hocher affirmativement la tête.

— Oui, oui.

Puis il l'examina d'un air pensif en suivant d'un doigt le contour de ses seins et le centre de son corps jusqu'à l'endroit où les jambes se rejoignaient, ramenant ensuite le doigt autour de ses seins. Il s'arrêta un instant, une question dans les yeux.

— Tu n'as pas envie d'avoir d'enfants, Raphaella ?

— Maintenant ?

— Non. Je veux dire, un jour. Je me demandais seulement…

Il hésita puis se décida à poser la question :

— Tu peux en avoir ?

— Je le pense.

Comme elle ne voulait pas parler de la carence de son mari, elle n'ajouta rien. Il ne la quittait pas des yeux.

— Tu n'en as pas eu parce que tu n'en souhaitais pas ou… pour d'autres raisons ?

Il avait eu l'intuition qu'elle se montrait discrète.

— D'autres raisons.

Il hocha la tête sobrement.

— Je me l'étais demandé.

Raphaella, qui s'était penchée pour lui donner un baiser sur les lèvres, se redressa brusquement avec un air terrifié, jeta un coup d'œil à son réveil et regarda Alex en ouvrant de grands yeux, une main sur la bouche.

— Qu'est-ce qui se passe ?

— Mon Dieu… je viens de rater mon avion.

Il lui sourit, nullement ému.

— J'ai raté le mien hier soir. En fait, ajouta-t-il avec un sourire qui allait s'élargissant, je n'ai toujours pas récupéré mes bagages.

Mais elle ne l'écoutait pas.

— Qu'est-ce que je vais faire ? Il faut que j'appelle la compagnie… je suis sûre qu'il y en a un autre… Mon Dieu, quand Tom viendra me chercher à l'aéroport…

Le regard d'Alex s'assombrit immédiatement.

— Qui est Tom ?

Cette fois, c'est Raphaella qui sourit.

— Le chauffeur, idiot !

— Ah, bon ! De toute façon, tu peux appeler chez toi et dire que tu as raté ton avion. Tu n'as qu'à les prévenir que tu prendras…

Il était sur le point d'ajouter « le prochain », mais il eut tout à coup une idée.

— Raphaella… si…

Il avait presque peur de continuer. Il avança lentement la main pour la poser sur la sienne.

— … si nous ne rentrions que demain et si nous passions le week-end ici, ensemble ? Nous pourrions.

— Non, justement. On m'attend. Je dois…

— Pourquoi ? Tu n'as rien à faire chez toi. Tu me l'as dit toi-même, et un jour, ou même deux, cela ne peut pas faire une grande différence maintenant. Nous ne serons pas aussi libres avant longtemps. Nous sommes ici, nous sommes seuls, nous sommes ensemble… Qu'en dis-tu ? Jusqu'à demain ?

Il la prit dans ses bras tout en parlant, avec une prière muette pour qu'elle accepte. Pourtant elle se dégagea doucement, l'air pensive mais hésitante.

— Il faudrait que je leur mente, Alex. Et si…

— S'il arrive quelque chose (tous deux sachant qu'elle voulait dire « à John Henry ») eh bien, tu pourras sauter dans le premier avion. Comme tu l'aurais fait toute cette semaine quand tu étais avec ta mère. La seule différence, c'est que tu seras avec moi. Tu veux bien ?

Il était là, jeune et tendre, et elle ne désirait rien tant qu'être à New York avec lui mais étant donné ses obligations… John Henry… Puis, brusquement, elle se dit que cette fois elle devait songer à elle-même.

Elle regarda Alex et acquiesça d'un signe. Elle était visiblement effrayée mais enthousiaste et il poussa un cri de joie.

— Chérie, je t'aime !

— Quel fou tu es !

— Nous le sommes tous les deux. Je me douche, tu commandes le petit déjeuner, puis nous irons nous promener.

Mais ni l'un ni l'autre ne s'était avisé que commander un petit déjeuner pour deux était gênant ; elle choisit donc un menu digne de Gargantua et quand on lui demanda pour combien de personnes, elle répliqua aussitôt : « Pour une personne. » Il était sous la douche quand elle alla lui raconter ce qu'elle avait fait et elle se surprit à contempler son corps avec admiration et désir. Grand, fort et beau, il ressemblait à une statue de dieu grec.

— Que regardez-vous, madame ?

Il risquait un coup d'œil entre les filets d'eau qui ruisselaient sur son visage.

— Toi. Tu es magnifique, Alex.

— Ah, je sais maintenant que tu es folle !

Puis il la dévisagea sérieusement un instant.

— Tu as appelé chez toi ?

Elle fit non de la tête, comme une écolière récalcitrante, il se figea sous la douche et l'eau qui coulait sur son corps donna à Raphaella l'envie d'en suivre la course avec sa langue. Elle ne pouvait pas penser à sa maison sur le moment. Son « chez elle » n'avait pas de réalité. Elle ne pouvait penser qu'à lui.

— Va donc téléphoner maintenant, chérie.

Elle hocha lentement la tête et sortit de la salle de bains. Quand elle fut assise à côté du téléphone, l'enchantement de la beauté physique d'Alex se rompit. Soudain, elle se sentit redevenue Mme John Henry Phillips. Quel mensonge allait-elle inventer ? La téléphoniste lui répondit trop vite et elle demanda aussitôt la communication pour San Francisco. Quelques instants plus tard, elle avait l'infirmière au bout du fil et apprenait que John Henry dormait, c'était une heure de l'après-midi à San Francisco, il avait déjà déjeuné et faisait la sieste.

— Il va bien ?

Elle était terrifiée. Peut-être qu'elle serait punie. Peut-être qu'il allait plus mal et ce serait sa faute. Mais la voix allègre de l'infirmière la rassura immédiatement.

— Il va très bien. Nous l'avons mis dans son fauteuil pendant une heure, ce matin, et je crois que cela lui a fait plaisir. Je lui ai lu un peu le journal après déjeuner et il s'est endormi tout de suite.

Ainsi il n'y avait pas de changement, tout semblait pareil à ce que c'était lors de son départ. Elle expliqua qu'elle avait été retenue à New York auprès de sa mère. Et qu'elle rentrerait à San Francisco le lendemain. Elle marqua un temps, s'attendant presque à ce que l'infirmière la traite de menteuse et de débauchée, mais rien ne se produisit, et elle savait que sa mère n'appellerait pas d'Argentine, il n'y avait donc aucune raison pour que l'on découvre sa supercherie. Pourtant elle se sentait si coupable qu'elle avait l'impression que tout le monde était au courant. Elle demanda à l'infirmière de prévenir Tom de ne pas aller la chercher à l'aéroport, et lui dit qu'elle rappellerait le lendemain pour préciser son heure d'arrivée. Elle s'avisa qu'elle pouvait prendre un taxi avec Alex en arrivant, mais si elle le faisait on se demanderait ce qu'elle avait en tête. De sa vie entière, elle n'avait pris un taxi à l'aéroport. Elle remercia donc l'infirmière, lui demanda de dire à M. Phillips qu'elle avait téléphoné et que tout allait bien, puis raccrocha, le regard éteint, le visage grave.

— Des ennuis ?

Alex émergeait de la salle de bains, coiffé, une serviette autour des reins. Il lui trouvait l'air différent de tout à l'heure, lorsqu'il lui avait dit d'aller téléphoner.

— Qu'est-ce qui est arrivé ?

— Rien. Je... je viens juste d'appeler chez moi, répondit-elle en baissant les yeux.

— Quelque chose... est-ce quelque chose...

Il y avait une question évidente dans sa voix et il eut l'air inquiet, mais elle secoua vivement la tête.

— Non, non. Il va bien. C'est seulement... (elle le regarda avec une moue pitoyable) c'est seulement que je me sens tellement coupable. Alex, il faut absolument que je rentre.

Elle avait parlé tout bas sur un ton angoissé tandis qu'il s'essuyait à côté d'elle. Il demeura sans bouger un moment, puis passa un bras autour de ses épaules pour l'attirer contre lui.

— D'accord, si c'est ce que tu veux. Je te l'ai dit. Je comprends. Je comprendrai toujours.

Elle le regarda avec désarroi et il l'étreignit de nouveau.

— C'est d'accord, chérie. Ne t'en fais pas.

— Pourquoi es-tu si gentil avec moi ? demanda-t-elle en enfouissant sa tête au creux de son épaule nue.

— Parce que je t'aime. Cela aussi, je te l'ai dit cette nuit.

Il sourit et déposa un baiser sur le sommet de sa tête.

— Mais tu me connais à peine.

— Tu veux rire ! Je te connais jusqu'au plus profond de toi-même.

Elle rougit, puis elle comprit qu'il donnait à cette expression à double sens l'autre, le plus important. Et curieusement, alors qu'elle-même ne le connaissait que depuis si peu de temps, elle le crut. Il la connaissait parfaitement. Mieux que quiconque jusqu'à présent. Mieux même que son mari.

— Tu seras très fâché si je repars aujourd'hui ?

Sa voix vibrait de regret et elle poussa un long soupir silencieux.

— Non, je serai désolé. Mais pas fâché. Si tu penses que tu le dois, alors vas-y.

— Qu'est-ce que tu feras ? Tu retourneras voir ta mère ou ta sœur ?

— Non, ma mère est à Boston, Kay à Washington, et ma nièce a une foule de projets pour ce week-end. Je vais rentrer. Probablement par le même avion que toi, si nous pouvons avoir deux places côte à côte. Est-ce que cela te conviendrait ?

Elle acquiesça d'un signe de tête.

— Bien.

Il se leva lentement.

— Alors téléphone à la compagnie. Je vais me raser.

Il disparut dans la salle de bains dont il ferma la porte, tandis qu'elle restait assise avec la sensation d'avoir renoncé à la seule chose au monde qu'elle désirait vraiment : du temps à passer avec Alex. Ensemble. Rien qu'eux deux. Seuls. Elle demeura immobile un long moment puis se dirigea vers la porte de la salle de bains et frappa doucement :

— Oui ?

— Je peux entrer ?

Il ouvrit la porte en la regardant avec un sourire qui lui dit de nouveau qu'il l'aimait.

— Bien sûr que tu peux, bêta. Tu n'as pas besoin de demander. Tu as appelé la compagnie ?

Elle secoua négativement la tête d'un air penaud.

— Je n'en ai pas envie.

— Et pourquoi ?

Alex sentit son cœur battre plus vite.

— Parce que je n'ai pas envie de rentrer déjà.

Elle ressemblait à une petite fille, avec ses longs cheveux qui lui tombaient sur les épaules, encore tout emmêlés de la nuit.

— Je veux rester ici avec toi.

— Tu le veux, c'est vrai ?

Il ne put s'empêcher de sourire et, posant son rasoir, il la saisit d'une main et empoigna de l'autre une serviette pour essuyer le savon sur sa figure.

— Rien ne me ferait plus plaisir.

Il l'embrassa avec passion et la ramena vers le lit. Une demi-heure s'écoula avant que s'arrêtent leurs jeux amoureux et que le petit déjeuner soit apporté.

Après le départ du serveur, ils s'assirent pour déjeuner ensemble, elle dans son peignoir de satin rose et lui drapé dans une serviette, tous deux heureux et gais formant des projets pour la journée. C'était comme s'ils vivaient ensemble depuis toujours quand ils se partagèrent les œufs brouillés.

— Ensuite, je veux monter au sommet de l'*Empire State Building*, je veux manger des marrons chauds, je veux aller patiner…

Il eut un rire moqueur à son adresse.

— J'ai l'impression d'entendre ma nièce. Elle adore patiner aussi.

— Eh bien, nous pourrons y aller ensemble. Mais d'abord, je veux aller à l'*Empire State Building*.

— Raphaella ! (Il gémit en finissant son café.) Tu parles sérieusement ?

— Évidemment ! Je ne peux jamais faire ce genre de chose.

— Quel bébé ! (Il se pencha pour l'embrasser.) Tu es la femme la plus merveilleuse que j'aie jamais rencontrée, Raphaella.

— Ce qui prouve que tu es aveugle et fou, et je t'aime.

Mais elle se demandait si la folie n'était pas de son côté. C'était de la folie pure, ce qui se passait maintenant. Et le plus fou de tout était qu'elle avait l'impression de l'avoir toujours connu. Ils montèrent ensemble un scénario pour que Raphaella récupère le bagage d'Alex auprès du portier et, quand le groom l'eut monté, Alex s'habilla tandis que Raphaella prenait son bain. Ils rangèrent leurs affaires dans l'immense penderie en bavardant, et on aurait dit une lune de miel, comme Raphaella en fit la remarque quand ils se rendirent au centre ville. Comme promis, il l'emmena en haut de l'*Empire State Building*. Ils déjeunèrent au *Plaza* et firent ensuite une promenade en fiacre dans Central Park. Ils passèrent deux heures à déambuler parmi les merveilles du Metropolitan Museum et entrèrent chez Parke-Bernet pour voir une vente aux enchères d'antiquités françaises qui battait son plein. Enfin, heureux, détendus et plus qu'un peu fatigués, ils traversèrent la rue pour rentrer au *Carlyle* et prirent l'ascenseur jusqu'à leur chambre. Raphaella bâillait en enlevant son manteau qu'elle rangea dans la penderie, tandis qu'Alex, qui avait déjà posé sa veste et ses chaussures, était étendu sur le lit et lui tendait les bras.

— Je ne sais pas comment tu te sens, belle enfant, mais moi je suis épuisé. Je crois que je n'en ai jamais autant fait en une journée depuis que je suis enfant !

— Moi aussi.

Tout à coup, elle aurait voulu pouvoir l'emmener à Paris, à Barcelone et à Madrid, pour lui montrer tout ce qu'elle aimait, et à Santa Eugenia, pour voir l'endroit où elle passait tous ses étés et où ils pourraient rencontrer les enfants qu'elle aimait tant. Cela lui faisait un drôle d'effet parfois, quand elle y pensait. Ceux à qui elle racontait des histoires à l'époque où elle s'était mariée s'étaient mariés à leur tour et avaient maintenant des enfants à eux. Cela lui donnait parfois l'impression d'être très vieille, comme si une partie importante de sa vie s'était écoulée sans qu'elle s'en aperçoive.

— À quoi songes-tu ?

Pendant un instant, il avait vu le chagrin reparaître dans ses yeux.

— À Santa Eugenia.

— Et pourquoi ? insista-t-il.

— Je pensais aux enfants de là-bas… Oh, Alex… tu ne peux pas savoir comme je les aime.

Il lui prit la main et déclara d'une voix calme et ferme :

— Un jour, nous aurons des enfants tous les deux.

Elle ne répondit rien, c'était un sujet dont elle n'aimait pas parler. Elle avait décidé de n'y plus penser voilà quatorze ans.

— Cela n'a pas d'importance.

— Si, bien sûr, et même beaucoup. Pour tous les deux.

Moi, j'aurais vraiment beaucoup aimé avoir des enfants avec ma femme.

— Elle ne pouvait pas en avoir ?

Raphaella posa la question avec un mélange d'espoir et de curiosité, comme si c'était quelque chose qu'ils auraient en commun, comme si tous deux avaient été frustrés par le même coup du sort.

— Si. (Il secoua la tête, l'air pensif.) Elle aurait pu, mais elle n'aimait pas les enfants. C'est amusant comme on voit les choses différemment au fur et à mesure que le temps passe. Si je rencontrais maintenant une femme qui ait cet état d'esprit, je ne pense pas que je l'aimerais. J'ai cru que j'arriverais à convaincre Rachel, mais je n'ai pas réussi. Elle était trop impliquée dans son métier. Rétrospectivement, je me dis que c'est aussi bien que nous n'ayons pas eu d'enfants.

— Qu'est-ce qu'elle faisait ?

— Elle était avocate.

Voyant que Raphaella était impressionnée, il l'embrassa doucement sur les lèvres.

— Mais, comme femme, elle ne valait pas grand-chose. Raphaella, ne te frappe donc pas.

— Tu l'as quittée ?

Il secoua de nouveau la tête.

— Non, c'est elle qui m'a quitté.

— Pour un autre homme ?

— Non. (Il souriait à présent et c'était un sourire sans amertume.) Pour un emploi. C'est aussi bien que cela se soit terminé de cette façon.

Ils étaient allongés côte à côte comme de vieux amis ou des amants de longue date.

— Est-ce qu'elle réussit ?

— Probablement.

Elle eut un lent mouvement de tête approbateur.

— Moi aussi, parfois, j'aimerais réussir dans la vie, mais la seule voie où je crois que j'aurais pu donner ma mesure m'a été barrée et, quant au reste… ma foi, je ne suis pas capable de grand-chose.

— Tu racontes des histoires aux enfants.

Elle sourit, avec embarras.

— Ce n'est pas ce qu'on appelle un métier.

Elle l'examinait en silence, se rappelant une réflexion de sa mère.

— Et pourquoi ne mets-tu pas les contes sur le papier ? Tu pourrais écrire des livres pour les enfants, Raphaella.

Ses yeux s'illuminèrent comme elle méditait sur cette suggestion, mais alors Alex se rapprocha d'elle et la prit dans ses bras.

— Si tu ne fais rien d'autre que m'aimer, cela suffira, tu le sais, j'espère.

— Vraiment ? Tu ne t'en lasseras pas ?

Elle avait l'air soucieuse.

— Jamais. C'est drôle, pendant ma vie entière j'ai été entouré de femmes ambitieuses, de femmes qui exerçaient une profession, de femmes qui menaient des carrières de toute sorte. Je n'aurais jamais pensé pouvoir comprendre un autre genre de femmes. Et brusquement je me suis rendu compte que ce que je désirais depuis toujours c'était quelqu'un comme toi. Je n'ai aucune envie de lutter et de rivaliser, de me battre pour être celui qui gagne le plus d'argent. Je veux simplement être moi-même auprès de quelqu'un à qui je tiens, quelqu'un de doux, de gentil, d'intelligent avec qui c'est plaisant de vivre… Cela te ressemble assez, vois-tu, ajouta-t-il en l'embrassant dans le cou.

Elle le contempla un long moment, puis déclara en inclinant la tête de côté :

— Tu sais ce qu'il y a de curieux ? Eh bien, j'ai l'impression que ma vie est ici, avec toi. Comme si rien d'autre n'avait jamais existé, comme si ma vie à San Francisco n'avait rien de réel. Est-ce que ce n'est pas bizarre ?

Elle semblait déconcertée et il effleura avec douceur son visage avant de l'embrasser sur la bouche. Puis il s'écarta lentement avec un petit sourire.

— Non. Moi, je ne trouve pas cela bizarre du tout, en fait, répondit-il en souriant et, resserrant son étreinte, il l'embrassa avec avidité tandis qu'elle le caressait doucement.

10

La voix monotone de l'hôtesse de l'air n'en finissait pas d'annoncer leur arrivée à San Francisco et Alex se sentit gagné par un sentiment de tristesse tandis que l'avion entamait lentement sa descente. Leurs deux jours ensemble avaient été si merveilleux, si idylliques. Ils étaient allés dîner au restaurant la veille au soir, puis ils avaient assisté au spectacle de Bobby Short comme il l'avait projeté au début. Et elle avait été enchantée. Ensuite ils étaient restés éveillés jusqu'à quatre heures du matin, tantôt à la découverte de leurs corps, tantôt couchés côte à côte à se raconter leur vie. Lorsque le soleil s'était levé le dimanche matin, elle savait tout sur Rachel et la mère d'Alex, lui savait tout sur son père à elle, sur Julien, son frère mort à seize ans en jouant au polo, sur son mariage avec John Henry, au début et à présent. C'était comme s'ils avaient toujours été ensemble, comme s'ils y avaient été à tout jamais destinés. Et maintenant ils rentraient à San Francisco, et il allait devoir renoncer à elle, du moins pour un temps. Et il devrait se contenter des quelques heures qu'elle pourrait lui accorder quand elle s'échapperait de son autre vie dans la maison de son mari. En tout cas c'est ce dont ils avaient discuté la nuit dernière.

— À quoi penses-tu ? Tu as l'air terriblement grave.

Il la contemplait avec douceur, tandis que l'avion s'apprêtait à atterrir. Il devinait qu'elle éprouvait la même tristesse que lui. Les deux jours qu'ils avaient vécus ensemble avaient paru une vie entière et maintenant, de nouveau, tout allait changer.

— Tu te sens bien ?

Elle le regarda tristement.

— Je réfléchissais seulement…

— À quoi ?

— À nous. À ce qui va arriver maintenant.

— Tout ira bien.

Il lui parlait à l'oreille du ton d'intimité qui la faisait vibrer mais, à présent, elle secoua la tête.

— Non, je n'y crois pas.

Il lui prit la main et la garda dans la sienne, cherchant son regard et soudain n'aimant pas ce qu'il y voyait, il se douta qu'elle était de nouveau en proie à un sentiment de culpabilité, mais c'était somme toute à prévoir, ils approchaient de chez eux. Il lui serait plus dur ici de manquer à ses obligations. Mais elle n'y était pas vraiment obligée. Il y avait de la place pour deux hommes dans sa vie.

— Alex…

Elle buta sur les mots.

— … je ne peux pas faire ça.

Ses yeux, quand ils se fixèrent sur les siens, étaient remplis de larmes.

— Qu'est-ce que tu veux dire ?

Il s'efforça de surmonter sa propre panique et de

garder au moins une apparence de calme devant ce qu'il croyait interpréter.

— Je ne peux pas.

— Pour l'instant, tu n'as qu'une chose à faire, c'est te détendre.

Il avait pris son ton le plus professionnel mais cela ne parut pas apaiser la jeune femme. Les larmes jaillirent sur ses joues et roulèrent lentement, puis tombèrent sur ses mains crispées.

— Nous trouverons une solution plus tard, au fur et à mesure.

Mais elle secoua de nouveau la tête et sa voix ne fut plus qu'un murmure.

— Non… j'ai eu tort…. Je ne peux pas, Alex… pas ici. Pas dans la même ville que lui. Ce n'est pas bien.

— Raphaella, non… Donne-toi un peu de temps pour t'y faire.

— À quoi ? s'écria-t-elle, avec un soudain air de colère. À tromper mon mari ?

— Crois-tu qu'il ne s'agit que de cela ?

Ses yeux le suppliaient de la comprendre.

— Que puis-je faire ?

— Attends. Essaie de vivre avec notre bonheur. Sois juste envers lui et envers toi-même. C'est ce que je souhaite pour nous tous…

Elle hocha la tête et il serra étroitement sa main dans la sienne.

— Tu voudras bien essayer ?

— Oui, répondit-elle après un silence qui lui parut une éternité.

L'avion atterrit peu après et, quand il s'arrêta devant la porte de débarquement, deux hôtesses s'approchèrent, l'une portant le manteau de fourrure de Raphaella, qui se leva en silence et l'enfila sans laisser deviner que l'homme auprès de qui elle avait été assise avait une importance pour elle. Elle prit son sac, boutonna son manteau, puis le salua d'un signe de tête. Seuls ses yeux lui dirent « je t'aime » quand elle s'éloigna avant de disparaître par la porte arrière, comme elle l'avait fait l'autre fois. La porte se referma quand elle l'eut franchie et un sentiment de solitude extrême, comme jamais il n'en avait connu, submergea Alex. Il eut soudain l'impression que ce à quoi il tenait le plus au monde venait de lui être enlevé, et une vague de terreur l'envahit… Et s'il ne la revoyait jamais ? Il dut lutter contre la panique pendant qu'il attendait pour débarquer avec les autres passagers, puis marcha comme un automate vers la consigne pour récupérer ses bagages. Il aperçut la longue limousine noire garée le long du trottoir devant l'aéroport, ainsi que le chauffeur qui attendait avec les autres les bagages de Raphaella. Alex sortit rapidement du terminal et il contempla un moment la longue voiture noire. Les lumières vives qui se reflétaient sur la vitre l'empêchaient de voir Raphaella, mais il ne pouvait se résoudre à s'éloigner et, comme si Raphaella l'avait deviné, une des vitres arrière s'abaissa tandis qu'elle pressait d'un doigt le petit bouton. Elle regarda anxieusement, cherchant à le toucher de nouveau d'une manière quelconque. Leurs yeux se croisèrent pendant un instant infini et, comme si le soleil venait de se lever à nouveau pour eux, il lui sourit tendrement, puis il se détourna et se dirigea vers le parking. Dans son cœur il murmurait « Demain » et il aurait voulu que ce soit déjà ce soir.

11

Huit heures étaient passées depuis près d'un quart d'heure, il attendait, assis dans son cabinet de travail, marquant doucement la mesure du pied. Le vin était ouvert à côté du fromage et des fruits qu'il avait disposés sur la table, le feu crépitait allégrement, la musique résonnait, et il était dans tous ses états. Elle avait dit à partir de sept heures et demie, mais il n'avait pas eu de nouvelles d'elle de la journée et, à présent, il se demandait si une raison quelconque ne l'avait pas empêchée de s'échapper. Sa voix donnait l'impression qu'elle était en proie à une désolation aussi grande que lui lorsqu'elle l'avait appelé la veille au soir, et il avait ressenti une envie douloureuse de la prendre dans ses bras. Il était assis là à contempler le feu, les sourcils froncés, ruminant l'idée que quelque chose était arrivé, quand le téléphone sonna, le faisant sursauter.

— Alex ?

Son cœur bondit puis se serra de déception.

Ce n'était pas Raphaella, c'était Kay.

— Oh ! salut.

— Ça ne va pas ? Tu as l'air énervé.

— Non, j'étais occupé.

Il n'était pas d'humeur à lui parler.

— Tu travailles ?

— Plus ou moins… non… enfin, rien… peu importe. Qu'est-ce qui se passe ?

— Diable. Tu n'y vas pas par quatre chemins. Je voulais te parler d'Amanda.

— Il y a des ennuis ?

— Pas encore. Dieu merci. Heureusement que je connais les adolescents mieux que toi. Ces cent dollars que tu lui as donnés, Alex. Pas question.

— Qu'est-ce que tu veux dire ?

Son visage se crispa en écoutant sa sœur.

— Je veux dire qu'elle a seize ans et qu'à cet âge-là la seule chose que les gosses font de l'argent, c'est d'acheter de la drogue.

— Elle t'a dit pourquoi je les lui avais donnés ? Je me demande d'ailleurs comment tu l'as su parce que je pensais que c'était entre elle et moi.

— Peu importe comment je l'ai su. Je jetais un coup d'œil dans ses affaires et je l'ai trouvé.

— Nom d'une pipe, Kay, qu'est-ce que tu fais à cette gamine ? Tu la fouilles ?

— Pas précisément. Mais tu oublies combien ma position est délicate, Alex. Je ne veux pas qu'elle introduise de la drogue chez moi.

— À t'entendre, on dirait qu'elle ne pense qu'à ça !

— Foutaise. Mais si je la laisse faire, elle aura sa provision de joints, comme nous nous avons du whisky.

— Lui as-tu seulement demandé de ne pas le faire ?

— Évidemment. Mais tu penses vraiment que les gosses font ce qu'on leur dit ?

Le manque total de respect qu'elle avait pour sa fille

exaspéra Alex qui avait envie d'éclater en écoutant ses insinuations.

— Je trouve ton attitude envers elle écœurante. C'est justement quelqu'un en qui l'on peut avoir confiance. Et si je lui ai donné de l'argent, c'est pour qu'elle puisse aller patiner au Rockefeller Center. Elle m'a dit qu'elle patinait beaucoup et elle patine au Wollman Rink dans Central Park. Je ne sais pas si tu t'en rends compte, mais cette petite risque de se faire assassiner en traversant Central Park. Étant son oncle, cela me fait plaisir de lui offrir ces heures de patinage. Si j'avais pensé que tu lui confisquerais cet argent, je me serais arrangé autrement.

— Pourquoi ne me laisses-tu pas simplement m'occuper de ma fille, Alex ?

— Et toi, pourquoi n'admets-tu pas que comme mère tu ne vaux rien ? vociféra-t-il. Je veux que tu laisses cet argent à Amanda.

— Je me fiche pas mal de ce que tu veux. Je t'ai envoyé un chèque correspondant à la somme aujourd'hui.

— J'arrangerai la chose directement avec Amanda.

— Ne prends pas cette peine, Alex, répondit-elle d'un ton glacial. Je surveille son courrier.

— Tu es une sacrée garce, tu le sais ? Et tu n'as pas le droit de harceler cette enfant !

— De quel droit juges-tu la façon dont je traite ma fille ? Tu n'as pas d'enfants, bon Dieu ! Alors, qu'est-ce que tu y connais, hein ?

— Peut-être rien, sœurette, peut-être rien du tout. Je n'ai peut-être pas d'enfant, député Willard. Mais vous, chère madame, vous n'avez pas de cœur.

Elle lui raccrocha au nez au même moment où il

entendait la sonnette retentir et une vague d'émotion déferla en lui comme un raz de marée. C'était Raphaella, il en était sûr. Elle avait fini par venir. Soudain son cœur se dilata de joie mais il n'avait pas encore oublié la prise de bec qu'il venait d'avoir avec sa sœur au sujet d'Amanda. Il descendit en courant l'escalier de son bureau jusqu'à la porte d'entrée qu'il ouvrit et il resta un instant à regarder Raphaella, heureux, bouleversé et passablement tourmenté.

— J'avais peur qu'il ne soit arrivé quelque chose.

Elle secoua la tête sans rien dire, mais son sourire parlait pour elle, puis elle entra avec circonspection. Alors Alex referma la porte et, la prenant dans ses bras, l'étreignit avec force.

— Oh, chérie... Comme tu m'as manqué... Tu vas bien ?

— Oui.

Un « Oui » minuscule ; elle semblait si fragile blottie dans son manteau de fourrure contre le corps d'Alex. C'était le manteau de lynx qu'elle avait le fameux soir où il l'avait vue sur les marches. Elle le serra à son tour contre elle et il remarqua qu'il y avait de la lassitude et de la tristesse dans ses yeux. Elle avait laissé dans sa chambre un mot disant qu'elle était sortie voir des amis, au cas où on la chercherait. De cette façon, aucun domestique n'appellerait la police quand ils ne la verraient pas revenir immédiatement de sa promenade. Ils étaient toujours inquiets quand elle sortait se promener le soir, de toute façon, et John Henry aurait été horrifié s'il avait été au courant.

— J'ai cru que cette journée ne finirait jamais. J'ai attendu, attendu, attendu, et chaque heure me paraissait une éternité.

— J'ai eu la même impression au bureau. Viens.

Il la prit par la main et l'entraîna vers l'escalier.

— Je veux te faire visiter la maison.

Tandis qu'ils allaient de pièce en pièce, elle fut impressionnée par le vide du salon mais, par contraste, elle fut enthousiasmée par l'atmosphère chaleureuse de la chambre à coucher et du cabinet de travail. Il y avait dans les deux pièces une harmonie de tissus de laine couleur crème et de cuir souple, d'immenses plantes vertes, et des étagères de livres à l'infini. Un feu de bois crépitait dans la cheminée de la chambre à coucher, et Raphaella se sentit immédiatement à l'aise.

— Oh, Alex, comme c'est joli ! Et si confortable, si chaud.

Elle se dépouilla vivement de son lourd manteau de fourrure et se blottit par terre à côté de lui, devant le feu, sur l'épais tapis blanc. Sur une table basse en verre il y avait le vin, le fromage et le pâté qu'il avait achetés pour elle, avant de rentrer.

— Cela te plaît ?

Il regarda joyeusement autour de lui. Il avait tout décoré lui-même lorsqu'il avait acheté la maison.

— Énormément.

Elle sourit mais elle restait étrangement silencieuse et il eut de nouveau l'intuition que quelque chose n'allait pas.

— Qu'est-ce qui se passe, Raphaella ?

Sa voix était si douce qu'elle en eut les larmes aux yeux. En dépit du plaisant échange de propos sur sa maison, il avait compris dès le premier instant qu'elle était bouleversée.

— Qu'est-ce qui ne va pas ?

Elle ferma les yeux un moment, puis les rouvrit et chercha instinctivement la main d'Alex.

— Je ne peux pas faire cela, Alex… J'en suis incapable. J'en avais l'intention… j'allais… j'avais tout prévu, passer la journée avec John Henry et m'éclipser le soir pour une « promenade » et venir ici te rejoindre. Quand j'y songeais (elle eut de nouveau un sourire triste), mon cœur bondissait de joie. Je me sentais jeune, enthousiaste, heureuse, comme… (elle s'interrompit, la voix presque inaudible, les yeux humides) comme une fiancée. Mais je ne suis rien de tout cela, Alex. Je ne suis plus jeune, du moins plus assez jeune pour ça. Et je n'ai pas droit à cette sorte de bonheur avec toi. Je ne suis pas une fiancée. Je suis une femme mariée. Et j'ai la responsabilité d'un homme très malade, poursuivit-elle d'une voix plus ferme en retirant sa main. Je ne viendrai plus ici, Alex. Pas après ce soir.

Et cette fois quand elle lui fit face, sa voix était résolue.

— Qu'est-ce qui t'a fait changer d'avis ?

— D'être rentrée à la maison. De le voir. De me rappeler qui j'étais.

— M'as-tu oublié dans tout cela ?

La phrase avait à ses propres oreilles quelque chose de larmoyant et il s'en voulut de l'avoir prononcée, mais elle traduisait bien ce qu'il ressentait. La vie venait de lui assener un coup terrible. Cette femme, il la voulait désespérément et il n'était pas destiné à l'avoir.

Mais elle porta doucement la main d'Alex à ses lèvres, y déposa un baiser et secoua la tête.

— Je ne t'ai pas oublié, Alex. Je ne t'oublierai jamais.

Et à peine ces mots prononcés, elle se leva pour partir. Il resta assis un long moment à la regarder, avec l'envie de l'arrêter, de la dissuader tout en sachant qu'il ne le pouvait pas. Il avait voulu faire l'amour de nouveau avec elle, lui parler, passer la nuit avec elle… passer sa vie avec elle. Lentement il se mit debout.

— Il y a quelque chose que je veux que tu saches, Raphaella.

Il s'approcha d'elle et l'attira dans ses bras.

— Je t'aime. Nous nous connaissons à peine, et pourtant je sais que je t'aime. Je veux que tu rentres chez toi et que tu réfléchisses à ce que tu fais, et si tu changes d'avis, ne serait-ce que pour un instant, je veux que tu reviennes. Dans une semaine, dans un mois, dans un an, je serai là.

Il la tint serrée contre lui de longues minutes en se demandant combien de temps s'écoulerait avant qu'il la revoie. L'idée que ce ne serait peut-être jamais lui était insupportable.

— Je t'aime, ne l'oublie pas.

— Je ne l'oublierai pas. (Des larmes jaillissaient maintenant de ses yeux.) Je t'aime, moi aussi.

Ils descendirent alors l'escalier comme s'ils savaient que rester dans la maison ne servait à rien, que ce serait trop pénible pour eux deux. Un bras passé autour de ses épaules, il la raccompagna, elle les yeux pleins de larmes, jusque chez elle. Elle ne se retourna qu'une fois sur le seuil de sa porte, lui fit signe de la main, puis disparut.

12

Pendant les deux mois qui suivirent, Raphaella vécut dans une sorte de torpeur. Elle avait l'impression de déplacer un poids à chacun de ses pas qui étaient lourds et lents. Elle ne parvenait ni à bouger, ni à penser, ni à marcher, elle pouvait même à peine parler à son mari qui finit par se demander ce qu'il avait bien pu arriver à New York. Quelque animosité avec sa mère, une dispute ou une querelle de famille. Des semaines passèrent avant qu'il se décide à aborder le sujet mais, alors, Raphaella parut à peine l'entendre.

— Est-ce qu'il y a eu quelque chose entre ta mère et toi, petite ? Est-ce qu'elle a insisté pour que tu passes plus de temps en Espagne ?

Il cherchait en vain une réponse, incapable d'imaginer ce qui avait mis tant de peine dans les yeux de Raphaella.

— Non, non… ce n'est rien.

Il y avait donc bien eu quelque chose. Mais quoi ?

— Est-ce que quelqu'un est malade ?

— Non, pas du tout, répondit-elle en se forçant à sourire. Je suis seulement très fatiguée, John Henry.

Mais tu ne dois pas te faire de souci. Il faut que je prenne davantage l'air.

Mais même ses promenades sans fin ne l'aidaient pas. C'était inutile qu'elle arpente le Presidio d'un bout à l'autre, descende au petit étang du Palais des Beaux-Arts et même au bord de la baie puis remonte péniblement la pente de la colline. Si lasse, hors d'haleine, épuisée ou surmenée qu'elle fût, elle ne pouvait oublier Alex. Nuit et jour, elle se surprenait à se demander ce qu'il faisait, s'il était en bonne santé, s'il était heureux, s'il était en train de travailler ou bien chez lui, dans la jolie petite maison de Vallejo. Comme si pour chaque heure de la journée, elle voulait connaître l'endroit où il se trouvait. Pourtant elle savait que vraisemblablement elle ne le reverrait jamais plus, ne le toucherait jamais plus, ne le tiendrait jamais plus dans ses bras. S'en rendre compte la faisait souffrir jusqu'au fond de l'âme, au point qu'à force de souffrance elle devint comme engourdie, ses yeux étaient ternes.

Au bout de deux mois de ce régime, elle passa la journée de Thanksgiving avec John Henry, se mouvant comme un robot, le regard lointain et morne.

— Un peu plus de dinde, Raphaella ?

— Mmm ?

Elle le regarda avec l'air de ne pas comprendre ce qu'il venait de dire. Une des domestiques, qui se tenait à côté d'elle avec le plat, essayait en vain depuis quelques instants d'attirer son attention, ce qui avait fini par pousser John Henry à intervenir. Ils dînaient dans sa chambre sur des plateaux, afin qu'il puisse rester au lit. Sa santé avait de nouveau légèrement décliné ces deux derniers mois.

— Raphaella ?

— Oui ? Oh… non… excusez-moi.

Elle tourna la tête et refusa d'un signe, puis elle resta assise à tenter de bavarder avec lui, mais il était trop fatigué ce soir-là. Une demi-heure après la fin du dîner, son menton s'affaissa lentement sur sa poitrine, ses paupières se fermèrent, et il émit un léger ronflement. L'infirmière, qui était debout à côté de lui, enleva délicatement le plateau et allongea John Henry dans le lit, faisant signe à Raphaella qu'elle pouvait tout aussi bien partir. Alors, lentement, très lentement, Raphaella s'éloigna dans le couloir interminable qui menait jusqu'à son appartement, ne songeant plus qu'à Alex, et, comme hypnotisée, elle se dirigea vers le téléphone. C'était mal et elle le savait. Mais elle pouvait somme toute l'appeler pour lui souhaiter un joyeux Thanksgiving. Qu'y avait-il de mal à ça ? Tout le mal possible, si son devoir était de l'éviter, et elle savait qu'elle le devait. Elle savait que son seul regard, son contact, le son de sa voix, tout pouvait tisser autour d'elle la même toile délicieuse, elle qui pourtant avait tout fait pour s'échapper. Elle avait désespérément essayé, au nom de l'honneur, de son sens du devoir, mais elle savait à présent, en composant le numéro, qu'elle avait échoué. Elle ne voulait pas rester loin de lui une minute de plus. C'était impossible. Absolument impossible. Son cœur battait à tout rompre. Elle eut l'impression qu'une éternité s'écoulait avant qu'il réponde, mais maintenant qu'elle avait formé son numéro elle ne voulait pas raccrocher.

— Allô ?

Elle ferma les yeux quand elle l'entendit, le soulagement, le chagrin et la joie l'assaillant tout à la fois.

— Allô.

Il ne la reconnut pas tout de suite, puis ses yeux

s'ouvrirent soudain tout grands et à l'autre bout du fil il donna l'impression d'être sur le point de tomber en transe.

— Oh, mon Dieu !

— Non… (elle eut un petit sourire) ce n'est que moi. Je t'appelais pour te souhaiter un joyeux Thanksgiving.

Il y eut un silence. Puis il parla d'un ton contraint.

— Merci. Comment vas-tu ?

— Je… je vais bien.

Puis, bruquement, elle décida de le lui dire. Tant pis s'il avait changé d'avis, s'il ne l'aimait plus, s'il avait rencontré quelqu'un d'autre. Elle le lui dirait, il le fallait. Quand bien même ne serait-ce que cette fois-ci.

— Non, ça ne va pas… Ça a été affreux… Je ne peux pas… (Elle suffoquait presque en se remémorant la souffrance et le vide des deux derniers mois.) Je ne peux plus vivre comme ça… C'est insupportable… Oh, Alex…

Sans le vouloir elle s'était mise à pleurer, de chagrin autant que de soulagement. Du moins lui parlait-elle de nouveau. Le monde entier pouvait bien disparaître, elle s'en moquait. Elle ne s'était pas sentie aussi heureuse depuis des mois.

— Où es-tu ?

Sa voix était tendue.

— Chez moi.

— Je t'attends dans cinq minutes au coin de la rue.

Elle allait dire non, elle allait dire que c'était impossible, mais elle n'eut pas la force de lutter davantage. Elle n'en avait pas envie.

Elle hocha la tête en silence, puis :

— J'y serai.

Elle courut dans la salle de bains, s'aspergea le visage d'eau fraîche, l'essuya rapidement dans l'une des immenses serviettes, passa le peigne dans ses cheveux noirs, ouvrit la penderie, attrapa son manteau de lynx puis se rua littéralement hors de sa chambre, dévala l'escalier, franchit la porte d'entrée. Cette fois, elle n'avait laissé aucun message, donné aucune explication, elle ne savait pas combien de temps elle serait partie. Peut-être cinq minutes, peut-être une heure. Mais John Henry n'avait pas besoin d'elle à cette heure-là. Il dormait, il avait ses infirmières, ses domestiques, ses médecins, et elle, juste pour cette fois, voulait davantage, bien davantage. Elle allait le retrouver, ce qu'elle voulait, en courant en toute hâte jusqu'au coin de la rue, ses cheveux noirs flottant derrière elle, le manteau ouvert, ses lèvres subitement figées dans un demi-sourire tandis qu'une étincelle, qui n'y avait pas brillé depuis des mois, s'allumait dans ses yeux. En tournant le coin de la rue, elle l'aperçut soudain, en pantalon sombre et chandail épais, les cheveux en désordre, le regard étincelant et légèrement essoufflé. Il s'élança si vite à sa rencontre et la saisit dans ses bras avec tant de force qu'ils se heurtèrent presque et faillirent se faire tomber mutuellement. À la place, il écrasa ses lèvres sur les siennes, et ils semblèrent figés ainsi pour l'éternité. C'était un risque fou à prendre, là au coin de la rue, mais heureusement personne ne les vit et Raphaella, pour une fois dans sa vie, s'en moquait éperdument.

Par une sorte d'accord tacite, ils prirent lentement le chemin de la maison d'Alex quelques minutes plus tard et, tandis qu'il fermait doucement la porte d'entrée derrière eux, Raphaella regarda autour d'elle et laissa échapper un long sourire.

— Bienvenue à la maison.

Il ne lui dit pas combien elle lui avait manqué.

Il attendit qu'ils soient étendus côte à côte sur son lit. C'était comme si depuis deux mois ils avaient l'un et l'autre vécu dans les limbes, à peine vivants, existant à peine entre la torpeur et une incessante douleur. Les deux mois qu'ils venaient d'endurer étaient les pires moments dont se souvenait Raphaella. Il en avait été de même pour Alex et pourtant à présent c'était comme si rien de tout cela n'était jamais arrivé, comme s'ils n'avaient jamais été séparés et ne le seraient jamais plus. Il avait envie de demander ce qui allait se passer, mais il n'osa pas. Il décida simplement de jouir de l'instant présent et de prier qu'elle soit prête maintenant pour quelque chose de plus que ce qu'ils avaient eu ces derniers mois.

— Joyeux Thanksgiving, ma chérie…

Il l'attira une fois encore dans ses bras et ils firent de nouveau l'amour. Ce n'est qu'à dix heures passées qu'il se souvint de la dinde qu'il avait laissée cuire dans le four. Elle y était restée une heure de trop mais, quand ils descendirent la prendre à la cuisine, aucun d'eux ne s'en soucia. Raphaella avait enfilé la robe de chambre d'Alex et lui un jean et une chemise. Ils mangèrent ensemble en discutant et en riant. C'était vraiment un retour au foyer et, contrairement au premier dîner de fête qu'elle avait fait dans la soirée, cette fois Raphaella mangea comme si elle n'avait pas vu de nourriture depuis des années.

— Et ton travail ! Tu es content ?

Elle avait l'air follement heureuse, assise là avec lui, elle souriait comme une enfant joyeuse et détendue.

— Ce n’est pas vraiment le mot, dit-il d’un air penaud. Si j’avais eu un patron, j’aurais certainement perdu mon emploi ces deux derniers mois.

— Je ne le crois pas, Alex.

— Si, c’est vrai. J’étais incapable de fixer mon attention sur quoi que ce soit.

Elle eut momentanément l’air grave.

— Moi aussi, tu sais… (Puis elle le regarda de nouveau et son expression s’adoucit.) Sauf sur toi. C’était comme une sorte de folie qui s’était emparée de moi et ne voulait plus me lâcher.

— Tu as pensé devenir folle ?

— Oui. Ne serait-ce que pour ne plus souffrir. Ç’a a été… (elle détourna les yeux, gênée) une période terrible pour moi, Alex. Je n’ai pas cessé de lutter avec ma conscience depuis la dernière fois que je t’ai vu.

— Et qu’est-ce qui s’est passé ce soir ? Qu’est-ce qui t’a incitée à téléphoner ?

— Je n’en pouvais plus. J’avais l’impression que j’allais mourir si je ne te parlais pas immédiatement.

Il ne connaissait que trop bien cette sensation. Il se pencha par-dessus la table pour l’embrasser.

— Heureusement que tu as appelé. Je ne crois pas que j’aurais pu tenir plus longtemps. J’avais terriblement envie de te téléphoner. Cent fois, j’ai décroché le téléphone. J’ai même appelé deux fois mais tu n’as pas répondu, alors j’ai raccroché. Mon Dieu, j’ai cru devenir fou.

Elle marqua silencieusement d’un signe qu’elle comprenait et, la regardant, il décida de sauter le pas.

— Et maintenant ?

C’étaient des mots terrifiants, mais il lui fallait poser

la question. Il lui fallait savoir tôt ou tard et il voulait savoir maintenant.

— Est-ce que tu sais ce que tu veux faire à présent, Raphaella ?

Il lui laissait le choix, mais il avait déjà résolu de ne pas la laisser partir aussi facilement cette fois. Pas après ce qu'ils venaient tous deux de vivre. Cependant il n'eut pas à discuter avec elle. Elle lui sourit avec douceur et effleura sa main de la sienne.

— Nous ferons ce qu'il faut… pour être le plus souvent possible ensemble.

Il resta à la regarder un instant. Comme s'il avait peur de croire à ce qu'elle venait de dire.

— Tu parles sérieusement ?

— Oui. Veux-tu encore de moi ? Comme avant, tu sais ?

Ce qu'il fit alors répondit à cette question. Il la souleva de son siège et l'étreignit avec tant de force et de passion qu'elle pouvait à peine respirer.

— Alex… !

— Est-ce que cela te suffit comme réponse ? (Ses yeux flamboyaient soudain pleins de joie et d'excitation.) Si tu savais comme je t'aime ! Oui, je te veux. Je t'aime, j'ai besoin de toi. Et j'accepterai n'importe quoi pour que nous soyons ensemble le plus souvent possible, sans que tu en souffres, ni toi, ni…

Elle fit signe qu'elle comprenait. Il ne voulait pas prononcer le nom de John Henry. Il se leva de nouveau brusquement et traversa la cuisine pour ouvrir un tiroir d'où il sortit une clé. Il revint à sa place, lui prit la main et déposa précautionneusement la clé dedans.

— C'est la clé de cette maison, chérie, et je veux

que tu y viennes chaque fois que tu le peux, aussi souvent que tu le désires, que je sois là ou non.

Les larmes montèrent aux yeux de Raphaella et il l'attira doucement contre lui ; après, ils remontèrent lentement l'escalier. Elle avait la clé de la maison dans la poche de la robe de chambre, et dans les yeux une expression de joie qu'ils n'avaient jamais eue. Jamais elle n'avait été aussi heureuse de sa vie.

Durant les trois heures qui suivirent, ils firent l'amour sans s'arrêter et finalement, comme ils étaient étendus côte à côte pas encore totalement rassasiés mais pénétrés d'un contentement infini, Raphaella sursauta en entendant la sonnerie du téléphone. Alex se rembrunit en l'écoutant, haussa les épaules, puis décrocha en se redressant lentement sur son séant dans le lit. Et tandis qu'il écoutait, ses traits s'assombrirent, machinalement il se leva, tenant toujours le combiné, une expression d'horreur sur le visage.

— Quoi ?... Quand ?... Oh, mon Dieu. Comment va-t-elle ?

Les sourcils froncés, il attrapa un stylo d'une main tremblante. La conversation se poursuivit quelques minutes, ponctuée de monosyllabes incompréhensibles, puis il raccrocha et se cacha la tête dans les mains avec un gémissement. Raphaella l'observait, horrifiée. Elle imaginait qu'il s'agissait de sa mère.

— Alex... (Sa voix était douce et craintive.) Chéri... Qu'est-ce qui se passe ? Qu'est-il arrivé... chéri... Dis-le-moi... je t'en prie...

Ses mains reposaient avec légèreté sur ses épaules et elle se mit à lui caresser la tête et le cou comme il se mettait à pleurer. Des heures semblèrent passer avant qu'il lève la tête vers elle.

— C'est Amanda, ma nièce.

Les mots sortaient de sa gorge comme un croassement rauque. Puis avec un énorme effort, il lui expliqua le reste.

— Elle a été violée. (Il respira à fond et ferma les yeux un instant avant de poursuivre :) On vient de la trouver. Après le déjeuner de Thanksgiving, cet après-midi, elle est allée patiner… seule… au parc et… (sa voix s'altéra) elle a été battue, Raphaella. Elle a les bras cassés et ma mère m'a dit…

Il se remit à sangloter tout en parlant.

— Ils lui ont martelé le visage, et… (sa voix devint un murmure) ils l'ont violée, la petite Mandy…

Il ne put continuer et Raphaella le prit dans ses bras, les yeux débordant de larmes.

Une heure passa avant qu'ils se ressaisissent et qu'elle aille lui préparer un café. Assis dans le lit, il but lentement en fumant une cigarette. Raphaella l'observait d'un air soucieux.

— Tu penses que tu pourras encore avoir un avion ce soir ?

Elle avait les yeux dilatés, sombres et humides, son visage était comme éclairé de l'intérieur par quelque lueur magique. Et soudain il eut l'impression que la vue de ce visage le débarrassait de sa colère, que le seul fait d'être avec elle chassait de son être toute sa fureur. Sans lui répondre, il se pencha pour l'attirer contre lui et l'étreignit comme s'il ne pouvait plus jamais la lâcher. Ils restèrent ainsi un long moment, Raphaella lui caressant le dos d'une main gracieuse.

Ils se taisaient, puis se détachant précautionneusement d'elle, il baissa son visage vers le sien.

— Est-ce que tu viendras à New York avec moi, Raphaella ?

— Maintenant ?

Elle eut l'air abasourdie. Au milieu de la nuit ? Que dirait-elle à ses domestiques, à John Henry ? Comment partir avec lui ? Elle n'avait eu le temps de préparer personne. Son esprit s'affola. Mais personne n'avait préparé non plus Amanda, la pauvre enfant... Il y avait une expression de désespoir dans ses yeux quand elle les leva pour répondre à sa question.

— Alex... je voudrais... j'aimerais bien. Mais je ne peux pas.

Elle avait déjà franchi une étape importante ce soir, elle n'était pas encore prête pour une autre. Et elle ne pouvait pas laisser John Henry en plan.

Il hocha lentement la tête.

— Je comprends.

Il se tourna vers cette femme qu'il avait empruntée, qui était l'épouse de quelqu'un d'autre, pas la sienne, et qu'il aimait pourtant si passionnément.

— Je serai peut-être parti pour quelque temps.

Elle acquiesça avec lenteur. Elle avait une envie folle de l'accompagner, mais tous deux savaient que c'était impossible. Faute de mieux, elle l'étreignit en silence, puis lui offrit la seule consolation qu'elle pouvait apporter.

— Je suis désolée, Alex.

— Moi aussi. (Il était maintenant plus calme.) Ma sœur mériterait d'être battue pour la façon dont elle s'occupe de sa fille.

— Ce n'est pas sa faute, voyons.

Raphaella avait l'air choquée.

— Pourquoi la petite était-elle seule ? Où était sa mère à ce moment-là, bon Dieu ? Son père…

Il se remit à pleurer et Raphaella le serra contre elle.

Ils téléphonèrent encore trois fois à l'hôpital ce soir-là et lorsque Raphaella rentra chez elle, Amanda était toujours dans un état critique. Il était alors plus de quatre heures et demie du matin. Ils étaient épuisés, mais ils avaient fait le peu qui était en leur pouvoir, et Raphaella avait aidé Alex à boucler ses valises. Ils étaient restés assis à parler des heures, le regard fixé sur le feu, Alex expliquant comment était Amanda petite fille. Ce que Raphaella avait compris c'est à quel point il aimait l'adolescente et combien il était peiné que ses parents n'aient jamais pris le temps de vraiment s'occuper d'elle.

— Alex ? (Elle le regarda pensivement à la clarté du feu, la seule lumière qui était restée dans la pièce sombre.) Pourquoi ne la ramènes-tu pas avec toi, ici, lorsqu'elle ira mieux ?

Il parut surpris.

— À San Francisco ? Mais comment voudrais-tu que je fasse ? Je ne suis pas préparé… Je n'ai pas… (Il soupira légèrement.) Je suis à mon bureau toute la journée. Je travaille.

— Sa mère aussi, mais la différence c'est que tu l'aimes. Quand mon frère est mort et que ma mère est repartie pour Santa Eugenia avec ses sœurs… nous sommes restés tous les deux, mon père et moi. (Raphaella parut se plonger dans ses souvenirs pendant un long moment.) Et je crois que nous nous sommes beaucoup aidés.

Alex l'observait, pensif.

— Ça m'étonnerait beaucoup que ses parents me laissent l'emmener.

Raphaella se tourna vers lui.

— Ont-ils vraiment le choix après ce qui est arrivé ? N'est-ce pas un peu leur faute de ne pas avoir mieux pris soin d'elle, de l'avoir laissée aller là-bas, peut-être même de n'avoir pas su où elle était ?

Il acquiesça en silence. C'est ce à quoi il avait songé toute la soirée. Il rejetait tout le blâme sur sa sœur. Et sur son ambition démesurée qui l'empêchait de s'intéresser à qui que ce soit d'autre qu'elle-même.

— Je vais y réfléchir. Nous pourrions aménager le deuxième étage pour elle, tu ne crois pas ? dit-il en la regardant, songeur.

Elle lui adressa alors un grand sourire.

— Oui, « nous » pourrions. Je pourrais aisément tout préparer d'ici quelques jours. Mais, Alex…

Il lut dans ses yeux la question qu'elle ne posait pas et cette fois c'est Alex qui sourit.

— Elle t'adorera. Tu es tout ce que sa mère a toujours refusé de lui donner.

— Mais cela pourrait déplaire à sa mère, Alex. Après tout, je suis… nous ne sommes pas…

Sa voix s'altéra et Alex secoua la tête.

— Et alors ? Quelle différence ? Est-ce que cela change quelque chose pour nous ?

— Non, mais pour d'autres gens, qui sont importants dans l'opinion de Kay, cela peut paraître répréhensible.

— Je m'en moque.

Sa voix maintenant était dure. C'est alors qu'il eut de nouveau un regard de regret à l'adresse de Raphaella en songeant à sa famille et au voyage à New York.

— J'aurais tellement voulu que tu m'accompagnes.

Il le dit de nouveau en la regardant s'habiller et il le murmura une dernière fois, alors qu'elle s'apprêtait à le quitter pour longer seule le dernier pâté de maisons jusque chez elle.

Dans la grisaille du petit matin, elle avait les yeux humides et sans en être sûre elle avait bien l'impression que ceux d'Alex l'étaient aussi. À leur façon, ils avaient veillé Amanda cette nuit-là, restant sans dormir, la maintenant en vie dans leur conversation et leurs pensées, entourant l'enfant qui gisait meurtrie si loin, à New York. Mais ce n'est pas à Amanda que pensait Raphaella quand elle embrassa Alex et lui caressa le visage une dernière fois.

— Moi aussi, j'aurais voulu venir.

Elle ressentit à nouveau la cruauté de sa situation, le poids des obligations qu'elle devait remplir envers John Henry, ce qui ne l'empêchait pas de se réjouir d'avoir de nouveau Alex dans sa vie, de pouvoir partager avec lui ne serait-ce qu'une nuit ou un instant. Ce qu'elle regrettait vraiment, c'était de ne pas être en mesure de l'assister pendant le pénible voyage jusqu'à New York.

— Tu seras bien là-bas ?

Il acquiesça, mais ne souriait pas. Lui serait bien. Par contre, comment serait Amanda ? Ils avaient parlé de la ramener à San Francisco, mais si elle ne survivait pas ? Ils y songeaient tous les deux tandis que Raphaella déposait un baiser sur ses paupières.

— Puis-je te téléphoner ?

Il hocha la tête, en souriant cette fois.

Ils savaient que beaucoup de choses avaient changé entre eux en une seule soirée. C'était un saut qu'ils avaient fait ensemble, la main dans la main.

— Je vais m'installer chez ma mère.

— Fais-lui mes amitiés. (Ils se regardèrent longuement tandis qu'elle l'embrassait une dernière fois.) N'oublie pas combien je t'aime.

Il l'embrassa alors passionnément et, finalement, sur un dernier geste, elle partit. La lourde porte de chêne se referma quelques minutes après, un pâté de maisons plus loin, et Alex revint rapidement chez lui pour prendre une douche et s'habiller avant d'aller attraper le vol de sept heures du matin à destination de New York.

13

Charlotte Brandon attendit nerveusement dans le hall de l'hôpital, les yeux fixés sur le bureau d'accueil et les distributeurs de café et de confiseries, tandis qu'Alex montait voir Amanda pour la première fois. Quand il avait téléphoné du *Carlyle*, les nouvelles qu'on lui avait données étaient qu'elle allait mieux, que la dose de sédatif avait été diminuée mais que maintenant elle souffrait terriblement. Les visites n'étaient pas recommandées ; toutefois puisque Alex était venu de si loin pour la voir, on le laisserait entrer dans le service des soins intensifs pour cinq à dix minutes mais pas plus.

Et à présent qu'Alex avait disparu dans l'ascenseur, sa mère restait assise dans une sorte de torpeur à regarder les gens qui entraient dans le hall ou en sortaient d'un pas pressé, avec des fleurs, des cadeaux, des sacs à provisions, avec des pantoufles ou des liseuses. Par deux fois, elle vit des femmes enceintes au dernier stade entrer à pas lents, l'air tendues, serrées contre leur mari qui tenait leur valise. Charlotte se souvenait avec attendrissement de moments semblables dans sa propre vie, mais ce soir elle se sentait vieille et fatiguée, elle ne pouvait penser qu'à sa petite-fille couchée dans un lit à un autre étage. Et Kay n'était pas encore venue la voir. Elle devait arriver de Washington dans quelques heures. Quant à George, il était venu, bien sûr, mais il s'était contenté de jeter un coup d'œil aux feuilles de soins et n'avait pas été d'un grand réconfort pour l'adolescente.

George n'était vraiment pas fait pour se comporter en père vis-à-vis de sa fille dans cette circonstance. Il se sentait trop mal à l'aise devant ses réactions.

— Maman ?

Charlotte sursauta au son de la voix d'Alex qui l'appelait et en se retournant vit du chagrin dans ses yeux. Son angoisse se raviva.

— Comment va-t-elle ?

— Pas de changement. Où est donc Kay ?

— Je te l'ai dit, Alex, elle est à Washington. George lui a téléphoné tout de suite après avoir été prévenu par la police, mais elle ne pouvait pas se libérer avant ce soir.

Cela faisait plus de vingt-quatre heures que le cauchemar s'était déroulé. Les yeux d'Alex flamboyèrent.

— Kay mériterait de mourir. Et George, où est-il donc ? L'infirmière là-haut dit qu'il passe ici fréquemment uniquement pour regarder la feuille de soins.

— Écoute, il ne peut pas faire grand-chose de plus, non ?

— Qu'est-ce que tu en penses ?

Tous deux se turent. Alex ne lui dit pas qu'Amanda avait eu une telle crise de sanglots quand il était arrivé qu'ils avaient été obligés de lui faire une nouvelle piqûre. Mais au moins l'avait-elle reconnu et s'était-elle agrippée désespérément à sa main. Les yeux de Charlotte Brandon se remplirent encore une fois de larmes et elle s'assit dans un des fauteuils en vinyle orange du hall puis se moucha.

— Oh, Alex, comment de telles choses peuvent-elles arriver ?

— Parce qu'il y a des détraqués partout, maman. Et parce que Amanda a des parents qui s'en fichent pas mal.

Charlotte parla très bas, tandis qu'Alex prenait place dans le fauteuil voisin du sien.

— Tu le penses vraiment, Alex ?

— Peu importe ce que je pense. Mais je suis sûr d'une chose. Quels que soient les sentiments que Kay a pour sa fille, au fond de son cœur, elle n'a pas le droit d'être celle qui a la charge de l'élever. Même si elle croit l'aimer – ce dont je ne suis pas certain –, elle n'a aucune idée de ce que cela implique, aucune idée de ce qu'est son devoir de mère. Et George ne vaut pas mieux.

Charlotte hocha la tête lentement. Elle aussi s'était déjà fait les mêmes réflexions, mais sans penser que rien de pareil puisse se produire. Elle se tourna vers Alex et vit dans ses yeux une expression qu'elle ne lui connaissait pas.

— Est-ce que tu vas prendre une mesure quelconque à ce sujet, Alex ?

Elle en avait eu subitement l'intuition. Comme si elle était au courant.

— Oui, répondit-il d'une voix calme et résolue.

— Qu'as-tu en tête ?

Elle savait que ce serait radical et pour le plus grand bien d'Amanda. Elle avait une grande confiance en lui, son fils unique.

— Je la ramène avec moi.

— À San Francisco ? (Charlotte Brandon eut l'air momentanément abasourdie.) Tu le peux ?

— Je vais le faire. Qu'on essaie donc de m'en empêcher. Je provoquerai un scandale à tout casser et on verra si ma chère sœur férue de politique l'apprécie.

Il avait Kay à sa merci et tous deux le savaient. Sa mère hocha la tête.

— Mais tu crois que tu pourras t'occuper d'elle là-bas ? Ce n'est pas comme si elle avait eu un accident de ski. Il y aura des répercussions psychologiques aussi.

— Je m'arrangerai de mon mieux. Je lui trouverai un bon psychiatre et je lui donnerai toute l'affection possible. Ça ne peut pas faire de mal. Et c'est plus qu'elle n'a ici.

— Je pourrais la prendre avec moi, tu sais.

— Non, tu ne pourras pas, dit-il en la regardant avec franchise. Tu ne sais pas résister à Kay. Elle te harcèlera tant et si bien que tu leur rendras Amanda au bout d'une semaine.

— Ce n'est pas certain, dit Charlotte, qui n'avait pas l'air trop vexée.

— Pourquoi prendre le risque ? Une coupure nette est préférable. C'est loin, San Francisco.

— Mais tu seras seul avec elle là-bas, Alex…

Au même moment, elle comprit tout à coup et, interrogeant son fils du regard, elle le vit esquisser un sourire. Il connaissait bien sa mère.

— Oui ?

Il n'avait rien à cacher à sa mère. Il ne l'avait jamais fait et il se fiait à elle, même pour le secret de Raphaella. Cette fois, Charlotte sourit à son tour.

— Je ne sais trop comment dire ce que je pense. Ton… ton amie… la… heu…

— Maman, je t'en prie ! Si tu veux parler de Raphaella, eh bien oui, je la vois toujours.

Il n'avait aucune envie d'avouer qu'elle venait tout juste de lui revenir après deux mois d'une séparation atroce. Il ne voulait pas que sa mère, ou quiconque, sache que Raphaella avait eu des doutes. Cela blessait son orgueil autant que son cœur, mais le fait qu'il était lié avec une femme mariée, et aussi connue que Raphaella, n'était pas un secret qu'il voulait laisser ignorer à Charlotte Brandon. Son visage devint grave.

— Nous en avons discuté hier soir avant mon départ. Je crois qu'elle pourrait faire beaucoup de bien à Amanda.

— Je n'en doute pas, mais... ajouta Charlotte avec un petit soupir, elle a... d'autres responsabilités. Son mari est très malade.

— Bien sûr, mais ils ont des infirmières. Elle ne pourra pas être nuit et jour avec Amanda, néanmoins elle sera avec nous une partie du temps. (Du moins il l'espérait.) Et en dehors de Raphaella, il faut que je le fasse pour Amanda et pour moi. Je ne pourrai pas être en paix avec moi-même si je laisse cette enfant avec Kay, qui n'est jamais là, et George, qui plane dans les nuages. Elle souffre d'un manque d'affection. Elle a besoin de plus que ce qu'ils ont à lui donner.

— Et toi, tu penses que tu peux ?

— En tout cas, je vais essayer de toutes mes forces.

— Eh bien, dit sa mère en respirant à fond et en regardant son fils, je te souhaite de réussir, chéri. Je pense que ta décision est probablement la bonne.

— Merci, répondit-il en se levant et en embrassant sa mère, les yeux embués de larmes. Viens, je te raccompagne à la maison, puis je reviendrai pour la prochaine heure de visite.

— Tu dois être épuisé après ce voyage.

Charlotte regardait avec inquiétude les yeux cernés de son fils.

— Non, non, je me sens bien.

Et il se sentit encore mieux quelques minutes plus tard quand sa mère ouvrit la porte de l'appartement où le téléphone sonnait avec persistance. Sans demander la permission d'y répondre, Alex se rua dessus et son visage s'illumina aussitôt. C'était Raphaella.

— Comment va-t-elle ?

Son sourire s'effaça lentement comme ses pensées revenaient à sa nièce.

— À peu près pareil.

— Tu as vu ta sœur ?

— Pas encore, répondit-il d'une voix dure. Elle n'arrive pas de Washington avant ce soir.

— Et toi, tu vas bien ?

— Très bien. Et je t'aime.

Raphaella sourit.

— Moi aussi.

Il lui avait terriblement manqué toute la journée et elle était sortie pour plusieurs longues promenades. Elle était aussi allée deux fois déjà chez lui, et elle avait eu l'impression non pas de se retrouver dans la maison d'un inconnu mais de rentrer chez elle. Elle avait nettoyé les reliefs de leur repas et arrosé les plantes. C'était étonnant comme elle s'intégrait naturellement à la vie d'Alex.

— Comment va ta mère ?

— Bien.

— Transmets-lui toutes mes amitiés.

Ils parlèrent quelques minutes encore, puis Alex lui annonça qu'il avait décidé de ramener Amanda avec lui.

— Qu'en penses-tu ?

— Ce que j'en pense ? répéta-t-elle, un peu surprise qu'il lui demande son avis. Je pense que c'est merveilleux. Tu es son oncle, et tu l'adores.

Puis elle poursuivit timidement :

— Alex… Est-ce que… je pourrais… je pourrais aménager sa chambre ?

Il hocha la tête lentement, réfléchissant. Il voulait lui dire d'attendre jusqu'à ce qu'ils soient sûrs qu'Amanda survive mais il ne put se résoudre à prononcer les mots. À la place, il hocha de nouveau la tête comme pour forcer le destin.

— Bien sûr, dit-il.

Sur quoi il regarda sa montre et s'aperçut qu'il devait retourner à l'hôpital.

— Rappelle-moi plus tard, si tu peux. Il faut que je reparte.

C'était merveilleux de savoir Raphaella à nouveau présente dans sa vie. Plus de silence, plus d'attente, plus d'angoisse ou d'affreux sentiment d'avoir tout perdu. Elle était là, comme si elle y avait toujours été et y serait toujours.

— Je t'aime.

— Moi aussi, chéri. Prends soin de toi.

Il reposa avec douceur le combiné et sa mère, un léger sourire aux lèvres, disparut discrètement dans la cuisine pour préparer du thé. Quand elle en ressortit quelques minutes plus tard, avec deux tasses fumantes, elle vit qu'Alex avait déjà remis son manteau.

— Tu y retournes maintenant ?

Le voyant acquiescer gravement, elle reprit son manteau sans plus rien dire, mais Alex l'arrêta aussitôt. Elle était restée à l'hôpital toute la nuit précédente.

— Je veux que tu te reposes un peu.

— Je ne peux pas, Alex.

Et quand il vit l'expression de son regard, il n'insista pas. Ils burent chacun une gorgée de thé, puis sortirent chercher un taxi.

14

Il regardait Amanda depuis le seuil et tout ce qu'il distinguait c'était ce petit paquet, pelotonné dans les draps blancs et les couvertures bleues du lit. Étant donné l'angle où elle était couchée, Charlotte ne pouvait toujours pas voir son visage. Mais quand elle contourna le lit pour venir près d'Alex, elle dut maîtriser ses réactions afin de ne rien laisser paraître sur son visage. Elle avait ressenti la même chose la nuit précédente.

Ce qu'elle voyait devant elle était une petite jeune fille qui avait l'air d'avoir neuf ans plutôt que seize et c'est seulement par sa silhouette sous les couvertures et la dimension de ses mains et de ses bras qu'on avait une vague idée de son sexe et de son âge. Ses bras étaient presque entièrement plâtrés, ses mains étaient découvertes et reposaient, immobiles, comme deux petits oiseaux endormis, et la figure qu'ils contemplaient sur l'oreiller n'était qu'une masse tuméfiée pourpre et bleu. Ses cheveux l'encadraient d'un halo de boucles et les yeux qui s'ouvrirent étaient d'un bleu franc. Ils rappelaient un peu ceux de Charlotte et un peu ceux d'Alex, mais c'était difficile de le discerner maintenant, tant ils avaient une expression angoissée ; ils se remplirent vite de larmes.

— Mandy ?

Il parlait à voix basse, et il n'osa même pas lui effleurer la main de peur de lui faire mal. Elle hocha lentement la tête, sans prononcer un mot.

— Je suis revenu et j'ai amené grand-mère avec moi.

Les yeux d'Amanda se tournèrent vers sa grand-mère, tandis que deux flots continus de larmes coulaient sur l'oreiller qui lui soutenait la tête. Il n'y eut pas un bruit pendant un long moment, les poignants yeux bleus regardant ces visages familiers, puis les sanglots recommencèrent tandis qu'Alex lui caressait doucement les cheveux. Il y avait entre eux une communication qui se passait de mots. Alex se tenait simplement là, le regard aimant, la main douce et légère sur les cheveux de la jeune fille. Et en un instant Amanda referma les yeux et s'endormit. Peu après, une infirmière leur fit signe de sortir et Alex et Charlotte quittèrent la chambre. Ils avaient tous deux l'air épuisés et désespérément inquiets mais dans le regard d'Alex grandissait une graine de fureur contre sa sœur Kay. Il se contint jusqu'à ce qu'ils aient regagné l'appartement de Charlotte, mais, une fois là, la colère l'avait rendu presque muet.

— Je sais ce que tu penses, Alex, dit sa mère d'une voix douce, mais pour le présent cela n'arrangerait rien.

— Et pourquoi ?

— Inutile de t'énerver avant de pouvoir parler à Kay. À ce moment-là, tu lui diras ce que tu as sur le cœur.

— Et quand ? Quand crois-tu que Sa Majesté finira par arriver ?

— J'aimerais le savoir, Alex.

En fait, ce fut le lendemain.

Alex buvait un café dans un gobelet en plastique et Charlotte était rentrée chez elle prendre un peu de repos. Ce matin-là, on avait sorti Amanda du service des soins intensifs pour l'installer dans une petite chambre peinte en rose vif. Et maintenant elle gisait tout aussi meurtrie et brisée, mais son regard avait une expression un petit peu plus vivante. Alex lui avait parlé de San Francisco une ou deux fois et elle avait semblé intéressée.

La journée s'achevait quand elle finit par avouer ses craintes à son oncle.

— Qu'est-ce que je vais dire aux gens ? Comment expliquerai-je ce qui est arrivé ? Je sais que ma figure n'est pas belle à voir. Une des aides-soignantes l'a dit.

On n'avait pas voulu lui donner de miroir.

— Et regarde mes bras.

Elle baissa les yeux sur les deux plâtres encombrants moulés autour de ses coudes, et Alex y jeta un coup d'œil, mais en dissimulant son émoi.

— Tu vas leur dire que tu as eu un accident de voiture le soir de Thanksgiving. C'est tout, et c'est parfaitement plausible. Chérie, ajouta-t-il en la regardant droit dans les yeux et en posant une main sur son épaule, personne n'a besoin de savoir, à moins que ce ne soit toi qui décides de le dire, et cela te regarde. Mais à part cela, personne n'est au courant, si ce n'est tes parents, ta grand-mère et moi.

— Et tous ceux qui lisent le journal ? (Puis avec un autre regard désespéré à Alex :) On en a parlé à la radio ?

— Non. Je te l'ai dit. Personne n'a besoin de savoir. Tu n'as pas à avoir honte. Tu n'es pas différente de ce que tu étais avant de venir ici. Tu es la même Amanda. Tu as eu un terrible accident, une horrible expérience, voilà tout. Cela ne t'a pas changée, *toi*. Et ce n'est pas ta faute à toi. Les gens ne réagiront pas de façon différente, Amanda. Tu n'as pas changé.

C'était ce que le psychothérapeute avait recommandé, ce matin, à Alex. Il fallait convaincre Amanda qu'elle n'était pas différente à présent et qu'elle n'était nullement fautive. Apparemment il était courant que les victimes de viol pensent être, d'une certaine façon, responsables de ce qui leur était arrivé et se persuadent ensuite qu'elles ne sont plus les mêmes. Il est vrai que dans le cas de Mandy c'était encore plus grave. Elle avait été déflorée à seize ans dans le parc par un violeur. Nul doute que cette épreuve l'affecterait profondément, mais avec un traitement et beaucoup de compréhension, le psychiatre estimait qu'elle avait de grandes chances de s'en remettre. Son seul regret, leur avait dit le médecin ce matin, était de ne pas avoir pu s'entretenir avec la mère d'Amanda, et malheureusement le docteur Willard n'avait pas le temps non plus pour une consultation, mais sa secrétaire avait téléphoné au psychiatre pour lui dire de commencer le traitement et de voir la jeune fille.

— Dans ces cas-là, ce n'est pas seulement la victime qui a besoin d'aide, avait-il souligné. La famille en a besoin tout autant. Le regard qu'elle porte sur le drame, son point de vue sur ce qui est arrivé, tout cela va agir sur l'opinion que la victime va se faire d'elle-même, et pour toujours. Je suis vraiment très heureux que nous ayons pu avoir cette discussion ensemble, et je verrai la grand-mère d'Amanda cet après-midi.

Puis il avait ajouté avec embarras la phrase qu'Alex avait entendue presque sa vie entière :

— Vous savez, ma femme lit tous ses romans.

Mais, pour l'instant, les livres de sa mère n'étaient pas au premier plan dans son esprit. Il avait également demandé au médecin d'Amanda dans combien de temps elle pourrait rentrer chez elle et ce dernier avait répliqué qu'il était sûr qu'elle serait autorisée à quitter l'hôpital d'ici la fin de la semaine. Autrement dit vendredi au plus tard, ce qui lui convenait parfaitement ; plus vite il ramènerait Amanda à San Francisco, mieux ce serait. Et c'était à cela qu'il songeait lorsque Kay entra dans la chambre, grande, mince et élégante dans un tailleur-pantalon en daim marron orné de renard roux.

Ils se dévisagèrent un long moment et Kay garda le silence. Ils étaient devenus subitement des adversaires dans le ring, chacun sachant à quel point l'autre pouvait être dangereux

— Bonjour, Kay.

Alex parla le premier. Il avait envie de lui demander comment elle pouvait expliquer le fait qu'elle ait mis tant de temps pour venir à l'hôpital, mais il ne voulait pas faire de scène devant sa nièce. Ce n'était d'ailleurs pas nécessaire. Tout ce qu'il ressentait, toute sa fureur, se lisait aisément dans ses yeux.

— Bonjour, Alex. C'est gentil d'être venu.

— Et toi d'être rentrée de Washington.

Premier round.

— Tu dois être très occupée.

Amanda les observait, et Alex la vit pâlir. Il n'hésita qu'un instant puis quitta la chambre. Lorsque Kay en sortit quelques minutes plus tard, il l'attendait en bas, dans un renfoncement du hall.

— Je veux te parler une minute.

Elle le regarda d'un air amusé et moqueur.

— Je m'en serais doutée. Quel oncle attentionné, qui a fait tout ce chemin jusqu'à New York…

— Est-ce que tu te rends compte, Kay, que ta fille a failli mourir ?

— Parfaitement. George a pris de ses nouvelles trois fois par jour. Si la situation avait empiré, je serais rentrée. Mais il se trouve, en admettant que ça te regarde, que je ne pouvais pas.

— Et pourquoi ?

— J'avais deux réunions avec le Président. Satisfait ?

— Pas vraiment. Le jour de Thanksgiving ?

— C'est exact. À Camp David.

— Tu espères m'impressionner ?

— Ça te regarde. Quant à ma fille, c'est mon affaire.

— Pas quand tu te dérobes totalement à tes responsabilités, Kay. Tu crois que c'est suffisant que George vérifie ses feuilles de température ? Ce dont elle a besoin c'est d'affection, de tendresse, de sollicitude, de compréhension. Bon Dieu, Kay, tu es une femme adulte. Elle n'est qu'une enfant. Et elle a été rouée de coups et violée. Conçois-tu seulement ce que cela signifie ?

— Parfaitement. Mais je n'y peux rien. Et quarante-huit heures n'apporteront pas de différence. Il va falloir qu'elle s'en accommode tout le temps qu'elle vivra.

— Et quelle partie de ce temps vas-tu lui consacrer ?

— C'est mon problème.

— J'en ai décidé autrement.

Ses yeux avaient la dureté de l'acier.

— Qu'est-ce que cela veut dire, au juste ?

— Je la ramène avec moi. On m'a dit qu'elle serait en mesure de voyager d'ici vendredi.

Les yeux de Kay Willard lancèrent des éclairs.

— Essaie toujours. Emmène cette petite et je te fais emprisonner pour enlèvement.

Il plissa les yeux en la regardant.

— Pour tout dire, ma chère, à moins que tu ne sois vraiment préparée à répondre à une accusation de mauvais traitement à enfant, je me tiendrais à carreau si j'étais toi ! Enlèvement, tu veux rire.

— Qu'entends-tu par mauvais traitement à enfant ?

— Justement ça, et négligence criminelle.

— Tu crois vraiment que tu as une chance de voir admettre ce motif ? Mon mari est l'un des chirurgiens les plus éminents de New York, connu pour ses qualités humanitaires, cher Alex.

— Parfait. Prouve-le devant le tribunal. Tu en serais ravie, non ? Ça ferait sensation dans les journaux.

— Salaud.

Elle commençait enfin à comprendre qu'il ne plaisantait pas.

— Qu'est-ce que tu as exactement en tête ?

— Rien de précis. Amanda vient en Californie avec moi. Définitivement. Et s'il te faut une explication pour tes électeurs, tu n'as qu'à dire qu'elle a eu un grave accident et qu'elle a besoin d'un repos prolongé sous un climat chaud. Ça devrait faire l'affaire.

— Et qu'est-ce que je dis à George ?

— C'est ton problème.

Elle le regarda, fascinée.

— Tu parles sérieusement, n'est-ce pas ?

— Tout à fait.

— Pourquoi ?

— Parce que j'ai beaucoup d'affection pour elle.

— Et tu crois que moi je n'en ai pas ?

Elle n'avait même pas l'air blessée, juste agacée.

Alex poussa un léger soupir.

— Je ne pense pas que tu aies le temps de te soucier de qui que ce soit, Kay. À part peut-être de tes électeurs, s'ils vont voter ou non pour toi. Je ne sais d'ailleurs pas ce qui peut encore te motiver et, au fond, ça m'est égal. Tout ce que je vois, c'est que cela détruit cette enfant, et je ne le permettrai pas… Je ne veux pas te laisser la détruire.

— Et tu vas la sauver ? Comme c'est touchant ! Tu ne penses pas que ce serait un peu plus salutaire pour toi d'utiliser ton trop-plein d'énergie émotionnelle à t'occuper d'une femme de ton âge plutôt que d'une fille de seize ans ? Tu te rends compte que tout ça n'est pas très sain, dis-moi ?

Elle ne semblait pourtant pas vraiment inquiète et Alex savait qu'elle ne l'était pas. Elle était seulement hors d'elle et sans moyen de riposte.

— Garde donc tes petites insinuations sordides pour toi, avec tes ambitions en ce qui concerne mon ex-femme.

— Aucun rapport.

De toute évidence, pourtant, elle mentait.

— Voilà un changement d'optique réconfortant. Et au cas où cela te préoccuperait, crois-moi, mon intérêt pour Amanda est uniquement celui d'un oncle. Non pas que cela t'empêche de dormir, à mon avis.

— J'estime que tu es un imbécile, Alex. Et tu manigances des tours à ta façon, exactement comme Amanda.

— Tu juges que ce viol était un coup monté ?

— Peut-être. Je ne suis pas encore complètement au courant des détails. Peut-être est-ce ce qu'elle cherchait. Être sauvée par son grand et bel oncle. Voilà peut-être ce qu'elle a derrière la tête.

— Je crois que tu es malade.

— Ah oui ? Eh bien, Alex, ce que tu penses m'indiffère. Soit, je vais te laisser jouer ton petit jeu pendant un temps. Amanda pourrait s'en trouver bien. Mais j'irai la chercher dans un mois ou deux, et on en restera là. Alors, si tu t'imagines que tu vas la garder, tu es fou.

— Ah oui ? Es-tu disposée à répondre aux accusations dont j'ai parlé ?

— Tu ne porteras pas plainte.

— Ne t'imagine pas ça. (Ils s'affrontèrent un moment, Alex gagnant la partie pour cette fois.) À moins que la situation ici ne change radicalement, elle reste avec moi. De plus, la petite a seize ans, Kay, elle est d'âge à dire ce qu'elle pense.

— Lui as-tu expliqué que tu projetais de l'arracher de mes griffes ?

— Pas encore. Elle n'était pas en état de parler jusqu'à ce matin.

Kay garda le silence puis, après un dernier coup d'œil fielleux, elle s'apprêta à s'en aller. Elle s'arrêta, et planta un regard de haine dans les yeux de son frère.

— Ne te mets pas dans l'idée que tu peux réussir tes manigances avec moi. Tu peux la garder là-bas pour l'instant mais, quand je voudrai qu'elle rentre à la maison, elle rentrera. C'est clair ?

— Je crois que tu ne comprends pas ma position.

— Ni toi la mienne. C'est une situation dangereuse. Ce que tu fais risque d'avoir des conséquences désastreuses sur ma carrière politique, et je ne le tolérerai pas, pas de mon propre frère.

— Alors, ma belle dame, tiens-toi à carreau et fiche-moi la paix. C'est un avertissement.

Elle voulait lui rire au nez mais en fut incapable. Pour la première fois de sa vie, elle avait peur de son jeune frère.

— Je ne comprends pas pourquoi tu agis comme ça.

— Ça ne m'étonne pas. Mais moi, je le comprends et Amanda aussi.

— Souviens-toi de ce que je t'ai dit, Alex. Quand j'aurai besoin qu'elle rentre à la maison, elle reviendra ici.

— Pourquoi ? Pour montrer aux électeurs quelle mère formidable tu es ? C'est écœurant.

À ces mots, elle s'avança comme si elle allait le gifler. Il la devança et lui saisit le poignet. Son expression était terrible.

— Pas de ça, Kay.

— Alors ne te mêle pas de ma vie.

— Avec plaisir.

L'étincelle de la victoire se reflétait dans les yeux d'Alex et elle tourna les talons, s'éloignant le plus vite qu'elle put, disparaissant peu après derrière un tournant du couloir, puis dans l'ascenseur, et ensuite dans la limousine qui l'attendait le long du trottoir.

Quand Alex rentra dans la chambre d'Amanda, elle dormait. Il caressa doucement ses cheveux étalés sur l'oreiller, ramassa son manteau et partit. Mais, tandis qu'il longeait sans bruit le couloir, il se dit qu'il ne pouvait pas attendre d'être rentré chez sa mère pour téléphoner à Raphaella. Il prenait un risque en l'appelant, mais il y était obligé. Il avait besoin de partager ces nouvelles avec quelqu'un et il ne voulait les partager qu'avec elle. D'un ton très sérieux il demanda à parler à Mme Phillips et elle prit la communication quelques instants plus tard.

— Raphaella ?

— Oui… (Elle eut un sursaut en reconnaissant qui l'appelait.) Oh ! Est-ce que… ?

Elle avait une voix effrayée ; comme si elle pensait que cela voulait dire qu'Amanda était morte.

— Non, non, tout va bien. Mais je voulais vous informer que je serai de retour à San Francisco avec ma nièce à la fin de la semaine et votre père tenait à ce que je vous donne des nouvelles à mon arrivée aux États-Unis.

Si quelqu'un écoutait, la conversation semblait parfaitement respectable. Et Raphaella comprit bien son intention. Elle souriait d'une oreille à l'autre.

— Votre nièce restera-t-elle longtemps ?

— Je… heu, je le pense. Oui. Effectivement.

— Oh…

Dans sa joie elle faillit prononcer son prénom.

— Je suis tellement contente !

Puis, songeant à la chambre qu'elle avait promis d'installer, elle ajouta :

— Je vais m'occuper du logement dès que possible.

— Merveilleux. Je vous en suis très reconnaissant. Et, bien sûr, je vous rembourserai dès que j'arriverai à San Francisco.

— Oh, taisez-vous donc.

Elle souriait dans le combiné et, peu après, tous deux raccrochèrent. Vendredi, avait-il dit finalement, ou peut-être samedi. Cela ne lui laissait pas beaucoup de temps.

15

Raphaella vécut les deux jours suivants dans une sorte de frénésie. Elle passait la matinée à lire à haute voix pour John Henry et à lui tenir la main jusqu'à ce qu'il glisse dans le sommeil, puis elle courait en ville pour procéder à des achats, disant au chauffeur de ne pas l'attendre. Elle préférait prendre un taxi pour rentrer. Et si Tom trouvait son comportement quelque peu étrange, il était bien trop stylé pour émettre des commentaires tandis qu'elle se précipitait dans le magasin le plus proche. Tous les après-midi elle en ressortait avec d'énormes paquets, faisant livrer les plus encombrants directement à la maison d'Alex. Elle achetait aussi des objets et des meubles d'exposition dans de drôles de petites boutiques spécialisées dans les ventes à bas prix, comme par exemple une merveilleuse table de toilette signée par un décorateur, et un ensemble complet de meubles en vannerie de style victorien dans une vente devant laquelle elle était passée en taxi quand elle rentrait chez elle. Elle accumula un tel chaos à la fin du dernier jour qu'elle pleura presque de soulagement lorsque Alex s'excusa au téléphone de ne pouvoir rentrer que le dimanche soir, mais il avait de très bonnes nouvelles. Il avait vu George le matin même et tout s'était passé en douceur. George avait admis que changer de cadre serait bénéfique pour Amanda. Ils n'avaient pas discuté de la durée de son séjour mais, une fois qu'elle serait en Californie, le prolonger serait facile. Pour le moment, il avait parlé d'un air détaché de « quelques mois » et George n'avait pas bronché. Alex avait téléphoné au meilleur collège privé de San Francisco, et, après avoir expliqué la gravité de « l'accident » de sa nièce, il leur avait lu son carnet scolaire, leur avait dit qui était sa mère et sa grand-mère, de sorte qu'obtenir son inscription n'avait pas été très difficile. Elle devait entrer en classe après le premier de l'an. Entre-temps, Amanda resterait à la maison, se promènerait, guérirait et ferait ce qu'il faudrait pour se remettre du traumatisme de son viol. Elle avait un mois pour récupérer avant de reprendre ses études. Lorsque Raphaella demanda à Alex comment Kay avait pris la chose, il répondit d'une voix tendue :

— Ça s'est beaucoup moins bien passé qu'avec George.

— Qu'est-ce que cela veut dire, Alex ?

— Que je ne lui ai pas donné le choix.

— Elle est très en colère ?

— Plus ou moins.

Il changea alors vivement de sujet et, quand Raphaella raccrocha, elle ne pensait plus qu'à la jeune fille, se demandant comment elle était, si elle l'aimerait.

C'était comme si Raphaella voyait entrer dans sa vie pas seulement un homme mais une nouvelle famille. Et il fallait compter avec Kay. Alex avait dit que sa sœur viendrait un jour à San Francisco pour se rendre compte de l'état d'Amanda, Raphaella espéra qu'ils finiraient tous par devenir amis. Après tout, ils étaient des gens civilisés. Kay était sans aucun doute une femme intelligente, et Raphaella était désolée qu'elle soit brouillée avec Alex. Peut-être réussirait-elle à améliorer les relations entre le frère et la sœur.

Après ce coup de fil, Raphaella s'activa pour aménager le second étage de la maison d'Alex. Elle lui avait dit qu'il pourrait lui téléphoner pendant qu'elle travaillerait à la chambre d'Amanda et quand elle eut terminé cette tâche chère à son cœur, elle s'assit sur le lit avec un sourire heureux ; en quelques jours elle avait accompli un petit miracle et elle était enchantée.

Elle avait transformé la chambre en un havre de paix spacieux, une pièce remplie de tissus roses à fleurs et de meubles en osier victoriens, avec un énorme tapis à fleurs et l'antique table de toilette au dessus de marbre blanc. Elle avait mis une grande azalée rose dans la vieille cuvette, et il y avait de délicates gravures de fleurs accrochées aux murs dans des cadres dorés. Le lit était un lit à colonnes, avec un baldaquin blanc orné de nœuds qui avait été livré le matin même. Il y avait sur le lit un énorme couvre-pieds en satin rose et à côté une descente de lit en fourrure. Il y avait encore des tissus fleuris et du mobilier en vannerie. Elle avait même déniché un joli petit bureau qu'elle avait installé devant l'une des fenêtres et la salle de bains était aussi garnie de jolies choses féminines. Le fait qu'elle ait pu réaliser cela en si peu de jours était extraordinaire, et qu'elle ait réussi par de l'argent et des sourires à obtenir de tous qu'ils livrent vite l'étonnait encore.

Elle avait effectué tous ses achats grâce à l'énorme liasse de billets qu'elle avait retirée à la banque le mercredi matin ; elle ne voulait pas que ses chèques témoignent de ces achats. Son compte était suivi par l'ancien bureau de John Henry et il lui aurait été impossible d'expliquer la destination des chèques. De cette façon, elle n'avait fait qu'un seul retrait et elle trouverait une raison quelconque pour le justifier, par une envie soudaine de faire des achats divers, ou peut-être qu'entre-temps le secrétaire de son mari aurait oublié si le retrait avait été effectué avant son voyage à New York.

Le seul à qui elle avait à rendre des comptes à présent était Alex, et elle appréhendait un peu ce qu'il dirait. À la vérité, elle n'avait pas dépensé tellement et il lui avait demandé si elle pouvait s'occuper de commander un lit. Elle avait fait bien plus, en réalité, mais sans faire de folies. Tout avait seulement été exécuté avec beaucoup de soin, de cachet, de goût. La profusion de fleurs, les petits rideaux blancs qu'elle avait cousus et bordés de galons roses, les coussins qu'elle avait disposés çà et là et les sièges en osier qu'elle avait repeints à la bombe un soir tard dans la nuit, voilà ce qui faisait la différence. Les détails supplémentaires qui paraissaient si coûteux ne l'étaient pas. Mais elle espérait qu'Alex ne serait pas fâché de l'importance de la décoration, elle s'était aperçue en s'en occupant qu'elle ne pouvait pas s'arrêter avant d'avoir transformé la pièce en une chambre idéale pour la jeune fille meurtrie. Après le cauchemar qu'elle avait vécu, Raphaella voulait aider à lui donner quelque chose de spécial, un intérieur où elle pourrait s'installer avec un long soupir heureux, un endroit où elle serait aimée et pourrait se détendre. Elle referma doucement la porte derrière elle et descendit à l'étage au-dessous dans la chambre d'Alex, jeta un coup d'œil circulaire, rajusta le couvre-lit, prit son manteau, descendit l'escalier et quitta la maison.

Raphaella ouvrit doucement la porte d'entrée de la demeure de John Henry et monta l'escalier à pas lents, la mine pensive. Elle regardait autour d'elle les tentures de velours, les tapisseries médiévales, les lustres, le piano à queue dans le hall, elle prit conscience de nouveau que c'était là son foyer. Et non la petite maison douillette de Vallejo, l'endroit où elle venait de passer presque une semaine, s'affairant comme une folle à décorer une chambre destinée à une jeune fille qui, elle aussi, lui était étrangère.

— Madame Phillips ?

— Mmm ? (Raphaella leva les yeux, surprise, alors qu'elle s'apprêtait à s'engager dans le couloir conduisant à sa chambre. Il était presque l'heure du dîner et il lui fallait encore s'habiller.) Oui ?

L'infirmière de la seconde équipe la regardait en souriant.

— M. Phillips vous demande depuis une heure. Peut-être aimeriez-vous passer un moment avec lui avant de vous changer ?

Raphaella hocha calmement la tête et murmura « oui ». Elle se dirigea lentement jusqu'à la chambre de son mari, frappa une fois, tourna la poignée et entra sans attendre qu'il l'y ait invitée. Frapper n'était qu'une formalité, comme tant d'autres dans leur vie. Il était couché sur son lit avec une couverture sur lui, ses yeux étaient fermés et seule une faible lueur éclairait la pièce.

— John Henry ?

Sa voix n'était qu'un souffle tandis qu'elle contemplait le vieil homme brisé qui gisait sur le lit. Cette pièce avait été leur chambre auparavant, la chambre qu'il avait aussi partagée avec sa première épouse. Raphaella en avait été gênée d'abord, mais John Henry était un homme de tradition et il avait voulu qu'elle s'y installe avec lui.

— John Henry…

Elle répéta doucement son nom et il entrouvrit les yeux. Quand il la vit, il les ouvrit tout grands, sourit de son sourire tordu et tapota le lit à côté de lui pour l'inviter à s'asseoir.

— Bonsoir, petite. Je t'ai déjà demandée mais on m'a dit que tu étais sortie. Où étais-tu ?

Ce n'était pas un interrogatoire, seulement une question amicale, mais quelque chose en elle tressaillit pourtant.

— J'étais allée… faire des achats… ajouta-t-elle en souriant. Pour Noël.

Il ne savait pas que ses cadeaux à destination de Paris et de l'Espagne avaient tous été expédiés un mois auparavant.

— As-tu acheté quelque chose de joli ?

Elle hocha la tête. Oh, oui. Elle avait acheté de belles choses… pour Amanda… la nièce de son amant. Cette prise de conscience de sa conduite lui causa une fois de plus un choc presque physique.

— Quelque chose de joli pour toi ?

Elle secoua lentement la tête, les yeux dilatés.

— Je n'ai pas eu le temps.

— Eh bien, je veux que tu ailles dans les boutiques demain et que tu trouves quelque chose pour toi.

Elle contempla le long corps anguleux de cet homme qui était son mari, et de nouveau elle fut rongée par un sentiment de culpabilité.

— Je préfère passer la journée ici, avec toi. Je… je ne t'ai pas beaucoup vu ces derniers temps…

Elle avait l'air confuse et il secoua la tête en agitant une main lasse.

— Je n'attends pas de toi que tu restes assise ici avec moi, Raphaella. (Il secoua de nouveau la tête, ferma les yeux un moment, puis les rouvrit. Il y avait une expression d'infinie sagesse dans ces yeux qui regardaient la jeune femme.) Je n'ai jamais attendu de toi que tu restes à patienter avec moi… jamais… Je regrette seulement que ce soit si long à venir.

Pendant un instant, elle se demanda s'il divaguait et le regarda avec une inquiétude soudaine. Mais il se contenta de sourire.

— La mort, ma chérie… la mort… L'attente du dernier moment aura été longue. Et tu as été très courageuse. Je ne me pardonnerai jamais ce que j'ai fait.

— Comment peux-tu dire cela ? (Elle le regardait, horrifiée.) Je t'aime. Je ne voudrais pas être ailleurs.

Mais était-ce vrai à présent ? N'aurait-elle pas préféré être avec Alex ? se demanda-t-elle en tendant la main vers celle de John Henry et la prenant doucement dans la sienne.

— Je n'ai jamais rien regretté, chéri, sauf (elle sentit sa gorge se serrer) … sauf ce qui t'est arrivé.

— J'aurais dû mourir quand j'ai eu ma première attaque. Cela aurait dû se produire si la vie était un peu plus juste et si toi et ce médecin que tu as fait venir ne m'en aviez pas empêché.

— Tu es fou.

— Non, et tu le sais. Ce n'est une vie pour personne, ni pour moi, ni pour toi. Je te garde ici, année après année, comme une prisonnière, alors que tu es presque encore une enfant et je te gâche tes plus belles années. Les miennes sont déjà bien loin. J'ai eu…

Il ferma les yeux une fraction de seconde comme s'il souffrait et le visage de Raphaella se rembrunit davantage. Il releva rapidement les paupières et la regarda de nouveau.

— J'ai eu tort de t'épouser, Raphaella. J'étais trop vieux.

— Arrête, John Henry.

Cela l'effrayait qu'il tienne de tels propos, il ne le faisait pas souvent mais elle se doutait que bon nombre de ses pensées étaient centrées sur ce thème. Elle l'embrassa tendrement et l'examina avec attention, comme il se penchait en avant. Il était pâle comme la mort, couché dans l'immense lit à deux places.

— Est-ce qu'on t'a sorti pour prendre l'air dans le jardin cette semaine, chéri ? Ou sur la terrasse ?

— Non, Miss Nightingale[1], et je ne veux pas. Je suis bien mieux ici, dans mon lit.

— Ne dis pas de bêtises. L'air te fait du bien et tu aimes aller dans le jardin.

Il y avait une note de désespoir discret dans sa voix, elle songeait que si elle n'avait pas passé tant de temps loin de lui, elle aurait su ce que les infirmières faisaient pour lui. Elles auraient dû le sortir. C'était important qu'elles lui donnent du mouvement, le gardent aussi éveillé et intéressé que possible. Sans quoi, elle savait qu'il perdrait courage et tôt ou tard lâcherait complètement prise.

1. Florence Nightingale : Philanthrope anglaise (1820-1910), fondatrice du Corps des infirmières militaires. Elle a organisé le secours aux blessés lors de la guerre de Crimée (1854-1855).

— Je t’emmènerai dehors demain.

— Je ne le veux pas. (Il parut un instant maussade.) Je te l’ai dit, je désire rester au lit.

— Eh bien, c’est impossible.

Il lui décocha un regard furieux, mais il sourit alors et leva sa main pour l’effleurer de ses lèvres.

— Je t’aime encore. Bien plus que je ne saurais le dire… bien plus que tu ne crois. (Ses yeux étaient légèrement voilés de larmes.) Tu te souviens de ces premiers jours à Paris… (il sourit pour lui-même et elle sourit en même temps que lui) lorsque je t’ai fait ma demande, Raphaella. Mon Dieu, tu n’étais qu’une enfant…

Ils échangèrent un long regard tendre, et elle se pencha de nouveau pour l’embrasser sur la joue.

— Eh bien, je suis une vieille femme à présent, mon chéri, et j’ai de la chance que tu m’aimes encore. Mais, ajouta-t-elle en se levant, souriant toujours, mieux vaut que j’aille me changer pour le dîner si je ne veux pas que tu me mettes à la porte et que tu en trouves une autre !

Sur quoi il rit et quand elle quitta la pièce avec un baiser et un geste d’adieu, il se sentait mieux, et elle se morigéna tout le long du chemin jusqu’à sa chambre, de l’avoir tant négligé ces dix derniers jours. Qu’est-ce qui lui avait pris de courir partout à la recherche de meubles, de tissus, de rideaux et de tapis pendant presque toute une semaine ? Mais quand elle referma la porte de sa chambre, elle savait ce qu’elle avait fait : elle avait pensé à Alex, à sa nièce, et à cette autre vie qu’elle désirait de toutes ses forces. Les yeux longuement fixés sur le miroir, se reprochant d’avoir négligé son mari pendant près de dix jours, elle se demanda si elle avait mérité ce qu'elle partageait avec Alex. C'était son destin de vivre avec John Henry. Elle n'avait en fait aucun droit d'en demander davantage. Mais pouvait-elle y renoncer ? Après ces deux derniers mois, elle n'était pas sûre de le pouvoir.

Avec un profond soupir, elle ouvrit la penderie et en sortit une robe de soie grise qu'elle avait achetée avec sa mère à Madrid. Des escarpins noirs, le merveilleux collier de perles grises qui avait appartenu à la mère de John Henry, avec les boucles d'oreilles assorties, et une combinaison gris pâle. Elle déposa le tout sur son lit et passa dans la salle de bains, réfléchissant à ce qu'elle avait fait, à l'homme qu'elle avait presque oublié et l'autre qu'elle n'oublierait jamais, en même temps consciente que tous deux avaient besoin d'elle. John Henry plus qu'Alex, bien sûr, mais les deux avaient besoin d'elle et, plus encore, elle se rendait compte qu'elle avait besoin d'eux.

Une demi-heure plus tard, elle se tenait devant son miroir qui lui renvoyait l'image d'une jeune femme toute de grâce et d'élégance dans la robe de soie gris pâle, les cheveux assemblés en chignon sur la nuque, le visage éclairé par les perles qu'elle portait aux oreilles. Elle se regardait dans la glace et elle se disait qu'elle n'avait pas de réponses. Il n'y avait aucun moyen de savoir comment finirait l'histoire. Tout ce qu'elle pouvait espérer, c'était que personne ne souffrirait, mais en fermant la porte de sa chambre, un frisson de peur la parcourut, car elle savait que c'était presque trop demander.

16

Le dimanche soir, l'infirmière mit John Henry au lit à huit heures et demie et Raphaella regagna sa chambre à pas lents, songeuse. Toute la soirée, elle avait pensé à Alex et Amanda, calculant le moment où ils quitteraient New York et monteraient dans l'avion. Ils n'étaient maintenant qu'à deux heures de San Francisco, mais pour la première fois depuis une éternité elle avait la sensation qu'ils auraient tout aussi bien pu se trouver dans un autre monde. Elle avait passé la journée avec John Henry et l'avait promené dans le jardin, le matin, soigneusement emmitouflé dans des couvertures, avec un cache-col chaud et un chapeau ainsi qu'un manteau de cachemire noir sur sa robe de chambre en soie. L'après-midi, elle avait poussé son fauteuil roulant sur la terrasse, et, à la fin de la journée, elle avait été obligée de s'avouer qu'il avait l'air beaucoup mieux : il était détendu quand on l'avait couché ce soir-là. Voilà ce qu'elle avait à faire, ce qui était son devoir, il était son mari. « Pour le meilleur et pour le pire. » Mais, sans cesse, son esprit revenait à Alex et à Amanda. Dans cette gigantesque maison, elle avait l'impression de plus en plus forte d'être enterrée dans un tombeau.

Mais elle était choquée par ses sentiments et soudain le répréhensible de sa conduite s'était mis à la hanter. Elle n'était plus sûre d'avoir raison.

À dix heures, elle était assise, le regard triste, perdu dans le vide, sachant que leur avion venait d'atterrir, qu'ils devaient être en train de récupérer leurs bagages et de chercher un taxi. À dix heures et quart, elle savait qu'ils étaient en route pour la ville et elle aurait voulu de tout son être pouvoir être là-bas. Puis, brusquement, le fait d'être tombée amoureuse d'Alex lui parut mal et elle eut peur qu'à la longue John Henry en paie le prix par manque d'attention, de compagnie, sans lesquelles, elle le savait, John Henry ne resterait pas en vie. Mais ne peux-tu faire les deux ? se demanda-t-elle silencieusement. Elle n'était pas certaine d'y parvenir. Lorsqu'elle était avec Alex, c'était comme si plus personne d'autre n'existait au monde et son seul désir était de rester avec lui et d'oublier tout le reste. Or elle ne pouvait pas se permettre d'oublier John Henry. Si elle l'oubliait, autant lui tirer une balle dans la tête.

Elle demeura assise à regarder par la fenêtre en silence, puis elle finit par se lever et éteignit la lumière. Elle se rassit à la même place, toujours vêtue de sa robe de soie grise mise pour le dîner – qu'elle avait pris sur un plateau dans la chambre de John Henry, en bavardant avec lui quand il ne s'endormait pas entre deux bouchées. Il avait été épuisé par cet air frais. À présent, Raphaella restait assise, parfaitement immobile, comme si elle guettait, attendait quelqu'un, quelque chose, comme si Alex allait soudain apparaître au-dehors. Il était onze heures lorsqu'elle entendit sonner le téléphone, elle sursauta et décrocha le combiné, sachant que tous les domestiques devaient être couchés, sauf l'infirmière de John Henry. C'était Alex et elle trembla au son de sa voix.

— Raphaella ?

Elle avait peur de s'entretenir avec lui depuis chez elle, mais elle désirait désespérément avoir un contact avec lui. Après leurs deux mois de séparation à la suite de leur rencontre à New York et son voyage là-bas pour s'occuper d'Amanda, elle brûlait soudain d'envie de se retrouver avec lui.

— La chambre d'Amanda est extraordinaire.

Il parlait à voix basse et pendant un instant elle eut peur que quelqu'un l'entende, mais il y avait tant de joie dans la voix d'Alex qu'elle ne put résister à demander :

— Elle lui plaît ?

— Elle est aux anges. C'est la première fois depuis des années que je la vois comme ça.

— Tant mieux. (Raphaella rayonnait en essayant d'imaginer la jeune fille en train de découvrir la chambre blanc et rose.) Est-ce qu'elle va bien ?

Il soupira.

— Je ne sais pas, Raphaella. Je le suppose. Mais comment pourrait-elle être après ce qui s'est passé ? Sa mère a fait une scène effroyable avant notre départ. Elle a essayé de la culpabiliser parce qu'elle partait, et ensuite, bien sûr, elle a admis qu'elle avait peur de la réaction des électeurs si sa fille vivait chez son oncle et pas avec elle.

— En s'y prenant bien, elle aura simplement l'air d'être très occupée.

— C'est à peu près ce que je lui ai dit. En tout cas, l'atmosphère était orageuse et Mandy était si épuisée qu'elle a dormi pendant tout le trajet. Découvrir cette chambre magnifique que tu as aménagée pour elle a été son plus grand bonheur depuis longtemps.

— J'en suis contente.

Mais en le disant, Raphaella éprouva une intolérable sensation de solitude. Elle aurait aimé voir l'expression d'Amanda quand elle était entrée dans la pièce. Elle aurait aimé être allée à l'aéroport, être revenue avec eux dans le taxi, être entrée dans la maison en même temps qu'eux pour partager chaque instant, pour voir leurs sourires, pour aider à faire en sorte qu'Amanda se sente accueillie dans cette demeure où Raphaella était venue au moins dix fois cette dernière semaine. Soudain, elle se sentit exclue et en écoutant la voix d'Alex au téléphone, elle se retrouva désespérément seule. Le poids de cette solitude était presque écrasant et cela lui rappela la soirée où elle avait pleuré sur les marches près de la maison, en proie au même désespoir… la soirée où elle avait vu Alex pour la première fois. Elle avait l'impression que cela s'était passé il y a un siècle.

— Tu es devenue bien silencieuse. Ça ne va pas ?

Sa voix était profonde, séduisante. Raphaella ferma les yeux et secoua la tête.

— Je pensais à quelque chose… Excuse-moi.

— À quoi ?

Elle hésita un instant.

— À la soirée où j'étais sur les marches… la première fois que je t'ai vu…

Il sourit.

— À part que tu ne m'avais pas vu au début. C'est moi qui t'ai vue le premier.

Mais comme ils évoquaient leur première rencontre,

Raphaella recommença à avoir peur de parler au téléphone. Si un des domestiques était réveillé, il pourrait décrocher dans une autre pièce et elle redoutait ce qu'il pourrait entendre ou penser.

— Peut-être devrions-nous parler de cela demain.

Alex la comprit.

— Nous te verrons donc ?

Cette perspective la rasséréna et pour un instant elle sentit moins sa solitude.

— Quand pourras-tu te libérer ?

Elle rit tout bas, elle n'avait rien à faire depuis que la chambre d'Amanda était terminée. Cela avait été son unique entreprise depuis des années.

— Dis-moi simplement ton heure. Je viendrai, à moins qu'il soit préférable…

Elle s'inquiétait soudain à cause d'Amanda. Peut-être était-ce trop tôt pour rencontrer la jeune fille. Peut-être serait-elle irritée de voir la maîtresse d'Alex, peut-être préférait-elle garder son oncle bien-aimé pour elle toute seule.

— Ne sois pas idiote, Raphaella. Si j'étais capable de t'y décider, je serais ravi que tu puisses venir tout de suite. Pourquoi ne prendrais-tu pas le petit déjeuner avec nous ? Tu peux venir d'aussi bonne heure ?

Raphaella sourit.

— Six heures du matin, cela te va ? Ou préfères-tu cinq heures et quart ?

— Ça me paraît parfait !

Il rit en fermant les yeux, il imaginait chaque trait de son visage. Il était impatient de la revoir, de la toucher, de la tenir dans ses bras, de laisser leurs corps s'enlacer comme s'ils n'étaient qu'un.

— En fait, avec le décalage horaire, je serai certainement debout à six heures. Le mieux, c'est que tu viennes quand tu seras réveillée. Tu n'as même pas besoin de téléphoner. Je ne vais pas au bureau demain matin. Je veux être certain que la dame qui va venir s'occuper d'Amanda convient. (Avec deux bras cassés, la jeune fille était virtuellement réduite à l'impuissance et il avait demandé à sa secrétaire de trouver quelqu'un qui puisse à la fois s'occuper un peu de la maison et soigner la jeune fille. Il ajouta après une pause :) Je t'attendrai.

La nostalgie perçait aussi nettement dans sa voix que l'ardeur dans celle de Raphaella.

— J'arriverai tôt.

Puis, oubliant sa peur que quelqu'un n'écoute leur conversation, elle poursuivit :

— Tu m'as manqué, Alex.

— Oh, chérie. (Le son de sa voix était à lui seul éloquent.) Si seulement tu savais combien tu m'as manqué, toi aussi.

Ils raccrochèrent quelques instants plus tard et Raphaella resta un long moment immobile à contempler le téléphone avec un sourire radieux. Elle se leva pour se déshabiller et consulta sa montre. Il était minuit passé et dans six, sept ou huit heures au plus, elle serait de nouveau avec lui. À cette pensée ses yeux s'illuminèrent et son cœur accéléra sa course.

17

Raphaella avait réglé la sonnerie de son réveil sur six heures et demie du matin, et une heure plus tard elle se glissait silencieusement dehors. Elle avait déjà parlé à l'une des infirmières de John Henry et lui avait expliqué qu'elle allait assister à la messe puis faire une grande promenade.

Cela semblait une bonne explication pour ce qui serait sans aucun doute une absence de plusieurs heures. Du moins elle l'espérait en suivant hâtivement la rue dans le brouillard de décembre et le froid du petit matin, bien emmitouflée dans son manteau, tout ce qu'elle pouvait voir étant baigné d'une lumière gris perle. Elle arriva à la confortable petite maison de Vallejo en quelques minutes et vit avec plaisir que la plupart des lampes étaient déjà allumées. Cela signifiait qu'Alex était réveillé, donc, et elle hésita un instant devant l'imposant heurtoir en cuivre, se demandant si elle devait frapper, sonner ou utiliser sa clé. Finalement, elle opta pour un bref coup de sonnette et resta immobile, retenant son souffle, au comble de la joie, souriant avant même que la main d'Alex ait touché la porte, et tout à coup il était là, si grand, si beau, les yeux brillants, souriant lui aussi. Sans un mot, il l'attira vivement à l'intérieur, ferma la porte et la serra étroitement dans ses bras. Ses lèvres se posèrent sur les siennes et ils restèrent ainsi enlacés pendant ce qui leur parut un long moment. Ensuite, il l'étreignit simplement, la réchauffant avec la chaleur de son corps et laissant une de ses mains caresser ses cheveux noirs brillants. Il la contemplait presque avec stupeur, comme s'il s'étonnait encore de la connaître.

— Bonjour, Alex.

Elle levait la tête vers lui joyeusement, un pétillement dans les yeux.

— Bonjour. (Puis il recula juste un peu.) Mon Dieu, tu es ravissante.

— Pas à cette heure-ci.

Mais elle l'était. Elle avait l'air radieuse. Ses grands yeux brillaient comme de l'onyx incrusté de diamants, et sa figure était rosie par sa marche précipitée. Sous son manteau de lynx, elle portait un pantalon beige et un chemisier en soie pêche, avec des escarpins en daim couleur cannelle.

— Comment va Amanda ?

Raphaella jeta un coup d'œil vers l'étage et Alex sourit de nouveau.

— Elle dort encore.

Mais lui ne songeait pas à Amanda. Ce matin, il n'était capable de penser qu'à cette jeune femme incroyablement belle qui se tenait devant lui dans l'entrée, et il la contemplait en se demandant s'il allait la conduire en bas dans la cuisine pour lui offrir du café ou bien l'entraîner en haut avec des intentions beaucoup moins protocolaires.

Raphaella, qui le regardait s'efforcer d'arriver à une décision, sourit.

— Tu as l'air positivement diabolique ce matin, Alex.

Avec sa propre part de diablerie, elle enleva le lourd manteau de lynx et le laissa choir sur le pilastre de la rampe au pied de l'escalier.

— Vraiment ? (Il feignit l'innocence.) Je me demande pourquoi.

— Je n'en ai aucune idée. Puis-je te préparer du café ?

— Je me proposais justement d'en faire.

Pourtant il avait l'air manifestement déçu et elle rit.

— Mais… ?

— Peu importe… peu importe.

Il fit mine de la précéder dans l'escalier, mais ils ne dépassèrent pas la première marche car il se retourna pour lui donner un baiser et ils s'attardèrent là un long moment, Alex la serrant étroitement dans ses bras. C'est ainsi qu'Amanda les trouva, alors qu'elle descendait l'escalier encore somnolente, en chemise de nuit bleue à fleurs, ses cheveux blonds formant une auréole autour du jeune visage gracieux dont les traces d'ecchymose près des yeux s'estompaient légèrement.

« Oh ! » C'était une petite exclamation de surprise ; mais Raphaella l'entendit aussitôt et bondit quasiment hors des bras d'Alex. Elle se retourna, rougissante, pour apercevoir Amanda qui la regardait, une foule de questions dans les yeux. La jeune fille jeta à ce moment un coup d'œil vers Alex, comme si elle devait trouver auprès de lui une explication. Raphaella se dit alors qu'elle avait l'air d'une toute petite fille.

Elle s'avança vers Amanda avec un léger sourire et

tendit la main, mais pour effleurer seulement les doigts qui sortaient au bout des plâtres.

— Je suis désolée de venir si tôt. Je... je voulais voir comment tu étais.

Elle était mortifiée d'avoir été surprise en train de se faire embrasser dans l'escalier et soudain l'appréhension que lui inspirait sa rencontre avec Amanda l'envahit de nouveau, pourtant la jeune fille paraissait si fragile et si candide qu'il était impossible d'imaginer qu'elle puisse représenter une menace : c'est Raphaella qui se sentait un danger, elle craignait de l'avoir choquée.

Mais Amanda sourit, ses joues s'empourprant légèrement.

— Ça n'a pas d'importance. Excusez-moi de vous être tombée dessus, vous et oncle Alex. Je ne savais pas qu'il y avait quelqu'un.

Elle était contente de les avoir vus s'embrasser. Elle ne voyait jamais de tendresse, chez elle.

— D'habitude je ne vais pas chez les gens si tôt, mais...

Alex coupa court, il voulait qu'Amanda sache qui était Raphaella et l'importance qu'elle avait pour lui. À seize ans elle était assez grande pour comprendre cela.

— Je te présente la bonne fée qui a décoré ta chambre. Mandy.

Sa voix était tendre et aussi le regard dont il les enveloppait l'une et l'autre, tous les trois debout près de l'escalier.

— C'est vous ? Vraiment ?

L'étonnement de la jeune fille fit rire Raphaella.

— Si l'on veut. Je ne suis pas vraiment décoratrice, mais cela m'a amusée d'aménager cette jolie chambre blanc et rose.

— Comment avez-vous réussi aussi vite ? Alex m'a dit qu'il n'y avait rien dedans quand il est parti.

— J'ai tout volé. (Ils rirent et elle sourit.) Cela te plaît ?

— Vous plaisantez ? C'est extra !

Cette fois c'est Raphaella qui rit.

— Je suis bien contente.

Elle avait envie de la serrer dans ses bras, mais n'osa pas.

— Puis-je vous offrir le petit déjeuner, mesdames ? demanda Alex, rayonnant.

— Je vais t'aider, proposa Raphaella en descendant à sa suite.

— Moi aussi.

Pour la première fois depuis la tragédie, Amanda semblait pleine d'entrain. Et elle avait l'air encore plus heureuse une heure plus tard quand tous les trois étaient assis à la table de la cuisine, à rire sur ce qui restait d'œufs au bacon et de toasts. Mandy avait même réussi à beurrer les toasts malgré ses plâtres, et Raphaella avait préparé le café tandis qu'Alex s'occupait du reste.

— Excellent travail d'équipe !

Il félicita les deux femmes qui le taquinèrent de nouveau en l'accusant d'être un maître cuisinier vraiment dictatorial.

Mais ce qui était surtout évident quand Raphaella débarrassa la table, c'est qu'ils se sentaient bien ensemble tous les trois, et pour Raphaella c'était comme si elle venait de recevoir un cadeau inestimable.

— Je peux t'aider à t'habiller, Mandy ?

— Oui, bien sûr.

Les yeux de la jeune fille s'éclairèrent et une demi-heure plus tard, grâce à l'aide de Raphaella, elle était prête. Ce n'est que vers neuf heures, lorsque arriva la nouvelle gouvernante, qu'Alex et Raphaella se trouvèrent de nouveau seuls.

— Quelle enfant merveilleuse, Alex.

Il la regarda d'un air rayonnant.

— N'est-ce pas ? Et… mon Dieu, Raphaella, c'est étonnant comme elle se remet bien de… de ce qui lui est arrivé. Cela fait juste une semaine.

Son visage redevint grave quand il évoqua ce souvenir. Raphaella hocha lentement la tête en songeant à la semaine précédente.

— Je pense qu'elle guérira. Grâce à toi.

— Peut-être grâce à nous deux.

Il n'avait pas manqué de remarquer la gentillesse et l'affection que Raphaella avait témoignées à Amanda. Il avait été touché par son évidente cordialité et la façon dont elle avait pris contact avec Amanda et il espéra que c'était de bon augure pour leurs relations futures à eux trois. Amanda faisait partie de sa vie à présent, mais Raphaella aussi, et c'était primordial pour lui qu'elles s'entendent bien.

18

— Comment ça, l'ange ne te plaît pas ? demanda avec un sourire mi-figue mi-raisin Alex qui était perché en haut d'un escabeau, dans le salon vide.

Raphaella et Mandy se trouvaient au-dessous, et Mandy venait de lui dire que l'ange avait l'air idiot.

— Regarde-le, il a la bouche fendue d'une oreille à l'autre. Il a l'air stupide.

— Eh bien, si vous voulez le savoir, mes petites, vous avez l'air passablement bêtes aussi.

Elles étaient l'une et l'autre allongées par terre et s'amusaient avec les trains électriques qu'Alex avait remontés de la cave. Ils avaient appartenu à son père et étaient maintenant à lui.

Alex descendit de l'escabeau et contempla le fruit de ses peines. Il avait déjà accroché les guirlandes de lampes et Mandy et Raphaella la majeure partie de la décoration pendant qu'il assemblait les trains, donnant le coup d'envoi des divertissements. On était à la veille de Noël, et la mère d'Alex avait promis de venir dans deux jours. En attendant, ils étaient tous les trois et Raphaella s'arrangeait pour passer le plus de temps possible avec eux, mais elle avait aussi ses propres occupations.

Elle s'était efforcée de créer un peu une atmosphère de fête pour John Henry, et Alex était même allé choisir avec elle un petit sapin de Noël. Elle avait organisé une réunion pour les domestiques et avait passé une semaine à faire des paquets cadeaux et à en remplir de cocasses chaussettes rouges à leurs noms. Ils étaient toujours amusés par ses attentions et les cadeaux qu'elle leur adressait étaient toujours utiles en même temps que coûteux, c'étaient des cadeaux qu'ils étaient contents de recevoir et dont ils jouissaient de longues années. Tout était fait avec une sorte de passion généreuse, une façon qui lui était bien personnelle. Les cadeaux étaient joliment emballés, choisis avec soin, la maison était ravissante, pleine de poinsettias, de pommes de pin et de petits sapins, et sur la porte d'entrée avait été placée une énorme et belle couronne de branches de sapin. Ce matin-là, justement, Raphaella avait fait faire à John Henry le tour de la maison dans son fauteuil roulant, puis elle s'était éclipsée et était revenue avec une bouteille de champagne. Mais, cette année, elle avait remarqué qu'il regardait ses préparatifs avec moins d'intérêt. Il paraissait bien loin de ressentir l'allégresse de Noël.

— Je suis trop vieux pour tout cela, Raphaella. Je l'ai vu trop de fois. Cela n'a plus d'importance.

Il semblait même faire un effort pour trouver ses mots.

— Ne sois pas ridicule. Tu es fatigué, voilà. D'ailleurs tu ignores ce que je t'ai acheté.

Mais elle savait bien que ce n'était pas suffisant pour le faire réagir ; il était de plus en plus léthargique, de plus en plus sombre et cela depuis des mois, comme s'il n'avait plus le cœur à rien.

Par contre, avec Alex, Raphaella retrouva l'esprit de Noël, et chez Amanda elle vit une joie enfantine qu'elle aimait tant chez ses petits cousins d'Espagne. Pour Amanda, il y eut de longs sautoirs de baies rouges, des ornements de houx, des longueurs de pop-corn qu'elles enfilaient comme des perles à destination de l'arbre. Il y eut des décorations qu'elles découpaient puis peignaient dans de la pâte cuite par elles. Il y eut des cadeaux qu'elles confectionnaient et les autres qu'elles achetaient. Pendant des semaines, ç'avait été la grande et épuisante affaire et maintenant cette activité débordante atteignait son apogée avec la décoration de l'arbre de Noël. Ce fut fini juste avant minuit et les cadeaux disposés en petits tas un peu partout par terre. Dans le salon vide, l'arbre prenait des proportions gigantesques, les lumières étaient splendides et le petit train sifflait joyeusement.

— Heureuse ?

Alex lui sourit paresseusement comme ils s'allongeaient devant la cheminée de sa chambre, où il faisait brûler des bûches.

— Très. Tu crois que Mandy aimera son cadeau ?

— Elle a intérêt. Ou je la renvoie chez Kay.

Il lui avait acheté une petite veste en agneau, comme celle de Raphaella, et lui avait promis des leçons de conduite dès qu'on lui aurait enlevé ses plâtres, dans une quinzaine de jours. Raphaella, de son côté, offrait à Amanda les chaussures de ski dont elle avait envie, un chandail en cachemire bleu roi et tout un lot de livres.

— Tu sais, confia Raphaella en souriant, ce n'est pas comme acheter pour mes cousins. C'est comme si… (elle hésita un instant, se sentant ridicule) c'est comme si j'avais une fille pour la première fois de ma vie.

— J'ai la même impression. C'est agréable, non ? Je me rends compte maintenant à quel point la maison était vide. C'est tellement différent à présent.

Et comme pour en donner la preuve, le petit visage espiègle d'Amanda apparut par la porte entrebâillée. Les traces de coups avaient disparu à présent, et ses yeux perdaient peu à peu leur expression désespérée. Depuis son arrivée à San Francisco, un mois plus tôt, elle s'était reposée, avait fait de longues promenades et s'était entretenue quasi quotidiennement avec un psychiatre qui l'aidait à accepter le fait qu'elle avait été violée.

— Bonsoir, vous deux. Qu'est-ce que vous fabriquez ?

— Rien de particulier, lui répondit joyeusement son oncle. Comment se fait-il que tu ne sois pas couchée ?

— Je suis trop surexcitée.

À ces mots, elle pénétra dans la pièce et présenta deux grands paquets qu'elle avait tenus dissimulés derrière son dos.

— Je voulais vous offrir ceci à tous les deux.

Raphaella et Alex la regardaient avec surprise et plaisir, et ils se redressèrent sur leur séant quand elle tendit les cadeaux. Au comble de l'excitation, elle s'assit au bord du lit, en rejetant en arrière sa longue chevelure blonde.

— Faut-il les ouvrir maintenant ou devons-nous attendre ? demanda Alex pour la taquiner. Qu'en penses-tu, Raphaella ?

Mais cette dernière ouvrait déjà le sien avec un

sourire, jusqu'à ce qu'elle eût enlevé le papier ; alors elle eut le souffle coupé et émit un petit hoquet de surprise.

— Oh, Mandy… ! s'écria-t-elle en jetant à l'adolescente un regard stupéfait. Je ne savais pas que tu avais un appareil photo !

Raphaella tint le cadeau hors de la vue d'Alex, car elle se doutait que celui d'Alex était le pendant du sien et, peu après, elle constata qu'elle avait raison.

— Ils sont tellement jolis, Mandy… merci ! s'exclama-t-elle.

Sa satisfaction se lisait sur son visage, quand elle embrassa avec effusion la jeune fille qu'elle en était venue à aimer. Quant à Alex, il resta un long moment immobile à contempler son cadeau. Mandy les avait photographiés à leur insu. Les photos étaient sensationnelles comme composition et comme attitude. Puis elle les avait fait encadrer et avait donné celle d'Alex à Raphaella et celle de Raphaella à Alex. C'était son image parfaite qu'il contemplait présentement. Pas seulement par la netteté des détails et des traits, mais par l'âme qu'elle avait su saisir, l'ardeur, la tristesse, l'affection des beaux yeux noirs, la douceur du visage, la blancheur laiteuse de son teint. Et elle avait réussi un aussi beau travail avec Alex, le photographiant sans qu'il s'en aperçoive. Raphaella avait été plus difficile à prendre parce qu'elle était là moins souvent et qu'Amanda ne voulait pas imposer sa présence alors qu'ils avaient si peu de temps à être ensemble. Mais de toute évidence, à voir l'air ému des deux, ses cadeaux avaient un énorme succès.

Raphaella se leva d'un bond pour la serrer dans ses bras et lui donner un baiser, Alex l'imita aussitôt, après quoi ils s'assirent par terre tous les trois devant le feu et conversèrent des heures durant. Ils s'entretinrent des gens, de la vie, de leurs rêves et de leurs déceptions. Amanda parlait maintenant ouvertement de la peine que lui causait l'indifférence de ses parents. Alex hocha la tête et essaya d'expliquer comment était Kay dans sa jeunesse. Ils parlèrent aussi de Charlotte et de quelle merveilleuse mère elle avait été, puis Raphaella évoqua l'intransigeance de son père et la vie que sa mère lui imposait en Espagne et pour laquelle elle se sentait si peu faite. Finalement, ils parlèrent même de leur relation, d'Alex disant ouvertement à Amanda leur gratitude pour le temps qu'ils pouvaient passer ensemble, si peu que ce soit. Ils s'aperçurent tous deux avec surprise qu'Amanda comprenait, qu'elle n'était pas choquée de savoir Raphaella mariée et Raphaella elle-même fut stupéfaite de constater qu'Amanda la jugeait en quelque sorte héroïque de rester ainsi avec John Henry jusqu'à la fin.

— Mais c'est ce que je suis censée faire. Il est mon mari, même si… même si tout est changé.

— Peut-être, mais je ne pense pas que beaucoup de femmes le feraient. Elles partiraient avec Alex, simplement parce qu'il est jeune, beau, et qu'elles l'aiment. Cela doit être dur de rester avec ton mari, comme ça, jour après jour.

C'était la première fois qu'ils en discutaient ouvertement, et, l'espace d'un instant, Raphaella dut se faire violence pour ne pas changer de sujet, mais, au contraire, l'affronter avec les deux personnes qu'elle aimait.

— C'est dur. (Sa voix était très basse et triste cependant qu'elle songeait au visage si las de son mari.) Très dur quelquefois. Il est tellement fatigué. C'est comme si j'étais la seule chose qui l'incite à vouloir continuer à vivre. Parfois, je ne suis pas sûre de pouvoir en porter plus longtemps le poids. Et si quelque chose m'arrivait, s'il fallait que je parte, si…

Elle regarda Alex sans rien dire et il comprit. Elle secoua la tête lentement.

— … je crois qu'il en mourrait.

Amanda observait son visage, comme pour y trouver une réponse à une question, comme pour essayer de comprendre cette femme qu'elle s'était mise peu à peu à admirer et à aimer si tendrement.

— Mais s'il mourait, Raphaella ? Peut-être qu'il n'a plus envie de vivre. Est-ce que c'est bien de le forcer ?

C'était une question vieille comme le monde et à laquelle une réponse ne se trouve pas en une nuit.

— Je ne sais pas, chérie. Je sais seulement que je dois faire tout ce que je peux.

Amanda la regardait avec une grande admiration et Alex les observait toutes deux avec fierté.

— Mais tu fais aussi tellement pour nous.

— Ne dis pas de bêtises. (L'embarras de Raphaella était évident.) Je ne fais rien du tout. Je me contente de surgir tous les soirs comme une mauvaise fée pour regarder par-dessus votre épaule, demander si vous avez lavé le linge (puis elle décocha un large sourire à l'adresse d'Alex) ou t'ordonner de nettoyer ta chambre.

— Oui, c'est tout ce qu'elle fait, bonnes gens, intervint Alex sur le mode taquin. En vérité, elle ne fait rien, si ce n'est s'inviter à notre table, rôder dans nos chambres, décorer la maison, de temps à autre nous donner à manger, astiquer les cuivres, lire les dossiers qui me donnent du mal, apprendre à Amanda à tricoter, désherber le jardin, nous apporter des fleurs, nous faire des cadeaux…

Il regarda Raphaella, prêt à continuer.

— Ce n'est vraiment pas grand-chose, protesta Raphaella.

Elle rougissait et il tira sur une boucle des cheveux noirs comme jais.

— Eh bien, dans ce cas-là, belle dame, je préfère ne pas te voir en pleine action !

Ils échangèrent des baisers légers pendant un instant et Amanda se dirigea vers la porte sur la pointe des pieds. Elle leur sourit depuis le seuil.

— Bonne nuit, vous deux.

Hé ! Attends une minute ! s'écria Alex en tendant une main pour la retenir. Tu ne veux pas toi aussi tes cadeaux maintenant ?

Elle répondit par un petit rire penaud et Alex se leva et hissa Raphaella sur ses pieds.

— Venez, camarades, c'est Noël.

Il savait que Raphaella ne pourrait les rejoindre le lendemain que très tard.

Ils descendirent tous les trois en riant et bavardant et ils se précipitèrent avec une jubilation évidente sur les cadeaux marqués à leur nom. Alex avait un magnifique chandail irlandais envoyé par sa mère, un coffret de stylos de la part d'Amanda, en plus de la photographie, une bouteille de vin venant de son beau-frère, rien de sa sœur, et de la part de Raphaella un porte-documents de chez Gucci ainsi qu'une cravate et un magnifique livre ancien relié en cuir qui n'était autre que le recueil de poèmes dont il lui avait parlé un mois plus tôt.

— Mon Dieu, chérie, tu es folle !

Mais ses reproches furent interrompus par les perçantes exclamations de joie que poussait Amanda en déballant ses cadeaux. Alors ce fut le tour de Raphaella. Elle avait une petite bouteille de parfum de la part d'Amanda, une jolie écharpe de la part de Charlotte Brandon, ce qui la toucha beaucoup, et enfin une petite boîte plate que lui tendit Alex avec un sourire mystérieux et un baiser.

— Allez, ouvre-le.

— Je n'ose pas.

Sa voix était un murmure et il vit ses mains trembler quand elle enleva le papier et regarda la boîte recouverte de velours vert foncé. À l'intérieur, il y avait une garniture de satin crème et, niché dessus, un cercle d'une exquise simplicité en ivoire et onyx montés sur or. Elle vit aussitôt que c'était un bracelet, puis remarqua avec stupeur qu'il y avait des boucles d'oreilles et un bel anneau assortis, en ivoire et onyx. Elle mit la parure et se contempla dans la glace, éblouie. Tout lui allait à merveille, y compris la bague noir et blanc.

— Alex, c'est toi qui es fou ! Tu n'aurais pas dû !

Mais les bijoux étaient si jolis qu'elle ne pouvait guère lui reprocher ce cadeau coûteux.

— Chéri, je les adore.

Elle l'embrassa passionnément sur la bouche, tandis qu'Amanda souriante faisait démarrer le train.

— Tu as regardé à l'intérieur de la bague ?

Elle secoua lentement la tête et il ôta l'anneau qu'elle avait passé à la main droite.

Raphaella prit vivement l'anneau et lut ce qui était gravé sur l'or doublant la bague. Elle leva vers lui des yeux où étaient montées des larmes. L'anneau disait : *Un jour*. Rien que cela. Juste deux mots. Le regard d'Alex plongea dans le sien, chargé de signification. Cela voulait dire qu'un jour ils seraient ensemble, à jamais. Un jour, elle serait sienne et il serait sien.

Elle resta jusqu'à trois heures ce matin-là, une heure après qu'Amanda était montée se coucher. Ils avaient passé une belle soirée, un merveilleux Noël, et comme Alex et Raphaella étaient allongés côte à côte sur le lit, il la regarda et murmura de nouveau :

— Un jour, Raphaella, un jour.

L'écho de ses paroles résonnait encore à ses oreilles quand elle arriva au dernier pâté de maisons où elle habitait et disparut par la porte du jardin.

19

— Eh bien, mes enfants, je crois que si ce n'est pas la vieillesse c'est la gourmandise qui me tuera. J'ai mangé comme dix !

Charlotte Brandon jeta un coup d'œil autour de la table avec une mine épuisée et satisfaite, et les trois autres avaient à peu près la même expression. Ils avaient dévoré une montagne de crabes pour dîner, et Raphaella servait le café « espresso » dans de petites tasses blanc et or. C'était l'une des rares jolies choses que Rachel avait oubliées quand elle était partie pour New York.

Raphaella posa une tasse devant la mère d'Alex et les deux femmes échangèrent un sourire. Il y avait entre elles une alliance tacite, fondée sur un attachement à quelqu'un qu'elles aimaient toutes deux beaucoup. Un attachement qui ne les mettait pas en lutte l'une contre l'autre. Et maintenant Amanda créait entre elles un lien supplémentaire.

— Ça m'ennuie de le demander, maman, mais comment va Kay ?

Alex paraissait assez détendu en posant la question,

mais Charlotte le regarda droit dans les yeux, puis regarda sa petite-fille.

— Je crois qu'elle est encore très secouée par le départ d'Amanda. Et je n'ai pas l'impression qu'elle ait abandonné l'espoir de la voir revenir.

Leur visage se crispa aussitôt mais elle les rassura promptement.

— Je ne pense pas qu'elle tente quelque chose, mais à mon avis elle se rend compte à présent de ce qu'elle a perdu.

Amanda, depuis qu'elle avait quitté New York, quatre semaines auparavant, n'avait eu aucune nouvelle de sa mère.

— Ça m'étonnerait qu'elle ait le temps d'y remédier. La campagne électorale va bientôt démarrer.

Elle se tut et Alex hocha la tête avec un coup d'œil à Raphaella qui affichait un petit sourire inquiet.

— N'aie pas cet air préoccupé, jolie dame, lui dit-il doucement. La méchante sorcière de l'Est ne viendra pas te faire de mal.

— Oh, Alex.

Les quatre se mirent à rire, mais Raphaella éprouvait toujours un certain malaise à cause de Kay ; elle avait l'intuition bizarre que Kay ne reculerait devant rien pour arriver à ses fins. Et, si elle décidait de séparer Raphaella d'Alex, peut-être trouverait-elle le moyen de le faire. C'est pourquoi ils veillaient à ce qu'elle ne sache rien d'eux et menaient une vie totalement cachée. Ils ne se montraient jamais ensemble en public. Ils se retrouvaient uniquement dans la maison. Et il n'y avait personne au courant, à part Charlotte et maintenant Amanda.

— Tu crois qu'elle va gagner l'élection, maman ? dit Alex.

Il scrutait sa mère du regard en allumant un cigare. Il n'en fumait que rarement, et uniquement des havanes quand il pouvait en avoir, de longues merveilles étroites à l'arôme puissant qu'un ami lui ramenait de Suisse.

— Non, Alex. Je crois qu'elle s'est attaquée à un trop gros morceau, cette fois-ci. Celui qui est en poste est bien plus fort qu'elle, ce qui ne l'empêchera certainement pas d'essayer de compenser ce handicap en travaillant d'arrache-pied, à grand renfort de discours musclés. Elle cherche l'adhésion de tous les hommes politiques influents qu'elle peut trouver.

Alex regarda sa mère en faisant une drôle de mine.

— Même mon ex-beau-père ?

— Bien sûr.

— Que Dieu la bénisse ! Elle est incroyable. Je ne connais personne qui ait autant de toupet.

Il se tourna vers Raphaella.

— C'est un homme important sur le plan politique, et c'est entre autres pour cette raison que Kay a si mal encaissé mon divorce d'avec Rachel. Elle avait peur que le vieux soit furieux et il l'a été. (Il eut un sourire amusé à l'adresse de Raphaella.) Est-ce qu'elle voit toujours Rachel ?

— Probablement.

Charlotte soupira. Sa fille ne reculait devant rien pour obtenir ce qu'elle voulait. Elle n'avait jamais hésité.

Alex se tourna de nouveau vers Raphaella et prit sa main dans la sienne.

— Vois un peu la famille intéressante d'où je viens. Et tu trouves ton père bizarre ! Je voudrais que tu connaisses seulement quelques-uns de mes cousins et de mes oncles. Nom d'une pipe, il y en a bien la moitié de toqués.

Même Charlotte ne put s'empêcher de rire. Amanda se rendit discrètement à la cuisine et commença à laver la vaisselle. Lorsque Alex s'en aperçut, il leva un sourcil en direction de Raphaella.

— Qu'est-ce qui ne va pas ?

— Je crois que parler de sa mère la bouleverse, répondit-elle à voix basse. Cela lui rappelle des souvenirs pénibles.

Charlotte Brandon parut préoccupée un instant puis elle leur annonça à tous deux la nouvelle.

— Ça m'ennuie de vous le dire maintenant, mes enfants, mais Kay a déclaré qu'elle essaierait de venir ici. Vers la fin de la semaine. Elle voulait voir Amanda pour Noël.

— Oh, flûte. (Alex se rejeta lourdement contre le dossier de son siège avec un gémissement.) Pourquoi maintenant ? Qu'est-ce qu'elle veut ?

— Amanda, bien sûr. Elle se dit que le fait que Mandy soit ici lui porte tort, politiquement. Elle a peur que les gens pensent qu'il y a un secret, que sa fille est enceinte, ou qu'elle s'est droguée et suit une cure de désintoxication.

— Oh, pour l'amour du Ciel !

Et tandis qu'il proférait cette exclamation, Raphaella disparut dans la cuisine afin de bavarder avec Mandy en rangeant la vaisselle. Elle voyait bien que la conversation avait bouleversé la jeune fille, finalement elle passa un bras autour de ses épaules et décida de tout lui dire pour qu'elle aussi soit préparée.

— Amanda, ta mère va venir ici.

— Quoi ? (La jeune fille ouvrit de grands yeux.) Mais pourquoi ? Elle ne pourra pas me ramener. Je ne veux pas… je… Elle ne peut pas.

Elle fut tout de suite au bord des larmes et agrippa Raphaella qui la serra contre elle.

— Il n'est pas question que tu t'en ailles, mais il faut que tu la voies.

— Je ne veux pas.

— C'est ta mère.

— Non, c'est faux !

Le regard d'Amanda devint glacial et Raphaella en fut choquée.

— Amanda !

— Je sais ce que je dis. Mettre un enfant au monde ne fait pas d'une femme une mère, Raphaella. C'est en aimant cet enfant, en s'occupant de lui jour après jour, en le veillant quand il est malade, en voulant son bonheur et en étant son amie qu'on est une mère. Pas en récoltant les voix d'électeurs et en gagnant des élections. Nom d'une pipe, tu es davantage ma mère qu'elle ne l'a jamais été !

Raphaella fut touchée mais elle ne voulait pas séparer la mère et la fille. Elle y prenait bien garde. À sa façon, elle ne pouvait pas être plus qu'une partenaire invisible dans leur vie, celle de Kay ou d'Alex. Elle n'avait pas le droit d'usurper la place de Kay.

— Peut-être es-tu injuste avec elle, Amanda.

— Ah oui ? Sais-tu seulement combien de fois je la vois ? Sais-tu quand je la vois, Raphaella ? Quand un journal veut des photos d'elle chez elle, quand elle rencontre des jeunes et qu'elle a besoin de moi pour faire bien dans le décor. Quand je la mets en valeur, voilà quand je la vois. Ce sont les seules fois. (Puis la condamnation finale :) Est-ce qu'elle m'a téléphoné ici ?

Mais Raphaella ne s'y laissa pas prendre.

— Tu aurais voulu qu'elle le fasse ?

— Non, c'est vrai, avoua honnêtement Amanda.

— Peut-être l'a-t-elle deviné.

— Seulement si ça sert ses projets…

Puis elle se détourna en secouant la tête, cessant d'être une adolescente irritée et perspicace pour redevenir une enfant.

— Tu ne comprends pas.

— Si. (Plus qu'elle n'avait envie de le dire à Amanda.) Je suis sûre qu'elle n'est pas facile à vivre, chérie, mais…

— Ce n'est pas ça, coupa Amanda en se retournant, les larmes aux yeux. Ce n'est pas qu'elle n'est pas commode, c'est qu'elle se fiche complètement de moi, et depuis toujours.

— Tu n'en sais rien, répondit Raphaella avec douceur. Tu ne sauras jamais ce qui se passe dans sa tête. Elle est peut-être beaucoup plus sensible que tu le crois.

— Ça m'étonnerait.

Partageant le chagrin de la jeune fille, Raphaella s'approcha d'elle et la serra contre elle un long moment.

— Je t'aime, chérie. Alex et ta grand-mère aussi. Tu le sais.

Amanda hocha la tête en refoulant ses larmes.

— Je voudrais qu'elle ne vienne pas.

— Pourquoi ? Elle ne peut rien te faire. Tu es parfaitement en sécurité ici.

— Ça ne change rien. Elle me fait très peur. Elle va essayer de m'emmener.

— Pas si tu refuses de partir. Tu es assez grande

pour qu'elle ne puisse plus te forcer. Et d'ailleurs Alex ne le permettra pas.

Amanda acquiesça tristement, mais, une fois seule dans sa chambre, elle sanglota pendant deux heures. Elle était terrorisée à l'idée de voir sa mère. Le lendemain matin, lorsque Alex partit pour son bureau, elle resta un long moment à contempler avec mélancolie le brouillard pesant sur la baie. Cela lui sembla de mauvais augure et soudain elle eut le sentiment qu'elle devait faire quelque chose avant que sa mère soit là.

Il lui fallut une demi-heure pour la joindre par téléphone et, lorsqu'elle y parvint, sa mère lui demanda d'un ton cassant :

— Que me vaut l'honneur, Amanda ? Tu ne m'as pas donné de tes nouvelles depuis un mois.

Elle ne rappela pas à sa mère qu'elle non plus n'avait ni écrit ni téléphoné.

— Grand-mère dit que tu vas venir.

— C'est exact.

— Pourquoi ? demanda Amanda d'une voix tremblante. Je veux dire…

— Qu'est-ce que tu veux dire au juste, Amanda ? coupa Kay d'un ton glacial. Y a-t-il une raison pour que tu ne veuilles pas que je vienne ?

— Tu n'as pas besoin de venir. Tout va très bien.

— Parfait. Je serai heureuse de le constater.

— Pourquoi ? Mais pourquoi donc ?

Malgré elle, Amanda se mit à pleurer.

— Je ne veux pas que tu viennes ici.

— Comme c'est touchant, Amanda. Cela fait toujours plaisir de voir à quel point l'idée que je vienne te réjouit.

— Ce n'est pas ça, c'est que…

— Quoi ?

— Je ne sais pas, répondit Amanda presque dans un murmure. Ça me rappelle New York.

Ou sa solitude là-bas, le peu de temps que lui consacraient ses parents, l'appartement toujours vide, la fête de Thanksgiving qu'elle avait passée seule… puis le viol.

— Ne fais pas l'enfant. Je ne te demande pas de venir ici, c'est moi qui viens te voir là-bas. Pourquoi cela devrait-il te rappeler New York ?

— Je ne sais pas. Mais c'est comme ça.

— C'est absurde. Et je veux me rendre compte moi-même de ton état de santé. C'est à peine si ton oncle s'est senti obligé de me tenir au courant.

— Il est occupé.

— Ah, vraiment ? Depuis quand ?

La voix de Kay vibrait de mépris et Amanda se hérissa aussitôt.

— Il a toujours été occupé.

— Ce n'est pas ce que dit Rachel…

— Pas de rosseries, maman.

— Arrête, Amanda ! Je ne te permets pas de me parler sur ce ton. Tu es tellement aveugle en ce qui concerne ton oncle Alex que tu ne remarques pas ses défauts. Pas étonnant qu'il te veuille auprès de lui. Après tout, qu'est-ce qu'il a d'autre à faire ? Rachel me dit qu'il est tellement imbu de lui-même qu'il n'a pas d'amis. Sauf que maintenant, bien sûr, il t'a, toi.

— C'est dégoûtant de dire ça. (Comme toujours avec sa mère, elle se mettait à bouillir de rage.) Il a une belle clientèle, il travaille très dur et il a plein de choses dans sa vie.

— Veux-tu me dire comment tu sais ça ?

Le sous-entendu haineux de cette phrase coupa le souffle d'Amanda.

— Maman !

— Et alors, ce n'est pas vrai, peut-être ? insista Kay pour assener le coup de grâce. Quand tu seras de retour chez moi, il sera de nouveau seul. Pas étonnant qu'il s'accroche tant.

— Tu me rends malade. Figure-toi qu'il est amoureux d'une femme absolument merveilleuse, qui vaut dix fois mieux que toi et qui est une meilleure mère pour moi que tu ne l'as jamais été et ne le seras jamais !

— Tiens ?

La voix de Kay commençait à dénoter de la curiosité et soudain le cœur de Mandy battit follement. Elle savait qu'elle n'aurait pas dû parler mais elle ne pouvait plus supporter les insinuations de sa mère. C'en était trop.

— Et de qui s'agit-il ?

— Ça ne te regarde pas.

— Tu crois ça ? Je crains de ne pas partager ton avis, ma chérie. Est-ce qu'elle vit avec vous ?

— Non, répondit Amanda avec nervosité. Non, elle ne vit pas avec nous.

Oh, mon Dieu, qu'avait-elle fait ? Elle comprit instinctivement qu'informer sa mère avait été une erreur terrible et elle eut soudain peur pour Raphaella et Alex, autant que pour elle-même.

— Cela n'a aucune importance. D'ailleurs, je n'aurais rien dû te dire.

— Pourquoi ? Est-ce un secret ?

— Non, bien sûr que non. Pour l'amour du Ciel, maman, demande à Alex. Ne me cuisine pas.

— Je n'y manquerai pas. Naturellement je verrai cela quand j'irai là-bas.

Et c'est ce qui se passa.

Le lendemain soir, à neuf heures et demie, sans avertissement préalable, la sonnette retentit et Alex gravit l'escalier quatre à quatre. Il se demandait qui donc pouvait venir si tard, Raphaella était dans la cuisine en train de bavarder avec Amanda et sa grand-mère autour d'une tasse de thé et des gâteaux. Elles n'étaient nullement préparées à la vision qui surgit peu après au pied de l'escalier. La mère d'Amanda s'immobilisa sur le seuil de la cuisine, les regardant avec un immense intérêt, ses cheveux roux impeccablement coiffés, en manteau de mohair gris sombre sur une jupe assortie. La parfaite tenue pour une femme politique. Sérieuse d'aspect et réussissant en quelque sorte à lui donner l'air à la fois féminine et compétente. Mais lorsque Raphaella se leva pour lui être présentée et lui tendit la main avec grâce, ce fut l'expression de son regard qui l'intrigua.

— Bonsoir madame Willard. Comment allez-vous ?

Kay avait salué sèchement sa mère d'un baiser du bout des lèvres avant de serrer énergiquement la main tendue, puis elle s'était détournée de ce visage au parfait profil de camée. C'était un visage dont elle avait vaguement l'impression de se souvenir, un visage connu mais qu'elle n'avait pas vu en chair et en os, du moins elle ne le pensait pas. Avait-elle vu cette femme quelque part ? Avait-elle vu sa photo ? Cela la troubla tandis qu'elle marchait lentement vers sa fille. Amanda, de son côté, ne s'était pas avancée et tout le monde croyait qu'elles n'avaient eu aucun contact depuis qu'Amanda avait quitté New York ; Amanda n'avait pas eu le courage d'avouer qu'elle avait téléphoné à sa mère la veille et qu'elle avait vendu la mèche à propos de Raphaella.

— Amanda ?

Kay regarda sa fille d'un air interrogateur, comme si elle attendait qu'Amanda lui dise bonsoir.

— Bonsoir, maman.

Elle se força à s'approcher puis s'immobilisa, l'air embarrassée et malheureuse, à un pas de sa mère.

— Tu m'as l'air très bien.

Kay avait déposé un baiser machinal sur son front en regardant par-dessus son épaule. Il était évident qu'elle s'intéressait plus à Raphaella qu'à toute autre personne présente. Raphaella avait un air de distinction et d'élégance qui intriguait la sœur aînée d'Alex au-delà de ce qu'on pouvait penser.

— Tu veux du café ?

Alex lui en versa une tasse, tandis que Raphaella s'obligeait à ne pas bouger. Durant le mois qui s'était écoulé, elle s'était si bien habituée à jouer la maîtresse de maison qu'elle avait dû maintenant se souvenir de ne rien faire qui puisse la trahir. Elle resta tranquillement à sa place, comme n'importe quelle invitée.

La conversation s'étira en banalités pendant une autre demi-heure, puis, après un petit mot en aparté avec Alex, Raphaella s'excusa et se retira, expliquant qu'il se faisait tard. Il était tout juste dix heures passées. Dès que la porte se fut refermée derrière elle, Kay, les paupières plissées, braqua son regard sur Alex et demanda avec un petit sourire forcé :

— Très intéressant, Alex. Qui est-ce ?

— Une amie. Je te l'ai présentée, se contenta-t-il de répondre, restant volontairement vague, et il ne vit pas rougir Amanda.

— Pas vraiment. Tu ne m'as dit que son prénom. Quel est son nom de famille ? C'est quelqu'un d'important ?

— Pourquoi ? Tu cherches des fonds pour ta campagne ici aussi ? Elle ne vote pas dans ce pays, Kay. Garde ton énergie pour quelqu'un d'autre.

Leur mère parut amusée et toussa au-dessus de sa tasse de thé.

— Quelque chose me dit qu'elle a je ne sais quoi de pas très catholique.

Rien que le ton qu'elle avait pris agaça Alex et il leva sur elle un regard irrité. Il regrettait aussi de ne pas avoir raccompagné Raphaella jusque chez elle, mais ils étaient tombés d'accord qu'il était préférable de ne pas afficher leurs relations devant sa sœur. Moins elle en saurait, mieux cela vaudrait pour tout le monde.

— Quelle réflexion stupide, Kay.

— Vraiment ? Alors quel est le grand secret ? Quel est son nom ?

Bonté divine, elle était dans sa maison depuis moins d'une heure et elle le faisait déjà sortir de ses gonds.

— Phillips. Son ex-mari était américain.

— Elle est divorcée ?

— Oui. Qu'est-ce que tu veux connaître d'autre ? Son casier judiciaire, ses références, le détail de ses diplômes ?

— Elle en a ?

— Qu'est-ce que ça peut te faire ?

Leurs yeux se rencontrèrent, et ils surent tous deux qu'ils étaient presque en guerre. Ce que Kay se demanda c'est pourquoi. Le but de son voyage et son prétendu intérêt pour sa fille furent oubliés pour chercher à extirper des renseignements sur l'amie mystérieuse de son frère.

— Et surtout, Kay, est-ce que cela te regarde ?

— J'estime que oui, si elle tourne autour de ma fille, j'ai le droit de savoir qui elle est et ce qu'elle fait.

L'excuse rêvée. Les vertus de la maternité. Elle s'en servait avec cynisme et Alex émit un ricanement.

— Tu ne changeras jamais, n'est-ce pas, Kay ?

— Toi non plus. (Ce n'était un compliment ni de la part de l'un ni de la part de l'autre.) Elle m'a paru assez inintéressante. (Alex lutta pour ne pas riposter.) Elle travaille ?

— Non.

Il s'en voulut immédiatement d'avoir répondu. En quoi cela la concernait-elle ? En rien, et elle n'avait aucun droit de poser des questions.

— Je suppose que tu trouves cela terriblement féminin, de ne pas travailler, je veux dire.

— Je n'ai aucune opinion là-dessus. C'est son affaire. Pas la mienne. Ni la tienne.

Sur quoi il se leva en prenant sa tasse de café, et continua, en regardant les trois femmes d'un air sarcastique :

— Je présume, Kay, que tu es venue voir ta fille. Je vais donc vous laisser toutes les deux ensemble, même si je n'aime pas te savoir seule avec cette enfant. Maman, tu viens finir ta tasse de thé avec moi, en haut ?

Charlotte Brandon acquiesça en silence, posa un regard pénétrant sur sa fille et sa petite-fille, puis suivit Alex. Ce n'est que lorsqu'ils arrivèrent en haut qu'elle vit son fils se détendre de nouveau.

— Bonté divine, maman. Qu'est-ce qu'elle cherche avec cette espèce d'inquisition ?

— Ne te laisse pas impressionner. Elle se renseigne, simplement.

— Bon Dieu, elle est odieuse.

Charlotte Brandon ne répondit rien, mais elle était visiblement bouleversée.

— J'espère qu'elle ne va pas être trop dure avec Mandy. J'ai l'impression qu'elle a eu un choc terrible quand elle a vu sa mère entrer dans la cuisine.

— Comme nous tous.

Il contempla le feu, le regard lointain. Il songeait à Raphaella et regrettait qu'elle soit partie si tôt. Toutefois, étant donné l'interrogatoire de Kay, il était tout aussi content qu'elle n'ait plus été là.

Une bonne heure s'était écoulée lorsque Amanda frappa à la porte du bureau de son oncle. Elle avait les yeux humides et l'air épuisée quand elle s'assit lourdement dans un fauteuil.

— Comment cela s'est passé, chérie ?

Alex lui tapota la main, et les yeux d'Amanda se remplirent de larmes.

— Comme toujours, avec elle. Affreux. Elle vient de partir, ajouta-t-elle avec un soupir désespéré. Elle a dit qu'elle nous appellerait demain.

— Il me tarde déjà, railla Alex, qui allongea la main pour ébouriffer les cheveux de sa nièce. Ne te laisse pas abattre par elle, ma mignonne. Tu sais comment elle est, et elle ne peut strictement rien faire contre toi ici.

— Tu crois ça ! s'écria Amanda, l'air soudain furieuse. Elle m'a dit que si je ne rentrais pas à la maison début mars, elle me mettrait dans une pension spécialisée et dirait partout que j'avais perdu la tête et que j'avais fugué.

— Qu'est-ce qu'il y a en mars ?

— Elle entame sa campagne dans les universités. Elle veut que je l'accompagne. Elle pense que s'ils voient qu'elle sait communiquer avec une fille de seize ans, ça mettra les gens en confiance. Si seulement ils se doutaient ! Je crois que je préférerais encore me retrouver enfermée dans une institution. Tu crois vraiment qu'elle ferait ça, Alex ?

— Bien sûr que non, répondit-il en lui souriant. Imagine l'effet dans les journaux… ? Que diable, c'est bien mieux que tu sois ici.

— Je n'y avais pas pensé.

— C'est là-dessus qu'elle compte. Elle essaie tout simplement de te faire peur.

— Eh bien, c'est réussi.

Elle pensa alors à raconter à Alex ce qu'elle avait dit à sa mère à propos de Raphaella, mais sans trop savoir pourquoi, elle fut incapable d'aborder le sujet. Peut-être que le fait d'avoir jeté le nom de Raphaella en pâture à sa mère n'aurait finalement pas grande importance.

Cela n'en eut pas, effectivement. Jusqu'à cinq heures du matin, lorsque Kay se réveilla lentement dans sa chambre de l'hôtel *Fairmont*. Il était huit heures du matin selon l'horaire de la côte Est et elle s'éveilla comme toujours, par habitude, pour s'aviser ensuite qu'il n'était que cinq heures à San Francisco. Elle resta tranquillement allongée, songeant à Amanda et à son frère, puis réfléchissant à la demi-heure qu'elle avait passée avec Raphaella… Les yeux sombres, les cheveux noirs… ce visage… Et soudain, comme si quelqu'un venait de lui mettre la photographie devant elle, elle se souvint de ce visage qu'elle avait vu la veille au soir. « Mon Dieu ! » s'exclama-t-elle à haute voix, et elle se mit brusquement sur son séant, regardant fixement le mur d'en face, avant de se rallonger, les paupières plissées. « Est-ce possible... non... mais si... » Son mari était venu faire une conférence devant une commission parlementaire. C'était bien des années auparavant et il était déjà très vieux en ce temps-là, ce qui ne l'empêchait pas d'être l'un des financiers les plus estimés du pays. Kay se souvenait parfaitement à présent qu'il s'était établi à San Francisco. Elle n'avait échangé que quelques mots avec lui. Elle avait été présentée brièvement à sa remarquablement belle épouse. C'était à peine plus qu'une femme-enfant à l'époque, et Kay était très jeune elle aussi. Elle n'avait pas été particulièrement impressionnée par cette jeune beauté brune aux yeux noirs à ce moment-là, mais elle avait été subjuguée par le charisme de son mari. John Henry Phillips... Phillips... Raphaella Phillips, lui avait dit Alex... Son ex-mari, avait-il ajouté. Si c'était le cas, la jeune femme valait un joli paquet. Si elle avait divorcé de John Henry Phillips, elle devait représenter des millions de dollars. Mais avaient-ils divorcé ? Kay se posa soudain la question. Elle n'avait pas entendu parler de divorce. Elle attendit une heure et téléphona à sa secrétaire à Washington.

Elle pensait qu'il serait facile de vérifier l'information, et elle avait raison. Sa secrétaire la rappela une demi-heure plus tard. À ce qu'on savait – et elle avait interrogé plusieurs personnes qui étaient obligatoirement au courant – John Henry Phillips était toujours en vie et n'avait jamais divorcé. Il était resté veuf quelques années puis avait épousé une Française prénommée Raphaella, fille d'un important banquier français, Antoine de Mornay-Malle. On pensait qu'elle devait avoir dans les trente ans et le couple vivait retiré sur la côte Ouest. M. Phillips était très malade depuis plusieurs années.

Il était donc malade, répéta Kay en raccrochant le téléphone dans l'obscurité de sa chambre d'hôtel de San Francisco, mais d'une certaine façon, son frère l'était aussi. Il était fou à lier depuis des années, conclut-elle, flambant de colère. Et c'est exactement ce qu'elle lui dit le lendemain matin.

20

— As-tu complètement perdu la tête, espèce d'imbécile ?

Kay était entrée en trombe dans le bureau d'Alex quelques minutes seulement après que lui même était arrivé.

— Tiens, tiens, que nous sommes donc charmante ce matin… (Alex n'était pas d'humeur à supporter sa sœur, et en particulier la pantomime à laquelle elle se livrait de l'autre côté de son bureau.) Puis-je te demander de quoi tu parles ?

— De la femme mariée que tu fréquentes, Alex. Voilà de quoi je parle.

— Je dirais que tu avances là deux hypothèses passablement présomptueuses, tu ne crois pas ?

L'air maître de lui mais irrité, il restait assis là à la regarder arpenter la pièce comme un lion en cage puis finalement s'arrêter et rester debout de l'autre côté du bureau, en face de lui.

— Vraiment ? Peux-tu m'affirmer que la femme que j'ai rencontrée hier soir chez toi n'est pas Mme John Henry Phillips ? Et que tu n'as pas une liaison avec elle ?

— Je n'ai strictement rien à te dire, répondit-il,

stupéfait cependant par la précision des renseignements de sa sœur.

— Rien à dire ? Et tu n'as rien à dire non plus à son mari ?

— Son mari, elle, moi, cela ne te concerne pas, Kay. La seule chose ici qui te concerne, c'est ta fille, et c'est tout !

Il se leva pour l'affronter, mais il savait qu'elle avait un compte à régler ; elle avait perdu sa fille à son profit sans doute définitivement, et il l'avait menacée de la dénoncer publiquement sinon comme bourreau d'enfant du moins comme mauvaise mère. Il ne pouvait donc espérer sa bienveillance à présent. Peu lui importait. Il ne voulait pas de son amitié. La seule chose qu'il voulait, c'était savoir ce qu'elle avait appris sur Raphaella, et comment.

— À quoi te réfères-tu exactement, dans tout cela ?

— Au fait que ma fille me dit qu'il y a dans ta vie une femme qui vaut « dix fois mieux que moi », selon sa formule, et je veux savoir de qui diable il s'agit, parce que j'ai le droit de savoir cela, Alex. J'ai le droit de savoir qui il y a dans son entourage. Je suis sa mère, quoi que tu penses de moi. George n'acceptera pas non plus que tu la gardes ici éternellement. Elle est aussi sa fille.

— Je serais très étonné d'apprendre qu'il s'en souvient.

— Oh ! tais-toi, s'il te plaît ! Toi et tes réflexions hypocrites ! Ça t'est facile de venir recoller les morceaux. Tu n'as pas eu à t'occuper d'elle pendant seize ans.

— Toi non plus.

— Sans blague. La question, Alex, est de savoir ce que tu lui proposes comme entourage, maintenant. C'est ce que je voulais savoir quand je suis arrivée ici.

— Et tu as trouvé que Mme Phillips n'était pas convenable ?

Il éclata presque de rire au nez de sa sœur.

— Là n'est pas le problème non plus. Le problème, mon cher, c'est que tu sembles coucher avec l'épouse d'un des hommes les plus influents de ce pays et que si quelqu'un le découvre, ma carrière politique sera terminée. Pas à cause de ce que j'aurai fait moi, mais par ricochet, à cause de toi et de ton scandale minable, or je n'ai pas l'intention de voir ma carrière politique interrompue à cause d'une stupide histoire de fesses !

Ce qu'elle venait de dire dépassait la mesure pour Alex. Sans réfléchir, il se pencha par-dessus son bureau et lui saisit le bras.

— Maintenant, écoute-moi, espèce de garce politicarde. Cette femme ne vaut pas dix fois mais dix mille fois mieux que toi. C'est une vraie femme, elle, de la tête aux pieds, et ma liaison avec elle ne te regarde strictement pas. En ce qui concerne ta fille, elle est rien de moins que merveilleuse et, quant à moi, je ferai exactement ce qui me plaît. Tu n'as rien à y voir. Je me fiche pas mal de ta carrière politique et je m'en suis toujours fichu. Ça t'aurait bien arrangée si j'étais resté avec Rachel, cela t'aurai facilité un peu les choses. Seulement voilà, grande sœur, je ne suis pas resté avec elle, et je n'y retournerai jamais, elle est presque aussi garce que toi, ma chère. Mais la femme qui est dans ma vie à présent, elle, c'est quelqu'un d'extraordinaire. Oui, il se trouve qu'elle est mariée à un vieillard grabataire qui n'a pas loin de quatre-vingts ans. Un jour ou l'autre, il mourra et j'épouserai cette femme que tu as vue hier soir. Si ça ne te plaît pas, ma vieille, tant pis pour toi.

— Comme c'est gentil, Alex, et bien dit !

Elle essaya de dégager son bras, mais il ne la lâcha pas. Il ne la serra que davantage tandis que son regard se durcissait encore plus.

— Le fait est, mon cher, que le vieux n'est pas encore mort et que, si quelqu'un découvre la vérité, ce sera le plus gros scandale du pays.

— J'en doute. Et ça m'est complètement égal, Kay, sauf pour Raphaella.

— Alors tu serais sage de commencer à réfléchir, lança-t-elle, une lueur mauvaise dans les yeux. Parce que je pourrais me charger de la chose moi-même.

— Et te suicider politiquement ? (Il eut un rire amer et lui lâcha le bras pour contourner le bureau dans sa direction.) Je ne me tourmente pas à ce sujet.

— Peut-être que pour régler la question il me suffirait d'aller parler au vieux.

— Tu ne pourrais pas l'approcher.

— Détrompe-toi. Si je le veux, je communiquerai avec lui ou bien avec elle.

Kay le défiait du regard, et il dut se maîtriser pour ne pas la gifler.

— Fiche le camp de mon bureau.

— Avec plaisir, répondit-elle en se dirigeant vers la porte. Mais si j'étais toi, je réfléchirais à deux fois à ce que je vais faire. Tu joues une rude partie avec un gros enjeu, Alex, mais tu ne gagneras pas celle-là quoi qu'il m'en coûte. J'ai trop misé sur cette prochaine élection pour te laisser jouer avec de la dynamite au profit d'une petite putain française.

— Fiche le camp de mon bureau ! (Cette fois, il le dit d'une voix tonnante et elle grimaça de douleur comme il l'agrippait de nouveau par le bras et la traînait presque jusqu'à la porte qu'il ouvrit à toute volée.) Et ne reviens pas. Laisse-nous tous tranquilles, et que le diable t'emporte. Tu n'es qu'une ordure !

— Au revoir, Alex. (Plantée sur le seuil de la porte, elle le regarda droit dans les yeux.) Rappelle-toi ce que je t'ai dit. Je le contacterai, s'il le faut. Rappelle-toi.

— File !

Cette fois-ci, il avait baissé le ton et elle pivota sur ses talons et partit. Lorsqu'il se rassit à son bureau, il s'aperçut qu'il tremblait violemment. Pour la première fois de sa vie, il avait eu vraiment envic de tuer quelqu'un. Il avait eu envie de l'étrangler pour chaque mot qu'elle avait prononcé. Cela le rendait malade de sc dire qu'elle était sa sœur. Puis il commença à se faire du souci pour Amanda, en se disant que Kay essaierait peut-être dc la forcer à rentrer à New York avec elle. Après y avoir mûrement réfléchi pendant une demi-heure, il prévint sa secrétaire qu'il s'absentait pour la journée. Et au moment même où lui quittait son bureau, Raphaella décrochait le téléphone. C'était la sœur d'Alex qui appelait, et Raphaella fronça les sourcils en prenant la communication.

— Non, rien de grave. J'ai pensé que nous pourrions peut-être prendre un café ensemble. Peut-être pourrais-je passer chez vous en allant voir Mandy…

Raphaella blêmit.

— Non, je regrette, mon… (Elle avait failli dire que son mari était malade.) Ma mère n'est pas très bien. Elle séjourne chez moi en ce moment.

Comment avait-elle obtenu le numéro ? Par Alex ? Mandy ? Ou bien Charlotte ? Le visage de Raphaella devint de plus en plus soucieux.

— Je comprends. Pouvons-nous nous rencontrer ailleurs, alors ?

Raphaella proposa le bar de l'hôtel *Fairmont* et y retrouva Kay un peu avant midi. Elles commandèrent des apéritifs mais Kay n'attendit pas qu'ils soient servis pour expliquer la raison qui l'incitait à voir Raphaella. Elle dit carrément ce pourquoi elle était venue.

— Je veux que vous cessiez de fréquenter mon frère, madame Phillips.

Raphaella resta pétrifiée sur son siège, sidérée par l'aplomb de Kay.

— Puis-je savoir pourquoi ?

— Est-ce vraiment nécessaire ? Vous êtes mariée, bonté divine, et à un homme très important. Si votre liaison avec Alex se savait, cela serait un scandale pour nous tous, n'est-ce pas ?

C'était le premier aperçu qu'avait Raphaella de la méchanceté foncière de son interlocutrice. Elle était odieuse jusqu'au fond de l'âme.

— J'imagine que ce serait surtout un scandale pour vous. C'est bien cela ? dit-elle courtoisement avec un léger sourire.

Mais Kay répondit en souriant elle aussi.

— À mon avis, le scandale serait beaucoup plus ennuyeux pour vous. Je ne peux croire que votre mari ou votre famille en Europe seraient satisfaits d'apprendre la chose.

Raphaella resta silencieuse un instant, essayant de reprendre son souffle, cependant que le serveur apportait leurs consommations puis disparaissait.

— Non, cela ne me réjouirait pas, madame Willard. (Ses yeux cherchaient ceux de Kay à présent, en femme s'adressant à une autre femme.) Je ne m'engage pas dans cela d'un cœur léger. Je ne voulais pas avoir une aventure avec Alex, autant pour lui que pour moi. Je ne peux lui donner que très peu. Ma vie appartient entièrement à mon mari, et c'est un homme très malade. (Sa voix était assourdie par la détresse et ses yeux étaient pleins de larmes.) Mais je suis amoureuse de votre frère. Je l'aime beaucoup. J'aime mon mari aussi, mais…

Elle soupira, plus belle que jamais, l'air forte et en même temps très frêle. Kay détesta tout en elle. Parce qu'elle était tout ce que Kay ne serait jamais.

— Je ne sais pas expliquer ce qui s'est passé avec Alex, ni pourquoi. Cela s'est fait, voilà tout. Et nous essayons de nous en sortir le mieux possible. Je peux vous certifier, madame Willard, que nous gardons la plus grande discrétion. Personne ne saura jamais.

— Quelle blague. Ma mère est au courant. Mandy aussi. D'autres l'apprendront. Vous ne pouvez pas l'empêcher. Vous ne jouez pas avec le feu. Vous jouez avec la bombe atomique. Du moins en ce qui me concerne.

— Donc vous attendez de nous que nous rompions ? Raphaella était lasse et irritée. Quelle femme terriblement égoïste ! Amanda avait raison, elle ne pensait qu'à elle.

— Oui, effectivement. Et si Alex n'est pas assez fort pour le faire, c'est vous qui vous en chargerez. Il faut que cela cesse, pas simplement dans mon intérêt, mais dans le vôtre également. Vous ne pouvez pas vous permettre d'être découverte, et, si j'y suis obligée, j'avertirai votre mari.

Raphaella la regarda.

— Avez-vous perdu l'esprit ? Il est paralysé, cloué au lit, soigné par des infirmières, et vous lui diriez une chose comme ça ? Vous le tueriez !

Elle était indignée que Kay ose proférer une telle menace, d'autant qu'elle était visiblement le genre de femme à l'exécuter.

— Alors, vous seriez sage d'y penser. Si cela le tuait, il serait mort en réalité de votre propre main. C'est en votre pouvoir d'arrêter cela maintenant, avant que quelqu'un le découvre. De plus, songez à ce que vous imposez à mon frère. Il veut des enfants, il a besoin d'une épouse, il est solitaire. Qu'est-ce que vous pouvez lui donner ? Quelques heures, par-ci, par-là ? Du bon temps au lit ? Que diable, madame, votre mari peut vivre encore dix ou quinze ans. Est-ce cela que vous offrez à Alex ? Une liaison clandestine, pendant les dix prochaines années ? Et vous prétendez que vous l'aimez ? Si vous l'aimiez, vous lui rendriez sa liberté. Vous n'avez pas le droit de vous accrocher à lui et de ruiner sa vie.

Ce qu'elle disait fendit le cœur de Raphaella. Elle ne s'avisa pas à ce moment-là que ce n'était pas la vie d'Alex que Kay défendait, mais la sienne.

— Je ne sais que vous dire, madame Willard. Je n'ai jamais eu l'intention de faire du mal à votre frère.

— Alors, ne lui en faites pas.

Raphaella hocha la tête en silence et Kay tendit la main pour prendre la note, la signa, inscrivit le numéro de sa chambre, puis se leva.

— Je crois que nous en avons terminé. N'est-ce pas ?

Raphaella hocha de nouveau la tête et, sans ajouter un mot, elle s'éloigna, passant en pressant le pas devant le portier, des larmes jaillissant sur ses joues. Kay alla voir Mandy ce matin-là. Alex était déjà revenu de son travail et il était tranquillement assis avec Mandy dans son bureau quand elle arriva. Elle n'avait aucun moyen de ramener sa fille maintenant. D'autant que son intérêt pour Mandy avait déjà faibli : elle avait conclu qu'elle devait retourner à Washington. Elle lui rappela seulement de penser au mois de mars, prit froidement congé de son frère et annonça à sa mère qu'elle lui rendrait visite à New York. Charlotte partait le lendemain après-midi.

Il y eut manifestement du soulagement dans la maison quand la limousine de louage de Kay démarra. Ça n'est que lorsque Alex se rendit compte que Raphaella ne l'avait pas appelé de tout l'après-midi que ce soulagement commença à disparaître. Soudain il eut l'intuition de ce qui s'était passé et il téléphona chez elle.

— Je... je suis désolée... j'ai eu à faire... je n'ai pu appeler, je...

Au son de sa voix, il sut qu'il avait deviné juste.

— Il faut que je te voie tout de suite.

— Je regrette, mais...

Les larmes ruisselaient sur sa figure tandis qu'elle essayait de garder une voix normale.

— Excuse-moi, Raphaella, mais il faut que je te... C'est Mandy...

— Mon Dieu... Qu'est-ce qu'il y a ?

— Je t'expliquerai quand tu seras là.

Vingt minutes plus tard, elle était à la maison et il se confondit en excuses pour sa supercherie, mais il savait qu'il devait s'expliquer immédiatement avec elle, avant qu'elle se replie de nouveau sur elle-même, avant qu'elle se prive de ce qui leur était tellement nécessaire à tous les deux. Il lui raconta franchement ce qui s'était passé avec sa sœur et lui arracha une description de son entrevue avec Kay au bar du *Fairmont*.

— Et tu la crois ? T'imagines-tu vraiment que tu m'enlèves quelque chose ? Tu le sais, mon amour, je n'ai jamais été aussi heureux de ma vie !

— Mais penses-tu qu'elle en serait capable ?

Elle se tourmentait à cause de la menace contre John Henry.

— Non. C'est une garce, mais elle n'est pas complètement folle. Elle n'a aucun moyen d'entrer en contact avec lui.

— Oh, si, tu sais. Je ne surveille pas son courrier, par exemple. Ses secrétaires l'apportent à la maison et le lui donnent directement.

— Elle ne va pas mettre quelque chose comme ça dans une lettre, voyons. Elle tient bien trop à sa peau.

— Je suppose que c'est vrai.

Raphaella poussa un long soupir et s'abandonna dans les bras d'Alex.

— Mon Dieu, c'est vraiment une femme incroyable.

— Non, dit-il à mi-voix, c'est toi qui es une femme incroyable. (Il la regarda avec attention.) Oublierons-nous ce qui est arrivé ces deux derniers jours ?

— Je voudrais bien, Alex. Mais est-ce raisonnable ? Qu'est-ce qui nous dit que toutes ses menaces ne sont pas sérieuses ?

— Parce qu'il n'y a qu'une chose qui préoccupe ma sœur, Raphaella, et c'est sa carrière. Finalement c'est tout ce qui compte pour elle, et nous chercher des ennuis serait la compromettre, cela elle ne le fera pas. Crois-moi, chérie, je suis certain que non.

Mais Raphaella n'était pas aussi rassurée. Elle, Alex et Amanda continuèrent leur vie comme avant mais les menaces de Kay Willard résonnèrent à ses oreilles comme un écho pendant des mois. Elle espérait seulement qu'Alex avait raison en croyant que c'étaient des menaces en l'air.

21

— Amanda ?

La voix de Raphaella résonna dans la maison tandis qu'elle fermait la porte d'entrée derrière elle.

Il était quatre heures, mais elle savait qu'Amanda devait être rentrée de l'école. Depuis que la jeune fille s'était installée chez Alex, Raphaella avait pris l'habitude de faire un saut dans l'après-midi, quelquefois avant que Mandy revienne de ses cours, pour mettre de l'ordre dans la maison, lui préparer un goûter et s'asseoir tranquillement au soleil, dans le jardin, à attendre l'arrivée de la jeune fille. Elles avaient parfois de longues discussions sur ce qui leur paraissait important ; de temps à autre, Mandy racontait une anecdote amusante à propos d'Alex et récemment Raphaella lui avait montré le premier jet du livre pour enfants qu'elle avait commencé à écrire pour Noël. Elle y travaillait depuis cinq mois maintenant, et espérait bien avoir terminé le texte définitif avant son départ pour l'Espagne, au mois de juillet.

Toutefois ce n'était pas son manuscrit qu'elle avait apporté ce jour-là mais un exemplaire du magazine *Time*. Sur la couverture, il y avait une photographie de Kay Willard, avec cette légende : « *La Maison Blanche en 1992... 1996... l'an 2000 ?* » Raphaella avait lu l'article pensivement et l'avait apporté quand elle était venue voir si Mandy était rentrée. L'habitude de passer dans la journée à la maison de Vallejo s'était créée petit à petit et à présent Mandy s'attendait à ce qu'elle soit là tous les jours. Elle venait généralement pendant que John Henry dormait dans l'après-midi. Et ces derniers temps il dormait de plus en plus longtemps, au point que finalement on devait le réveiller pour le faire dîner à six heures.

Raphaella resta silencieuse un long moment, ses cheveux noirs enfoncés dans un strict petit chapeau de paille, et elle portait un tailleur en lin de couleur crème, parfaitement coupé.

— Mandy ?

Pendant un instant, elle avait cru entendre un bruit tandis qu'elle montait lentement l'escalier.

Elle la trouva enfin au second, assise dans l'un des fauteuils en osier de sa chambre, les pieds repliés sous elle et le menton sur les genoux, en train de contempler le paysage d'un air morose.

— Amanda ?... Chérie ?

Raphaella s'assit sur le lit, la revue et son sac à main en lézard beige toujours fourrés sous son bras.

— Quelque chose est arrivé à l'école ?

Elle se pencha pour prendre la main de la jeune fille. Alors Amanda se retourna avec lenteur, son regard aussitôt attiré par la revue sous le bras de Raphaella.

— Je vois que tu l'as lu, toi aussi.

— Quoi ? L'article sur ta mère ?

La jolie jeune fille hocha la tête.

— C'est cela qui te bouleverse ?

C'était tout à fait inhabituel de la part d'Amanda de ne pas se précipiter au rez-de-chaussée au son de sa voix, tout rires, sourires et anecdotes sur ce qui était arrivé en classe. La jeune fille se contenta de hocher de nouveau la tête et Raphaella crut bon d'ajouter :

— Je n'ai pas trouvé l'article mauvais.

— Sauf qu'il ne contient pas un mot de vrai. Tu as lu ce passage qui raconte que j'ai eu un très grave accident de voiture l'hiver dernier, que je récupère lentement au soleil de la côte Ouest chez mon oncle et que ma mère vient me voir dès qu'elle a un moment de libre ?

Elle darda un regard furieux sur Raphaella.

— Flûte, je suis drôlement contente qu'elle ne soit pas revenue ici depuis Noël.

Après sa visite orageuse, Alex avait été prêt à lui dire de rester chez elle, mais Kay ne s'était jamais représentée. En fait, après les tout premiers mois, elle n'avait pratiquement pas téléphoné.

— Bon Dieu, Raphaella, je la déteste !

— Mais non, voyons. Peut-être qu'avec le temps vous arriverez à vous comprendre mieux, répondit Raphaella, ne sachant quoi dire d'autre. (Elle resta assise paisiblement près d'elle quelques minutes, puis lui effleura doucement la main.) Tu as envie de faire une promenade ?

— Pas vraiment.

Elle haussa les épaules, visiblement déprimée, et Raphaella comprit. Kay Willard lui inspirait des craintes, à elle aussi. Rien d'autre ne s'était produit entre elles, mais Raphaella avait constamment conscience que cela pourrait encore arriver. La dernière conversation de Kay avec Alex avait été plus déplaisante que jamais, mais elle avait accepté de laisser Amanda où elle était pour l'instant.

Une demi-heure plus tard, Raphaella réussit à entraîner Amanda sous le beau soleil du mois de mai, et bras dessus bras dessous, elles redescendirent à pied jusqu'à Union Street, firent toutes les boutiques et s'arrêtèrent enfin pour prendre un café liégeois au *Cantata*, le siège à côté d'elles encombré de paquets remplis d'achats.

— Tu crois qu'Alex aimera le poster ?

Amanda regarda Raphaella par-dessus son café glacé et toutes deux sourirent jusqu'aux oreilles.

— Il l'adorera. Nous allons devoir l'accrocher dans son bureau avant qu'il rentre.

C'était une grande image d'une femme pratiquant le surf sur une plage d'Hawaï, que seul un adolescent aurait pu apprécier, mais l'essentiel était qu'en faisant des courses Amanda avait complètement oublié sa mère, au grand soulagement de Raphaella. Elles ne rentrèrent à la maison qu'à cinq heures et demie, et Raphaella quitta hâtivement Amanda, en promettant de revenir, comme d'habitude, plus tard dans la soirée. Puis elle commença le court trajet jusque chez elle, en songeant combien sa vie s'était parfaitement intégrée à celle d'Alex et de Mandy au cours des six derniers mois. Le temps était délicieux, et le soleil envoyait des rayons d'or dans toutes les fenêtres tandis que le ciel de cette fin d'après-midi commençait à rougeoyer. Raphaella était à mi-chemin de chez elle lorsqu'elle entendit klaxonner derrière elle et elle se retourna, surprise de voir une Porsche noire, puis elle aperçut bien vite Alex au volant.

Elle s'arrêta et resta là un long moment, leurs regards se croisant et ne se quittant plus comme s'ils se voyaient pour la première fois. Il fit avancer lentement la voiture et s'adossa au siège de cuir rouge avec un sourire.

— Une promenade, madame ?

— Je ne parle jamais à des inconnus.

Ni l'un ni l'autre ne dit un mot pendant un instant, ils souriaient. Puis le front d'Alex se plissa légèrement.

— Comment va Mandy ? (C'était comme s'ils avaient une fille de seize ans, à eux maintenant. Elle occupait leurs pensées et leur temps même quand ils étaient seuls ensemble.) Est-ce qu'elle a lu l'article du *Time* ?

Raphaella acquiesça lentement, son visage reprenant sa gravité tandis qu'elle s'approchait de la voiture.

— Elle est rentrée de l'école ce matin, Alex. Je ne sais que lui dire. Elle est de plus en plus montée contre sa mère.

Elle avait froncé les sourcils, lui avait hoché la tête et ensuite elle avait ajouté d'une voix soucieuse :

— Qu'est-ce que nous allons lui expliquer pour juillet ?

— Rien encore. Nous lui expliquerons plus tard.

— Quand cela ?

— Nous la préviendrons en juin.

Mais il avait l'air soucieux lui aussi.

— Et si elle ne veut pas y aller ?

— Elle y est obligée. Au moins cette fois-ci. (Il soupira.) Encore un an seulement avant qu'elle ait dix-huit ans, alors mieux vaut que nous ménagions un peu Kay. Une bataille judiciaire en ce moment serait dommageable à tout le monde. Si Mandy peut se résigner à ce séjour, cela contribuera à maintenir la paix. Tu sais, si l'on considère que c'est une année électorale pour Kay et que selon elle Amanda lui est indispensable pour gagner l'élection, c'est vraiment un miracle qu'elle ne l'ait pas kidnappée et ramenée à la maison. Je suppose que nous devrions nous estimer heureux de ce que nous avons.

Raphaella le regarda avec franchise.

— De toute façon, jamais Mandy ne serait restée avec sa mère si elle l'avait forcée à revenir.

— C'est probablement pourquoi elle n'a pas essayé. Seulement, pour cet été, nous ne pouvons absolument rien faire. Il faut qu'elle y aille.

Raphaella se contenta d'acquiescer d'un signe de tête. C'était une chose dont ils étaient convenus un mois auparavant. Amanda retournerait chez elle juste avant le week-end du 4 juillet, elle resterait un mois avec sa mère dans leur résidence d'été à Long Island, puis elle partirait avec sa grand-mère pour l'Europe, où elles passeraient le mois d'août, avant de rentrer à San Francisco pour une autre année scolaire.

Alex avait estimé que c'était une grande victoire d'avoir réussi à faire accepter à Kay de laisser sa fille revenir à San Francisco, mais il savait que sa nièce sauterait au plafond à la perspective de rentrer chez elle. Toutefois, il avait téléphoné au psychiatre d'Amanda qui pensait qu'elle était capable d'affronter sa mère, et que le traumatisme psychologique dû au viol était apaisé aussi. Ils étaient tous certains cependant qu'elle piquerait une crise à l'idée de quitter Alex et de retrouver ses parents, George et Kay.

Raphaella projetait de prendre l'avion pour l'Est avec elle et de la laisser à New York, où elle-même passerait une nuit au *Carlyle* avant de continuer jusqu'à Paris pour une semaine, puis de gagner l'Espagne pour une quinzaine de jours. C'était son pèlerinage annuel pour voir sa famille et séjourner un peu à Santa Eugenia. Et cette année, il lui tenait particulièrement à cœur, car elle comptait tester sur tous ses jeunes cousins la version définitive de son livre pour enfants ; elle était impatiente de connaître leurs réactions. Elle traduirait simplement les histoires en espagnol au fur et à mesure qu'elle les lirait. Elle l'avait déjà fait lorsqu'elle apportait des livres des États-Unis. Mais cette année était plus importante, parce que les contes étaient les siens et, si les enfants les aimaient, elle enverrait le recueil à l'agent de Charlotte.

Lorsque Raphaella se tourna vers Alex, il souriait d'une oreille à l'autre en la regardant.

— Qu'y a-t-il de si amusant, Alex ?

— Nous.

Il lui adressa un sourire plus tendre, une lueur d'affection dans les yeux :

— Écoute-nous discuter, on croirait qu'il s'agit de notre propre fille.

Il hésita un instant puis eut un geste vers le siège vide à côté de lui.

— Tu veux monter une minute ?

Elle n'hésita qu'un instant, après un coup d'œil à sa montre, et regarda machinalement autour d'elle s'il n'y avait pas à proximité quelqu'un qu'elle connaissait.

— Il faudrait vraiment que je rentre…

Elle voulait être près de John Henry lorsqu'on lui apporterait son plateau à six heures.

— Je ne veux pas te forcer, répondit-il.

Mais son regard était si doux, son visage si séduisant et ils ne s'étaient pas retrouvés seuls depuis si longtemps. On aurait dit qu'Amanda était sans cesse présente et, lorsqu'elle montait dans sa chambre le soir à minuit, il leur restait bien peu de temps avant que Raphaella soit obligée de rentrer chez elle.

À présent, elle souriait et acquiesçait d'un signe de tête.

— J'en serais ravie.

— Avons-nous le temps de faire un petit tour ?

Elle hocha la tête, se sentant fantasque et espiègle, et il passa une vitesse, démarra, descendit les collines pour rejoindre Lombard Street et sa circulation dense, puis s'enfoncer dans les solitudes boisées du Presidio, en direction de la mer, et s'arrêter finalement près de la petite forteresse située en contrebas du Golden Gate Bridge, à Fort Point. Au-dessus d'eux, les voitures roulaient à toute vitesse sur le pont vers Marin County et sur l'eau il y avait des voiliers, un bac, plusieurs petits hors-bords, et un vent vif qui fouetta les cheveux de Raphaella quand elle ôta son chapeau de paille.

— Tu veux descendre ?

Il l'embrassa et elle acquiesça d'un signe, puis ils quittèrent la voiture, côte à côte. Deux grandes et belles personnes brunes qui se tenaient par la main en regardant la baie. Pendant un moment, Raphaella se sentit comme rajeunie en songeant à ces mois qu'ils avaient déjà partagés. Ils étaient devenus si proches et ils avaient passé tant de nuits ensemble, à chuchoter, à parler assis devant le feu, à faire l'amour, à courir à la cuisine à deux heures du matin pour se préparer une omelette, des sandwiches ou des milk-shakes. Ils avaient eu tellement et à la fois si peu… tant de rêves… si peu de temps… et tant d'espoir infini. Tandis qu'ils restaient debout l'un près de l'autre à contempler les dernières lueurs du soleil couchant qui scintillaient sur les bateaux, Raphaella se tourna pour regarder Alex en se demandant s'ils auraient un jour davantage. Ils n'avaient jamais eu que quelques minutes, une heure, les heures d'avant l'aube, des moments volés, et jamais beaucoup plus. Même l'enfant qu'ils partageaient était seulement un emprunt et dans un an elle serait partie. Amanda cherchait déjà à quelle université elle s'inscrirait, et Alex et Raphaella avaient déjà le cœur serré, vivant cette perte avant de l'avoir subie, souhaitant qu'elle reste avec eux bien plus d'années encore.

— À quoi pensais-tu, là, tout de suite, Raphaella ?

Il la regardait avec douceur et écarta d'une main précautionneuse les cheveux qui lui tombaient sur les yeux.

Elle hésita, puis déposa un baiser sur la main qui passait près de ses lèvres.

— À Amanda. J'aimerais qu'elle soit à nous.

Il hocha la tête.

— Moi aussi.

Il eut envie d'ajouter qu'un jour viendrait où il y en aurait d'autres, dans quelques années, des enfants à eux. Toutefois, il s'abstint, sachant combien elle souffrait de ne pas avoir d'enfants. Mais c'était un sujet de discussion fréquent entre eux, ce sentiment de culpabilité qu'elle éprouvait parce qu'elle l'empêchait d'épouser quelqu'un d'autre et d'avoir des enfants à lui.

— J'espère que tout se passera bien pour elle, cet été.

Ils commencèrent à marcher lentement au bord de la route, comme les embruns rejaillissaient vers eux, s'arrêtant au ras de l'endroit où ils se tenaient. Il se tourna alors vers elle.

— Pour toi aussi.

Ils n'en avaient pas beaucoup parlé, mais elle partait pour l'Espagne dans six semaines.

— Bien sûr. (Ils s'arrêtèrent et elle serra très fort sa main.) Tu vas me manquer horriblement, Alex.

Il l'attira contre lui.

— Tu me manqueras aussi. Mon Dieu… (il resta songeur un instant) je ne sais pas ce que je vais devenir sans toi.

Ils avaient tellement pris l'habitude de se voir tous les soirs, à présent il était incapable d'imaginer une vie sans elle.

— Je ne serai pas partie plus de trois semaines.

— Cela va me sembler une éternité, surtout sans Mandy…

— Peut-être que tu travailleras un peu, pour changer…

Il lui sourit gentiment et tandis que les voiliers défilaient lentement près d'eux, ils s'embrassèrent, puis reprirent leur marche bras dessus bras dessous.

Ils se promenèrent encore une demi-heure avant de regagner à regret la voiture. Cela avait été une agréable fin d'après-midi et quand il la déposa à deux rues de chez elle, elle lui effleura les lèvres du bout des doigts et lui envoya un baiser avant de sortir de la voiture. Elle le regarda s'éloigner en direction de Vallejo, et sourit pour elle-même en revenant chez elle, songeant une fois de plus combien sa vie avait changé dans les sept derniers mois depuis qu'elle avait rencontré Alex. Un changement subtil mais énorme. Elle était la maîtresse d'un charmant, séduisant et beau juriste, elle tenait lieu de mère à une adolescente de dix-sept ans, et elle avait l'impression d'être dans son foyer dans la petite maison de Vallejo, avec son drôle de jardin envahi par les plantes et sa cuisine remplie de casseroles de cuivre. Et pourtant, en même temps, elle restait ce qu'elle avait toujours été, Mme John Henry Phillips, l'épouse d'un financier renommé, la fille du banquier français Antoine de Mornay-Malle. Elle allait se rendre selon son habitude à Santa Eugenia pour voir sa mère, elle faisait tout comme elle l'avait toujours fait. Par contre, il y avait beaucoup plus à présent dans son existence, sa vie était tellement plus riche, plus épanouie, tellement différente, tellement heureuse. Elle sourit intérieurement en dépassant le dernier carrefour avant sa maison. Ce qu'elle vivait ne nuisait en rien à John Henry, se rassurait-elle avec fermeté en mettant la clé dans la serrure. Elle continuait à passer plusieurs heures avec lui, le matin, veillait à ce que les infirmières soient prévenantes et consciencieuses, à ce que ses repas soient comme il les aimait, et elle lui faisait la lecture au moins une heure par jour. Mais la différence, c'est qu'il y avait maintenant bien davantage dans la vie de Raphaella.

Après avoir tenu compagnie à son mari, le matin, elle travaillait deux ou trois heures dans sa chambre à son livre pour enfants qu'elle allait tester sur ses jeunes neveux d'Espagne. Et, vers quatre heures de l'après-midi, elle se rendait lentement à pied jusqu'à Vallejo, pendant que John Henry faisait la sieste. La plupart du temps, elle réussissait à être à la maison avant Amanda, de sorte que l'adolescente trouvait à son retour une présence aimante et n'avait pas à être seule. Souvent, Alex rentrait juste avant que Raphaella reparte pour sa propre maison. Ils s'embrassaient et se saluaient comme des gens mariés. La seule différence étant que Raphaella devait se dépêcher de partir pour passer une heure ou deux avec John Henry, bavarder avec lui s'il en avait envie, lui raconter une anecdote amusante, ou tourner son fauteuil roulant pour qu'il puisse voir les bateaux dans la baie. Ils prenaient toujours leur dîner ensemble, à ceci près que ce n'était plus dans la salle à manger, à présent : John Henry dînait au lit, sur un plateau. Une fois qu'elle s'était assurée qu'il était confortablement installé, que l'infirmière était là et que la maison était tranquille, elle attendait une demi-heure dans sa chambre, puis elle repartait.

Elle était presque sûre que les domestiques se doutaient du but de ses sorties et de la longueur de ses absences, mais personne n'osait faire allusion à sa disparition nocturne, et le bruit d'une porte qui se refermait à quatre ou cinq heures du matin ne suscitait plus d'étonnement. Raphaella avait fini par trouver un mode de vie supportable, après les huit années d'une solitude et d'un chagrin intolérables, et c'était une vie dont personne ne souffrait, où personne n'était lésé, où elle ne causait nulle peine. John Henry ne saurait jamais rien d'Alex, et Alex respectait ses devoirs envers son mari. La seule chose qui la tracassait de temps à autre était ce qu'avait dit Kay, voilà longtemps, qu'elle empêchait Alex de se lier avec quelqu'un qui pourrait lui offrir davantage. Mais Alex affirmait qu'il était heureux ainsi, et maintenant Raphaella savait qu'elle l'aimait trop pour renoncer à lui.

Elle monta en courant l'escalier jusqu'à sa chambre, préparant mentalement ce qu'elle allait porter. Elle venait d'acheter une robe en soie turquoise de chez Magnin et avec sa peau blanche comme lait et sa chevelure noire, la robe fit un effet resplendissant quand elle l'enfila et fixa à ses oreilles des boucles en diamant et turquoise.

Elle n'avait que dix minutes de retard lorsqu'elle frappa à la porte et l'ouvrit, apercevant John Henry adossé à des oreillers dans son lit, le plateau devant lui. Assis là, le regard enfoncé au creux des orbites, le visage ridé avec un côté affaissé, un œil de travers, sa haute silhouette si courbée et ses bras maigres si frêles, il offrait une vision qui l'immobilisa brusquement sur place dans l'encadrement de la porte. C'était comme si elle ne l'avait pas vu depuis très longtemps. Il donnait l'impression de commencer à relâcher la prise ténue qu'il avait sur la vie, à laquelle il se cramponnait depuis près de huit ans.

— Raphaella ?

Il la regarda étrangement en prononçant son nom de la façon syncopée qui était la sienne et Raphaella le contempla presque avec étonnement, se rappelant une fois de plus à qui elle était mariée, quels étaient ses devoirs et combien elle était encore loin du jour où elle serait l'épouse d'Alex.

Elle se retourna pour fermer la porte derrière elle en essuyant d'une main les larmes qui perlaient à ses yeux.

22

Raphaella fit ses adieux à Alex à cinq heures du matin quand elle le quitta pour rentrer chez elle. Elle avait déjà préparé ses bagages la veille au soir, et maintenant il ne lui restait plus qu'à laisser quelques instructions écrites pour les domestiques, s'habiller, prendre son petit déjeuner et dire au revoir à John Henry avant de partir. Ses adieux seraient simples et graves, un baiser sur la joue, un dernier regard, une caresse sur sa main et toujours le vague pressentiment qu'elle ne devrait pas partir, qu'elle devrait rester avec lui et non pas s'en aller en Espagne. Mais c'était un rite auquel tous deux étaient habitués, et elle partait ainsi chaque été depuis quinze ans. C'est quitter Alex qui était bien plus douloureux, c'était déjà un déchirement de savoir qu'elle ne le verrait pas pendant plus de vingt-quatre heures. Les semaines qui allaient suivre semblaient presque impossibles à supporter, alors qu'ils s'étreignaient avant la première lueur de l'aube. C'était un peu comme s'ils craignaient que quelque chose les sépare à jamais, comme s'ils risquaient de ne jamais se retrouver. Raphaella se collait à lui comme une seconde peau et elle n'esquissa aucun geste pour se détacher de lui en bas de l'escalier. Elle le regarda tristement, les yeux remplis de larmes en secouant la tête avec un petit sourire enfantin.

— Je ne peux pas me décider à te quitter.

Il sourit et resserra son étreinte.

— Tu ne me quittes jamais, Raphaella, je suis toujours avec toi, où que tu ailles.

— J'aimerais tant que tu m'accompagnes en Espagne.

— Peut-être un jour.

Un jour, oui… un jour… mais quand ? Elle n'aimait pas y songer parce qu'elle savait que, lorsque ce « jour » viendrait, John Henry serait mort. Y penser c'était presque comme le tuer, alors elle s'abstenait et vivait dans le présent.

— Peut-être. Je t'écrirai.

— Et moi, je pourrai ?

Elle acquiesça d'un signe.

— N'oublie pas de rappeler à Mandy de prendre son autre valise et sa raquette de tennis.

— Oui, petite mère. Je le lui dirai, répondit-il en souriant. À quelle heure dois-je la réveiller ?

— À six heures et demie. L'avion décolle à neuf heures.

Il conduirait Mandy à l'aéroport, mais il y avait peu de chances qu'il aperçoive même seulement Raphaella, une fois là-bas. Elle serait comme d'habitude déposée par son chauffeur et escortée pour réapparaître comme par enchantement dans l'avion. Mais ils avaient pris un billet pour Mandy par le même vol et à New York Raphaella l'emmènerait dans sa limousine de louage à l'hôtel *Carlyle*. C'est là que Charlotte viendrait la chercher et l'accompagnerait jusqu'à l'appartement de Kay. Amanda avait déclaré tout net qu'elle n'affronterait pas sa mère seule. Elle ne l'avait pas revue depuis leur entrevue orageuse, après Noël, et redoutait de rentrer chez elle. Comme il fallait s'y attendre, son père était à un congrès médical à Atlanta et il ne serait pas là pour tempérer le choc.

— Alex, murmura Raphaella en le couvant des yeux une dernière fois, je t'aime.

— Moi aussi, chérie. (Il la serra contre lui.) Tout se passera très bien.

Elle hocha la tête en silence, ne sachant pas pourquoi ce voyage la rendait si anxieuse, mais elle ne pouvait pas supporter de se séparer de lui. Elle était restée éveillée toute la nuit à son côté.

— Prête à partir ?

Elle acquiesça d'un signe et cette fois il l'accompagna à pied presque jusque chez elle.

Elle ne le vit pas à l'aéroport, mais elle eut chaud au cœur lorsqu'elle vit Mandy entrer dans l'avion, portant une capeline de paille, une robe de coton blanc et des sandales blanches qu'elles avaient achetées ensemble, avec à la main la raquette de tennis que Raphaella craignait qu'elle oublie.

Mandy lui souriait et Raphaella accueillit la jolie jeune fille avec un rire. Si elle avait été plus grande et moins pareille à un elfe, elle aurait paru plus mûre, plus femme. Là, elle avait encore l'air d'une petite fille.

— Cela fait plaisir de te voir. Je me sentais déjà bien solitaire.

— Comme Alex. Il a laissé brûler les œufs, il a renversé le café, il a oublié le pain grillé, et on a failli tomber en panne d'essence en allant à l'aéroport. Le moins qu'on puisse dire, c'est qu'il avait la tête ailleurs.

Elles échangèrent un sourire. C'était réconfortant

pour Raphaella d'entendre parler d'Alex. Cela lui donnait l'impression qu'il était un peu plus proche tandis qu'elles survolaient le pays vers New York. Cinq heures plus tard, elles y arrivèrent enfin dans la chaleur étouffante, le tumulte et la confusion d'un été new-yorkais. C'était comme si San Francisco n'existait pas et qu'elles ne réussiraient jamais à y retourner. Raphaella et Mandy se regardèrent, épuisées, en souhaitant ardemment se retrouver à la maison.

— J'oublie toujours que c'est comme ça ici.

— Mon Dieu, moi aussi. C'est atroce, renchérit Mandy, qui regardait autour d'elle avec stupeur.

À cet instant, le chauffeur les trouva et, quelques minutes plus tard, elles furent installées à l'arrière de la limousine climatisée.

— Ce n'est pas si mal que ça, après tout, dit Mandy.

Elle adressa un sourire joyeux à Raphaella qui sourit aussi et lui prit la main. Elle aurait donné n'importe quoi pour être dans la Porsche avec Alex et non à l'arrière d'une limousine à New York. Depuis des mois maintenant, l'apparat de sa vie avec John Henry l'irritait, les domestiques, la protection, l'énorme maison. Elle avait envie de quelque chose de tellement plus simple, comme la petite maison de Vallejo et sa vie avec Amanda et Alex.

Lorsqu'elles arrivèrent au *Carlyle*, un message de Charlotte les attendait, disant qu'elle était prise par un rendez-vous avec un éditeur et qu'elle serait retardée. Amanda et Raphaella montèrent jusqu'à leur suite et, après avoir enlevé leurs chaussures et leur chapeau, s'assirent sur le canapé et commandèrent de la limonade.

— Tu ne trouves pas que c'est incroyable la chaleur qu'il fait ici ?

Mandy la regarda d'un air malheureux et Raphaella sourit. Amanda cherchait déjà toutes les raisons possibles de haïr New York.

— Ce ne sera pas si pénible à Long Island. Tu pourras te baigner tous les jours, répondit Raphaella, essayant de la consoler sans succès.

C'était comme de faire se résigner un enfant à la perspective d'aller en camp de vacances, mais Amanda n'avait pas l'air résignée du tout quand la sonnette retentit à la porte.

— Ce doit être les limonades, dit Raphaella.

Elle se dirigea rapidement vers la porte, son sac à la main, le costume de soie rouge vif qu'elle avait mis pour le voyage à peine froissé, et elle était resplendissante dans ce rouge éclatant avec sa peau blanche et ses cheveux noirs. Sa beauté ne cessait d'ailleurs de fasciner Amanda. C'était quelque chose à quoi il était difficile de s'habituer, ce visage saisissant de beauté avec ces immenses yeux noirs. Alex, en tout cas, ne s'y habituait pas, elle l'avait remarqué, il restait comme ébloui chaque fois qu'elle apparaissait. Et elle était toujours admirablement habillée, d'une élégance sans faille. À présent, sous les yeux attentifs d'Amanda, elle ouvrit la porte avec un petit sourire impersonnel et un air d'autorité, prête à se retrouver en présence d'un serveur portant deux grands verres de limonade glacée sur un plateau. Mais ce qu'elle vit à la place, c'est la mère d'Amanda essoufflée et en sueur, dans un affreux tailleur de toile vert, avec un étrange petit sourire satisfait sur les lèvres comme si elle venait de remporter une victoire. Amanda sentit la peur s'emparer d'elle et Raphaella, tout en gardant une apparence courtoise, se crispa. La dernière fois qu'elles s'étaient vues, c'était au bar du *Fairmont*, six mois plus tôt, lorsque Kay avait menacé de révéler à John Henry sa liaison avec Alex.

— Comme ma mère avait un empêchement, j'ai décidé de passer chercher Mandy à sa place.

Elle regarda fixement Raphaella un instant, puis entra dans l'appartement.

Raphaella ferma la porte et la regarda s'avancer dans la pièce jusqu'à sa fille unique, qui la contemplait avec nervosité, sans bouger, sans prononcer un mot, les yeux écarquillés.

— Bonjour, Mandy.

Kay avait parlé la première en approchant d'elle et Amanda ne dit toujours rien. Raphaella remarqua qu'elle ressemblait plus que jamais à une enfant effrayée. Elle avait l'air terriblement malheureuse tandis que s'approchait la grande femme rousse.

— Tu as bonne mine. C'est une nouvelle robe ?

Amanda hocha la tête et Raphaella invita Kay à s'asseoir juste au moment où la sonnette résonnait de nouveau, annonçant le serveur avec ses limonades. Elle en offrit une à Kay qui refusa, et tendit l'autre à la jeune fille qui l'accepta sans rien dire avec des yeux qui suppliaient Raphaella, puis elle les baissa et but à petites gorgées. C'était un étrange et mauvais moment. Raphaella meubla bien vite ce vide avec de menus propos sur le voyage. Néanmoins la demi-heure où elles restèrent assises là fut pénible et Raphaella se sentit soulagée lorsque Kay se leva pour partir.

— Vous allez directement à Long Island ? demanda Raphaella qui regrettait de ne pas pouvoir réconforter Mandy.

— Non. En fait, Mandy et moi allons faire un petit tour.

Avec ces mots, Kay capta aussitôt l'attention de sa fille, qui l'observait avec un regard hostile.

— Oh, vraiment ? Où cela ?

— Dans le Minnesota.

— Cela concerne ta campagne, maman ?

C'étaient les premières paroles qu'elle adressait à sa mère, comme une accusation pleine de mépris.

— Plus ou moins, c'est une foire régionale, mais je suis obligée d'y aller pour certaines choses. J'ai pensé que cela te plairait.

Son visage disait qu'elle était en colère, mais elle n'osait pas le montrer dans ses paroles. Elle regarda Amanda qui avait une triste mine, lasse et désemparée. Son seul désir était de rentrer à San Francisco avec Alex, et Raphaella devait reconnaître que ç'aurait été aussi beaucoup plus agréable pour elle. Seuls son éducation et son savoir-vivre l'avaient amenée à se montrer plus que strictement polie avec Kay.

Amanda prit sa valise et sa raquette de tennis, et se tourna vers Raphaella. Elles demeurèrent ainsi juste un instant, puis Raphaella la serra rapidement dans ses bras. Elle voulait lui dire de se montrer patiente, gentille, tout en restant forte et en ne laissant pas sa mère lui faire du mal, elle voulait lui dire mille choses mais ce n'était plus ni le moment ni le lieu.

— Amuse-toi bien, chérie. Tu vas me manquer, ajouta-t-elle plus bas.

Mais Amanda dit tout haut, les larmes aux yeux :

— Toi aussi.

Elle pleurait silencieusement en sortant vivement dans le couloir du *Carlyle*, et Kay resta un instant sur le seuil de l'appartement comme si elle enregistrait les moindres détails du visage de Raphaella.

— Merci de l'avoir amenée de l'aéroport.

Il ne fut pas question de ce que Raphaella avait fait d'autre pour elle, les six mois de soins affectueux et maternels, l'aide précieuse qu'elle avait apportée à Alex. Toutefois Raphaella n'avait nulle envie des remerciements de cette femme. Ce qu'elle aurait voulu, c'était l'assurance qu'elle ne ferait aucun mal à l'adolescente. Mais il n'existait aucun moyen de l'obtenir, elle ne pouvait en aucune façon sermonner Kay pour qu'elle soit bonne envers sa propre fille.

— J'espère que vous passerez un mois agréable, toutes les deux.

— J'y compte bien, répondit Kay avec un curieux petit sourire sans quitter Raphaella des yeux.

Et alors, souriant presque d'une oreille à l'autre, elle lança par-dessus son épaule à la beauté brune :

— Passez un bon séjour en Espagne.

Sur quoi, elle entra dans l'ascenseur avec Amanda, et Raphaella, se sentant brusquement vide et dépossédée, se retrouva en train de se demander comment Kay savait qu'elle allait là-bas. Elle n'avait pas l'impression qu'Alex l'avait dit au cours des brèves conversations téléphoniques où avait été décidé ce que ferait Mandy en juillet. Il y avait eu quelque chose de bizarre et de maléfique dans l'attitude de Kay quand elle était venue chercher sa fille, mais Raphaella conclut qu'elle se faisait trop de souci. Kay avait prouvé, somme toute, qu'elle avait proféré des menaces en l'air. Elle n'avait rien mis à exécution de ce qu'elle avait annoncé l'hiver précédent. Ce qu'on pouvait lui reprocher de plus grave, c'était apparemment son éternel égoïsme et l'ambition politique dévorante qui lui dictait tous ses mouvements.

23

Lorsque Raphaella monta à bord de l'avion pour Paris, le lendemain matin, elle ne se sentait même pas impatiente de revoir ses cousins et cousines. Son seul désir était de rentrer. Cette nouvelle étape de son voyage ne faisait que l'éloigner un peu plus de l'endroit où elle avait laissé son cœur et elle se sentait lasse et solitaire. Elle ferma les yeux et essaya de faire comme si elle était en route pour la Californie et non pas pour la France.

C'était un vol dont elle avait assurément l'habitude et pour tromper son ennui, elle dormit la moitié du trajet au-dessus de l'Atlantique. Elle lut un peu, prit le déjeuner et le dîner, et songea avec un sourire à sa rencontre avec Alex lors de son voyage à New York, l'automne précédent, mais cela lui semblait maintenant inconcevable de parler à un inconnu, tout aussi inconcevable qu'auparavant. Elle ne put s'empêcher de sourire quand ils se préparèrent à atterrir à Paris. Ce n'était évidemment plus un inconnu. « Et comment vous êtes-vous rencontrés ? » Elle imaginait son père en train de la questionner. « En avion, papa. Il m'a draguée. » « Il t'a quoi ? » Elle faillit éclater de rire tout en bouclant sa ceinture de sécurité et en s'apprêtant à débarquer.

Elle était encore amusée par cette idée quand on la fit descendre de l'avion avant tout le monde et passer la douane en coup de vent, mais plus rien ne l'amusa quand elle franchit le portillon et vit le visage de son père. Il avait une expression sévère et presque irritée, immobile comme une statue, la regardant s'approcher dans une tenue qui aurait suscité un sourire d'appréciation chez n'importe quel homme. Elle portait un tailleur noir, un chemisier de soie blanc et un petit chapeau de paille noire agrémenté d'une voilette. Lorsqu'elle le vit, son cœur se mit à palpiter. À l'évidence, quelque chose s'était passé. Il avait une mauvaise nouvelle à lui annoncer… peut-être sa mère… ou John Henry… ou un cousin… ou…

— Bonjour, papa.

Il se pencha à peine quand elle se haussa pour l'embrasser, et son corps puissant semblait plus rigide que le roc. Son visage était vieux et ridé, et son regard la jaugeait froidement quand elle leva le sien avec une mine effrayée pour déchiffrer ses yeux bleus comme de la glace.

— Il est arrivé quelque chose ?

— Nous en discuterons à la maison.

Oh, mon Dieu… c'était John Henry. Et il ne voulait pas le lui annoncer ici. Soudain toute pensée d'Alex quitta son esprit. Elle n'avait plus en tête que le vieil homme qu'elle avait laissé à San Francisco et, comme toujours, elle se reprocha de l'avoir abandonné.

— Papa… je t'en prie. (Ils se dévisageaient, debout dans l'aéroport.) Est-ce que c'est… (sa voix devint un murmure) John Henry ?

Il se contenta de secouer la tête. Après une année de séparation, il n'avait rien à lui dire. Il demeura tel un bloc de granit quand ils montèrent dans sa Citroën noire. Il fit un signe de tête au chauffeur et ils partirent.

Durant tout le trajet jusqu'à Paris, Raphaella resta assise sans bouger, paralysée par la peur, et ses mains tremblaient lorsqu'ils s'arrêtèrent enfin devant la maison. Le chauffeur lui ouvrit la portière, son uniforme noir en harmonie avec l'expression de son père et son propre état d'esprit. Raphaella éprouva une étrange sensation en pénétrant dans l'immense hall d'entrée décoré de miroirs dorés et de consoles en marbre Louis XV. Il y avait sur un des murs une magnifique tapisserie d'Aubusson et par les portes-fenêtres une vue du jardin, mais l'ensemble donnait une impression de splendeur glacée. Son père lui jeta un coup d'œil courroucé et indiqua d'un geste de la main son cabinet de travail, en haut d'un grandiose escalier de marbre. C'était soudain comme si elle était redevenue enfant et que, d'une manière ou d'une autre, sans savoir comment, elle avait commis une faute.

Elle le suivit simplement dans l'escalier, tenant son sac et son chapeau dans une main, attendant son audience privée pour découvrir enfin en quoi elle avait péché. Peut-être qu'après tout cela concernait John Henry ; elle montait précipitamment les marches et cherchait vainement de quoi il pouvait s'agir, à moins que ce ne soit quelque chose qui s'était produit pendant qu'elle se trouvait à New York. Peut-être une autre attaque ? Mais cela ne semblait pas être de mauvaises nouvelles dont il allait lui faire part. Plutôt quelque terrible réprimande à propos d'une chose qu'elle avait faite. Elle se rappelait cette expression particulière de son visage du temps où elle était petite.

Il entra solennellement dans son cabinet de travail,

suivi de Raphaella. C'était une pièce au plafond d'une hauteur vertigineuse, aux murs lambrissés, garnis de bibliothèques avec un bureau assez grand pour être celui d'un président ou d'un roi. C'était un bel exemplaire de mobilier Louis-XV, tout en dorure et majesté. Son père prit place dans le fauteuil derrière ce bureau.

— Alors…

Il la foudroya du regard et indiqua du geste un siège en face de lui. Il n'y avait pas eu un moment de tendresse entre eux. Pas un mot gentil et à peine une accolade. Encore que son père ne fût pas chaleureux ni porté aux démonstrations exubérantes, il se montrait parfois d'une sévérité excessive.

— Papa, qu'y a-t-il ?

Son visage était devenu très pâle pendant le long trajet depuis l'aéroport et maintenant elle avait l'air encore plus pâle en attendant qu'il commence.

— Ce qu'il y a ? (Il fronça les sourcils et son expression se fit féroce comme il fixait son regard d'abord sur son bureau puis sur elle.) Est-ce nécessaire de jouer au plus fin ?

— Mais, papa… je n'ai pas idée…

— Dans ce cas, répliqua-t-il en hurlant presque les mots à la tête de sa fille, c'est que tu es complètement inconsciente ! Ou alors peut-être très naïve, si tu crois que tu peux agir à ta guise, n'importe où dans le monde, sans que cela se sache.

Il marqua un temps, laissant sa phrase peser de tout son poids, et le cœur de Raphaella se mit à battre à grands coups.

— Est-ce que tu commences à me comprendre ? (Il baissa la voix et la regarda d'un air sarcastique comme elle secouait la tête.) Non ? Alors peut-être va-t-il falloir que je sois plus franc que tu ne l'es avec moi, ou avec ton pauvre mari, qui gît malade dans son lit.

Sa voix était pleine de reproche et de dédain pour sa fille unique, et soudain, comme une enfant surprise à commettre un terrible méfait, elle fut submergée de honte. Les joues pâles rougirent soudain et Antoine de Mornay-Malle hocha la tête.

— Peut-être me comprends-tu à présent ?

Mais sa voix était claire quand elle répondit :

— Non, pas du tout.

— Alors tu es une menteuse, en même temps qu'une tricheuse.

Les mots retentirent comme un bourdon d'église dans la grande salle austère.

— J'ai reçu il y a quelques semaines, énonça-t-il en prenant son temps comme s'il s'adressait au Parlement et non à son unique enfant, une lettre d'un député américain, Mme Kay Willard.

Il scruta le visage de Raphaella et elle sentit son cœur s'arrêter.

Elle attendit, à peine capable de respirer.

— Je dois te dire que la lecture de cette lettre m'a été très pénible. Pour de multiples raisons. Mais surtout parce que j'ai appris des choses te concernant, et dont je ne t'aurais pas crue capable, toi, ma fille. Dois-je poursuivre ?

Raphaella avait envie de lui dire que non, mais elle n'osa pas. Il continua d'ailleurs, comme elle savait bien qu'il le ferait.

— Cette dame ne m'expliquait pas seulement que tu trompais ton mari. Un homme, dois-je te le rappeler, Raphaella, qui a toujours été bon pour toi, et cela pour ainsi dire depuis que tu es tout juste sortie de l'enfance. Un homme qui a confiance en toi, qui t'aime, qui a besoin du moindre de tes instants dès que tu te réveilles, de tes moindres pensées, de ton moindre souffle pour le maintenir en vie. Si tu lui donnes moins que cela, tu le tueras, ce dont je suis persuadé que tu es consciente. Ainsi, non seulement tu détruis cet homme qui t'a aimée et qui est mon plus ancien et mon plus cher ami, mais, apparemment, tu détruis aussi la vie de plusieurs autres personnes, d'un homme marié à une femme qui l'aimait et dont tu l'as détaché, le séparant d'une femme honorable, l'empêchant aussi d'avoir des enfants, une chose qui, semble-t-il, lui tient manifestement à cœur. À ce que dit Mme Willard, je crois comprendre qu'à la suite d'un grave accident sa fille était venue en Californie pour se remettre et habite avec cet homme que tu as volé à son épouse. Non seulement tu as fait ce que je viens de dire, mais apparemment tu corromps cette enfant de par ta conduite inconvenante. De plus, Mme Willard siège au Parlement, et, d'après ce qu'elle me dit, elle va perdre toute chance de poursuivre sa carrière si ce scandale éclate. D'ailleurs elle m'apprend qu'elle a l'intention de démissionner immédiatement si toi et son frère ne cessez pas de vous voir, parce qu'elle ne peut supporter le discrédit qu'un tel scandale jetterait sur elle, sur son mari, sa vieille mère et sa fille. Je pourrais ajouter tout aussi bien que, si la chose devenait publique, tu déshonorerais non seulement ma personne mais aussi la banque Malle, sans parler de la façon dont serait jugée ta conduite en Espagne, et des réactions dans la presse.

Raphaella avait l'impression qu'on venait de la crucifier et l'énormité de ce qui s'était passé, des accusations, de ce qu'avait fait Kay et de ce que venait de lui dire son père, c'était presque plus qu'elle ne pouvait en supporter. Mais comment lui expliquer ? Par où commencer ? La vérité, c'était que Kay était une politicienne dévorée d'ambition, une femme haineuse prête à tout pour parvenir à ses fins, et qu'elle ne démissionnait pas, mais se présentait de nouveau devant les électeurs, briguant cette fois un poste de sénateur. Qu'Amanda n'avait pas été « corrompue » par elle et Alex, mais aimée avec une profonde affection, qu'Alex n'était plus marié à Rachel lorsqu'elle l'avait rencontré, qu'il ne voulait plus de Rachel et qu'elle-même donnait toujours tout ce qu'elle pouvait à John Henry, mais qu'elle aimait aussi Alex. Cependant son père se bornait à rester assis en face d'elle, la dévisageant avec de la désapprobation et de la colère dans les yeux. Comme elle le regardait, se sentant impuissante devant lui, les larmes jaillirent de ses yeux et roulèrent sur ses joues.

— Je dois également préciser, reprit-il au bout d'un instant, qu'il n'est pas dans mon caractère de croire sur parole quelqu'un que je ne connais absolument pas. J'ai donc engagé à ma forte gêne et à grands frais, un détective qui, durant ces dix derniers jours, a enregistré tes faits et gestes et semble confirmer ce que dit cette femme. Tu n'es pas rentrée chez toi, poursuivit-il en lui lançant un regard furibond, avant cinq heures du matin, et ce toutes les nuits. Et même si tu ne te préoccupes pas de ce que tu fais à ceux qui t'entourent, Raphaella, j'aurais pensé que tu accordais un peu plus de prix à ta réputation. Tes domestiques doivent te considérer comme une gueuse... une putain ! Une ordure !

Il s'adressait à elle en hurlant et il se leva pour arpenter la pièce. Raphaella n'avait toujours pas dit un mot.

— Comment peux-tu agir ainsi ? Comment peux-tu te conduire de façon aussi infâme, dégoûtante, vulgaire ?

Il se retourna vers elle et elle secoua la tête sans parler puis se cacha le visage dans ses mains. Un instant plus tard, elle se moucha dans le mouchoir de dentelle qu'elle avait sorti de son sac, prit une grande inspiration et affronta son père à l'autre bout de la pièce :

— Papa, cette femme me déteste... ce qu'elle a dit...

— Est totalement exact. Le rapport de l'homme que j'ai engagé le confirme.

— Non, dit-elle en secouant la tête avec véhémence et se levant elle aussi. Non, la seule chose exacte, c'est que j'aime son frère, mais il n'est pas marié, il était divorcé lorsque je l'ai rencontré...

Il lui coupa immédiatement la parole :

— Tu es catholique, l'as-tu oublié ? Et mariée, ou l'as-tu oublié aussi ? Je me moque qu'il soit prêtre ou zoulou, le fait est que tu es mariée avec John Henry et que tu n'es pas libre de te livrer à la débauche selon ton bon plaisir. Jamais plus je ne pourrai le regarder en face après ce que tu as fait. Je ne peux pas regarder en face mon plus vieil ami parce que la fille que je lui ai donnée est une putain !

— Je ne suis pas une putain ! (Elle le lui cria d'une voix entrecoupée de sanglots.) Et tu ne m'as pas donnée à lui. Je l'ai épousé... parce que je le voulais... je l'aimais...

Elle ne put continuer.

— Je ne tiens pas à entendre tes absurdités, Raphaella. Je ne tiens à entendre qu'une seule chose. Que tu ne reverras plus cet homme.

Il darda sur elle un regard coléreux et s'approcha lentement.

— Et jusqu'à ce que tu l'aies fait, et que tu m'aies donné ta promesse solennelle, tu ne seras pas la bienvenue dans ma maison. D'ailleurs, poursuivit-il en consultant sa montre, ton avion pour Madrid part dans deux heures. Je veux que tu ailles là-bas, que tu réfléchisses à cela, et je viendrai te voir dans quelques jours. Je veux apprendre à ce moment-là que tu as écrit à cet homme pour lui dire que c'est fini. Et, pour être certain que tu tiendras ta promesse, j'ai l'intention de maintenir la surveillance sur toi indéfiniment.

— Mais pourquoi, mon Dieu, pourquoi ?

— Parce que si tu n'as pas d'honneur, Raphaella, moi j'en ai. Tu romps tous les engagements que tu avais pris lorsque tu as épousé John Henry. Tu me déshonores en te déshonorant. Et je ne veux pas d'une putain pour fille. Si tu refuses de te conformer à ce que je te demande, je veux te prévenir que tu ne me laisses pas d'autre choix que d'avertir John Henry de ce que tu as fait.

— Pour l'amour du Ciel, papa… je t'en prie.

Elle sanglotait presque convulsivement à présent.

— Il s'agit de ma vie… Tu le tueras… papa… je t'en prie…

— Tu es la honte de notre famille, Raphaella.

Il la contempla fixement sans s'approcher puis regagna son fauteuil derrière son bureau et s'assit.

Raphaella le regarda, comprenant toute l'horreur de ce qui était arrivé, et pour la première fois de sa vie elle haït quelqu'un comme jamais auparavant. Si Kay s'était trouvée à ce moment-là dans la même pièce, elle l'aurait tuée avec joie, de ses propres mains. Faute de quoi, elle s'adressa à son père avec une expression de désespoir.

— Mais, papa… pourquoi… pourquoi ? Qu'est-ce qui t'oblige à faire ça ? Je suis une adulte… tu n'as pas le droit de…

— J'ai tous les droits. Tu es manifestement restée trop longtemps en Amérique, ma chère. Et peut-être aussi en as-tu pris trop à ton aise depuis la maladie de ton mari. Mme Willard me dit qu'elle a essayé de te raisonner, mais que toi et cet homme vous persistez. Elle me dit aussi que sans toi il reviendrait vers sa femme, qu'il se rangerait et aurait des enfants. (Il darda sur elle un regard de reproche.) Comment peux-tu agir de la sorte à l'égard de quelqu'un que tu prétends aimer ? (Ses paroles et son expression firent à Raphaella l'effet d'un coup de poignard, cependant que les yeux de son père ne se détachaient pas des siens.) Mais ce n'est pas cet homme qui me préoccupe, c'est ton mari. C'est envers lui que tu devrais observer la plus grande fidélité. Et je parle sérieusement, Raphaella. Je le préviendrai.

— Cela le tuera.

Elle avait parlé très bas, les larmes débordant toujours de ses yeux sur ses joues.

— Oui, dit son père. Cela le tuera, et tu auras sa mort sur la conscience. Je veux que tu y réfléchisses à Santa Eugenia. Et je veux que tu saches pourquoi j'ai pris des dispositions pour que tu partes ce soir.

Il se leva et Raphaella lut sur la face paternelle dure comme le granit qu'il la rejetait.

— Je ne veux pas héberger une putain sous mon toit, Raphaella, même pas pour une nuit !

Il se dirigea alors vers la porte de son cabinet de

travail, qu'il ouvrit. Il s'inclina légèrement et lui fit signe de sortir. Pendant un temps infini il la regarda durement. Elle frissonnait, la mine ravagée par ce qui s'était passé entre eux, et il secoua simplement la tête en lui adressant deux mots : « Bon après-midi. » Puis il referma avec autorité la porte derrière elle, et elle dut aller s'asseoir sur le siège le plus proche.

Elle se sentait si malade et si chancelante qu'elle se crut sur le point de s'évanouir mais non, elle resta assise, éperdue, horrifiée, blessée, gênée, furieuse. Comment avait-il pu lui faire une chose pareille ? Kay avait-elle agi sciemment ? Avait-elle mesuré l'effet que produirait sa lettre ? Raphaella demeura prostrée pendant plus d'une demi-heure, puis, jetant un coup d'œil à sa montre, elle s'aperçut que puisque son père avait changé son billet d'avion pour un autre vol, elle devait quitter la maison sans plus tarder.

Elle se dirigea lentement vers l'escalier, avec un regard en arrière au cabinet de travail de son père. Elle n'avait aucune envie de lui dire au revoir à présent. Il lui avait dit tout ce qu'il avait à dire, et elle savait qu'il viendrait à Santa Eugenia. De toute façon elle se fichait de ce qu'il faisait ou disait, il n'avait pas le droit de se mêler de sa vie avec Alex. Et elle se fichait de ce qu'il menaçait de lui faire à elle. Elle ne renoncerait pas à Alex. Elle descendit l'escalier d'un pas résolu jusqu'au hall, se coiffa de son petit chapeau de paille noir garni d'une voilette et prit son sac à main. C'est à ce moment-là qu'elle s'aperçut que ses valises étaient restées dans le coffre de la Citroën et que le chauffeur l'attendait toujours devant la porte. Cela revenait à avoir été bannie de la maison paternelle, mais elle était trop en colère pour s'en soucier. Il l'avait traitée comme un objet, un meuble, une chose qui aurait été sa propriété, et elle était bien décidée à ne plus le laisser faire. Il ne l'avait pas vendue à John Henry. Elle l'avait épousé. Et son père ne pouvait pas menacer d'avertir John Henry. Elle l'en empêcherait. Elle se glissa de nouveau à l'intérieur de la Citroën avec un soupir de lassitude et une expression meurtrie dans les yeux qui n'était pas due au long voyage depuis les États-Unis, et elle ne prononça pas un seul mot pendant le trajet de retour à l'aéroport. Elle resta simplement assise et songea à ce que son père avait dit.

24

À San Francisco, au moment même où Raphaella était reconduite à l'aéroport d'Orly, Alex venait de recevoir un coup de téléphone tout à fait inhabituel. Il était assis à son bureau, regardant ses mains croisées devant lui et se demandait pourquoi on l'avait appelé. Cela devait sûrement avoir un rapport avec Raphaella, mais il n'en savait pas davantage. Et un étrange et terrible poids pesait sur lui tandis qu'il attendait l'heure du rendez-vous. À neuf heures cinq, aujourd'hui, il avait reçu un appel d'un des secrétaires de John Henry Phillips, le priant de bien vouloir se rendre ce matin à son domicile, si cela lui était possible. Il lui avait seulement dit que M. Phillips désirait le voir à propos d'une affaire personnelle d'une extrême importance. Aucune autre précision n'avait été fournie et il n'avait pas osé poser de question. Dès qu'il avait raccroché, il avait composé le numéro de sa sœur, mais joindre le député Willard ce matin-là était impossible et il savait qu'il ne devait pas chercher une explication ailleurs. Il était donc obligé de patienter jusqu'à ce qu'il se trouve en présence de John Henry deux heures plus tard. Il craignait par-dessus tout que quelqu'un n'ait prévenu

John Henry et que le vieil homme ne s'apprête à lui dire de renoncer à Raphaella. Peut-être même avait-il parlé lui-même à Raphaella et elle l'avait caché à Alex. Peut-être avait-il déjà prévu avec la famille de la jeune femme qu'on la garde en Espagne. En tout cas, il s'attendait au pire, et, compte tenu de l'âge avancé de John Henry et de la gravité évidente de la situation, il ne pouvait refuser d'aller le voir mais il aurait aimé pouvoir le faire quand il gara sa voiture en face de la maison.

Il s'approcha lentement de l'énorme porte en chêne qu'il avait vue si souvent. Il sonna, attendit et peu après, un majordome au visage sévère survint. Pendant un instant, Alex eut l'impression que tous les occupants de la maison connaissaient son crime et allaient le juger. Il était un petit garçon qui va être grondé pour avoir volé des pommes – mais non, ceci était pire, bien pire. S'il s'était laissé aller, il aurait été franchement terrifié. Mais il sentait qu'en la circonstance il n'avait absolument pas le choix. Il devait à John Henry de comparaître devant lui, quoi que le vieil homme ait décidé de faire ou de dire.

Le majordome le conduisit dans le hall principal où un domestique l'escorta à l'étage et, devant les appartements de John Henry, un homme d'un certain âge s'avança vers Alex, lui adressa un sourire bienveillant et le remercia d'être venu voir M. Phillips à si bref délai. Il se présenta comme le secrétaire de M. Phillips, et Alex reconnut la voix qui lui avait parlé au téléphone.

— C'est très aimable à vous d'être venu si vite. Ce n'est pas du tout dans les habitudes de M. John Henry. Voilà des années qu'il n'a pas demandé à quelqu'un de venir ici. Mais je crois comprendre qu'il s'agit d'une question personnelle assez urgente, et il a pensé que vous pourriez peut-être lui venir en aide.

L'appréhension s'empara de nouveau d'Alex.

— Certainement.

Il se retrouva marmonnant des inepties au vieux secrétaire, tout en se demandant s'il n'allait pas défaillir pendant qu'ils attendaient que l'infirmière les fasse entrer.

— Est-il très malade ?

C'était là une question stupide, se dit-il pendant que l'autre confirmait d'un mouvement de tête, puisqu'il connaissait parfaitement par Raphaella l'état de santé de John Henry, mais il perdait tout son sang-froid par le seul fait d'être là devant la porte de la chambre de John Henry, « chez elle ». C'était dans ces couloirs qu'elle passait tous les jours, c'était la maison où elle prenait son petit déjeuner chaque matin, où elle revenait après l'avoir quitté, après qu'ils avaient fait l'amour.

— Monsieur Hale…

L'infirmière avait ouvert la porte, et le secrétaire lui indiquait d'entrer. Pendant un instant, Alex parut hésiter puis, en costume sombre, chemise blanche et cravate à pois bleu marine, il s'avança vers le seuil, se sentant comme un homme qui marche au supplice – du moins y allait-il avec élégance. Il était rentré chez lui changer ses vêtements pour un costume sombre à raies acheté à Londres, une chemise blanche et une cravate de Dior, mais même cela ne lui apporta aucune aide quand il franchit le seuil et regarda la forme ratatinée dans le massif lit d'époque.

— Monsieur Phillips ? murmura-t-il.

La voix d'Alex était à peine plus qu'un murmure

tandis que derrière lui, le secrétaire et l'infirmière s'éclipsaient aussitôt. Ils étaient seuls maintenant, les deux hommes qui aimaient Raphaella, l'un vaincu par l'âge, si vieux et affaibli, l'autre si jeune et grand qui contemplait celui que Raphaella avait épousé quinze ans auparavant.

— Entrez, je vous en prie.

Il parlait d'une voix hachée, difficile à comprendre, mais c'était comme si Alex saisissait intuitivement le sens des mots, tant il était préparé à entendre ce qui allait se dire. Il s'était senti fier d'être venu de si bon cœur accepter la colère ou les insultes que John Henry voudrait lui infliger, mais il éprouvait maintenant un peu de vergogne en constatant combien menu et affligé était son adversaire. Le vieil homme eut un geste vague vers un siège près du lit, indiquant à Alex de s'y asseoir, mais il n'y avait rien de vague dans les yeux bleus dont le regard perçant l'examinait, prenant sa mesure, centimètre par centimètre, cheveu par cheveu. Alex prit place précautionneusement dans le fauteuil, souhaitant se réveiller dans son lit pour découvrir que ce n'était qu'un mauvais rêve. C'était un de ces moments de la vie que l'on aimerait pouvoir supprimer.

— Je voudrais…

John Henry peinait pour s'exprimer, mais son regard ne quittait pas Alex, et même à présent émanait de lui l'aura de l'autorité. Il n'avait rien d'arrogant, simplement une sorte de force tranquille, en dépit de son état diminué on devinait qu'il avait été un homme exceptionnel. C'était maintenant plus facile de comprendre ce qu'il avait pu être naguère pour Raphaella, et pourquoi elle l'aimait toujours. Il y avait là plus que de la loyauté, il y avait quelque chose de très particulier et pendant un instant Alex eut honte de ce qu'ils avaient fait.

— Je voudrais… répéta John Henry en forçant le côté de sa bouche qui refusait désormais de bouger… vous remercier… d'être venu.

C'est à ce moment-là qu'Alex s'aperçut que son regard était non seulement vif mais aussi bienveillant. Il hocha la tête, ne sachant trop quoi répondre. « Oui, monsieur » aurait été approprié. Il éprouvait de la révérence pour cet homme.

— Oui. Votre secrétaire a dit que c'était important.

Tous deux savaient que c'était un euphémisme. Malgré sa bouche tordue, John Henry esquissa un sourire.

— Pour le moins, monsieur Hale… pour le moins. J'espère, continua-t-il après un bref silence, que… je ne vous ai pas… fait peur… en vous demandant… (il semblait à peine capable de finir, mais résolu à y arriver. C'était pénible pour eux deux) de venir ici. C'est très important, dit-il plus clairement, pour… nous trois. Je n'ai pas besoin d'expliquer.

— Je… (Devait-il nier ? se demanda Alex. Mais il n'y avait pas eu accusation. Seulement la vérité.) Je comprends.

— Bien. (John Henry hocha la tête, l'air content.) J'aime beaucoup ma femme, monsieur Hale… (ses yeux semblaient étrangement brillants) à tel point que je souffre… terriblement… de la garder cloîtrée ici, alors que je… je reste prisonnier de ce corps usé, inutile… et elle vit… enchaînée à moi… (Il avait l'air accablé de chagrin quand ses yeux se tournèrent vers Alex.) Ce n'est pas une existence pour… une… jeune… femme… et pourtant… elle est très bonne envers moi.

Alex ne put se retenir. Et sa voix était enrouée quand il parla.

— Elle vous aime énormément aussi.

Plus que jamais, il se sentit l'intrus. Ils étaient les amants, il était le resquilleur, c'était la première fois qu'il en prenait vraiment conscience. Raphaella était l'épouse de cet homme, pas la sienne. Et, en vertu de ce qu'ils éprouvaient l'un pour l'autre, elle avait sa place ici. Et pourtant, était-ce pensable ? John Henry était un très vieil homme qui s'approchait de la mort à pas comptés, des pas infiniment petits. Comme lui-même semblait le comprendre, c'était une existence bien cruelle pour elle. Il regardait à présent Alex avec une expression désemparée.

— Ce que je lui fais endurer… est terrible.

— Vous ne l'avez pas voulu.

Il y eut l'ombre d'un sourire.

— Non… bien sûr… mais c'est arrivé… je vis encore… et je la torture.

— Ce n'est pas vrai. (Ils étaient assis là comme deux vieux amis, chacun reconnaissant l'existence et l'importance de l'autre, c'était un moment très étrange pour les deux hommes.) Jamais elle ne se plaint de la vie qu'elle mène avec vous.

De nouveau, il dut maîtriser l'envie d'ajouter « monsieur ».

— Elle devrait pourtant.

Il ferma les yeux un instant.

— Moi, en tout cas… je m'en irrite pour elle… et pour moi… Mais je ne vous ai pas demandé de venir pour vous parler de mes regrets… et de mes peines… Je vous ai fait venir pour que vous me parliez… de vous.

Le cœur d'Alex se mit à battre à grands coups et il décida de prendre le taureau par les cornes.

— Permettez-moi de vous demander comment vous avez appris mon existence ?

Était-il au courant dès le début ? La faisait-il suivre systématiquement par des domestiques ?

— J'ai reçu... une lettre.

Alex sentit une étrange flamme commencer à brûler en lui.

— Puis-je vous demander de qui ?

— Je... ne sais pas.

— Elle était anonyme ?

— Oui... Elle m'expliquait seulement... que... vous et...

Il ne semblait pas désireux de prononcer son nom devant Alex, c'était suffisant qu'ils soient assis ensemble tous les deux et qu'ils se disent la vérité.

— Que vous et elle aviez une liaison depuis... presque un an...

Il se mit à tousser doucement et Alex se fit du souci, mais John Henry agita une main pour signifier que tout allait bien, et peu après il poursuivit :

— La lettre m'indiquait votre adresse et votre numéro de téléphone, précisant que vous étiez avocat... et il était dit clairement qu'il serait sage de ma part... de mettre fin à cette affaire. (Il regarda Alex avec curiosité.) Pourquoi cela ? Cette lettre était-elle... de votre femme ?

Il semblait intrigué, mais Alex secoua la tête.

— Je ne suis pas marié. Je suis divorcé depuis plusieurs années.

— Est-elle... encore... jalouse ?

— Non. Je crois que la lettre que vous avez reçue

a été écrite par ma sœur. Elle fait de la politique. Elle est député, pour tout dire. Et c'est une femme redoutable, égoïste et méchante. Elle pense que si l'on venait à découvrir ma… heu… notre liaison, cela lui ferait beaucoup de tort politiquement, à cause du scandale.

— Elle a probablement… raison. (John Henry hocha la tête.) Mais est-ce que quelqu'un est au courant ?

Il avait du mal à le croire de Raphaella.

— Non, répondit Alex, catégorique. Personne, à part ma nièce, mais elle adore Raphaella et elle est très discrète.

— Elle est petite ?

John Henry sembla sourire.

— Elle a dix-sept ans, et c'est la fille de cette même sœur. Ces derniers mois, Amanda, ma nièce, est venue habiter chez moi. Elle a été blessée le jour de Thanksgiving, et, à l'inverse de sa mère qui s'est montrée très dure avec elle, votre… heu… Raphaella (il décida de se lancer et de le dire) a été merveilleuse pour elle.

Ses yeux s'illuminèrent de ferveur en prononçant ces mots, et John Henry sourit de nouveau.

— Elle est toujours merveilleuse… dans des circonstances de ce genre. C'est un être… vraiment… hors du commun.

Tous deux en tombèrent d'accord, puis l'expression de John Henry se rembrunit.

— Elle aurait dû avoir… des enfants… (Puis :) Peut-être… un jour… en aura-t-elle.

Alex garda le silence. Et finalement, John Henry continua :

— Ainsi, vous pensez qu'il s'agit… de votre sœur ?

— Oui. A-t-elle proféré des menaces quelconques contre vous dans cette lettre ?

— Non. (Il semblait scandalisé.) Elle compte seulement… sur ma capacité à faire cesser… cette… affaire. (Il parut soudain amusé et désigna du geste ses membres bons à rien sous le drap.) Quelle confiance en un vieil, très vieil homme ! (Mais il n'avait pas l'air si vieux d'esprit quand son regard croisa celui d'Alex.) Dites-moi, comment… permettez-moi de vous demander… comment cela a commencé ?

— Nous nous sommes rencontrés en avion, l'an dernier… Non… ce n'est pas exact.

Alex fronça les sourcils et ferma les yeux un instant, se remémorant la première fois qu'il l'avait vue, sur les marches.

— Je l'ai vue une nuit… assise sur les marches, en train de contempler la baie…

Il se rendit compte qu'il n'avait pas envie de dire à John Henry qu'elle pleurait.

— Je l'ai trouvée incroyablement belle, mais c'est tout. Je ne m'attendais pas à la revoir.

— Mais vous l'avez revue ?

John Henry semblait intrigué.

— Oui, dans l'avion dont j'ai parlé. Je l'ai aperçue fugitivement dans l'aéroport, puis elle a disparu.

John Henry lui sourit avec bienveillance.

— Vous devez être… romanesque.

— C'est vrai.

Alex rougit un peu, avec un sourire embarrassé.

— Elle aussi, dit John Henry.

Il parlait comme s'il était le père de Raphaella, et il ne précisa pas que lui aussi avait été romanesque.

— Nous avons bavardé. Je lui ai parlé de ma mère. Elle lisait un de ses romans.

— Votre mère écrit ?

Son intérêt parut augmenter.

— Charlotte Brandon.

— Très… impressionnant… J'ai lu quelques-uns… de ses premiers livres. J'aurais beaucoup aimé faire sa connaissance… Et votre sœur est… député. Quelle famille !

Il sourit avec bienveillance à Alex et attendit la suite.

— Je l'ai invitée à déjeuner avec ma mère à New York, et… (il n'hésita qu'une fraction de seconde) je ne savais pas qui elle était. Ma mère me l'a appris après le déjeuner.

— Elle le savait ?

— Elle l'avait reconnue.

— Je suis… surpris… Peu de gens la connaissent… Je l'ai tenue à bonne distance… des journalistes. (Alex confirma d'un signe.) Elle n'avait pas… dit elle-même… qui elle était ?

— Non. Quand je l'ai revue ensuite, elle m'a dit seulement qu'elle était mariée et ne pouvait pas s'engager dans une liaison. (John Henry hocha la tête, visiblement content.) Elle a été très catégorique, et je dois avouer que… que j'ai insisté.

— Pourquoi ?

La voix de John Henry résonna sèchement dans la pièce.

— Je m'en excuse. Je n'ai pas pu m'empêcher. Je… comme vous l'avez dit, je suis romanesque. J'étais amoureux d'elle.

— Si vite ?

Il avait l'air sceptique, mais Alex tint bon.

— Oui.

Il prit une profonde inspiration. C'était difficile de raconter tout cela à John Henry. Et pourquoi ? Pourquoi le vieil homme voulait-il tout savoir ?

— Je l'ai revue, et je pense qu'elle aussi était attirée par moi.

Cela ne le regardait pas s'ils avaient fait l'amour à New York. Eux aussi avaient droit à leur intimité. Raphaella n'appartenait pas seulement à John Henry, mais à Alex également.

— Nous sommes rentrés à San Francisco par le même avion, mais je ne l'ai revue qu'une fois. Elle était venue me dire qu'elle ne pouvait plus me rencontrer. Elle ne voulait pas vous être infidèle.

John Henry parut abasourdi.

— C'est… une femme… étonnante… (Alex approuva sans ambiguïté.) Et après ? Vous avez de nouveau insisté ?

— Non. Je l'ai laissée en paix. Elle m'a appelé deux mois plus tard. Je crois que nous avions été aussi malheureux l'un que l'autre.

— Cela a donc commencé à ce moment-là ?

Alex acquiesça en silence.

— Je vois. Et cela c'était il y a combien de temps ?

— Presque huit mois.

John Henry hocha lentement la tête.

— J'avais… souhaité… qu'elle trouve quelqu'un. Elle était si seule… et je n'y peux… rien. Après un certain temps, j'ai cessé d'y penser… Elle semblait s'être faite à ce genre de vie.

Il regarda Alex de nouveau sans rien d'accusateur.

— Y a-t-il une raison qui justifierait que j'y mette

fin ? Est-elle… malheureuse ? (Alex secoua lentement la tête) Et vous ?

— Non. (Il poussa un léger soupir.) Je l'aime profondément. Je regrette seulement que vous ayez été mis au courant. Nous ne voulions pas que vous en souffriez. Elle ne l'aurait pas supporté.

— Je sais. (John Henry le regarda.) Je sais… et je n'en ai pas souffert. Vous ne m'avez rien pris. Elle est autant mon épouse qu'avant… dans la mesure du possible, maintenant… Elle est aussi bonne que jamais pour moi… aussi gentille… aussi aimante. Et si vous lui donnez quelque chose en plus, un rayon de soleil… de la joie… de la tendresse… de l'amour… comment pourrais je le lui reprocher ? Ce n'est pas juste qu'un homme de mon âge… garde sous clé une belle jeune femme… Non ! (Sa voix résonna avec force dans la chambre.) Non… je ne l'empêcherai pas, continua-t-il plus doucement. Elle a le droit d'être heureuse avec vous… autant qu'elle avait le droit de l'être naguère avec moi. La vie est faite de saisons qui se succèdent… d'étapes à franchir… de rêves qui évoluent… nous devons évoluer avec eux. Rester enfermés dans le passé la condamnerait à la même destinée que moi. Ce serait immoral de la laisser faire cela… c'est là que serait le scandale… ajouta-t-il en souriant gentiment à Alex, et non dans ce qu'elle partage avec vous.

Puis, il ajouta presque dans un murmure :

— Je vous suis reconnaissant… si vous… l'avez rendue… heureuse, ce dont je ne doute pas. (Puis il laissa passer un long moment avant de demander :) Et maintenant ? Quels projets faites-vous avec elle. En faites-vous ?

Il paraissait à nouveau inquiet, comme s'il se préoccupait de l'avenir d'une fille bien-aimée.

Alex ne savait pas trop que répondre.

— Nous en parlons rarement.

— Mais y… songez-vous ?

— Oui.

Alex avait répondu franchement. John Henry s'était montré trop bienveillant pour manquer à la franchise envers lui.

— Voulez-vous, demanda-t-il cependant que les larmes lui montaient aux yeux, prendre soin d'elle… pour moi ?

— Si elle l'accepte.

John Henry secoua la tête.

— En admettant qu'ils vous en laissent… la possibilité. S'il m'arrive quelque chose, ses parents viendront la chercher… et l'emmèneront. (Il soupira tout bas.) Elle a besoin de vous… si vous êtes bon pour elle… Exactement comme naguère… elle a eu besoin de moi.

Alex avait lui aussi les yeux humides à présent.

— Je vous le promets. Je m'occuperai d'elle. Et jamais je ne l'éloignerai de vous. Ni maintenant, ni plus tard, ni jamais. Je veux que vous le sachiez.

Il se pencha pour prendre la main frêle de John Henry dans la sienne.

— Elle est votre épouse et je respecte cela. Je l'ai toujours respecté. Je le respecterai toujours.

— Et un jour, vous en ferez… la vôtre ?

Leurs regards se croisèrent et ne se détournèrent pas.

— Si elle le veut bien.

— Veillez à ce… qu'elle le veuille.

Il serra énergiquement la main d'Alex, puis il ferma

les yeux comme s'il était épuisé. Il les rouvrit quelques instants plus tard et ajouta avec un pâle sourire :

— Vous êtes quelqu'un de bien, Alexander.

— Merci, monsieur.

Il l'avait finalement dit. Et il se sentait mieux. C'était comme s'ils étaient père et fils.

— Vous avez eu le courage de venir.

— Il le fallait.

— Et votre sœur ?

Ses yeux questionnaient Alex et celui-ci se contenta de hausser les épaules.

— Elle ne peut pas vraiment nous faire grand-chose. (Il regarda John Henry.) Que peut-elle faire de plus ? Elle vous a mis au courant. Elle ne peut pas rendre la chose publique, les électeurs l'apprendraient. (Il sourit.) Elle ne peut rien du tout.

Mais John Henry paraissait inquiet.

— Elle pourrait… faire du mal… à Raphaella.

Il le dit si doucement que c'était presque un murmure. Mais il avait enfin prononcé son nom.

— Je l'en empêcherai, répondit Alex avec tant de force que John Henry se sentit tout à fait tranquillisé.

— Bien. (Et, au bout d'un instant :) Elle sera en sécurité avec vous.

— Toujours.

Il regarda Alex longuement, puis lui tendit de nouveau la main. Alex la prit dans la sienne. Il la serra et murmura :

— Vous avez ma bénédiction, Alexander… dites-le-lui… quand le moment viendra…

Il y avait des larmes dans les yeux d'Alex quand il baisa la main frêle qu'il tenait et, quelques minutes plus tard, il laissa le vieil homme se reposer.

Il quitta l'imposante demeure avec un sentiment de paix qu'il n'avait jamais éprouvé auparavant. Sans le vouloir, sa sœur venait de lui octroyer un cadeau inestimable. Au lieu de mettre un terme à sa liaison avec Raphaella, elle leur avait fourni la clé de leur avenir. D'une étrange manière surannée, en lui donnant sa bénédiction, John Henry Phillips avait transmis Raphaella à Alexander Hale, non comme un objet ou un fardeau, mais comme un précieux trésor que les deux hommes avaient, chacun en son temps, fait vœu de chérir et de protéger.

25

— Raphaella, ma chérie… s'écria sa mère en se jetant à son cou quand elle descendit de l'avion, à Madrid. Mais quelle est cette folie ? Pourquoi n'es-tu pas restée à Paris pour la nuit ? Quand ton père m'a annoncé que tu venais directement, je lui ai dit que c'était insensé.

Alejandra de Mornay-Malle regarda les cernes qui se formaient sous les yeux de sa fille et la gronda gentiment. Mais sa façon de faire indiqua à Raphaella qu'elle ne se doutait pas de la raison de ce changement. Manifestement, son père n'avait pas soufflé mot de la lettre de « Mme Willard » ou de sa liaison avec Alex, cause de sa disgrâce.

Raphaella adressa à sa mère un sourire las, elle aurait voulu se sentir heureuse de la voir, elle aurait voulu avoir le sentiment qu'elle revenait dans son foyer, dans un havre sûr à l'abri de la colère paternelle. Au lieu de cela, tout ce qu'elle ressentait c'est de l'épuisement, et tout ce qu'elle pouvait entendre, c'est l'écho des paroles de son père : « Je ne veux pas héberger une putain sous mon toit, Raphaella, même pas pour une nuit. »

— Chérie, tu as l'air épuisée. Tu es sûre que tu n'es pas malade ?

La surprenante beauté qui avait rendu célèbre Alejandra de Santos y Quadral lorsqu'elle était jeune s'était à peine fanée à l'approche de la cinquantaine. Elle était encore une femme remarquable dont la beauté était seulement altérée par le fait qu'elle manquait de personnalité et que ses yeux verts brillaient d'un éclat sans grand intérêt. En statue, elle aurait été superbe, en portrait elle avait été à maintes reprises admirable. Mais elle n'avait rien de commun avec la beauté sombre de sa fille, et n'offrait rien de pareil au contraste frappant entre le noir de ses cheveux de jais et l'ivoire de son teint. Il n'y avait rien de la profondeur de Raphaella chez sa mère, non plus que son intelligence, son esprit ou son enthousiasme. Alejandra était simplement une femme très élégante, avec un fort joli visage, un cœur généreux, une excellente éducation, des manières parfaites, une femme gracieuse et facile à vivre.

— Je vais bien, maman. Je suis seulement très fatiguée. Mais je n'ai pas voulu perdre de temps à Paris, puisque je ne peux pas rester très longtemps.

— Tu ne peux pas ? (Sa mère était visiblement atterrée à la perspective d'un court séjour.) Mais pourquoi donc ? John Henry est-il retombé malade, chérie ?

Raphaella secoua la tête comme elles quittaient l'aéroport et s'acheminaient vers Madrid.

— Non, mais je n'aime pas le laisser seul pendant de longues périodes.

Cependant sa fille avait une expression angoissée et tendue qu'Alejandra lui revit encore le lendemain, lorsqu'elles partirent pour Santa Eugenia.

La veille au soir, Raphaella s'était retirée de bonne

heure, disant qu'elle avait simplement besoin d'une bonne nuit de sommeil pour se remettre. Mais sa mère avait senti en elle une réserve, presque un malaise qui l'avait inquiétée et, pendant le trajet jusqu'à Santa Eugenia le lendemain, Raphaella n'avait pas prononcé un mot. C'est ce qui fit qu'Alejandra avait pris peur et qu'elle téléphona à son mari, à Paris, le soir même.

— Mais enfin, Antoine, que se passe-t-il ? La petite porte littéralement le deuil de quelque chose. Je ne comprends pas, mais c'est très grave. Tu es sûr qu'il ne s'agit pas de John Henry ?

Comme ce dernier était malade depuis huit ans, que Raphaella prenne la chose tellement à cœur était bizarre. C'est alors qu'avec un soupir de regret Antoine lui expliqua, elle écouta avec consternation.

— Pauvre enfant.

— Non, Alejandra, non. Il n'y a pas lieu de s'apitoyer. Elle se conduit de façon innommable et cela va se savoir très rapidement. Qu'est-ce que tu en penseras quand tu liras la chose dans la rubrique des potins ou que tu verras quelque part dans les journaux une photo d'elle en train de danser avec un inconnu ?

Il avait l'air très vieux et compassé en disant cela et à l'autre bout du fil, Alejandra ne fit que sourire.

— Cela ne ressemble pas du tout à Raphaella. Tu crois qu'elle l'aime réellement ?

— J'en doute. Cela n'a pas d'importance, en fait. Je lui ai exposé très clairement la situation. Elle n'a absolument pas le choix.

Alejandra hocha de nouveau la tête, dubitative, puis haussa les épaules. Antoine avait probablement raison. Il avait toujours raison, comme ses frères à elle, du moins la plupart du temps.

Pourtant, ce soir-là, elle se décida à aborder le sujet avec Raphaella qui revenait d'une longue promenade silencieuse dans les jardins savamment dessinés de la propriété. Il y avait des palmiers et de hauts cyprès sombres, des parterres de fleurs et des haies taillées en forme d'oiseaux, mais Raphaella n'en avait rien vu car elle songeait à Alex. Tout ce sur quoi elle était capable de fixer son attention, c'était la lettre que Kay avait envoyée à son père et sa propre décision de ne pas céder aux menaces de celui-ci, quelque inflexible qu'il soit. Elle était adulte, après tout. Elle habitait San Francisco, elle était mariée et menait sa propre vie. Mais tandis qu'elle ruminait les paroles de son père, la réalité de l'emprise qu'exerçait sa famille sur elle s'imposait de façon lancinante.

— Raphaella ?

Elle sursauta en entendant son nom et aperçut sa mère en longue robe du soir blanche avec un immense sautoir de perles parfaitement assorties.

— Je t'ai fait peur ? Excuse-moi.

Elle sourit et prit doucement le bras de sa fille. Elle savait bien consoler et conseiller les autres femmes, elle l'avait fait toute sa vie en Espagne.

— À quoi pensais-tu en te promenant ?

— Oh… (Raphaella relâcha lentement sa respiration) à rien de particulier… à des choses de San Francisco…

Elle sourit à sa mère, mais son regard resta triste et las.

— À ton ami ?

Raphaella s'arrêta brusquement de marcher, et sa mère passa un bras autour de ses épaules.

— Ne te fâche pas. J'ai parlé avec ton père, ce soir. J'étais très inquiète… tu as l'air si bouleversée.

Mais il n'y avait pas de reproche dans sa voix, seulement du chagrin, et elle entraîna doucement Raphaella dans l'allée sinueuse.

— Je regrette qu'il soit arrivé une chose comme ça.

Raphaella ne dit rien pendant un long moment, puis elle hocha la tête.

— Moi aussi.

Elle ne le regrettait pas pour elle-même, elle le regrettait en un sens pour Alex.

— C'est un homme merveilleux. Il mérite beaucoup plus que ce que je peux lui donner.

— Voilà à quoi tu devrais penser, Raphaella. Pèse les choses en ton âme et conscience. Ton père a peur du scandale, mais je ne pense pas que ce soit vraiment cela l'important. Ce que tu devrais te demander, je crois, c'est si tu ne gâches pas la vie de quelqu'un. Détruis-tu cet homme ? Tu sais, continua-t-elle en souriant tendrement et en serrant de nouveau les épaules de Raphaella, tout le monde, une ou deux fois dans sa vie… commet un faux pas. L'important est que ce ne soit pas avec quelqu'un qui risque d'en souffrir. Quelqu'un que tu connais bien est plus approprié en général, parfois même un cousin ou encore quelqu'un d'autre qui est marié aussi. Mais jouer avec des gens qui sont libres, qui attendent davantage de toi, qui espèrent quelque chose que tu ne peux pas donner, c'est de la cruauté, Raphaella. Bien plus, c'est de l'inconscience. Si c'est cela que tu fais, eh bien alors c'est mal de ta part d'aimer cet homme.

Sa mère venait encore d'ajouter un autre fardeau au poids déjà énorme que Raphaella sentait peser sur elle depuis son arrivée. Une fois passée la colère qu'avaient provoquée les paroles de son père, elle avait été accablée par la justesse d'au moins quelques-unes de ses accusations. Le fait qu'elle puisse priver John Henry de quelque chose, que ce soit en termes de temps, de dévouement, ou de sentiments, même dans une très faible mesure, n'avait cessé de la tracasser, et l'idée qu'elle empêchait Alex de vivre quelque chose de plus enrichissant avait été pour elle dès le début un autre regret concernant leur liaison.

À présent, sa mère lui disait d'avoir une aventure avec un cousin ou avec quelqu'un de marié comme elle, mais pas avec Alex. Elle lui disait qu'aimer Alex était cruel. Tout à coup, Raphaella ne put supporter davantage le flot d'émotions qui la submergeaient. Elle secoua la tête, serra le bras de sa mère, puis repartit dans l'allée pour rentrer à la maison en courant tout le long du chemin. Sa mère suivit plus lentement, les larmes aux yeux à cause de la douleur qu'elle avait vue surgir sur le visage de Raphaella.

26

Les jours que Raphaella passa à Santa Eugenia cet été-là comptèrent parmi les plus tristes qu'elle y avait jamais vécus et chacun de ces jours pesait sur elle comme un joug de fonte qu'elle aurait porté sur le cou. Même les enfants, cette année-là, ne l'enchantèrent pas. Ils étaient bruyants et indisciplinés, ils jouaient constamment de mauvais tours aux adultes et exaspérèrent Raphaella de toutes les façons possibles. Le seul point positif fut qu'ils adorèrent ses contes, mais même cela ne lui paraissait pas avoir grande importance maintenant. Elle rangea ses manuscrits dans sa valise au bout de quelques jours, et refusa de leur raconter d'autres histoires pendant le reste de son séjour. Elle écrivit deux ou trois lettres à Alex, mais soudain elles lui parurent toutes guindées et maladroites. C'était impossible de ne pas lui dire ce qui était arrivé, et elle ne voulait pas le faire avant d'avoir trouvé elle-même une solution. Chaque fois qu'elle tentait de lui écrire, elle se sentait plus coupable, chaque jour ce que lui avaient dit ses parents l'oppressait davantage.

Ce fut presque un soulagement quand, à la fin de la première semaine, son père arriva pour le week-end et après un grand repas de famille auquel assistèrent tous les occupants de Santa Eugenia – trente-quatre personnes ce jour-là –, il annonça à Raphaella qu'il désirait la voir dans le petit solarium attenant à sa chambre. Quand elle l'y rejoignit, il avait la même expression féroce qu'à Paris, et elle s'assit inconsciemment dans un des fauteuils à raies blanches et vertes, comme elle l'aurait fait étant enfant.

— Eh bien, as-tu repris tes esprits ?

Il en venait directement à l'essentiel et elle dut lutter pour ne pas trembler à ces paroles. C'était ridicule qu'à son âge il l'intimide, mais elle avait passé trop d'années à recevoir des ordres de lui pour ne pas être impressionnée par l'autorité qu'il exerçait du fait qu'il était son père et qu'il était un homme.

— Alors ?

— Je ne suis pas certaine de comprendre ce que tu veux dire, père. Je ne partage toujours pas ton opinion. Ce que j'ai fait n'a aucunement nui à John Henry, même si tu le désapprouves.

— Vraiment ? Alors comment se porte-t-il, Raphaella ? J'avais cru comprendre qu'il n'allait pas très bien.

— Il ne va pas mal.

Sa voix s'altéra, elle quitta son siège et se mit à arpenter la pièce pour finalement s'arrêter et affronter son père.

— Il a soixante-dix-sept ans, papa, et il est pour ainsi dire cloué au lit depuis presque huit ans. Il a eu un certain nombre d'attaques et il a fort peu de désir de continuer à vivre dans cet état. Peux-tu vraiment en rejeter le blâme sur moi ?

— S'il a si peu de désir de vivre, comment oses-tu prendre le risque de lui ôter le peu qui lui reste ?

Comment oses-tu courir le risque que quelqu'un lui apprenne la vérité et que cela l'achève ? Tu dois être vraiment courageuse, Raphaella. À ta place, je ne courrais pas ce risque. Ne serait-ce que parce que je ne serais pas certain de pouvoir continuer à vivre moi-même si je l'avais tué… ce à quoi, ajouterai-je, tes façons d'agir pourraient bien aboutir. À moins que tu n'y aies pas songé ?

— Si. Souvent. (Elle poussa un léger soupir.) Mais, papa, j'aime… cet homme.

— Pas suffisamment cependant pour faire ce qui est le mieux pour lui. Ça m'attriste. Je t'avais crue meilleure que cela.

Elle le dévisagea tristement.

— Faut-il donc que je sois tellement parfaite, papa ? Tellement forte ? Cela fait huit ans que je suis forte… huit longues années.

Mais elle ne put continuer, elle pleurait de nouveau. Puis elle releva la tête.

— Maintenant, c'est tout ce que j'ai.

— Non, répliqua-t-il avec force. Tu as John Henry, tu n'as droit à rien de plus. Un jour, quand il ne sera plus là, tu pourras envisager d'autres possibilités. Mais il n'en est pas question pour l'instant. (Il la toisa avec sévérité.) Et j'espère, pour John Henry, que ce ne sera pas avant longtemps.

Elle courba alors la tête pendant un moment, puis la redressa et se dirigea vers la porte de la petite pièce.

— Merci, papa.

Elle le dit très bas et sortit.

Son père partit pour Paris le lendemain, mais c'était évident pour lui comme pour sa mère qu'une partie au moins de ce qu'ils avaient dit à Raphaella avait porté.

Elle avait perdu beaucoup de sa combativité et finalement, après quatre jours et cinq nuits blanches, elle quitta son lit à cinq heures du matin, alla au bureau qui se trouvait dans sa chambre et en sortit une feuille de papier et un stylo. Ce n'est pas qu'elle n'était plus en mesure de s'opposer à ses parents, c'est qu'elle ne parvenait plus à maîtriser la voix intérieure qu'ils avaient suscitée en elle. Comment savoir si ce qu'elle faisait ne nuisait pas à John Henry ? Et ce qu'ils avaient dit d'Alex était vrai. Il avait droit à davantage que ce qu'elle pouvait lui donner, et peut-être ne serait-elle pas libre de lui en offrir plus avant de nombreuses années.

Elle s'assit à son bureau, contemplant la feuille vierge, sachant ce qu'elle avait à dire. Pas à cause de son père, de sa mère ou de Kay Willard, songea-t-elle, mais à cause de John Henry et d'Alex, et de ce qu'elle leur devait. Il lui fallut deux heures pour rédiger cette lettre qu'elle voyait à peine quand elle la signa d'un dernier trait de plume. Tant de larmes ruisselaient sur son visage que tout se brouillait sous ses yeux, mais le sens de ses mots était on ne peut plus net. Elle disait à Alex qu'elle ne voulait plus continuer. Qu'elle avait beaucoup réfléchi durant son séjour en Espagne, qu'il n'y avait aucun intérêt pour eux à faire traîner en longueur une liaison sans avenir. Elle s'était rendu compte à présent qu'il n'était pas fait pour elle ni pour la vie qu'elle mènerait un jour quand elle serait libre. Elle lui disait qu'elle était plus heureuse en Espagne avec sa famille, que c'était là qu'elle se sentait chez elle et que puisqu'il était divorcé et qu'elle était catholique, elle ne pourrait de toute façon jamais l'épouser. Elle accumula tous les mensonges, les prétextes et les affronts qu'elle put imaginer, mais elle ne voulait lui laisser aucun espoir. Elle voulait le libérer complètement pour qu'il trouve une autre femme et cesse de l'attendre, elle voulait être sûre de lui offrir le cadeau d'une liberté définitive et, s'il fallait pour cela être désagréable dans sa lettre, eh bien, elle s'était résolue à l'être, pour Alex. C'était son dernier cadeau.

Pourtant, la seconde lettre qu'elle écrivit fut presque plus difficile à rédiger. C'était une lettre à Mandy qu'elle enverrait à l'adresse de Charlotte Brandon, à New York. Elle lui expliquait que la situation avait changé entre elle et Alex, qu'ils ne se reverraient plus lorsqu'elle reviendrait à San Francisco, mais qu'elle aimerait toujours Mandy et conserverait précieusement le souvenir de ces quelques mois qu'elles avaient passés ensemble.

Lorsqu'elle eut terminé ses deux lettres, il était huit heures du matin et elle se sentait comme si on l'avait battue de minuit jusqu'à l'aube. Elle passa un peignoir en éponge épaisse et courut sans bruit dans le hall d'entrée où elle laissa les deux lettres sur un plateau d'argent. Elle sortit ensuite et traversa lentement les jardins jusqu'à un endroit écarté sur la plage qu'elle avait découvert étant enfant. Elle ôta le peignoir et la chemise de nuit qu'elle portait dessous, se débarrassa de ses sandales d'un mouvement brusque du pied, puis se jeta littéralement à l'eau, nageant aussi loin et aussi vite que possible. Elle venait de renoncer à la seule chose qui comptait pour elle et peu lui importait à présent de vivre ou de mourir. Elle avait sauvé John Henry pour un jour de plus, ou un an, ou dix, ou même vingt ; elle avait libéré Alex pour qu'il se marie et ait des enfants, et elle n'avait plus rien, excepté le vide qui l'avait consumée pendant ces huit dernières années solitaires.

Elle nagea vers le large aussi loin qu'elle le put puis revint, tous les muscles de son corps douloureux. Elle sortit lentement de l'eau et retourna vers son peignoir, l'étendit sur le sable et s'allongea dessus, ses longs membres minces miroitant dans le soleil matinal, tout son corps secoué de sanglots. Elle resta gisant ainsi pendant près d'une heure et quand elle rentra à la maison, elle vit que les domestiques avaient enlevé les deux lettres de l'immense plateau d'argent et les avaient emportées pour les poster en ville. C'était fait.

Quand Alex reçut la lettre à San Francisco, cela ne lui servit à rien d'avoir eu la bénédiction de John Henry quinze jours plus tôt. Raphaella avait pris sa décision et, comme elle refusait de répondre à ses appels téléphoniques désespérés, c'était évident que rien ne l'inciterait à changer d'avis. Alex s'était habitué à l'éventualité que John Henry la force à rompre après la lettre de Kay, mais pas à ce que Raphaella mette d'elle-même fin à leur liaison, sans aucune raison, sinon que c'est ce qu'elle voulait. Pour lui qui était assis là, dépossédé, la bénédiction de John Henry semblait soudain cruelle.

27

Quand Raphaella eut quitté l'Espagne et regagné San Francisco, les journées lui parurent interminables. Elle restait assise auprès de John Henry pendant des heures chaque jour, à lire, réfléchir, parfois parler. Elle lui lisait des articles du journal, essayait de retrouver des livres qu'il avait aimés autrefois, s'installait avec lui dans le jardin, et lisait pour son propre compte pendant qu'il sommeillait, ce qui arrivait de plus en plus souvent. Mais chaque heure, chaque jour, chaque instant lui pesait. Tous les matins elle avait l'impression qu'elle ne pourrait jamais endurer une autre journée. Et, lorsque la nuit tombait, elle était épuisée par l'effort qu'elle avait dû faire rien que pour rester assise au même endroit presque sans bouger, avec dans les oreilles le bourdonnement monotone de sa propre voix, puis le léger ronflement de John Henry qui dormait pendant qu'elle lisait.

C'était une vie de torture, une lente agonie à laquelle elle se sentait condamnée maintenant. Une vie différente de ce qu'elle avait été avant sa rencontre avec Alex, l'année précédente. À l'époque, elle n'avait rien connu d'autre, elle n'avait pas eu la joie d'aménager une chambre pour Mandy, de faire cuire du pain, de travailler au jardin, ou d'attendre avec impatience qu'Alex rentre à la maison ; elle n'avait pas monté l'escalier en riant et faisant la course avec Mandy ou contemplé le panorama de la baie avec Alex avant l'aube. Il n'y avait rien à présent, seulement d'interminables journées mornes pendant l'été brûlant, assise dans le jardin à regarder de grandes houppes de nuages blancs tassées au-dessus de sa tête ou assise dans sa chambre tard dans la soirée à écouter les sirènes de brume bramer dans la baie.

Parfois elle se rappelait les étés précédents à Santa Eugenia, ou même des étés passés ailleurs avec John Henry, quelque dix ans auparavant. Mais maintenant il n'y avait plus de baignades, de rires, de courses sur la plage, cheveux au vent.

Il n'y avait rien, personne, seulement John Henry, mais il était différent aussi de ce qu'il avait été il y a un an. Il était beaucoup plus fatigué, épuisé et replié sur lui-même, beaucoup moins intéressé par ce qui existait au-delà de son lit. Il ne se souciait plus de la situation politique, des grands contrats pétroliers avec les Arabes ou des désastres latents qui faisaient jaser le monde. Il se moquait éperdument de sa vieille firme ou de ses associés. Il ne s'intéressait en fait plus à rien, et il devenait subitement d'humeur chagrine si la moindre petite chose tournait de travers. C'était comme s'il éprouvait du ressentiment pour tout et pour tous, les haïssant finalement pour les extrêmes souffrances physiques des huit dernières années. Il était las de mourir à petit feu, avait-il dit un matin à Raphaella. « Puisque je dois mourir un jour ou l'autre, autant que ce soit tout de suite. »

Il parlait constamment maintenant de son désir d'en finir, de sa détestation des infirmières, de son dégoût d'être promené dans un fauteuil roulant. Il ne voulait être importuné par personne, disait-il avec insistance, et c'est seulement pour Raphaella qu'il faisait un suprême effort, comme s'il ne voulait pas la punir de ce qu'il ressentait. Mais pour tous ceux qui le voyaient, c'était évident qu'il était terriblement malheureux, et cela ne manquait jamais de rappeler à Raphaella les paroles de son père. Peut-être avait-il eu raison, après tout, en disant que John Henry avait besoin de son attention entière. Assurément, il en avait maintenant besoin, même si cela n'avait pas été le cas auparavant. À moins qu'elle n'ait l'impression qu'il avait tellement plus besoin d'elle simplement parce qu'elle n'avait plus rien d'autre à faire. Mais il semblait absorber tous ses instants, juste parce qu'elle s'estimait obligée de lui tenir compagnie, d'être près de lui et de le veiller pendant qu'il dormait. C'était comme si elle avait pris un ultime engagement, celui de donner sa vie entière pour cet homme. Et dans le même temps c'était comme si John Henry avait finalement perdu toute volonté de vivre. Raphaella en sentait le poids peser plus lourdement sur elle à présent. S'il était las de vivre, que pouvait-elle faire pour l'inciter à vouloir rester vivant ? Lui insuffler sa jeunesse et sa propre vitalité, sa volonté de vivre à elle ? Sa vie n'était pas plus heureuse que celle de John Henry, depuis qu'elle avait renoncé à Alex. Il y avait des jours où elle pensait qu'elle ne pourrait plus continuer.

Elle ne sortait presque plus jamais et, quand elle le faisait, elle demandait au chauffeur de la déposer quelque part où elle pouvait marcher longuement. Elle ne s'était pas rendue en ville depuis son retour d'Espagne, et elle avait peur de se promener dans le voisinage, même le soir, de crainte que par hasard, quelque part, il y ait Alex. Il avait reçu sa lettre la veille de son départ de Santa Eugenia, et, quand le majordome lui avait dit qu'il y avait un appel pour elle en provenance des États-Unis, elle était restée assise, pétrifiée, pendant un long moment, espérant et redoutant tout à la fois que ce soit Alex. Elle n'avait pas osé refuser l'appel, de peur qu'il concerne John Henry.

Elle était donc allée prendre la communication le cœur battant et les mains tremblantes et, lorsqu'elle entendit la voix d'Alex, elle ferma les yeux avec force et essaya de refouler ses larmes. Elle lui expliqua d'une voix très posée et calme qu'elle avait repris ses esprits ici, à Santa Eugenia, et qu'il n'y avait rien à dire de plus qu'elle n'avait déjà dit dans la lettre qu'il venait de recevoir. Il l'avait traitée de folle, il avait déclaré que quelqu'un avait dû exercer une pression sur elle, il avait demandé si cela n'avait pas quelque chose à voir avec ce que Kay avait pu dire à New York. Elle lui avait assuré qu'il n'en était rien, que c'était sa propre décision et, lorsqu'elle avait raccroché, elle avait pleuré pendant plusieurs heures. Renoncer à Alex avait été la décision la plus pénible de sa vie, mais elle ne pouvait plus risquer que son infidélité tue John Henry ni continuer à spolier Alex de tout ce qu'il avait le droit d'avoir avec quelqu'un d'autre. Finalement, Kay et le père de Raphaella avaient gagné. Et maintenant il ne lui restait plus qu'à conformer sa vie à sa décision jusqu'à la fin de ses jours. Quand l'été s'acheva, elle vit les années se profiler devant elle comme toute une série de mornes pièces vides.

En septembre, John Henry s'étant mis à dormir pendant des heures le matin, elle ressortit pour s'occuper du manuscrit de son livre pour enfants. Elle trouvait cela un peu stupide, mais elle finit tout de même par le dactylographier et envoyer la version définitive à un éditeur de littérature enfantine à New York. C'était une idée qui lui avait été donnée par Charlotte Brandon et la mettre à exécution semblait vaguement ridicule mais elle n'avait rien à perdre et encore moins à faire.

Une fois le livre achevé, Raphaella fut de nouveau hantée par ses souvenirs de l'été passé. Surtout, il y avait des moments où elle en voulait terriblement à son père et elle se demandait si elle lui pardonnerait jamais ce qu'il lui avait dit. Il ne s'était qu'à peine radouci lorsqu'elle lui avait téléphoné de Santa Eugenia qu'elle avait « définitivement réglé la question à San Francisco ». Il avait répliqué qu'il n'y avait là pas de quoi la féliciter, qu'elle n'avait fait que son devoir, qu'il avait été peiné d'avoir eu tant de mal à obtenir ce changement de conduite et qu'elle aurait dû faire cela d'elle-même depuis longtemps. Il souligna qu'elle l'avait gravement déçu, et même les propos plus doux de sa mère la laissèrent, finalement, avec une sensation d'échec. Et c'est ce sentiment qu'elle avait en elle quand vint l'automne à San Francisco et qui la poussa à refuser de rejoindre sa mère pour quelques jours à New York quand elle y passerait en se rendant au Brésil avec la horde habituelle. Raphaella pensait qu'elle ne devait plus faire des choses comme aller à New York retrouver sa mère. Sa place était auprès de John Henry et elle ne le quitterait plus jusqu'au jour de sa mort. Qui sait si ces mois où elle avait navigué entre son foyer et celui d'Alex n'avaient pas en quelque manière poussé John Henry plus vite vers sa mort ? Bien entendu, ç'aurait été inutile de lui dire que John Henry n'attendait plus que cela. À présent, elle ne le quittait presque jamais, sauf pour une promenade de temps à autre.

Sa mère avait été vaguement inquiétée par le refus de Raphaella de la rejoindre au *Carlyle* et elle s'était brièvement demandé si elle en voulait toujours à son père de ce qui s'était passé entre eux en juillet. La lettre de refus de Raphaella ne donnait pas l'impression qu'elle était fâchée. Elle avait plutôt l'air d'être curieusement repliée sur elle-même. Sa mère se promit de lui téléphoner de New York pour s'assurer que tout allait bien mais, entre ses sœurs, ses cousines, ses nièces, leurs perpétuelles courses et visites aux magasins, plus le décalage horaire, elle partit pour Rio de Janeiro sans avoir eu une seule chance de le faire.

De toute façon, cela n'aurait pas eu beaucoup d'importance pour Raphaella. Elle n'avait aucun désir de parler à sa mère ou à son père et avait décidé de ne pas retourner non plus en Europe avant la disparition de John Henry. Il semblait vivre en état de catalepsie, dormant la plupart du temps, déprimé quand il était éveillé, refusant de manger et semblant perdre ce qui lui restait de capacités. Le médecin lui avait dit que tout cela était normal chez un homme de son âge, après le choc provoqué par ses attaques. C'était d'ailleurs surprenant qu'il ait conservé si longtemps toutes ses facultés mentales. Cela semblait à Raphaella une ironie du sort que l'état de santé de John Henry devienne critique alors même qu'elle se consacrait entièrement à lui, mais le médecin affirmait qu'une amélioration était envisageable, et que peut-être, après quelques mois de léthargie, il pourrait inexplicablement reprendre le dessus. De toute évidence, Raphaella faisait son possible pour le divertir et désormais elle s'était même mise à préparer de petits plats fins dans l'espoir de tenter son palais et de l'inciter à manger. C'était une vie qui aurait donné des cauchemars à la plupart des gens et que Raphaella ne semblait même pas remarquer. Ayant renoncé à la seule chose qui lui importait et abandonné les deux seules personnes qu'elle avait aimées depuis longtemps, Alex et Amanda, peu lui importait au fond ce qu'elle faisait de son temps.

Novembre s'écoula comme les mois qui l'avaient précédé et c'est en décembre qu'elle reçut la lettre de la maison d'édition de New York. Ils étaient enchantés par le manuscrit qu'elle leur avait envoyé, surpris qu'elle n'ait pas d'agent, et voulaient lui verser cinq mille dollars à titre d'avance pour le livre qu'ils comptaient illustrer et sortir l'été ou l'automne suivant. Pendant un instant, elle contempla la lettre avec stupeur puis, pour la première fois depuis longtemps, elle eut un large sourire. Presque comme une écolière, elle monta en courant l'escalier pour montrer la lettre à John Henry. Lorsqu'elle arriva là-haut, elle le trouva endormi dans son fauteuil roulant, la bouche ouverte, le menton sur la poitrine, ronronnant doucement. Elle resta un moment à le regarder, puis éprouva brusquement un horrible sentiment de solitude. Elle avait eu tellement envie de lui annoncer la nouvelle, et il n'y avait personne d'autre à qui le dire. Une fois de plus, elle pensa à Alex avec un serrement de cœur familier mais elle en chassa aussitôt la pensée, se disant que maintenant il avait dû trouver quelqu'un pour la remplacer, que Mandy était heureuse et qu'il était sans doute marié ou fiancé. D'ici un an il aurait peut-être même des enfants. Elle eut pour la centième fois le sentiment d'avoir fait une bonne action.

Elle replia la lettre et retourna au rez-de-chaussée. Elle s'avisa aussi que John Henry n'avait rien su des contes qu'elle avait imaginés pour les enfants, et il trouverait cela très étrange si elle lui apportait maintenant la nouvelle d'un livre. Mieux valait ne rien dire. Bien entendu sa mère ne s'y intéresserait pas, et elle n'avait aucun désir d'écrire à son père pour le lui annoncer. Finalement, il n'y avait personne à qui en parler, alors elle s'assit et répondit à la lettre, remerciant pour l'avance et se demandant ensuite pourquoi elle l'avait fait. C'était une satisfaction d'amour-propre qui lui parut ridicule et, après avoir donné la lettre au chauffeur pour qu'il la mette à la poste, elle le regretta. Elle était tellement habituée à se refuser tout ce qu'elle désirait que même ce petit plaisir semblait maintenant déplacé.

Contrariée d'avoir agi de façon absurde, elle demanda un peu plus tard au chauffeur de la conduire jusqu'à la plage pendant que John Henry passait l'après-midi à dormir. Elle avait simplement envie de marcher en respirant l'air pur, de voir les enfants et les chiens, de sentir le vent sur sa figure et de fuir l'atmosphère confinée de la maison. Elle dut se rappeler que Noël était proche, mais cela n'avait pas vraiment d'importance cette année. John Henry était trop fatigué pour se soucier s'ils le célébreraient ou non. Elle évoqua brièvement le Noël qu'elle avait passé avec Alex et Mandy, puis chassa ces souvenirs de son esprit. Même cela, elle se le permettait rarement à présent.

Il était presque quatre heures lorsque le chauffeur arrêta la voiture près des camions, des camionnettes et des vieilles guimbardes et, souriant de l'image incongrue qu'elle devait présenter, elle enfila une paire de mocassins espagnols noirs qu'elle mettait souvent à Santa Eugenia et descendit de la voiture dans le vent vif. Elle portait une veste courte en astrakan, un pull rouge à col roulé et un pantalon gris. Elle ne s'habillait plus avec autant de recherche qu'avant. Pour rester assise auprès de John Henry pendant qu'il dormait, ou mangeait sur un plateau dans sa chambre en regardant sans les voir les informations à la télévision, cela semblait vraiment inutile de faire des frais de toilette.

Tom, le chauffeur, vit Raphaella disparaître dans l'escalier conduisant à la longue plage de sable, puis il l'aperçut de nouveau qui s'approchait de la jetée où se brisaient les vagues. Il finit par ne plus la distinguer au milieu des autres, et il remonta dans la voiture, mit la radio en marche et alluma une cigarette. Entre-temps, Raphaella avait parcouru un bon bout de chemin et observait trois labradors qui se pourchassaient dans l'eau et hors de l'eau, non loin d'un groupe de jeunes gens en blue jean drapés dans des ponchos qui buvaient du vin et jouaient de la guitare.

Le son de leurs chants la suivit sur la plage comme elle continuait sa promenade et, finalement, elle s'assit sur un tronc d'arbre et aspira une grande bouffée d'air marin. C'était si bon d'être là, d'être dehors, dans le monde pour un moment, de voir au moins d'autres vivre, à défaut de pouvoir vivre vraiment elle-même.

Elle resta simplement assise là, à suivre des yeux les gens qui passaient, bras dessus bras dessous, s'embrassant, marchant côte à côte, parlant et riant ou se dépassant les uns les autres en faisant du jogging. Ils avaient tous l'air de vouloir se rendre quelque part et elle se demanda où ils allaient tous quand le soleil se couchait.

C'est alors que son attention fut attirée par un homme qui courait. Il venait de loin en ligne droite, courant avec la régularité d'une machine et finalement, toujours se mouvant avec une aisance de danseur, il ralentit l'allure sans cesser d'avancer. La fluidité de ses mouvements dans le lointain l'avait intriguée et, quand il se rapprocha, elle le suivit longtemps du regard. Elle fut distraite un instant par un groupe d'enfants et, quand elle le chercha de nouveau, elle vit qu'il avait une veste rouge et qu'il était très grand, mais ses traits ne devinrent distincts que lorsqu'il fut plus proche. Brusquement, elle eut le souffle coupé en voyant qui c'était. Elle resta assise, saisie, incapable de bouger ou de se détourner pour qu'il ne voie pas son visage. Elle demeura assise là à regarder Alex qui avançait puis s'immobilisait comme ses yeux tombaient sur elle. Il ne bougea pas pendant un long instant, puis avec lenteur, avec détermination, il marcha vers elle. Elle voulait s'enfuir, disparaître, mais après l'avoir vu courir sur la plage, elle savait qu'elle n'avait aucune chance de le distancer et elle s'était éloignée à des kilomètres de l'endroit où elle avait laissé la voiture. Maintenant, implacablement, le visage fermé, il venait dans sa direction et s'arrêtait devant elle, la regardant assise sur le tronc d'arbre.

Longtemps, ni l'un ni l'autre ne parla puis, comme malgré lui, il sourit :

— Bonjour, comment vas-tu ?

C'était difficile de penser qu'ils ne s'étaient pas vus depuis cinq mois. Quand Raphaella leva les yeux vers ce visage qu'elle avait vu en esprit si nettement et si souvent, elle eut l'impression qu'ils avaient été ensemble la veille.

— Bien. Et toi ?

Il poussa un soupir et ne répondit pas.

— Tu vas bien, Raphaella ? Je veux dire, vraiment…

Elle acquiesça d'un hochement de tête cette fois, se demandant pourquoi il n'avait pas répondu quand elle lui avait demandé comment il allait. N'était-il pas plus heureux ? N'avait-il pas rencontré quelqu'un pour la remplacer ? N'était-ce pas pour cette raison qu'elle lui avait rendu sa liberté ? Voyons, son sacrifice avait dû sûrement porter aussitôt ses fruits.

— Je ne comprends toujours pas pourquoi tu as fait ça.

Il la regardait dans les yeux, ne témoignant d'aucune intention de partir. Il avait attendu cinq mois pour l'affronter. Il ne s'en irait pas, quand bien même on voudrait l'entraîner de force.

— Je te l'ai dit. Nous sommes trop différents.

— Tiens ? Deux mondes différents, n'est-ce pas ? s'exclama-t-il, amer. Qui t'a dit ça ? Ton père ? Ou quelqu'un d'autre ? Un de tes cousins en Espagne ?

Non, eut-elle envie de lui répondre, c'est ta sœur qui a réglé la question pour nous. Ta sœur et mon père avec sa satanée surveillance et sa menace de mettre John Henry au courant, qu'il en meure ou non… Cela, et ma conscience. Je veux que tu aies les enfants que je n'aurai jamais.

— Non. Personne ne m'a dit de le faire. Je savais seulement qu'il le fallait.

— Ah, vraiment ? Ne penses-tu pas que nous aurions pu en discuter ? Tu sais, comme des adultes ? Chez moi, les gens discutent avant de prendre des décisions importantes qui affectent la vie d'autres personnes.

Elle se força à le regarder avec froideur.

— Mon mari commençait à en souffrir.

— Tiens ? Curieux que tu ne t'en sois aperçue qu'à dix mille kilomètres de lui, une fois en Espagne.

Elle lui adressa alors un regard suppliant, où le calvaire qu'elle endurait depuis cinq mois commençait à paraître. Il avait déjà remarqué que son visage était beaucoup plus maigre, les cernes sous ses yeux plus accentués, plus frêles ses mains.

— Pourquoi me dis-tu cela maintenant, Alex ?

— Parce que tu ne m'en as jamais donné l'occasion au mois de juillet. (Il lui avait téléphoné une fois à San Francisco, et elle avait refusé de répondre.) Ne savais-tu pas l'effet qu'aurait cette lettre sur moi ? Y as-tu seulement pensé ?

Et soudain, en voyant l'expression de son visage, elle comprit mieux. D'abord Rachel l'avait quitté, en ne lui laissant aucune chance de gagner contre un adversaire invisible : un travail à New York avec un salaire annuel de cent mille dollars. Puis Raphaella avait fait à peu près la même chose, mettant en avant John Henry et leurs « différences » comme excuse pour le plaquer. Elle envisagea soudain la situation différemment et elle souffrit de ce qu'elle vit dans les yeux d'Alex. Sous son regard perçant, elle baissa la tête et effleura le sable de sa longue main maigre.

— Je suis navrée… Oh, mon Dieu… Je suis navrée.

Elle releva la tête et il y avait des larmes dans ses yeux. Il y déchiffra une douleur qui l'amena à s'agenouiller près d'elle sur le sable.

— Sais-tu seulement à quel point je t'aime ?

Elle se détourna puis, levant une main comme pour l'empêcher de poursuivre, murmura :

— Alex, je t'en prie…

Mais il prit cette main dans la sienne, et, de son autre main, ramena le visage de Raphaella face à lui.

— M'as-tu entendu ? Je t'aimais avant, je t'aime maintenant, et je t'aimerai toujours. Peut-être que je ne te comprends pas, peut-être y a-t-il des différences entre nous, mais je peux essayer de mieux comprendre ces différences, Raphaella. J'y arriverai si tu me donnes une chance.

— Mais pourquoi ? Pourquoi vouloir un semblant de vie avec moi, alors que tu pourrais en avoir une véritable ailleurs ?

— C'est pour cette raison que tu as rompu ?

Il l'avait pensé à plusieurs reprises, mais il n'avait jamais réussi à s'expliquer pourquoi elle avait coupé toutes relations si vite, si brusquement. Il devait y avoir une autre raison.

— En partie. (Elle répondait franchement, à présent, les yeux dans les siens.) Je voulais que tu aies davantage.

— Tout ce que je voulais, c'était toi. C'est tout ce que je désire encore maintenant, ajouta-t-il plus bas.

Mais elle secoua lentement la tête en réponse.

— Ce n'est pas possible. Tu ne peux avoir cela. (Puis, après un long silence :) Ce n'est pas bien.

— Mais pourquoi donc, bon Dieu ? (Son regard flamboyait quand il posa la question.) Pourquoi ? À cause de ton mari ? Comment peux-tu renoncer à tout ce que tu es pour un homme qui est presque mort, pour un homme qui, d'après ce que tu m'as dit toi-même, a toujours voulu ton bonheur et t'aime probablement suffisamment pour te rendre ta liberté, s'il le pouvait ?

Alex savait que John Henry l'avait déjà fait d'une certaine façon. Mais il ne pouvait parler à Raphaella de leur rencontre. Son visage portait la marque de la tension terrible à laquelle elle était soumise. Y ajouter, lui dire que John Henry était au courant de leur liaison, était impensable.

Mais Raphaella ne voulait pas écouter.

— Ce n'est pas ce à quoi je me suis engagée. *Pour le meilleur et pour le pire... dans la maladie comme dans la santé... jusqu'à ce que la mort nous sépare...* Ni l'ennui ni la maladie, ni toi, Alex... je ne peux laisser rien de tout cela faire obstacle à mes obligations.

— Au diable tes obligations ! explosa-t-il, et Raphaella parut choquée.

— Si je ne m'acquitte pas de ce que je lui dois, il mourra. J'en suis sûre maintenant. Mon père me l'a dit cet été et il avait raison. Sa vie ne tient plus qu'à un fil, voyons.

— Mais cela n'a aucun rapport avec toi, bon Dieu, tu ne le vois pas ? Vas-tu laisser ton père gouverner aussi ta vie ? Vas-tu toujours te laisser conduire par tes « devoirs », et tes « obligations », et ton sens de « *noblesse oblige*[1] » ? Et *toi*, Raphaella ? Qu'est-ce que tu veux, *toi* ? T'es-tu jamais permis d'y songer ?

La vérité est qu'elle essayait de ne pas y penser.

— Tu ne comprends pas, Alex.

Elle parlait si bas qu'il l'entendait à peine dans le vent. Il s'assit près d'elle, sur le tronc d'arbre, leurs corps si proches que Raphaella frissonna.

1. En français dans le texte.

— Tu veux ma veste ?

Elle secoua la tête. Alors, il continua :

— Je comprends très bien. Je pense que tu as fait quelque chose d'insensé cet été, tu as fait un sacrifice colossal pour expier ce que tu estimais être un péché tout aussi colossal.

Mais elle secoua de nouveau la tête.

— C'est simplement que je ne peux pas faire ça à John Henry.

Alex avait beaucoup de mal à se résoudre à lui dire que la constante de sa vie – sa relation avec son mari – avait déjà été altérée.

— Faire quoi, pour l'amour du Ciel ? T'absenter quelques heures de chez toi ? Es-tu obligée de t'enchaîner au pied de son lit ?

Elle baissa les yeux.

— Pour le moment, oui.

Puis, comme si elle se devait de le lui expliquer, elle ajouta :

— Mon père me faisait suivre, Alex. Il m'a menacée de tout révéler à John Henry. Et cela l'aurait tué. Je n'ai pas eu le choix.

— Oh, mon Dieu !

Il la dévisagea avec stupeur. Et ce qu'elle ne lui avait même pas dit, c'est que cette surveillance était due à une lettre de sa sœur Kay.

— Mais pourquoi faire une chose pareille ?

— Prévenir John Henry ? Je ne suis pas certaine qu'il l'aurait fait, mais je ne pouvais pas prendre ce risque. Il avait dit qu'il le ferait, alors j'ai dû agir comme j'ai agi.

— Mais pourquoi t'avait-il fait suivre ?

Elle haussa les épaules et le regarda droit dans les yeux.

— Cela n'a pas d'importance. Il l'a fait, voilà tout.

— Et maintenant, tu es là-bas et tu attends.

Elle ferma les yeux.

— Ne dis pas ça. Je n'attends pas. À t'entendre, on croirait que j'attends qu'il meure et ce n'est pas vrai. Je continue à faire ce que j'ai entrepris de faire il y a quinze ans, c'est-à-dire à être son épouse.

— Ne penses-tu pas que certaines circonstances justifient un léger adoucissement aux règles, Raphaella ?...

Il la suppliait du regard, mais elle semblait désespérée.

— D'accord, je ne veux pas te harceler, fit-il.

Il prit de nouveau conscience de l'énorme pression qu'elle avait subie en Espagne. C'était dur d'imaginer son père la faisant espionner et menaçant d'avertir son mari qu'elle avait une liaison.

Alex médita avec une fureur soigneusement masquée ce qu'il aurait aimé infliger au père de Raphaella, puis il la regarda au fond des yeux.

— Je vais simplement attendre. Je t'aime. Je te veux. Dans les conditions qui te conviendront, quand tu pourras, que ce soit demain ou dans dix ans. Viens frapper à ma porte, je serai là. Le comprends-tu, Raphaella ? Sais-tu que je pense ce que je dis ?

— Oui, mais c'est de la folie. Il faut que tu mènes ta vie.

— Et pas toi ?

— C'est différent, Alex. Tu n'es pas marié, moi oui.

Ils restèrent assis un instant en silence sur le tronc d'arbre. C'était bon rien que d'être de nouveau ensemble après si longtemps. Raphaella aurait aimé prolonger ce moment, mais le jour baissait déjà et la brume commençait à monter de la mer.

— Il te fait toujours suivre ?

— Je ne crois pas. Il n'y a plus de raison, maintenant.

Elle sourit doucement à Alex, et regretta de ne pouvoir au moins lui toucher la joue, mais elle savait qu'elle ne pouvait pas s'autoriser à le faire. Plus jamais. Et ce qu'il disait était de la folie ; ce n'était pas possible qu'il l'attende jusqu'à la fin de ses jours.

— Viens. (Il se leva et lui tendit la main.) Je vais te reconduire jusqu'à ta voiture. Ou bien n'est-ce pas une si bonne idée ? ajouta-t-il en souriant.

— Effectivement. (Elle sourit à son tour.) Mais tu peux m'accompagner une partie du chemin.

La nuit tombait suffisamment vite pour qu'elle ne soit pas enchantée à la perspective de retourner seule jusqu'à sa voiture. Elle leva la tête vers lui avec une douce expression interrogatrice, les sourcils froncés. Ses yeux paraissaient encore plus grands maintenant que son visage s'était amaigri.

— Comment va Amanda ?

Alex regarda Raphaella avec un léger sourire.

— Tu lui manques… presque autant qu'à moi…

À cela Raphaella ne réagit pas.

— Comment s'est passé l'été ?

— Elle a tenu exactement cinq jours avec Kay. Ma chère sœur avait prévu le mois entier puisqu'elle comptait exhiber Mandy à tout moment devant ses électeurs. Mandy a fait l'essai et lui a dit de se trouver quelqu'un d'autre.

— Elle est rentrée à la maison ?

— Non. Ma mère l'a emmenée plus tôt en Europe.

(Il haussa les épaules.) Je crois qu'elles ont eu un séjour agréable.

— Elle ne te l'a pas dit ?

Il regarda intensément Raphaella.

— Je ne crois pas avoir entendu quoi que ce soit de ce qu'on a pu me dire depuis ta lettre.

Puis ils continuèrent leur chemin. Finalement, elle s'arrêta.

— Il vaudrait mieux que j'aille seule maintenant.

— Raphaella... (Il hésita puis conclut qu'il devait poser la question.) Pourrai-je te voir de temps en temps ? Juste pour déjeuner ensemble... ou prendre un verre ?

Mais elle secoua la tête.

— Je ne peux pas.

— Pourquoi ?

— Parce que nous voudrons l'un et l'autre davantage, tu le sais bien. Il faut continuer comme maintenant, Alex.

— Pourquoi ? Avec moi qui me sens si horriblement seul que je n'en vois plus clair, et toi qui te consumes ? Est-ce ainsi que cela doit être ? Était-ce pour cette raison que ton père a menacé de tout dire à John Henry, pour s'assurer que nous vivrions tous deux de cette façon ? Tu n'as pas envie d'autre chose, Raphaella ?

Alors, incapable de se retenir, il s'approcha d'elle et la prit tendrement dans ses bras.

— Te rappelles-tu comment c'était ?

Les yeux de Raphaella se mouillèrent de larmes et elle cacha son visage contre l'épaule d'Alex, hochant affirmativement la tête mais ne voulant pas le regarder.

— Oui... oui... Je me souviens... mais c'est fini...

— Non, ce n'est pas fini. Je t'aime encore. Je t'aimerai toujours.

— Il ne faut pas.

Elle finit par lever les yeux, le regard désespéré.

— Il faut que tu oublies tout cela, Alex, tu entends ?

Alex ne dit rien et se contenta de secouer la tête.

— Que vas-tu faire pour Noël ?

C'était une question curieuse et Raphaella le regarda, déconcertée, ne comprenant pas où il voulait en venir.

— Rien. Pourquoi ?

— Ma mère emmène Amanda à Hawaï. Elles partent à cinq heures de l'après-midi, le jour de Noël. Pourquoi ne viendrais-tu pas dans la soirée prendre une tasse de café ? Je te le promets, je ne vais pas te bousculer ou te harceler. J'ai seulement besoin de te voir. C'est important pour moi. Je t'en prie, Raphaella...

Sa voix s'étouffa et Raphaella restait debout là, puis à la fin, péniblement, douloureusement, elle se força à articuler :

— Non. (C'était à peine plus qu'un murmure.) Non.

— Je serai chez moi. Seul. Dans ma maison cette nuit de Noël. Penses-y. J'attendrai.

— Non... Alex... Je t'en prie.

— Aucune importance. Si tu ne viens pas, tant pis.

— Mais je ne veux pas que tu restes chez toi. Et je ne viendrai pas.

Il n'émit pas de commentaire, mais une lueur d'espoir brillait dans ses yeux.

— Je serai chez moi. (Il sourit alors.) Maintenant, au revoir. (Il déposa un baiser sur le sommet de sa tête et lui tapota les épaules de ses grandes mains.) Prends soin de toi, chérie.

Il resta sur place debout dans sa parka rouge, ses

cheveux noirs volant au vent et elle s'éloigna lentement sans rien dire.

Elle se retourna une dernière fois.

— Je ne viendrai pas, Alex.

— Aucune importance. J'ai envie d'être chez moi. Au cas où tu viendrais.

Et, tandis qu'elle se dirigeait vers l'escalier qui la ramènerait à sa voiture, il lui cria :

— À Noël !

Tout en la regardant monter dans la limousine, il songea au dévouement de Raphaella envers John Henry, à toutes ses obligations. Il la laisserait prendre elle-même sa décision.

Mais il ne pouvait pas renoncer à elle.

28

Le petit arbre qui avait été installé sur la table de jeu à l'autre bout de la pièce clignotait gaiement tandis que Raphaella et John Henry mangeaient leur dinde sur les sempiternels plateaux. Il se montrait plus silencieux que d'habitude et Raphaella se demanda si la fête le déprimait, si elle lui rappelait des vacances à la montagne pendant sa jeunesse, ou les voyages qu'il avait faits avec Raphaella ou bien encore les années où son fils était enfant et qu'un immense sapin de Noël décorait le vestibule, au rez-de-chaussée.

— John Henry… chéri… tu te sens bien ? demanda-t-elle doucement, en se penchant vers lui.

Il hocha la tête mais ne dit rien. Il songeait à Alex et à leur conversation. Quelque chose n'allait pas, mais il avait été si abattu ces derniers mois que l'état de Raphaella était passé inaperçu. Elle lui donnait généralement le change, par son extraordinaire détermination à lui remonter le moral, camouflant son propre chagrin. Il se laissa retomber sur les oreillers avec un soupir.

— Je suis tellement las de tout cela, Raphaella.

— De quoi ? De Noël ?

Elle fut étonnée. Le seul signe de fête était le petit

arbre dans sa chambre, mais peut-être la lumière lui fatiguait-elle les yeux.

— Non. De tout. De vivre… de manger… de suivre les nouvelles alors que rien n'est nouveau… de respirer… de parler… de dormir.

Il la regardait d'un air morne, et il n'avait pas une once de gaieté au fond des yeux.

— Tu n'en as pas assez de moi, au moins ?

Elle lui sourit gentiment et s'avança pour déposer un baiser sur sa joue, mais il s'écarta.

— Ne… fais pas ça.

— John Henry… qu'est-ce qui ne va pas ?

Elle le regardait, surprise et blessée, et il tourna de nouveau lentement la tête vers elle.

— Comment peux-tu poser cette question ? Comment peux-tu encore vivre de cette façon ? Comment peux-tu le supporter ? Quelquefois… je pense aux vieillards… qui mouraient en Inde… et dont on brûlait la jeune épouse sur leur bûcher funéraire. Je ne vaux pas mieux qu'eux, Raphaella.

— Ne dis pas cela… ne sois pas ridicule… je t'aime…

— Alors tu es folle. (Il avait l'air non pas amusé mais irrité.) Et si tu l'es, moi pas. Pourquoi ne vas-tu pas quelque part ? Prends des vacances… fais quelque chose, pour l'amour de Dieu, mais ne reste pas assise là à gâcher ta vie. La mienne est finie, Raphaella… continua-t-il d'une voix qui n'était plus qu'un murmure. La mienne est terminée. Elle est terminée depuis des années.

— Ce n'est pas vrai.

Les larmes lui montèrent aux yeux comme elle tentait de le convaincre. Le visage de John Henry avait une expression qui lui fendait le cœur.

— Si, c'est la vérité… et il faut… que tu la regardes en face. Je suis mort… depuis des années. Mais le pire de tout… c'est que je suis en train de te tuer, toi aussi. Pourquoi ne vas-tu pas à Paris quelque temps ?

Il s'était de nouveau demandé ce qui se passait entre elle et Alex, mais il n'avait pas envie de poser la question. Il ne voulait pas qu'elle sache qu'il était au courant.

— Mais pourquoi ? s'exclama-t-elle, abasourdie. Pourquoi Paris ?

Retourner chez son père ? Après ce qui s'était produit pendant l'été ? L'idée même la rendait malade. John Henry la regarda du fond de son lit d'un air inflexible.

— Je veux… que tu partes… pendant quelque temps.

Elle secoua la tête avec énergie.

— Je ne partirai pas.

— Si. Tu partiras.

Ils étaient comme deux enfants qui s'affrontent, mais pour aucun d'eux ce n'était un jeu et ni l'un ni l'autre ne souriait.

— Bon Dieu, je veux que tu ailles quelque part.

— Parfait, alors je vais aller me promener. Mais je suis aussi chez moi, ici, et tu ne peux pas me chasser.

Elle lui enleva son plateau, qu'elle posa à terre.

— Je pense que tu en as assez de moi, John Henry, voilà tout. (Elle essayait de le taquiner, mais l'œil de John Henry ne capta pas l'étincelle de malice qui commençait à briller dans celui de Raphaella.) Peut-être que ce qu'il te faut c'est une nouvelle infirmière plus sexy.

Mais cela ne l'amusa pas. Il continua à darder des regards furibonds, une manifestation de l'humeur chagrine qu'elle avait remarquée chez lui de plus en plus souvent.

— Arrête de dire des bêtises.

— Je ne dis pas de bêtises, répondit-elle gentiment, penchée en avant dans son fauteuil. Je t'aime et je ne veux pas m'en aller.

— Eh bien, moi, je veux que tu t'en ailles.

Elle se renfonça dans son fauteuil un moment sans rien dire cependant qu'il l'observait, puis soudain il prit la parole à voix basse dans la pièce silencieuse.

— Je veux mourir, Raphaella. (Il ferma les yeux en continuant à parler.) C'est la seule chose que je souhaite. Pourquoi cela n'arrive-t-il pas... mon Dieu, pourquoi ? (Il rouvrit les yeux et la regarda.) Dis-moi. Il n'y a donc pas de justice ? (Il lui lança un regard accusateur.) Pourquoi suis-je encore en vie ?

— Parce que j'ai besoin de toi.

Elle avait répondu tout bas mais il secoua la tête et se détourna de nouveau. Il ne dit rien pendant un très long moment et, quand elle s'approcha du lit avec précaution, elle vit qu'il s'était endormi. Le savoir si malheureux l'attristait. C'était comme si elle n'en faisait pas assez.

L'infirmière entra sur la pointe des pieds et Raphaella lui indiqua par geste que John Henry dormait. Elles sortirent pour conférer à voix basse. La conclusion fut qu'il était probablement endormi pour la nuit ; il avait eu une journée longue et pénible, et la fête de Noël ne lui avait procuré aucune joie. Rien, en réalité, ne lui en apportait plus. Il en avait assez de tout.

— Je serai dans ma chambre, si vous avez besoin de moi.

Elle le murmura à l'infirmière puis suivit pensivement

le couloir. Pauvre John Henry, quelle triste existence. Et dans l'esprit de Raphaella, l'injustice n'était pas qu'il vivait toujours, mais qu'il avait eu ces attaques. Sans elles, à son âge, il aurait encore pu être plein de vigueur. Plus lent peut-être qu'à cinquante ou soixante ans, un peu plus fatigué, mais heureux, actif et vif. Dans l'état actuel des choses, il n'avait plus rien et il avait raison en un sens. Il était à peine vivant.

Elle entra lentement dans son petit bureau en songeant à lui, puis laissa son esprit dériver vers d'autres pensées. Sa famille qui fêtait Noël à Santa Eugenia, son père, puis, inévitablement, le Noël qu'elle avait fêté l'année précédente avec Alexander et Amanda. Puis, pour la centième fois depuis le matin, elle se souvint de ce qu'il lui avait dit trois semaines auparavant, sur la plage : « J'attendrai… je serai chez moi… » Elle l'entendait encore le dire. Assise seule dans son bureau, elle se demanda de nouveau s'il était vraiment chez lui. Il n'était que sept heures et demie, une heure tout à fait convenable, et elle aurait facilement pu aller faire une promenade. Mais où cela la mènerait-il ? Qu'arriverait-il si elle se rendait là-bas ? Était-ce intelligent, était-ce raisonnable ? À quoi cela rimait-il ? Elle savait que cela ne rimait à rien, que sa place était auprès de John Henry, dans l'immense maison vide. Tandis que les heures s'égrenaient lentement, elle sentit soudain qu'il lui fallait aller là-bas, juste pour un moment, pour une demi-heure, rien que pour le voir. C'était fou et elle le savait, mais, à neuf heures et demie, elle bondit de son fauteuil, incapable de rester dans la maison une minute de plus. Il fallait qu'elle y aille.

Elle passa rapidement un manteau de lainage rouge par-dessus la robe noire toute simple qu'elle portait, chaussa de longues bottes de fin cuir noir, mit en bandoulière un sac en cuir noir et se donna un coup de peigne. Elle sentit son cœur s'emballer à la perspective de le voir et, tout en se reprochant d'y aller, elle souriait déjà en imaginant l'instant où il lui ouvrirait la porte. Elle laissa un mot dans sa chambre pour le cas où quelqu'un viendrait la chercher, expliquant qu'elle allait se promener et faire un saut chez une amie. Ses pieds volaient littéralement quand elle se hâta de franchir les quelques rues jusqu'à la petite maison qu'elle n'avait pas vue depuis cinq mois et demi.

Quand elle vit la maison, elle resta simplement immobile à la regarder et elle poussa un léger soupir. Elle avait l'impression de s'être perdue pendant près de six mois et d'avoir enfin retrouvé le chemin de son foyer. Incapable d'effacer le sourire imprimé sur son visage, elle traversa la rue et sonna, et soudain il y eut le martèlement rapide de son pas dans l'escalier. Un silence suivit, puis la porte s'ouvrit et il resta figé, incapable de croire ce qu'il voyait, jusqu'à ce que le sourire dans les yeux de Raphaella trouve son reflet dans les siens.

— Joyeux Noël.

Ils le dirent en même temps et rirent ensemble tandis qu'Alex s'écartait en s'inclinant, puis se redressait en lui adressant un chaud sourire.

— Bienvenue à la maison, Raphaella.

Sans mot dire, elle entra.

Il y avait du mobilier dans le living-room, à présent. Mandy et lui l'avaient rassemblé, visitant pour cela salles des ventes, grands magasins, galeries d'art et boutiques de soldes permanents, et ce qu'ils avaient réuni était une combinaison confortable du style rustique français et du style colonial, avec un beau tapis de fourrure, des tableaux impressionnistes doux à l'œil, beaucoup d'argenterie et quelques étains, de beaux livres anciens, d'énormes cruches pleines de fleurs, posées sur les tables, et des plantes poussant dans tous les coins et envahissant le dessus de la petite cheminée en marbre. Le canapé était blanc cassé, les coussins disposés dessus étaient en fourrure et en tapisserie, et il y avait plusieurs ouvrages en dentelle qu'Amanda avait faits pour Alex pendant qu'ils aménageaient la maison. Après le départ de Raphaella, elle s'était encore rapprochée de son oncle et s'était senti le devoir de « prendre soin de lui » maintenant qu'il n'y avait plus personne d'autre pour s'en charger. Elle le grondait pour qu'il mange convenablement, pour qu'il avalc ses vitamines, dorme suffisamment, ne conduise pas trop vite, nc travaille pas trop, et ne laisse pas le jardin à l'abandon. Lui, de son côté, la taquinait sur ses flirts, sa cuisine, son maquillage, ses vêtements, réussissant à lui donner le sentiment qu'elle était la jeune fille la plus jolie du monde. Ils menaicnt une vie agréable ensemble et Raphaella, en franchissant le seuil, sentit cette affection qu'ils partageaient, elle émanait de tous les recoins de la maison.

— Alex, c'est ravissant.

— N'est-ce pas ? C'est Mandy qui a presque tout fait après la classe.

Il était visiblement fier de sa nièce absente quand il introduisit Raphaella dans le living-room, et c'était en quelque sorte un soulagement de pénétrer dans une pièce qui n'était pas une de celles où ils étaient accoutumés à se tenir. Elle avait eu un peu peur qu'il l'amène dans la chambre pour s'asseoir devant la cheminée et elle n'aurait pas pu supporter les souvenirs qui s'y rattachaient, comme dans son cabinet de travail, ou même dans la cuisine en bas. Ici, c'était parfait parce que c'était accueillant, joli et que c'était neuf.

Il lui offrit du café et du cognac. Elle accepta le premier, refusa le second et prit place sur le joli petit canapé, admirant une nouvelle fois la décoration de la pièce. Il revint de la cuisine une minute plus tard et elle vit que ses mains tremblaient autant que les siennes quand il posa la tasse.

— Je n'étais pas sûre que tu serais là, commença-t-elle avec nervosité, mais j'ai décidé de tenter ma chance.

Il la considéra gravement depuis un fauteuil proche du canapé.

— Je t'avais dit que je serais là. Et je parlais sérieusement, Raphaella. Tu devrais le savoir, depuis le temps.

Elle hocha la tête et but à petites gorgées l'espresso bouillant.

— Comment s'est passé Noël ?

— Très bien. (Il sourit et haussa les épaules.) C'était une grande fête pour Mandy, et ma mère est arrivée par avion hier soir pour l'emmener à Hawaï. Elle lui avait promis ce voyage depuis des années et le moment paraissait bien choisi. Elle vient de terminer un livre et le repos ne sera pas de trop. Elle ne rajeunit pas, comme on dit.

— Ta mère ? (Raphaella eut l'air à la fois scandalisée et amusée.) Elle ne vieillira jamais.

Elle se rappela alors quelque chose qu'elle avait oublié de lui dire lorsqu'ils s'étaient rencontrés sur la plage.

— Moi aussi, je vais avoir un livre publié. (Puis

elle rougit et rit tout bas.) Mais rien d'aussi important qu'un roman.

— Ton livre pour enfants ?

Les yeux d'Alex brillèrent de plaisir et elle acquiesça d'un signe de tête.

— On m'a prévenue il y a quelques semaines.

— Tu es passée par un agent littéraire ?

— Non. Un coup de chance, je pense.

Ils se sourirent longuement, puis Alex se renfonça dans son fauteuil.

— Je suis heureux que tu sois là, Raphaella. Il y a longtemps que je voulais te montrer cette pièce.

— Et moi te parler du livre.

Elle sourit doucement. C'était comme si tous deux avaient retrouvé un ami. Mais qu'allaient-ils faire à présent ? Ils ne pouvaient recommencer ce qu'ils avaient vécu naguère, cela soulèverait trop de vagues avec Kay, avec le père de Raphaella, sa mère, John Henry. Elle aurait voulu pouvoir lui expliquer comment s'était passé l'été précédent, quelle espèce de cauchemar il avait été pour elle.

— À quoi étais-tu en train de penser à l'instant ?

Elle avait eu l'air bouleversée tandis qu'elle contemplait le feu. Elle le regarda avec franchise.

— À l'été dernier. (Elle poussa un léger soupir.) Il a été vraiment effroyable.

Il hocha la tête, l'air pensif lui aussi, puis soupira, avec un petit sourire.

— Rien que le fait que tu es revenue et que nous pouvons parler me réjouit. C'était le plus dur pour moi, de ne plus pouvoir te parler... de savoir que tu ne serais pas là quand je rentrerais à la maison. Mandy dit que ça a été le plus dur aussi pour elle.

Ce qu'il disait retournait le couteau dans la plaie et elle cessa de le regarder pour qu'il ne voie pas le chagrin dans ses yeux.

— Que fais-tu maintenant, Raphaella ?

Alex avait parlé à voix basse et elle regarda pensivement les flammes.

— Je reste avec John Henry la plupart du temps. Il n'a pas été bien du tout ces derniers mois.

— Ce doit être dur pour vous deux.

— Surtout pour lui.

— Et toi ?

Il la regarda dans les yeux et elle ne répondit pas. Mais alors, sans rien dire de plus, il se pencha vers elle et baisa doucement ses lèvres. Elle ne l'en empêcha pas, elle ne réfléchit pas à ce qu'ils faisaient. Elle lui rendit son baiser, d'abord avec légèreté, puis avec toute la passion, le chagrin, la solitude et son désir de lui qui la submergeaient depuis l'été. C'était comme si tout déferlait sur elle avec ce premier baiser et elle savait que lui aussi était en proie à ses propres passions.

— Alex… je ne peux pas…

— Je sais, chérie. Ne t'en fais pas.

Ils restèrent assis un moment à bavarder, à contempler le feu, à parler d'eux-mêmes, de ce qui leur était arrivé et de ce qu'ils avaient ressenti, puis soudain ils se retrouvèrent en train de parler d'autre chose, de gens, d'incidents qui les avaient amusés, de moments drôles, comme s'ils avaient emmagasiné tout cela en eux depuis six mois. Il était trois heures du matin lorsque Raphaella le quitta au coin de la rue. Il avait insisté pour la raccompagner. Puis, comme un collégien, il avait hésité un bref instant et avait décidé de se lancer.

— Pourrais-je te revoir, Raphaella ? Simplement comme ça… ?

Il ne voulait pas la faire fuir de nouveau et il venait d'entrevoir les pressions qu'elle subissait, tant réelles que créées par elle-même. Elle parut réfléchir mais seulement brièvement, puis hocha la tête.

— Peut-être pourrions-nous aller nous promener sur la plage ?

— Demain ?

Elle rit de la question et hocha la tête.

— D'accord.

— Je te retrouverai ici et nous irons dans ma voiture. (C'était samedi et il était libre.) À midi ?

— Entendu.

Se sentant très jeune et très gamine, elle lui sourit et agita la main, puis elle s'en fut, souriant pour elle-même tout le long du chemin jusque chez elle. Elle ne songeait pas à John Henry, ni à son père, ni à Kay Willard, ni à personne d'autre. Elle ne pensait qu'à Alexander… Alex Hale… et qu'à le voir à midi le lendemain et à aller à la plage.

29

Au bout d'une semaine, Alex et Raphaella se retrouvaient tous les après-midi, soit sur la plage pour une promenade, soit chez Alex, où ils flânaient assis devant la cheminée et buvaient du café en parlant des choses de la vie. Elle lui montra le contrat pour son livre lorsqu'elle le reçut de la maison d'édition de New York, il lui expliqua les dernières affaires dont il s'occupait, et ils retournèrent à Fort Point. Ils profitaient d'heures dans l'après-midi où Alex ne travaillait pas, et de quelques heures le soir, après que John Henry était couché. Elle donnait à Alex le temps qui lui appartenait en propre, une demi-heure par-ci, une heure par-là, un moment de libre pour se promener, respirer, penser, exister. C'étaient quelques-uns des moments les plus heureux qu'ils avaient passés ensemble, et ils s'étaient découvert à nouveau l'un l'autre. Seulement, cette fois, ils découvraient davantage qu'un an auparavant, ou peut-être était-ce qu'ils avaient beaucoup mûri durant leur séparation. Dans les deux cas, le sentiment de la perte subie avait été écrasant, poussant toutefois chacun dans des voies différentes. Cependant les liens entre eux étaient encore ténus, leur relation était entièrement nouvelle et tous deux avaient peur. Raphaella était terrifiée à l'idée de déclencher un cataclysme semblable à celui qui avait provoqué la colère de la sœur d'Alex et de son propre père, et l'idée d'empêcher Alex de construire une relation plus pleine avec quelqu'un d'autre continuait de l'angoisser. Alex, de son côté, craignait seulement qu'elle prenne de nouveau peur et s'éloigne. Il avait, après tout, la bénédiction de John Henry, il n'éprouvait donc aucun sentiment de culpabilité. Ils progressèrent lentement, pas à pas, l'un vers l'autre, jusqu'à ce lendemain du Nouvel An, où elle vint le retrouver vers deux heures de l'après-midi, John Henry ayant déclaré qu'il voulait dormir toute la journée.

Raphaella s'en alla d'un pas tranquille voir Alex, sonna sans même être sûre qu'il soit là, et il lui ouvrit, vêtu d'un jean et d'un confortable vieux pull à col roulé, avec une expression de plaisir infini de la trouver sur le seuil.

— Quelle bonne surprise ! Qu'est-ce que tu fais ici ?

— J'ai eu envie de venir te voir. Je te dérange ?

Elle rougit en s'avisant soudain qu'elle avait vraiment beaucoup présumé, il pouvait y avoir une femme là-haut dans sa chambre, mais il devina aussitôt à sa mine ce qu'elle pensait et rit sous cape.

— Non, madame. Vous ne me « dérangez » pas du tout. Tu veux une tasse de café ?

Elle accepta d'un mouvement de tête et descendit à sa suite l'escalier menant à la cuisine.

— Qui les a astiquées ?

Elle se laissa glisser dans un des sièges, en désignant de la main la batterie de cuisine qui étincelait.

— Moi.

— Vraiment ?

— Bien sûr. J'ai beaucoup de talents que tu ignores encore, ajouta-t-il en souriant.

— Ah oui ? Par exemple ?

Il lui tendit une tasse de café bien chaud et elle en but une petite gorgée tandis qu'il l'observait d'un air joyeux.

— Je ne sais si je devrais révéler tous mes secrets à la fois.

Ils restèrent en silence quelques instants à boire leur café et à savourer le bonheur d'être ensemble puis, comme chaque fois, se mirent à discuter d'une douzaine de choses différentes. Le temps qu'ils passaient ensemble semblait toujours s'écouler si vite. Soudain il se rappela le manuscrit du nouveau roman de sa mère.

— Oh, Alex, je peux le lire ?

Les yeux de Raphaella brillèrent.

— Bien sûr. Je l'ai là-haut. Il est tout éparpillé sur mon bureau.

Elle eut les yeux qui pétillèrent de plaisir à cette perspective. Ils abandonnèrent le café et elle le suivit vivement au premier. Elle parcourut quelques pages, fut enchantée de ce qu'elle lisait et sourit à Alex. Elle s'avisa soudain qu'elle se retrouvait pour la première fois dans son bureau. Alors, avec circonspection, elle jeta un coup d'œil à la chambre, de l'autre côté du couloir, puis sans qu'un mot soit prononcé, leurs regards se croisèrent et ne se détachèrent plus. Il se mit à l'embrasser lentement, savamment, avidement, et le dos de Raphaella se cambra de plaisir dans ses bras. Il s'attendait à ce qu'elle l'arrête, mais elle ne protesta pas quand il laissa ses mains commencer à s'égarer. Enfin, comme d'un commun accord, ils traversèrent avec lenteur le couloir.

Pour la première fois depuis qu'il était adulte, il avait

peur de ce qu'il faisait, peur des conséquences de ce qu'ils venaient de retrouver. Il craignait terriblement de la perdre, mais ce fut Raphaella qui murmura très bas : « Ne t'inquiète pas, Alex », ajoutant quand il lui enleva son chandail : « Je t'aime tellement. » On aurait dit un ballet, à le voir lentement la déshabiller, puis à son tour elle lui ôta ses vêtements – goûter, tâter, tenir, caresser, savourer, cela sembla leur prendre tout l'après-midi de faire l'amour, mais quand enfin ils reposèrent côte à côte, leurs corps comblés, leur esprit et leur cœur épanouis, ils avaient l'air plus heureux qu'ils ne l'avaient jamais été ensemble. Appuyé sur un coude, Alex la regardait avec un sourire qu'elle ne lui avait encore jamais vu.

— Sais-tu à quel point cela me rend heureux que tu sois là ?

Elle sourit doucement à son tour.

— Tu m'as tellement manqué, Alex... de toutes les façons.

Il hocha la tête et s'allongea près d'elle, ses doigts vagabondèrent, sa bouche se fit avide, ses reins commencèrent à vibrer et il comprit soudain qu'il la désirait encore. C'était comme s'il ne pourrait jamais être rassasié, comme si elle allait de nouveau le quitter et qu'il n'y aurait plus jamais rien. Ils firent l'amour jusqu'au soir et prirent un bain chaud ensemble. Raphaella était assise dans la baignoire, les yeux clos, l'air rêveur.

— Chérie, tu es merveilleuse.

— Et très endormie !

Elle ouvrit un œil et sourit.

— Il faut que je me réveille et que je rentre chez moi.

Mais cela lui semblait bizarre d'avoir à aller quelque part, plus bizarre encore d'appeler l'autre maison « chez elle ». C'était ici qu'était de nouveau son foyer, là où se trouvait Alex, là où ils partageaient leurs vies, leurs âmes, leurs corps et leur amour. Cette fois-ci, elle se moquait des menaces de son père ; jamais elle ne renoncerait à Alex. Que Kay lui écrive donc une autre de ses satanées lettres ! Qu'ils aillent tous au diable ! Elle avait besoin de cet homme et elle avait bien le droit de l'aimer.

Il l'embrassa de nouveau pendant qu'ils trempaient dans le bain et elle le taquina en prétendant que s'il la touchait encore elle appellerait la police. Mais il était aussi las qu'elle et quand il la reconduisit en voiture, il bâilla joyeusement, l'embrassa encore une fois puis, comme d'habitude, la laissa longer seule à pied le dernier bout de rue.

Quand elle entra dans la maison, il y régnait un calme étrange, comme si les pendules s'étaient arrêtées, comme si toute vibration avait cessé. Elle conclut que c'était un tour de son imagination et de son épuisement et, avec un sourire et un bâillement, elle commença à monter l'escalier mais, lorsqu'elle atteignit le premier palier, elle vit tout à coup deux des femmes de chambre et deux des infirmières qui se tenaient en petit groupe devant la porte de John Henry. Le cœur lui manqua et elle s'interrogea, puis elle s'arrêta en haut de l'escalier, en même temps qu'elles l'apercevaient.

— Il y a quelque chose qui ne va pas ?

— C'est…

L'infirmière avait les yeux rouges quand elle se tourna vers Raphaella.

— C'est votre mari, madame Phillips.

— Oh, mon Dieu, murmura-t-elle.

Elle le dit à mi-voix. Elle avait compris en les voyant, on ne pouvait pas se méprendre sur leur expression.

— Est-ce qu'il est…

Elle ne put finir la phrase et l'infirmière hocha la tête.

— Il nous a quittés.

L'infirmière fondit de nouveau en larmes et l'autre la prit aussitôt dans ses bras.

— Comment est-ce arrivé ?

Raphaella s'approcha lentement, le dos très droit et la voix très basse. Ses yeux paraissaient immenses. John Henry était mort pendant qu'elle était au lit avec Alex, en train de faire l'amour. Cette indécence la frappa comme une gifle et en une seconde elle se rappela l'impact de ce qu'avait dit son père, l'été précédent. Il l'avait traitée de putain.

— A-t-il eu une autre attaque ?

Les quatre femmes restèrent figées un instant, puis l'infirmière qui pleurait se mit à sangloter plus fort, tandis que les deux femmes de chambre semblaient se volatiliser aussitôt. C'est alors que l'autre infirmière se tourna vers Raphaella, et elle comprit que quelque chose de très grave s'était produit pendant son absence.

— Le médecin désire vous parler, madame Phillips. Il vous attend depuis deux heures. Nous ne savions pas où vous étiez, mais nous avons trouvé le mot dans votre chambre et nous avons pensé que vous alliez rentrer bientôt.

Raphaella ne bougeait pas, bouleversée.

— Le médecin est-il toujours là ?

— Il est dans la chambre de M. Phillips avec le corps, mais on va bientôt venir l'emporter. Il veut faire faire une autopsie, simplement pour qu'il n'y ait aucun doute.

Raphaella la regarda sans comprendre puis se précipita dans la chambre de John Henry. Quand elle se fut approchée du lit et le vit couché là, elle demeura immobile. Il donnait l'impression de dormir, et elle crut même une fois voir remuer sa main. Elle était là et ne remarquait même pas le médecin. Tout ce qu'elle était capable de voir, c'était John Henry, si las, si parcheminé, si vieux, qui avait seulement l'air d'être endormi.

— Madame Phillips ?… Raphaella ?

Raphaella pivota sur elle-même en entendant la voix à côté d'elle, puis soupira quand elle vit qui c'était.

— Bonjour, Ralph.

Mais déjà ses yeux, comme attirés par un aimant, revenaient se poser sur le visage de l'homme avec qui elle avait été mariée pendant quinze ans. Elle ne savait même pas ce qu'elle ressentait exactement. De la tristesse, un vide, du regret, de la douleur, quelque chose mais elle n'aurait pas su dire quoi. Elle n'avait pas vraiment assimilé le fait qu'il était mort. Voilà quelques heures seulement, il s'était plaint d'être fatigué, et à présent, il avait l'air de s'être endormi.

— Raphaella, allons dans l'autre pièce.

Elle suivit le médecin dans le cabinet de toilette que les infirmières avaient si souvent utilisé et ils restèrent ensemble comme deux conspirateurs, mais il la dévisageait avec un air malheureux et c'était évident qu'il avait quelque chose à dire.

— Qu'est-ce que c'est ? Qu'est-ce que c'est que personne ne m'explique ? Il ne s'agit pas d'une attaque, n'est-ce pas ?

Soudain elle comprit instinctivement, et le médecin secoua la tête, confirmant ses pires craintes.

— Non, il ne s'agit pas d'une attaque. C'est un horrible

accident, une terrible erreur, presque impardonnable, si ce n'est qu'elle n'a été commise avec aucune intention de nuire. Personne n'aurait pu savoir ce qu'il ressentait.

— Qu'essayez-vous de me dire ?

Sa voix montait de ton, et elle avait l'impression que quelque chose dans sa tête allait exploser.

— Que votre mari... John Henry... l'infirmière lui a donné un somnifère et a laissé le tube sur la table de nuit.

Il y eut un long silence tandis qu'elle le regardait fixement avec des yeux horrifiés.

— Il a pris les comprimés, Raphaella. Tout le tube. Il s'est suicidé. Je ne sais comment vous le dire autrement. Mais c'est ce qui est arrivé.

Sa voix s'altéra et Raphaella eut envie de hurler. Il s'était tué... John Henry s'était tué alors qu'elle était partie batifoler avec Alex... Elle l'avait tué... elle l'avait tué comme si elle l'avait fait de ses propres mains. Était-ce qu'il avait senti quelque chose ? Aurait-elle pu l'empêcher si elle avait été là ? Se pouvait-il... fallait-il... et si... Son esprit s'emballait et ses yeux se dilataient devant ce qu'elle pensait, mais elle ne pouvait proférer un son. Son père avait eu raison. Elle l'avait tué. John Henry s'était suicidé. Elle se résolut enfin à regarder le médecin.

— A-t-il laissé un message pour moi ?

Il secoua négativement la tête.

— Rien.

— Oh, mon Dieu ! dit-elle presque pour elle-même et s'affaissa à ses pieds, inconsciente.

30

Antoine de Mornay-Malle vint de Paris à six heures le lendemain soir et à son arrivée il trouva Raphaella assise en train de contempler la baie. Quand elle entendit sa voix, elle quitta son fauteuil, se tourna pour le saluer et ce faisant il vit qu'elle avait le regard presque vitreux. Elle ne s'était pas couchée la nuit précédente et, bien que le médecin eût offert un sédatif, elle avait refusé. Elle se tenait devant lui, l'air très lasse et très maigre dans une robe de lainage noir qui l'amincissait plus encore, les cheveux sévèrement tirés en arrière, les yeux immenses et comme creusés, dans le visage d'une pâleur mortelle. Il remarqua d'un coup d'œil qu'elle avait mis les bas noirs de deuil et qu'elle avait pour tout bijou, à la main gauche, la lourde bague d'or qu'elle portait depuis quinze ans.

— Papa…

Elle s'avança lentement à sa rencontre en même temps qu'il approchait, fouillant des yeux son visage. Il avait compris à sa voix, lorsqu'elle lui avait téléphoné, qu'il s'était passé quelque chose de très grave, qui dépassait la seule mort de son mari. Il y avait quelque chose à ce sujet qu'elle n'avait pas révélé.

— Raphaella, je suis vraiment navré.

Il se départit un peu de sa raideur et prit place dans un fauteuil à côté du sien.

— Est-ce que cela a été… rapide ?

Elle se garda bien de rien expliquer, le regard tourné vers la baie, sa main cramponnée à celle de son père.

— Je ne sais pas… Je crois que oui…

— Tu n'étais pas avec lui ? (Il examina son visage et commença à froncer les sourcils.) Où étais-tu ?

Sa voix était soudain chargée de soupçon et Raphaella ne se sentit pas le courage de le regarder dans les yeux.

— J'étais allée faire un tour.

Son père hocha la tête.

— Il a eu une autre attaque… ou est-ce son cœur qui a lâché ?

À l'instar de beaucoup de personnes de son âge, il voulait être renseigné exactement sur la façon dont la fin était venue, peut-être pour connaître à quoi s'attendre quand ce serait son tour. Mais, néanmoins, il trouva quelque chose de bizarre à l'expression de sa fille. Raphaella, quant à elle, avait songé sérieusement à s'abstenir de donner des détails, mais elle savait aussi qu'il était inutile de lui mentir. Connaissant son père, elle était certaine qu'il engagerait la conversation avec tout le monde, les domestiques, les infirmières, le médecin. Par hasard ou volontairement, il découvrirait la vérité. Tout le monde dans la maison était au courant. Le médecin était convenu avec elle de ne rien révéler des circonstances de la mort de John Henry, mais les infirmières avaient déjà parlé à la femme de chambre, qui l'avait dit au majordome, et lui-même l'avait appris au chauffeur. Avant peu, l'un d'eux ne manquerait pas d'en faire part à un ami d'une des autres maisons et la nouvelle finirait par faire le tour de la ville. John Henry Phillips s'était suicidé. Raphaella était sûre que son père apprendrait la vérité lui aussi, d'une façon ou d'une autre.

— Papa…

Elle se tourna lentement vers lui et affronta finalement son regard.

— Ce n'était pas une attaque… (Elle ferma étroitement les paupières un instant, agrippa son fauteuil, puis les rouvrit et continua :) C'était… il a pris des comprimés, papa…

Sa voix était presque inaudible et il la regarda sans comprendre ce qu'elle essayait de dire.

— Je… il… il était tellement déprimé ces derniers temps… il ne supportait plus d'être malade… il était…

Elle hésita, les larmes lui montant aux yeux et un sanglot lui bloquant la gorge.

— Qu'est-ce que tu me racontes là ?

Il la dévisageait, d'une immobilité de pierre dans son fauteuil.

— Je t'explique que… (Elle aspira une profonde bouffée d'air.) L'infirmière a laissé le tube de somnifères à côté de lui, sur la table de nuit… et il les a avalés… tous.

Elle l'avait dit nettement, maintenant.

— Il s'est tué ?

Son père parut horrifié, mais elle confirma d'un lent hochement de tête.

— Mon Dieu, où étais-tu ? Pourquoi n'as-tu pas pris soin que l'infirmière range les somnifères ? Pourquoi n'étais-tu pas là ?

— Je ne sais pas, papa… mais personne ne se doutait qu'il voulait mourir. Je veux dire que… il était si fatigué et il se rongeait d'être malade depuis tellement longtemps. Mais personne n'imaginait... je n'imaginais pas... jamais je n'aurais cru qu'il mettrait fin à...

— Mon Dieu, es-tu inconsciente ? Tu n'aurais pas pu être plus prudente ? Pourquoi n'as-tu pas surveillé tout ce que faisaient les infirmières ? C'était ta responsabilité, ton devoir...

Il se disposait à continuer, mais Raphaella quitta d'un bond son fauteuil, l'air prête à hurler.

— Arrête, papa ! Arrête ! Je n'y pouvais rien... personne ne le pouvait ! Ce n'est la faute de personne. C'est...

— Tu vas porter plainte contre l'infirmière, n'est-ce pas ?

Il la regardait du fond de son fauteuil avec une mine entendue, mais Raphaella secoua la tête, de nouveau privée de ressort, éperdue.

— Bien sûr que non. Elle ne pouvait pas se douter... c'était un accident, papa.

— Un accident qui a tué ton mari.

Ils se regardèrent dans les yeux un long moment, et comme s'il devinait une omission de sa part il l'examina en plissant les paupières.

— Y a-t-il plus, Raphaella... quelque chose que tu ne m'as pas dit ?

Puis, comme si la vérité venait tout à coup de lui apparaître, non comme une supposition mais comme une certitude de sa culpabilité, il s'assit très droit dans son fauteuil et braqua les yeux sur elle.

— Où étais-tu quand il a fait cela, Raphaella ?

Elle regarda son père d'un air malheureux, comme une petite fille.

— Où étais-tu ?

Il mettait dans ces mots une telle intensité qu'elle n'avait rien à lui opposer.

— J'étais sortie.

— Avec qui étais-tu ?

— Personne.

Mais c'était inutile. Il avait déjà deviné et elle savait qu'il savait. Elle le regardait maintenant avec une figure ravagée par le remords, qui en disait long.

— C'est avec *lui* que tu étais, n'est-ce pas, Raphaella ? N'est-ce pas ?

Sa voix s'éleva, menaçante, et incapable de trouver un moyen d'éviter l'obstacle dressé devant elle, Raphaella fit un signe d'assentiment.

— Mon Dieu, alors, tu l'as tué ! Est-ce que tu comprends ça ? Sais-tu pourquoi il a avalé ces comprimés ?

Son père la contemplait avec un écœurement manifeste mais Raphaella secoua de nouveau la tête.

— Il n'était pas au courant, papa. J'en suis certaine.

— Comment peux-tu l'être ? Les domestiques ont dû s'en apercevoir, ils ont dû lui dire.

— Ils ne lui auraient jamais fait ça, et je ne crois pas qu'ils savaient.

Elle s'approcha distraitement de la fenêtre. Le pire était passé, à présent. Il savait la vérité. Il ne pouvait rien dire de plus. Tout était là, étalé au grand jour, sa perfidie, sa trahison, son manquement envers John Henry, tout cela qui l'avait conduit à prendre les comprimés.

— Donc tu m'as menti quand tu m'as dit que tu ne le voyais plus ?

— Non, je t'ai dit la vérité. Je ne l'ai revu qu'il y a une quinzaine de jours. Nous nous sommes rencontrés par hasard.

— Et, bien sûr, tu t'es empressée de te jeter à nouveau dans son lit.

— Papa… je t'en prie…

— Ne l'as-tu pas fait ? N'est-ce pas ce qui a tué ton mari ? Réfléchis. Peux-tu vraiment vivre en sachant cela ? Le peux-tu ?

Les larmes lui remontèrent aux yeux et elle secoua la tête.

— Non, je ne peux pas.

— Tu es une meurtrière, Raphaella (ses mots étaient comme des serpents, leur venin empoisonnant tout ce qu'il atteignait), une meurtrière autant qu'une putain !

Puis, se redressant de toute sa hauteur, il se planta devant elle :

— Tu m'as déshonoré et dans mon cœur je te renie, mais par égard pour moi-même et pour ta mère, je ne te laisserai pas me déshonorer de nouveau. Je n'ai aucune idée de ce que tu projettes de faire avec ton amant. Je suis sûr que rien ne te plairait plus que de filer avec lui dès qu'on aura porté John Henry en terre. Mais, cela, ma chère petite, ne se produira pas. Pas avant un certain temps. Ce que tu feras plus tard ne me concerne pas, et comme tu ne cesses de le souligner, tu es adulte. Répugnante, immorale, mais adulte. Dans un an, donc, après une période convenable de deuil, tu pourras reprendre ta vie dissolue. Mais entre-temps, pendant un an, tu te conduiras décemment envers moi, envers ta mère et envers le souvenir d'un homme que j'ai profondément aimé, même si ce n'est pas ton cas. Après l'enterrement, tu partiras en avion pour l'Espagne avec ta mère. Et tu resteras là-bas pendant un an. Je vais m'occuper de régler toutes les questions relatives à la succession, cela prendra presque ce laps de temps pour la liquider d'ailleurs et, après un an, tu pourras revenir ici et faire ce que bon te semble. Mais une année, une année tu la dois à l'homme que tu as tué. Si tu allais en prison, ce serait pour le restant de tes jours. Et en vérité, ce que tu as fait, tu devras vivre avec jusqu'à la fin de tes jours.

Il marcha d'un pas solennel jusqu'à la porte, et se retourna.

— Sois prête à partir le jour de l'enterrement. Je n'en discuterai pas davantage avec toi. Un an de deuil pour un homme que tu as conduit au suicide est un prix modeste à payer.

Tandis qu'elle demeurait debout à le regarder sortir de la pièce, les larmes coulèrent lentement sur son visage.

Ce n'est que le lendemain matin qu'Alex se manifesta. Le secret avait été gardé pendant une journée, mais le lendemain c'était là, en première page. John Henry Phillips était mort. L'article expliquait qu'il était cloué au lit depuis sa première attaque, qu'il en avait eu plusieurs et qu'il était paralysé depuis huit ans. Cet article ne parlait pratiquement pas de Raphaella, sauf pour dire qu'il ne laissait pas de descendance mais que lui survivait sa seconde épouse, née Raphaella de Mornay-Malle y Santos y Quadra. Après quoi, l'article énumérait les sociétés qu'il avait fondées, la fortune qu'il avait héritée, les importants marchés internationaux qu'il avait traités au cours des années passées. Mais ce n'était pas ce qui avait retenu l'attention d'Alex. Il avait regardé le journal avec stupeur quand il l'avait ramassé en sortant de chez lui pour aller travailler.

Il était resté sans bouger de longues minutes à le lire, puis était rentré précipitamment pour téléphoner à Raphaella. Il s'était demandé pourquoi elle n'était pas venue la veille au soir, et il avait craint qu'elle se soit ravisée, que leurs ébats amoureux de la veille aient éveillé en elle un sentiment de culpabilité qui l'éloignerait de lui une fois encore. À présent, il se demanda comment elle prenait le fait que John Henry était mort pendant qu'elle était avec lui. Il l'avait déduit de ce qu'il avait lu. L'article indiquait la date du décès, et Alex savait qu'il était mort soit pendant l'absence de Raphaella, soit peu après son retour. Il essaya d'imaginer ce qui s'était passé lorsqu'elle était revenue après les heures vécues ensemble, et il trembla en composant le numéro. Elle avait mis plusieurs minutes pour répondre au téléphone après que le majordome eut décroché, et quand elle l'avait fait, c'était d'une voix sans timbre, morne. Mais à l'autre bout du fil, quand elle avait pris le récepteur et entendu la voix d'Alex, elle avait senti un frisson la parcourir. C'était comme un rappel brutal de ce qu'elle était en train de faire quand son mari avait pris les pilules mortelles.

— Raphaella ? (Alex parlait bas, manifestement bouleversé.) Je viens de lire le journal. Je suis désolé… (Et, après un silence :) Tu vas bien ?

Jusqu'ici elle n'avait rien dit à part « Allô ».

— Oui. (Elle parlait très lentement.) Je vais bien. (Puis :) Excuse-moi… j'étais occupée quand tu as appelé.

Elle était en train de choisir le costume que l'on mettrait à John Henry, et son père se tenait à côté d'elle, arborant une expression où se mêlaient l'accusation contre elle et le chagrin pour la perte de son ami.

— L'enterrement est pour demain.

Ce qu'elle lui disait lui parut triste et décousu, et

il s'assit sur une marche de l'escalier, le téléphone à la main, et ferma les yeux. Ce qui était arrivé était évident. Elle était minée par un complexe de culpabilité à cause de la mort de son mari. Il fallait qu'il la voie. Pour lui parler. Pour découvrir comment elle allait réellement.

— Puis-je te voir après l'enterrement, Raphaella ? Rien qu'une minute ? Je veux seulement être sûr que tu vas bien.

— Merci, Alex, je vais bien.

Elle donnait l'impression d'être anéantie et soudain il eut peur. On aurait dit qu'elle avait pris une forte dose de sédatif ou, pire, qu'elle se trouvait en état de choc.

— Je peux te voir ?

— Je pars demain pour l'Espagne.

— Demain ? Pourquoi ?

— Je repars avec mes parents. Mon père estimait que je devais passer la période de deuil là-bas.

— Oh, Seigneur !

Alex secoua la tête. Que s'était-il passé ? Que lui avaient-ils fait ? Que lui avaient-ils dit ?

— Combien de temps dure le deuil ?

Elle lui répondit d'un ton neutre :

— Un an.

Il contemplait le sol à ses pieds, hébété de stupéfaction. Elle allait partir pour un an… Il l'avait perdue de nouveau, il le comprenait, et il comprenait aussi que cette fois c'était pour de bon. Si elle associait la mort de John Henry à leurs retrouvailles, alors, leur liaison resterait toujours pour elle une période regrettable qu'elle voudrait oublier. Tout ce qu'il savait, c'est qu'il devait absolument la voir, ne serait-ce qu'une minute, que quelques secondes, si peu que ce soit, pour la ramener à la réalité, pour lui rappeler qu'il l'aimait vraiment, qu'ils n'avaient rien fait de mal et qu'ils n'étaient pas responsables de la mort de John Henry.

— Raphaella, il faut que je te voie.

— Je ne crois pas que je peux.

Elle jeta un coup d'œil par-dessus son épaule et vit son père dans la pièce à côté.

— Si, tu peux. (Alex se rappela alors quelque chose.) Les marches, où je t'ai vue pour la première fois, derrière ton jardin. Descends-y et je te rejoindrai là. Cinq minutes, Raphaella… c'est tout. Tu veux bien ?

Il y avait une telle supplication dans sa voix que Raphaella en eut pitié, mais elle ne ressentait plus rien pour personne. Ni pour elle ni pour Alex, peut-être même pas non plus pour John Henry. Elle était une meurtrière à présent. Une mauvaise femme. Elle était comme privée de sentiment. Mais ce n'était pas Alex qui avait tué John Henry. C'était elle. Il n'y avait pas de raison de le punir.

— Pourquoi veux-tu me voir ?

— Pour te parler.

— Et si quelqu'un nous aperçoit ?

Mais quelle importance ? Elle avait déjà commis le péché suprême. Et son père était au courant de l'existence d'Alex, il savait qu'elle était avec lui quand John Henry avait avalé les pilules. Quelle différence cela ferait-il maintenant, si cela pouvait rendre les choses plus faciles pour Alex ? Elle partait le lendemain pour l'Espagne.

— On ne nous verra pas. Et je ne resterai que quelques minutes. Tu viendras ?

Elle hocha lentement la tête.

— Oui.

— Dans dix minutes. Je serai là-bas.

Ils raccrochèrent, et dix minutes plus tard il attendait nerveusement au bas de l'escalier où il l'avait vue pour la première fois, son visage silhouetté dans la clarté du lampadaire, le manteau de lynx l'enveloppant de douceur. Il n'était pas préparé à la vision qui approchait maintenant, comme elle descendait les marches. Tout sur elle était rigide, sombre et déprimant. Elle portait une robe noire sévère, pas de maquillage, les épais bas noirs de deuil, des chaussures noires, et l'expression de ses yeux le glaça de peur jusqu'à la moelle. Il n'osa même pas l'approcher. Il resta simplement là à attendre tandis qu'elle approchait et s'arrêtait devant lui avec cette hallucinante expression de souffrance dans ses yeux noirs.

— Bonjour, Alex.

C'était presque comme si elle était morte elle aussi. Ou comme si quelqu'un l'avait tuée, ce qu'effectivement avait fait son père.

— Raphaella… oh, chérie…

Il eut envie d'allonger le bras pour la toucher mais n'osa pas et se contenta de la regarder avec lui aussi de l'angoisse dans les yeux. Puis :

— Asseyons-nous.

Il se laissa choir sur une marche et l'invita du geste à l'imiter. Comme un petit robot, elle obéit, serrant étroitement ses genoux contre sa poitrine dans l'air glacé sur la pierre froide.

— Je veux que tu me dises comment tu te sens. Tu as l'air tellement repliée sur toi-même que tu me fais peur, et j'ai l'impression que tu te reproches quelque chose dont tu n'es absolument pas responsable. John Henry était vieux, Raphaella, malade et très las. Tu me l'as dit toi-même. Il en avait assez de vivre, il voulait mourir. Le moment où il est mort n'était qu'une coïncidence.

Raphaella eut un pauvre sourire et secoua la tête comme si la naïveté d'Alex lui faisait pitié.

— Non, Alex, ce n'est pas une coïncidence. Je l'ai tué. Il n'est pas mort dans son sommeil comme on le dit dans les journaux. Du moins son sommeil n'était pas naturel. Il a avalé un tube de somnifères. (Elle attendit qu'il ait bien compris, l'observant de ses yeux sans vie.) Il s'est suicidé.

— Oh, mon Dieu…

Il eut l'air saisi, comme si quelqu'un l'avait giflé, mais il comprenait maintenant ce qu'il avait perçu dans sa voix et ce qu'il lisait à présent sur sa figure.

— Mais en es-tu certaine, Raphaella ? A-t il laissé un mot ?

— Non, il n'y était pas obligé. Il l'a fait, voilà tout. Mais mon père est sûr qu'il était au courant pour nous, et qu'ainsi je l'ai tué. C'est ce que dit mon père, et il a raison.

Pendant un instant, Alex eut envie de tuer le père de Raphaella mais il ne lui en dit rien.

— Comment le sait-il ?

— Pour quelle autre raison John Henry l'aurait-il fait ?

— Parce qu'il n'en pouvait plus d'être un mort vivant. Ne te l'a-t-il pas dit souvent lui-même, Raphaella ?

Mais elle se borna cette fois à secouer la tête. Elle refusait d'écouter. Alex proclamait leur innocence, alors qu'elle mesurait trop bien l'étendue de leur culpabilité. Et sinon de celle d'Alex, en tout cas assurément de la sienne.

— Tu ne me crois pas, n'est-ce pas ?

Elle secoua de nouveau la tête avec lenteur.

— Non. Je pense que mon père a raison. Je pense que quelqu'un a dû nous voir et l'avertir, peut-être un des domestiques, peut-être un voisin, lorsque nous sommes revenus, un soir.

— Non, Raphaella, tu te trompes. Les domestiques ne lui ont rien dit. (Il la regarda avec douceur.) C'est ma sœur qui s'en est chargée pendant que tu étais en Europe, l'été dernier.

— Oh, mon Dieu !

Raphaella parut sur le point de s'évanouir, mais il allongea le bras et lui prit la main.

— Cela n'a pas eu cet effet-là, Kay avait tablé dessus, mais cela n'a pas marché. Un de ses secrétaires m'a téléphoné pour me demander de venir chez lui.

— Et tu y es allé ?

Elle avait l'air bouleversée.

— Oui. C'était un homme merveilleux, Raphaella. (Il avait lui aussi des larmes dans les yeux maintenant, comme elle.) Nous avons eu une longue conversation. À propos de toi. De moi. De nous deux. Il m'a donné sa bénédiction, Raphaella. Il m'a demandé de prendre soin de toi, après…

Il tendit la main vers elle, mais elle se recula. La bénédiction ne comptait plus à présent. Même Alex le comprenait. C'était trop tard pour cela.

— Raphaella, chérie, ne les laisse pas te faire de mal. Ne les laisse pas anéantir quelque chose que nous désirons tous deux et que même John Henry respectait, quelque chose qui n'a rien de répréhensible.

— Si, cela l'était. Nous avons très, très mal agi.

— Si mal que ça ? (Assis là comme ils l'étaient, il

se tourna pour la regarder en face.) Le crois-tu réellement ?

— Quel choix ai-je, Alex ? Comment puis-je penser autrement ? Ce que j'ai fait a tué mon mari, l'a poussé au suicide… Peux-tu vraiment me dire que je n'ai rien fait de mal ?

— Oui, comme n'importe qui d'autre qui connaîtrait la situation. Tu es innocente, Raphaella. Peu importe ce que raconte ton père. Si John Henry était en vie, je suis certain qu'il te dirait la même chose. Tu es sûre qu'il ne t'a pas laissé de lettre ?

Il scruta ses yeux en posant la question, c'était bizarre que John Henry n'ait rien laissé. Il semblait le genre d'homme à le faire, mais elle secoua seulement de nouveau la tête.

— Rien. Le docteur a vérifié quand il est arrivé et les infirmières aussi. Il n'y avait rien.

— Tu es certaine ? (Elle hocha la tête.) Alors, maintenant ? Tu vas en Espagne avec ta mère pour expier ton péché ? Et ensuite ? Tu reviens ici ?

Il se résigna mentalement à une longue année de solitude.

— Je ne sais pas. Il faudra que je revienne pour tout régler. Je mettrai la maison en vente lorsque la succession aura été liquidée. Et alors… (elle hésita et continua d'une voix monotone en regardant fixement ses pieds) je pense que je repartirai pour Paris, ou peut-être pour l'Espagne.

— Mais c'est de la folie, Raphaella ! (Il ne put retenir plus longtemps ses mains éloignées des siennes. Il serra ses longs doigts maigres dans les siens.) Je t'aime. Je veux t'épouser. Il n'y a aucune raison qui nous en empêche. Nous n'avons rien fait de mal.

— Si, Alex.

Elle s'écarta très lentement de lui, en dégageant sa main.

— Nous avons mal agi. *Moi*, j'ai très mal agi.

— Et pour le restant de tes jours tu vas porter ce fardeau, c'est cela ?

Mais surtout, assis là, il prit conscience que pour le restant de ses jours il lui rappellerait ce qu'elle considérait comme son immense péché. À cause d'un caprice du destin, d'une coïncidence, de la folie d'un vieil homme malade et des interprétations malfaisantes de son père. Il l'avait perdue. Et à ce moment, comme si elle devinait ce qu'il pensait, elle hocha la tête et se leva. Elle le contempla longuement puis, tout bas, elle murmura « Adieu ». Elle ne le toucha pas, ni ne l'embrassa, et n'attendit pas de réponse. Elle se détourna simplement et monta lentement les marches, tandis qu'Alex la regardait, consterné par ce qu'il perdait, par ce qu'elle faisait. Tout habillée de noir elle avait l'air d'une religieuse. C'était la troisième fois qu'il la perdait. Mais cette fois, il savait que c'était pour de bon Quand elle arriva à la porte bien dissimulée du jardin, elle la poussa pour l'ouvrir et la referma derrière elle. Elle ne jeta pas un regard en arrière vers Alex, et il n'y eut aucun son après que la porte se fut refermée. Alex resta là pendant ce qui sembla des heures puis, lentement, tout endolori, avec l'impression qu'il était en train de mourir, il gravit péniblement l'escalier, monta dans sa voiture et rentra chez lui.

31

L'enterrement eut lieu dans une intimité aussi stricte que possible, néanmoins bien plus d'une centaine de personnes occupaient les bancs de la petite église. Raphaella était assise au premier rang auprès de ses parents. Il y avait des larmes sur le visage de son père, et sa mère pleurait à gros sanglots pour un homme qu'elle avait à peine connu.

Immédiatement derrière eux se trouvaient la demi-douzaine de parents d'Espagne qui avaient accompagné sa mère – le frère d'Alejandra et deux de ses sœurs, une cousine avec sa fille et son fils. Tous étaient venus officiellement pour apporter leur soutien à Raphaella comme à sa mère, mais Raphaella voyait plutôt en eux les geôliers chargés de la ramener sous bonne escorte en Espagne.

C'est elle qui eut les yeux secs pendant la cérémonie, le regard fixé sans le voir sur le cercueil recouvert d'un tapis de roses blanches. Sa mère s'était chargée des fleurs, son père des autres dispositions nécessaires. Raphaella n'avait eu à s'occuper de rien, elle n'avait eu qu'à rester assise dans sa chambre et songer à ce qu'elle avait fait. De temps à autre, elle pensait à Alex, à son visage quand ils s'étaient rencontrés pour la dernière fois, à ce qu'il lui avait dit. Mais elle était sûre qu'il se trompait dans son raisonnement. Tout était bien manifestement sa faute comme le lui avait affirmé son père, Alex essayait seulement d'apaiser son sentiment de culpabilité. C'était étrange de se dire qu'elle les avait perdus en même temps tous les deux. Elle avait perdu Alex autant que John Henry et, tandis qu'elle était assise dans une pose rigide, écoutant la musique, elle eut conscience qu'elle ne les reverrait plus ni l'un ni l'autre. C'est alors que les larmes commencèrent à sourdre lentement, irrésistiblement, coulant le long de ses joues sous l'épais voile noir pour tomber sans bruit sur ses fines mains jointes. Elle n'esquissa pas un mouvement durant toute la cérémonie. Elle demeura assise là, une criminelle devant un tribunal, sans rien à dire pour sa défense. Pendant un fol instant, elle eut envie de se lever d'un bond pour leur crier qu'elle n'avait pas eu l'intention de le tuer, qu'elle était innocente, qu'il s'agissait d'une erreur. Mais elle n'était pas innocente, se rappela-t-elle silencieusement. Elle était coupable. Et maintenant il lui fallait payer.

Quand la cérémonie fut terminée, ils montèrent dans la voiture et roulèrent en silence jusqu'au cimetière. John Henry devait être inhumé auprès de sa première femme et de leur fils. Raphaella, en contemplant le tertre herbu où ils étaient enterrés, se dit qu'elle ne reposerait jamais là avec lui. Il y avait peu de chances qu'elle habite de nouveau la Californie. Elle reviendrait pour quelques semaines, dans un an, afin de rassembler ses affaires et de vendre la maison puis, un jour, elle mourrait et serait enterrée en Europe. Cela semblait en quelque sorte plus convenable. Elle n'avait pas le droit de reposer ici avec lui. Elle était la femme qui l'avait tué, sa meurtrière. Ç'aurait été un sacrilège qu'elle soit ensevelie dans sa tombe. Et, à la fin de la prière prononcée par le prêtre au bord de la fosse, son père lui lança un coup d'œil qui paraissait lui dire la même chose.

Ils revinrent toujours en silence à la maison, et Raphaella retourna dans sa chambre. Ses bagages étaient presque terminés. Elle n'avait rien à faire et elle ne voulait voir ni parler à personne. Personne ne paraissait particulièrement désireux de s'entretenir avec elle. Toute la famille était au courant de ce qui s'était passé. Ses tantes, oncles et cousins ignoraient sa liaison mais savaient que John Henry s'était suicidé et Raphaella leur trouvait presque des yeux accusateurs, comme s'ils lui répétaient sans cesse qu'elle en était responsable. C'était plus simple pour elle de ne pas les voir, de ne pas voir leurs visages ou leurs yeux et à présent elle était assise dans sa chambre de nouveau comme une prisonnière, à attendre et à envier John Henry pour son courage. Si elle avait eu le même flacon de somnifère, elle n'aurait pas hésité à avaler tous les comprimés. Elle n'avait plus de raison de vivre et elle aurait accueilli la mort avec gratitude. Mais elle savait aussi qu'elle devait être punie et que mourir aurait été trop facile. Il lui fallait continuer à vivre, connaissant ce qu'elle avait fait à San Francisco et supportant les coups d'œil et les chuchotements de sa famille en Espagne. Elle était sûre que dans trente ou quarante ans on continuerait à discuter de cette histoire et à soupçonner qu'il y en avait plus qu'on ne l'avait appris. Peut-être qu'à cette époque l'existence d'Alex serait connue aussi et s'ajouterait au reste de l'histoire. On parlerait de *Tía* Raphaella[1] qui avait trompé son mari… vous vous souvenez, il s'est suicidé… j'ignore quel âge elle avait… peut-être dans les trente ans… c'est elle qui l'a tué en réalité.

En entendant ces mots dans sa tête, elle laissa tomber son visage au creux de ses mains et se mit à pleurer. Elle se mit à pleurer pour les enfants qui ne la connaîtraient jamais ou ne connaîtraient pas la vérité sur ce qui lui était arrivé ici, elle pleura pour Alex et ce qui avait failli être, pour Mandy qu'elle ne reverrait jamais, et enfin pour John Henry… pour ce qu'il avait fait… pour ce qu'il avait été, pour l'homme qui l'avait aimée voilà si longtemps et qui l'avait demandée en mariage quand ils se promenaient le long de la Seine. Assise seule dans sa chambre, elle pleura pendant des heures, puis elle se rendit en silence dans la chambre de John Henry et la contempla une dernière fois.

À neuf heures, sa mère monta lui dire qu'il était temps de quitter la maison pour avoir leur avion. Elles prenaient le vol de dix heures et demie à destination de New York et arriveraient là-bas à six heures du matin, heure locale, avant de s'envoler pour l'Espagne à sept heures. L'avion arriverait à huit heures du soir heure locale à Madrid. Elle avait devant elle un long voyage, et une très longue année. Tandis que l'homme de peine qui effectuait les gros travaux de ménage chez eux empoignait ses deux valises, elle descendit lentement les marches du grand escalier, sûre qu'elle n'habiterait plus jamais ici. Son séjour à San Francisco était terminé. Sa vie avec John Henry appartenait désormais

1. Tante Raphaella.

au passé. Les moments avec Alex s'étaient achevés en désastre. Sa vie, en un sens, était finie.

— Prête ?

Sa mère la regardait avec douceur et Raphaella tourna vers elle le regard vide qu'Alex lui avait vu la veille au matin, hocha la tête et franchit le seuil.

32

Au printemps, Raphaella reçut, via San Francisco, un exemplaire de son livre pour enfants qui devait être publié vers la fin de juillet. Elle l'examina sereinement, avec un sentiment de détachement. Il lui semblait qu'un millier d'années s'était écoulé depuis qu'elle avait mis ce projet en train, et il paraissait à présent vraiment dépourvu d'importance. Elle n'éprouvait rien du tout à son égard. Aussi peu en fait que ce qu'elle éprouvait maintenant pour les enfants, ses parents, ses cousins ou même pour elle-même. Elle n'éprouvait rien pour personne. Depuis cinq mois, elle agissait comme un automate, elle se levait le matin, revêtait ses habits noirs de deuil, prenait son petit déjeuner, retournait dans sa chambre, répondait aux vingtaines de lettres que l'on continuait de lui faire suivre de San Francisco, toutes les lettres de condoléances auxquelles elle répondait sur le papier largement bordé de noir approprié à cette tâche. À l'heure du déjeuner, elle ressortait de sa chambre et disparaissait de nouveau immédiatement après. De temps à autre, elle faisait une promenade solitaire avant le dîner, mais elle veillait à décourager toute compagnie et s'excusait si quelqu'un insistait pour aller avec elle.

Il était clair que Raphaella ne voulait voir personne et qu'elle prenait cette année de deuil très à cœur. Elle avait même décrété après son arrivée qu'elle n'avait aucun désir de séjourner à Madrid. Elle voulait s'enfermer à Santa Eugenia, être seule même au sein de sa famille, ce que ses parents avaient d'abord approuvé. En Espagne, sa mère et le reste de la famille étaient habitués à ce qu'était un deuil ; il durait un an et les veuves ainsi que les enfants du disparu étaient entièrement vêtus de noir. Et même à Paris ce n'était pas tout à fait inhabituel, mais le zèle avec lequel Raphaella se voua à son deuil déconcerta tout le monde. C'était comme si elle se punissait elle-même et voulait expier d'innombrables péchés secrets. Au bout des trois premiers mois, sa mère lui suggéra d'aller à Paris, mais cette suggestion essuya un refus immédiat. Raphaella voulait rester à Santa Eugenia, elle n'avait aucun désir d'aller ailleurs. Elle fuyait toute compagnie, y compris celle de sa mère. Elle ne faisait rien que l'on sache en dehors de rester dans sa chambre, écrire interminablement les remerciements en réponse aux cartes et lettres de condoléances, ne sortant que pour ses promenades solitaires.

Parmi le courrier qu'elle reçut après son arrivée se trouvait une longue lettre chaleureuse de Charlotte Brandon, qui alla droit au cœur de la jeune femme. Elle lui disait carrément mais avec bonté qu'Alex lui avait expliqué les circonstances de la mort de John Henry et qu'elle espérait que Raphaella aurait assez de bon sens pour ne pas s'en accuser. Une grande partie de la lettre, écrite sur un ton philosophique, concernait John Henry.

Charlotte écrivait qu'elle avait entendu parler de lui quand il était jeune, qu'elle avait cru comprendre au fil des années que ses infirmités avaient été un coup accablant pour son courage et qu'à la lumière de ce qu'il avait été et de ce qu'il était devenu, à la lumière de son affection pour Raphaella, sa vie avait dû lui apparaître comme une prison dont il rêvait de s'échapper et que ce qu'il avait fait, si difficile que ce soit à comprendre pour ceux qui lui survivraient, avait peut-être bien été pour lui l'ultime bénidiction. « Même s'il s'agit d'un acte égoïste », écrivait Charlotte à Raphaella, « c'est un acte que, j'espère, vous en viendrez à admettre et à comprendre, sans l'égocentrisme de l'autoaccusation et de l'autoflagellation. » Elle pressait Raphaella de l'accepter avec simplicité, d'être bienveillante envers la mémoire de John Henry et envers elle-même, et d'aller de l'avant. C'était un plaidoyer pour que Raphaella soit bonne envers elle-même, quoi que cela puisse impliquer.

Ce fut la seule lettre à laquelle Raphaella ne répondit pas aussitôt, pendant les heures interminables qu'elle passait dans sa tour d'ivoire. La lettre de Charlotte languit des semaines abandonnée sur son bureau. Raphaella ne savait tout simplement pas quoi dire. Finalement, elle répondit brièvement, qu'elle était reconnaissante de ses bonnes paroles et de ses pensées et espérait que si elle venait en Europe elle passerait lui dire bonjour à Santa Eugenia. Si pénible qu'était pour Raphaella l'association mentale entre Charlotte et Alex, elle avait de l'affection pour Charlotte et envisageait avec plaisir de la revoir. Mais, quand elle en fit la suggestion, elle ne s'attendait pas à recevoir un mot de Charlotte à la fin de juin. La mère d'Alex venait justement de s'envoler pour Londres avec Mandy afin d'assurer la promotion de son dernier livre. Il y aurait aussi la sortie simultanée d'un film et elle était très occupée. Elle devait aller à Paris puis à Berlin mais, profitant qu'elle se trouvait en Europe, elle songeait à faire un crochet jusqu'à Madrid pour une visite à quelques amis. Elle et Mandy mouraient d'envie de voir Raphaella et se demandaient si elles pourraient soit l'attirer à Madrid soit se rendre en voiture à Santa Eugenia un après-midi. Elles étaient toutes prêtes à accomplir le trajet pour la voir et Raphaella en fut profondément touchée. Assez pour ne pas oser refuser, mais elle tenta de les dissuader avec de bonnes paroles. Elle expliqua qu'il lui était difficile de quitter Santa Eugenia, que son aide était nécessaire pour veiller sur les enfants et s'assurer que tout se passait bien pour les innombrables invités de sa mère, ce qui était évidemment faux. Depuis que le reste de la famille avait commencé à arriver pour l'été, Raphaella était plus invisible que jamais et prenait souvent ses repas sur un plateau dans sa chambre. Pour les Espagnols qui l'entouraient, cette attitude ne semblait pas extraordinaire en période de deuil, mais néanmoins sa mère commençait à s'en inquiéter de plus en plus.

La lettre que Raphaella adressa à Charlotte à Paris fut déposée sur le plateau d'argent où la famille laissait tout le courrier à expédier. Cependant, le jour où Raphaella l'y déposa, un des enfants enfourna la totalité du courrier dans son sac à dos pour le mettre à la poste en ville où il allait acheter des bonbons avec ses frères et sœurs. La lettre destinée à Charlotte lui glissa des doigts avant d'atteindre la boîte. C'est du moins la seule explication que trouva Raphaella lorsque

Charlotte, n'ayant eu aucune réponse, lui téléphona trois semaines plus tard, en juillet.

— Pouvons-nous venir vous voir ?

Raphaella hésita un long moment, se sentant à la fois impolie et prise au piège.

— Je… il fait terriblement chaud ici, vous le supporterez très mal… et, vous savez, c'est tellement difficile de venir jusqu'ici, je ne veux pas vous imposer cette corvée.

— Eh bien, venez alors à Madrid, proposa Charlotte avec entrain.

— Je ne peux vraiment pas m'absenter, mais cela m'aurait fait le plus grand plaisir.

— J'ai donc l'impression que nous n'avons pas le choix, n'est-ce pas ? Que diriez-vous de demain ? Nous louerons une voiture et nous partirons après le petit déjeuner. Qu'en pensez-vous ?

— Trois heures de route uniquement pour me voir ? Oh, Charlotte… je suis confuse…

— Pas de quoi. Nous serons ravies. Est-ce que cela vous va ?

Pendant un instant, elle ne fut pas sûre que Raphaella avait vraiment envie de les voir, et elle se demanda soudain si elle ne s'imposait pas et si en fait Raphaella n'aurait pas préféré qu'elles ne viennent pas du tout. Peut-être le lien avec Alex était-il encore trop douloureux à supporter. Cependant Charlotte la trouvait en forme et quand Raphaella répondit, elle donna l'impression d'être heureuse de leur visite.

— Ce sera merveilleux de vous avoir toutes les deux !

— Je suis impatiente de vous retrouver, Raphaella.

Vous reconnaîtrez à peine Mandy. Saviez-vous qu'elle entre à Stanford cet automne ?

À l'autre bout du fil, Raphaella sourit doucement. Mandy… son Amanda… elle se réjouissait de savoir qu'elle habiterait encore avec Alex. Il avait autant besoin d'elle qu'elle de lui.

— Je suis contente.

Puis elle ne put s'empêcher de demander :

— Et Kay ?

— Elle a perdu les élections, vous savez. Mais vous avez dû l'apprendre avant de partir. C'était l'an dernier…

Effectivement, elle le savait parce qu'elle l'avait lu dans les journaux, mais Alex avait refusé de discuter de sa sœur avec elle quand ils s'étaient revus. Pour lui, il y avait eu entre eux une brouille irrémédiable à propos d'Amanda, et Raphaella s'était souvent demandé ce qu'il aurait fait s'il avait été au courant de la lettre de Kay à son père. Il l'aurait probablement tuée. Mais Raphaella ne lui en avait jamais rien dit. Et maintenant elle en était heureuse. Quelle importance ? Leur vie ensemble était finie et, en somme, Kay était sa sœur.

— … Mais nous reparlerons de tout cela demain. Pouvons-nous vous rapporter quelque chose de Madrid ?

— Rien que vous deux.

Raphaella sourit et raccrocha mais, pendant le reste de la journée, elle arpenta nerveusement sa chambre. Pourquoi les avait-elle laissées la persuader d'accepter cette visite ? Et que ferait-elle quand elles seraient là ? Elle ne voulait voir ni Charlotte ni Amanda. Elle ne voulait rien qui lui rappelle son passé. Elle menait à présent une nouvelle vie à Santa Eugenia. C'était tout ce qu'elle aurait désormais. À quoi bon conserver un contact avec le passé ?

Lorsqu'elle descendit pour dîner ce soir-là, sa mère remarqua le tremblement nerveux de ses mains et prit note mentalement d'en parler à Antoine. Elle estimait que Raphaella devrait consulter un médecin. Elle avait une mine épouvantable depuis des mois. Et dépit du brillant soleil d'été, elle ne quittait pas sa chambre et demeurait d'une pâleur spectrale, elle avait perdu sept ou huit kilos depuis son arrivée de San Francisco, et elle avait l'air carrément maladive en comparaison des autres membres de la famille, avec ses grands yeux noirs désolés dans ce visage douloureusement maigre d'enfant abandonnée.

Elle avait toutefois dit en passant à sa mère qu'elle aurait deux invitées venues de Madrid le lendemain.

— Ou plutôt, en fait, elles viennent des États-Unis.

— Ah !

Sa mère lui adressa un regard chaleureux. C'était un soulagement qu'elle voie quelqu'un. Elle n'avait même pas voulu rencontrer ses vieux amis d'Espagne. C'était le deuil le plus étroitement observé qu'avait jamais connu Alejandra.

— Qui est-ce, chérie ?

— Charlotte Brandon et sa petite-fille.

— La romancière ?

Sa mère parut surprise. Elle avait lu quelques-uns de ses romans, traduits en espagnol, et savait qu'une de ses sœurs les avait tous lus.

— Ta tante Anna Christina va être ravie.

Alejandra avait l'air contente, mais pas Raphaella.

— Ma tante sera là ?

— Elle arrive aussi demain. Elle restera une semaine. Et tes amies ? Aimerais-tu qu'elles passent la nuit ici ?

Raphaella secoua la tête d'un air absent et remonta dans sa chambre.

Elle s'y trouvait encore le lendemain en fin de matinée quand une des domestiques vint frapper doucement à sa porte.

— Doña Raphaella... vous avez de la visite.

Elle osait à peine déranger Raphaella. La porte s'ouvrit et la jeune fille de quinze ans en uniforme de femme de chambre eut visiblement peur.

— Merci.

Raphaella lui sourit et se dirigea vers l'escalier. Elle était si nerveuse qu'elle avait l'impression d'avoir deux morceaux de bois pour jambes. C'était bizarre, mais elle n'avait pas rencontré d'amis depuis si longtemps qu'elle se demandait ce qu'elle allait dire. L'expression grave et un peu craintive, vêtue d'une élégante robe d'été noire que sa mère lui avait achetée à Madrid, portant toujours les bas noirs épais du grand deuil, elle descendit l'escalier, le visage d'une pâleur effrayante.

Charlotte, qui l'attendait au bas des marches, eut malgré elle un sursaut lorsque Raphaella s'approcha. Elle n'avait jamais vu quelqu'un d'aussi angoissé et d'aussi triste ; dans sa robe noire, avec ses immenses yeux noyés de chagrin, Raphaella avait l'air d'un portrait de la douleur. Il y eut instantanément un sourire pour Charlotte, mais cela ressemblait plutôt à une pauvre tentative pour tendre la main au-dessus d'un gouffre infranchissable. C'était comme si elle avait glissé dans un autre monde depuis la dernière fois qu'elles s'étaient vues et, en l'examinant, Charlotte ressentit une envie de pleurer presque irrésistible.

Elle réussit néanmoins à la réprimer et serra avec une chaude affection la jeune femme dans ses bras. En regardant la belle jeune femme émaciée embrasser Amanda, elle se dit que d'une certaine manière Raphaella était encore plus belle qu'avant, mais de cette sorte de beauté qu'on se contente de contempler, qu'on ne touche jamais et qu'on n'en vient jamais à connaître. Durant tout le temps de leur visite, elle se montra accueillante et gracieuse, charmante pour elles deux, elle leur montra la maison et les jardins, la chapelle historique construite par son arrière-grand-père, et leur présenta tous les enfants qui jouaient avec leurs nounous dans le jardin spécialement aménagé pour eux. C'était un endroit merveilleux pour passer des vacances, se prit à songer Charlotte, et c'était une survivance d'un autre mode d'existence, d'un autre monde, mais ce n'était pas un endroit pour qu'une femme jeune comme Raphaella s'y enterre et cela l'effraya quand Raphaella lui dit qu'elle comptait y rester.

— Vous ne reviendrez pas à San Francisco ?

Charlotte avait l'air bouleversée, mais Raphaella secoua la tête.

— Non. Il faudra bien que j'y retourne pour fermer la maison, un jour ou l'autre, mais je pourrai peut-être aussi bien régler la question d'ici.

— Alors vous ne voulez pas vous installer à Paris ou à Madrid ?

— Non.

Elle le dit d'un ton décidé, puis elle adressa un sourire à Amanda. Cette dernière n'avait pratiquement rien dit. Depuis leur arrivée, elle n'avait fait, la plupart du temps, que regarder Raphaella. C'était comme de voir le fantôme de quelqu'un qu'elle avait connu naguère. Ce n'était pas Raphaella, c'était une sorte de rêve brisé. Et, comme Charlotte, Mandy passa l'après-midi à essayer de ne pas pleurer. Elle ne pouvait que penser au temps où Alex et Raphaella étaient si heureux ensemble, où elle l'attendait chaque jour à son retour de classe. Mais maintenant, quand elle regardait cette femme, c'était une inconnue, plus ou moins différente et étrangère. Elle lui rappelait Raphaella, mais pas davantage. Ce fut un soulagement lorsque Raphaella lui suggéra d'aller se baigner. Amanda s'efforça de se détendre en nageant longtemps, jusqu'au bout de ses forces et Charlotte put ainsi être seule avec Raphaella, ce qu'elle avait attendu impatiemment toute la journée. Maintenant qu'elles étaient assises côte à côte au creux de fauteuils confortables dans un coin retiré du jardin, Charlotte la regarda en lui souriant avec tendresse.

— Raphaella… puis-je vous parler comme une vieille amie ?

— Toujours.

Mais l'expression de biche effarouchée vint vite se peindre sur ses traits. Elle ne voulait répondre à aucune question, elle ne voulait pas avoir à justifier ses décisions. Ceci était sa vie, à présent. Et elle ne voulait pas l'exposer à d'autres regards que les siens.

— Je crois que vous vous torturez bien au-delà de ce qu'on peut imaginer. Je le vois sur votre visage, dans l'expression hagarde de vos yeux, dans votre façon de parler… Raphaella… que puis-je vous dire ? Que peut-on faire pour vous libérer ?

Elle était allée droit au fond du problème en une seule minute et Raphaella détourna la tête pour que son aînée ne voie pas les larmes miroiter dans ses yeux.

Elle donnait l'impression de regarder le jardin mais, lentement, tristement, elle secoua la tête.

— Je ne serai plus jamais libre, Charlotte.

— Mais c'est vous qui vous enfermez dans cette vie. Vous êtes bourrelée de remords à cause d'un événement dont je ne croirai jamais que vous êtes responsable. Je continue à penser que votre mari en avait assez de vivre et, si vous vouliez vous laisser aller, je suis certaine que vous le comprendriez aussi.

— Je ne le comprends pas, je ne le comprendrai jamais. Cela n'a aucune importance, d'ailleurs. J'ai eu une vie bien remplie. J'ai été mariée quinze ans. Je ne désire rien de plus. Je suis maintenant ici. Je suis rentrée chez moi.

— À ceci près que ce n'est plus chez vous, Raphaella. Et vous parlez comme une vieille femme.

Raphaella sourit.

— C'est ce que je me sens.

— C'est ridicule. (Et, saisie d'une inspiration, elle regarda Raphaella droit dans les yeux.) Pourquoi ne pas venir à Paris avec nous ?

— Maintenant ?

Raphaella eut l'air interloquée.

— Nous repartons pour Madrid ce soir et nous prenons l'avion pour Paris demain matin. Qu'est-ce que vous en dites ?

— Que c'est un peu fou.

Cette perspective ne la tentait nullement. Elle n'était pas allée à Paris depuis un an, mais elle n'avait aucune envie d'y retourner.

— Voulez-vous y réfléchir ?

Raphaella secoua la tête avec tristesse.

— Non, Charlotte. Je veux rester ici.

— Mais pourquoi ? Qu'est-ce qui vous oblige à le faire ? Ce n'est pas bon pour vous.

— Si, c'est ce qui convient.

Elle avait hoché lentement la tête. Et finalement elle avait osé poser la question qui l'avait hantée toute la journée.

— Comment va Alex ? Il va bien ?

Il lui avait écrit deux fois et elle n'avait pas répondu, mais elle avait vu dans ses lettres qu'il avait été très affecté par ce qui s'était passé et cela avait été aggravé par son départ, son silence et sa décision première qu'ils ne se revoient plus. À son tour, Charlotte hocha la tête avec lenteur.

Il s'en sort.

Mais cela avait été beaucoup plus dur que sa séparation d'avec Rachel, et elle n'était plus absolument certaine qu'il redeviendrait tout à fait lui-même. Elle hésitait pourtant à le dire à Raphaella. Elle n'était pas sûre que la jeune femme pourrait supporter que s'ajoute ce poids supplémentaire à la culpabilité qu'elle éprouvait déjà.

— Vous ne lui avez jamais écrit, je crois ?

— Non. J'ai pensé qu'il était préférable pour lui que je coupe les ponts d'un seul coup.

— C'est ce que vous aviez pensé une fois déjà, n'est-ce pas ? Et vous vous étiez trompée aussi.

— C'était différent.

Raphaella, l'air absente, se remémorait l'altercation avec son père, seulement un an plus tôt, à Paris. Comme elle avait été chargée d'intensité, cette scène, et de quelle importance ! À présent tout était changé et plus rien ne comptait. Kay avait perdu sa précieuse élection ;

elle, elle avait perdu Alex, John Henry était mort… Raphaella leva les yeux vers Charlotte.

— Kay a écrit une lettre à mon père, pour le mettre au courant de ma liaison avec Alex et le prier de nous séparer, ce qu'il a fait.

Voyant à quel point Charlotte semblait bouleversée par cette révélation, elle préféra passer sous silence la lettre à John Henry, qui était un acte bien plus cruel encore. Elle sourit à la mère d'Alex.

— Il a menacé de tout dire à mon mari, il m'a fait suivre. Il a aussi affirmé avec insistance que j'étais égoïste et que je gâchais la vie d'Alex en l'empêchant de se marier et d'avoir des enfants. (Elle poussa un léger soupir.) Cette fois, je n'avais vraiment pas le choix.

— Et maintenant ?

— Mon père a voulu que je vienne ici un an. Il a jugé que c'était le moins que je pouvais faire (sa voix baissa jusqu'à n'être à peine plus qu'un murmure) après avoir tué John Henry.

— Mais vous ne l'avez pas tué !

Il y eut un silence, puis Charlotte demanda :

— Que se passera-t-il au bout de l'année ? Votre famille verra-t-elle d'un mauvais œil que vous partiez ?

— Je ne sais pas. Peu importe, Charlotte. Je ne partirai pas. C'est ici qu'est ma place. C'est ici que je resterai.

— Pourquoi votre place est-elle ici ?

— Je n'ai pas envie d'en discuter.

— Mais arrêtez donc de vous punir, sapristi ! (Elle se pencha et prit les mains de Raphaella dans les siennes.) Vous êtes une belle jeune femme, vous avez une intelligence vive et une grande sensibilité. Vous méritez une vie pleine et heureuse, avec un mari, des enfants… avec Alex ou quelqu'un d'autre, c'est votre affaire, mais vous ne pouvez pas vous enterrer ici, Raphaella.

Raphaella dégagea doucement ses mains de celles de Charlotte.

— Si. Je ne peux pas vivre ailleurs après ce que j'ai fait. Quel que soit celui que je toucherais, que j'aimerais, que j'épouserais, je penserais à John Henry et à Alex. J'ai tué l'un et j'ai presque détruit l'autre. Quel droit ai-je d'entrer dans la vie de quelqu'un d'autre ?

— Parce que vous n'avez ni tué ni détruit personne. Mon Dieu, je voudrais bien pouvoir vous le faire comprendre.

Mais elle savait que c'était pratiquement sans espoir. Raphaella s'était murée dans sa solitude et entendait à peine ce qu'on lui disait.

— Donc vous ne voulez pas venir à Paris ?

— Non, dit-elle avec un sourire gracieux, mais je vous remercie de l'invitation. Et Mandy a l'air dans une forme merveilleuse.

C'était le signal que Raphaella ne voulait plus parler d'elle-même. Elle n'était plus disposée à discuter des décisions qu'elle avait prises. À la place, elle proposa d'aller visiter la roseraie, tout au bout de la propriété. Ensuite, elles rejoignirent Amanda et, peu de temps après, ce fut l'heure du départ. Raphaella les regarda s'éloigner avec un air de regret, puis rentra dans la grande maison, traversa le hall de marbre rose et gravit lentement l'escalier.

Quand Charlotte engagea leur voiture de louage entre les grilles de l'entrée principale de Santa Eugenia, Amanda fondit en larmes.

— Mais pourquoi n'a-t-elle pas voulu venir à Paris avec nous ?

Charlotte, elle aussi, avait les larmes aux yeux.

— Parce qu'elle n'en avait pas envie, Mandy. Elle désire s'enterrer vivante ici.

— Tu ne pouvais pas la secouer un peu ? (Mandy se moucha et se tamponna les yeux.) Mon Dieu, elle avait une mine épouvantable. On aurait dit que c'est elle qui est morte, pas lui.

— Elle l'est, je crois, en un sens.

Charlotte laissa couler ses larmes sur ses joues tandis qu'elle s'engageait sur la route nationale en direction de Madrid.

33

C'est au mois de septembre qu'Alejandra commença à faire pression sur Raphaella. Le reste de la famille était reparti pour Barcelone et Madrid, et Raphaella était bien décidée à passer l'hiver à Santa Eugenia. Elle affirmait hautement qu'elle voulait travailler sur un autre livre pour enfants, mais c'était là une mauvaise excuse. Écrire ne l'intéressait plus et elle le savait. Sa mère voulait à toute force qu'elle rentre avec elle à Madrid.

— Je n'en ai pas envie, maman.

— C'est idiot. Ce sera bon pour toi.

— Pourquoi ? Je ne peux aller ni au théâtre ni à l'opéra, ni à aucune réception.

Sa mère considérait d'un air pensif son visage las et blême.

— Il y a neuf mois de passés, Raphaella. Tu pourrais m'accompagner de temps à autre.

— Merci… (elle adressa à sa mère un coup d'œil morne) mais je veux rester ici.

La discussion qui avait duré une heure n'avait abouti à rien et comme d'habitude, après, Raphaella avait disparu, claquemurée dans sa chambre. Elle y demeurait assise pendant des heures, à contempler les jardins, à réfléchir, à rêver. Il y avait moins de lettres de condoléances auxquelles répondre à présent. Et elle ne lisait plus de livres. Elle se contentait d'être assise là sans bouger, plongée dans ses pensées, songeant parfois à John Henry, parfois à Alex et aux moments qu'ils avaient partagés. Puis elle se rappelait le voyage à Paris, où son père l'avait chassée de la maison en la traitant de putain. Ensuite, elle pensait à la scène qu'elle avait trouvée quand elle était rentrée cette nuit-là, après que John Henry… Puis à l'arrivée de son père… à son père la traitant de meurtrière. Elle demeurait simplement assise là, vivant dans ses souvenirs, le regard perdu au-dehors, ne voyant rien, n'allant nulle part, ne faisant rien, et elle dépérissait. Sa mère avait même peur de quitter Santa Eugenia, il y avait quelque chose d'effrayant dans la manière dont Raphaella se comportait. Elle était si lointaine, si égarée, si réservée, si indifférente. Elle ne semblait même plus s'alimenter, ne parlait jamais à personne à moins d'y être obligée, ne prenait jamais part à des plaisanteries ou à des discussions ou encore à des moments de gaieté. C'était affreux de la voir ainsi. Si bien que fin septembre, sa mère était revenue avec succès à la charge.

— Peu m'importe ce que tu dis, Raphaella, je te ramène à Madrid. Tu pourras t'enfermer autant que tu voudras là-bas.

De plus, elle était lasse de l'automne lugubre à la campagne. Elle-même était avide de distractions, elle ne comprenait pas comment une jeune femme de trente-quatre ans pouvait supporter la vie qu'elle menait. Raphaella fit donc ses bagages et partit avec elle, ne prononçant pas un mot pendant le trajet, puis montant dans le grand appartement qu'elle occupait toujours dans la maison de sa mère. Personne ne semblait plus faire attention à sa présence quand elle se mêlait aux autres. Les tantes, les cousins, les frères, les oncles. Ils en étaient venus à l'accepter telle qu'elle était à présent.

Sa mère inaugura la saison par une série de réceptions, il y eut de la musique, des danses et des rires dans la maison. Elle présida plusieurs spectacles donnés au bénéfice d'œuvres de bienfaisance et emmena avec elle des groupes imposants à l'opéra, donna des dîners intimes et des repas d'apparat, et semblait recevoir sans cesse une armée d'amis. Aux premiers jours de novembre, Raphaella ne pouvait plus le supporter. Elle avait l'impression, chaque fois qu'elle descendait, qu'il y avait quarante personnes qui attendaient là, en robe du soir et en habit. Et sa mère avait refusé tout net de lui permettre de continuer à prendre ses repas dans son appartement. Elle affirmait que c'était malsain et que, même si elle était en deuil, elle pouvait au moins manger à table avec les invités de sa mère. D'ailleurs, voir du monde lui faisait du bien, déclara-t-elle, mais Raphaella n'était pas de cet avis. À la fin de la première semaine de décembre, elle décida de partir et décrocha le téléphone. Elle réserva une place sur un vol pour Paris, calculant que quelques jours passés dans la solennité de la demeure de son père seraient en quelque sorte un soulagement. Elle se demandait toujours comment ses parents avaient pu s'entendre, sa mère si sociable, si frivole, si mondaine, son père si sérieux et si austère. Mais la réponse, bien sûr, était que sa mère vivait à Madrid tandis que son père s'était fixé à Paris. À l'heure actuelle, il venait rarement en Espagne. Il se sentait trop vieux pour supporter les divertissements futiles d'Alejandra, et Raphaella devait reconnaître qu'elle en était arrivée à partager ce sentiment.

Elle téléphona chez son père pour le prévenir de son arrivée, tout en présumant que cela ne poserait pas de problème pour lui. Elle avait aussi une chambre dans sa maison. Il n'était pas là quand elle composa son numéro et ce fut une nouvelle femme de chambre qui répondit. Raphaella décida alors de lui faire la surprise, et se rappela qu'elle n'avait pas franchi le seuil de cette maison depuis le jour où il lui avait reproché sa liaison avec Alex. Mais pendant neuf mois, elle avait racheté au moins une partie de ses péchés par la vie monacale atroce qu'elle menait en Espagne. Elle savait que son père trouvait cela très bien et, après la férocité de ses accusations, c'était un soulagement de penser qu'elle remonterait peut-être un peu dans son estime à présent.

L'avion pour Paris était à moitié vide. Elle prit un taxi à Orly et, quand elle arriva, elle resta un moment à contempler la splendeur de la maison de son père. En un sens, cela provoquait toujours une sensation bizarre de se retrouver là. C'était la maison où elle avait vécu étant enfant et elle ne pouvait jamais y revenir sans avoir en quelque sorte l'impression qu'elle était non pas une adulte mais de nouveau une fillette. La maison lui rappelait aussi John Henry, ses premiers voyages à Paris, leurs longues promenades dans les jardins du Luxembourg et leurs flâneries le long de la Seine.

Elle sonna et la porte fut ouverte, de nouveau, par quelqu'un d'inconnu. C'était une femme de chambre en uniforme amidonné, avec une mine revêche et d'épais sourcils noirs, qui la regarda d'un air interrogateur pendant que le chauffeur de taxi portait ses bagages à l'intérieur de la maison.

— Oui ?

— Je suis Mme Phillips, la fille de M. de Mornay-Malle.

La petite femme de chambre lui adressa un léger salut, visiblement pas impressionnée ni intéressée par la nouvelle venue, et Raphaella sourit.

— Mon père est-il chez lui ?

La jeune femme fit un signe d'assentiment, avec une curieuse expression dans le regard.

— Il est... en haut.

C'était huit heures du soir, et Raphaella n'avait pas été tout à fait sûre de trouver son père à la maison, mais elle savait qu'il y serait seul en train de dîner s'il n'était pas sorti. Elle ne courait aucun risque de tomber dans une réception comme celles que donnait sa mère. Son père était beaucoup moins mondain et il préférait rencontrer les gens au restaurant plutôt qu'à domicile.

Raphaella s'adressa de nouveau aimablement à la jeune femme :

— Je vais monter le voir. Voudriez-vous avoir l'obligeance de demander à un des hommes de déposer dans un moment mes bagages dans ma chambre ?

Puis, s'avisant que la jeune femme ignorait peut-être laquelle c'était, elle ajouta :

— La grande chambre bleue au premier.

— Oh ! dit la servante, et soudain elle referma la bouche en serrant les lèvres comme si elle ne pouvait pas se résoudre à en dire davantage. Bien, Madame.

Elle salua de la tête Raphaella et regagna précipitamment l'office, tandis que Raphaella montait lentement l'escalier. Elle n'éprouvait aucune joie particulière à être de retour ici, mais au moins était-ce paisible, ce qui était un soulagement après l'agitation incessante qui régnait chez sa mère en Espagne. Elle prit conscience, en arrivant sur le palier, qu'après avoir vendu la maison de San Francisco, elle devrait s'installer quelque part. Elle songea à acheter un petit terrain près de Santa Eugenia, où elle bâtirait une maison contiguë au grand domaine. Pendant les travaux, elle pourrait vivre tranquillement à Santa Eugenia. Cela lui donnerait une excuse parfaite pour ne pas rester en ville. C'était de cela, entre autres, qu'elle voulait discuter avec son père. Il s'était occupé pour elle de la succession depuis qu'elle avait quitté San Francisco, et elle désirait maintenant connaître sa situation exacte. Dans quelques mois, elle retournerait en Californie pour fermer définitivement la maison.

Elle hésita un instant devant le cabinet de travail, contemplant la porte à deux battants minutieusement sculptés, puis continua son chemin silencieusement jusqu'à sa chambre pour enlever son manteau, se laver les mains et se recoiffer. Il n'y avait pas urgence à voir son père. Elle supposait qu'il devait être en train de lire dans la bibliothèque ou de parcourir des journaux en fumant un cigare.

Sans s'arrêter pour réfléchir à ce qu'elle faisait, elle tourna la grosse poignée de cuivre et entra dans le vestibule de ce qui avait toujours été sa chambre. Deux portes à deux battants en isolaient l'entrée, elle en franchit une, puis ouvrit négligemment l'autre et pénétra dans la pièce, mais elle eut aussitôt la sensation déconcertante de s'être trompée d'appartement. Il y avait une grande femme blonde et forte assise à sa table de toilette, vêtue d'un déshabillé en dentelle bleu bordé de duvet de cygne bleu autour du cou, et lorsqu'elle se leva et se tourna vers Raphaella avec une expression interrogatrice pleine de morgue, cette dernière vit qu'elle avait des mules de satin bleu assorties à son peignoir. Pendant un temps interminable, Raphaella resta figée sur place, incapable de comprendre qui était cette femme.

— Oui ?

Avec un air d'autorité, elle dévisagea Raphaella et celle-ci crut un instant qu'elle allait recevoir l'ordre de quitter sa propre chambre. Puis tout à coup elle se dit qu'à l'évidence son père avait des invités, qu'elle était arrivée sans s'annoncer du tout, mais que ce n'était pas un problème, en fait. Elle pouvait coucher dans la grande chambre d'amis jaune et or du second étage. Il ne lui vint pas à l'esprit sur le moment que c'était étrange que les invités de son père n'occupent pas cette chambre plutôt que la sienne.

— Je suis vraiment désolée… je pensais…

Elle ne savait pas si elle devait s'approcher et se présenter ou sortir sans rien dire.

— Qui vous a laissée entrer ?

— Je n'en ai aucune idée. Il semble que ce soit une nouvelle femme de chambre.

L'inconnue marcha sur elle avec colère et, une seconde, Raphaella eut l'impression qu'elle se trouvait dans la maison de cette grosse femme.

— Qui êtes-vous ?

— Raphaella Phillips.

Elle s'empourpra légèrement et la femme s'arrêta net.

En la regardant, Raphaella eut le sentiment de l'avoir déjà vue. Il y avait quelque chose de vaguement familier dans le casque de cheveux blonds, la forme des yeux, l'allure générale, mais Raphaella était incapable de dire de qui il s'agissait et, là-dessus, son père entra par la porte du boudoir. Il était vêtu d'une robe de chambre en soie rouge foncé, et il avait l'air parfaitement soigné, mais il n'avait pas autre chose sur lui que cette robe de chambre légèrement entrouverte qui pendait sur ses jambes et ses pieds nus, les touffes de poil gris apparaissant sur sa poitrine.

— Oh…

Raphaella recula vers la porte comme si elle s'était introduite dans une pièce où elle n'aurait jamais dû pénétrer. Et tout en reculant elle comprit que c'était exactement ce qu'elle avait fait. Elle était arrivée en plein rendez-vous galant et, en même temps qu'elle s'en rendait compte, l'identité de la femme lui revint brutalement en mémoire.

— Oh, mon Dieu…

Raphaella resta figée sur place à regarder son père et la femme blonde qui était l'épouse d'un membre important du gouvernement français.

— Laisse-nous, je te prie, Georgette.

Le ton était sévère mais l'expression inquiète, et la femme avait rougi et s'était détournée

— Georgette…

Il lui parla à voix basse, avec un mouvement de tête vers le boudoir, elle s'éclipsa et il se tourna vers sa fille en se drapant étroitement dans sa robe de chambre.

— Puis-je te demander ce que tu fais ici comme ça, sans t'être annoncée, dans cette chambre ?

Elle le regarda d'abord un long moment avant de répondre, puis soudain la colère qu'elle aurait dû ressentir un an plus tôt la submergea avec une violence qu'elle ne put ni dominer ni endiguer. Pas à pas, elle s'avança vers lui, avec une lueur dans les yeux qu'il ne lui avait jamais vue auparavant. Instinctivement, sa main prit appui sur le dossier du fauteuil qui se trouvait là et quelque chose en lui trembla devant son enfant.

— Ce que je fais ici, papa ? Je suis venue te voir. J'avais eu l'idée d'aller voir mon père à Paris. Est-ce surprenant ? Peut-être aurais-je dû téléphoner, et éviter à madame le désagrément d'être reconnue, mais je pensais que ce serait plus amusant de te faire la surprise. Et la raison pour laquelle je suis dans cette chambre, père, c'est qu'elle a toujours été la mienne. Mais ce qui importe bien davantage à mon avis, c'est de savoir ce que *toi* tu fais dans cette chambre, père. Toi qui m'as jetée à la porte de cette maison il y a un an en me traitant de putain. Toi qui m'as traitée de meurtrière parce que j'avais « tué » mon mari, déjà à moitié mort depuis presque neuf ans. Et si monsieur le ministre a une apoplexie demain, papa, alors seras-tu un meurtrier, toi aussi ? Et s'il a une crise cardiaque ? S'il découvre qu'il a un cancer et se tue parce qu'il ne le supporte pas, est-ce toi qui en porteras la responsabilité et qui te puniras comme tu m'as punie ? Et si ta liaison avec sa femme brise sa carrière politique ? Et elle, papa ? As-tu songé à elle ? De quoi la prives-tu ? Quel droit as-tu à agir de la sorte alors que ma mère est à Madrid ? Quel droit as-tu que je n'avais pas il y a un an avec un homme que j'aimais ? Quel droit… Comment oses-tu ? Comment oses-tu ?

Elle se tenait devant lui, frémissante, lui hurlant les mots au visage.

— Comment as-tu osé me faire ce que tu m'as fait l'an dernier ? Tu m'as chassée de cette maison et tu m'as expédiée en Espagne ce soir-là parce que tu disais que tu n'abriterais pas une putain sous ton toit. Eh bien, il y en a une ce soir sous ton toit, papa.

Elle indiqua le boudoir d'un geste convulsif et, avant qu'il ait pu l'en empêcher, elle marcha à grands pas jusqu'à la porte derrière laquelle elle trouva l'épouse du ministre assise au bord d'un fauteuil Louis XVI en train de pleurer doucement dans un mouchoir.

— Bonsoir, madame.

Puis elle se retourna vers son père.

— Et adieu. Je ne passerai pas moi non plus la nuit sous le même toit qu'une putain, et le plus odieux c'est toi, papa, ce n'est pas madame ici, ni moi. Tu es… tu es…

Elle se mit à sangloter convulsivement.

— Ce que tu m'as dit l'an dernier a failli me tuer… Pendant près d'un an, je me suis torturée à cause de ce qu'avait fait John Henry, alors que tous les autres me disaient que j'étais innocente, qu'il l'avait fait parce qu'il était trop vieux, trop malade et trop malheureux. Il n'y a que toi qui m'as accusée de l'avoir tué et qui m'as traitée de putain. Tu m'as dit que je t'avais déshonoré, que je courais le risque de déclencher un scandale qui détruirait ta renommée. Et toi alors, hein ? Et elle ? (Elle esquissa un geste vers la femme au peignoir bleu.) Tu ne crois pas que ce serait le pire des scandales ? Et tes domestiques à toi ? Et monsieur le ministre ? Et les électeurs ? Et tes clients à la banque ? Tu ne te soucies pas d'eux ? Ou est-ce déshonorant uniquement parce que c'était moi ? Mon Dieu, ce que j'ai fait est pourtant bien moins grave que ça. D'ailleurs, tu as le droit d'agir comme bon te semble, qui suis-je pour te dire ce qu'il faut faire et ne pas faire, ce qui est mal et ce qui ne l'est pas, mais comment as-tu osé m'injurier ? Comment as-tu osé faire ce que tu m'as fait ?

Elle baissa la tête, secouée de sanglots, puis darda de nouveau sur lui un regard de colère.

— Je ne te pardonnerai jamais, père… jamais…

Il la regardait et il avait l'air d'un homme brisé, son corps vieillissant affaissé sous la robe de chambre, la souffrance infligée par ce qu'elle venait de dire imprimée sur son visage.

— Raphaella… j'ai eu tort… j'ai eu tort… C'est arrivé après. Je le jure. Cela a commencé cet été…

— Je me moque de savoir quand cela a commencé. (Elle lui jeta les mots à la figure tandis que lui regardait alternativement sa fille et sa maîtresse qui pleurait sur son fauteuil.) Quand je l'ai fait, tu m'as traitée de meurtrière. Maintenant que c'est toi, c'est parfait. J'aurais passé le reste de ma vie à Santa Eugenia, à me ronger le cœur. Et tu sais pourquoi ? À cause de ce que tu m'as dit. Parce que je te croyais. Parce que je me sentais tellement profondément coupable que j'acceptais tout le malheur que tu m'infligeais.

Elle secoua alors la tête et, quittant le boudoir, se dirigea vers la porte de la chambre. Il la suivit, essayant maladroitement de la retenir, mais elle ne s'arrêta qu'un instant pour lui jeter un regard méprisant.

— Raphaella… je suis navré…

— De quoi es-tu navré, père ? De ce que je t'aie pris sur le fait ? Serais-tu venu me parler ? M'aurais-tu dit que tu avais changé d'avis et que je n'avais pas tué mon mari ? Quand m'aurais-tu fait savoir que tu avais réfléchi et que peut-être tu t'étais trompé ? Quand me l'aurais-tu dit ? Si je ne t'avais pas surpris, quand serais-tu venu me le dire ? Quand ?

— Je ne sais pas… (Sa voix était un murmure rauque.) En temps voulu… j'aurais…

— Vraiment ? (Elle secoua la tête d'un mouvement décisif.) Je ne te crois pas. Tu ne l'aurais jamais fait. Et tu aurais folâtré ici avec ta maîtresse pendant que je me serais enterrée en Espagne. Peux-tu vivre avec toi-même en sachant cela ? La seule personne qui ait jamais détruit la vie de quelqu'un, père, c'est toi. Tu as presque détruit la mienne.

Sur quoi, elle partit en claquant la porte. Elle fut en un instant au bas de l'escalier et vit ses bagages encore dans l'entrée. Elle en prit un dans chaque main, des mains qui étaient tremblantes, puis après avoir passé la bride de son sac sur son épaule, ouvrit la porte et sortit à grands pas de la maison pour se rendre à la station de taxis la plus proche. Elle savait qu'il y en avait une au coin de la rue, et devrait-elle aller à pied à l'aéroport que cela lui était complètement égal, elle retournait en Espagne. Elle était encore tremblante et bouleversée quand elle trouva enfin un taxi et, après avoir dit au chauffeur de la conduire à Orly, elle appuya sa tête en arrière sur le dossier de la banquette et ferma les yeux.

Elle fut brusquement remplie de haine et de colère contre son père. Quel salaud il était, quel hypocrite… Et sa mère ? Et toutes les accusations qu'il avait portées ? Tout ce qu'il avait dit ? Elle jeta intérieurement feu et flamme pendant la durée entière du trajet jusqu'à l'aéroport, mais elle se surprit dans le même temps à penser qu'au vrai il était seulement humain, aussi humain que l'était probablement sa mère, aussi humain qu'elle-même l'avait été, peut-être aussi humain que John Henry lui-même l'avait été jadis. Peut-être n'avait-elle pas tué John Henry en réalité. Peut-être en fait n'avait-il eu simplement plus envie de continuer à vivre.

Pendant le vol qui la ramenait à Madrid, elle retourna tout cela dans son esprit en contemplant le ciel nocturne et, pour la première fois depuis presque un an, elle se sentit délivrée du poids insupportable de sa douleur et de sa culpabilité. Elle se surprit à plaindre son père et soudain rit sous cape en les revoyant, lui dans sa robe de chambre rouge et sa massive maîtresse dans ce peignoir à l'encolure de plumes autour de son cou gras. Au moment où l'appareil atterrit à Madrid, elle riait tout bas, et elle souriait encore d'une oreille à l'autre quand elle débarqua.

34

Le lendemain matin, Raphaella descendit pour le petit déjeuner et, si son visage était aussi pâle et maigre qu'il l'avait été depuis un an, ses yeux avaient un éclat différent et elle répondit gaiement à sa mère, en buvant son café, qu'après avoir réglé toutes ses affaires avec son père elle avait décidé de rentrer.

— Mais, dans ce cas, pourquoi ne lui as-tu pas simplement téléphoné ?

— Parce que je pensais que cela prendrait davantage de temps.

— C'est idiot. Pourquoi n'es-tu pas restée pour bavarder avec lui ?

Raphaella posa doucement sa tasse de café.

— Parce que je voulais revenir ici aussi vite que possible, maman.

— Ah ? (Alejandra sentit qu'il y avait anguille sous roche et observa attentivement sa fille.) Pourquoi ?

— Je rentre à la maison.

— À Santa Eugenia ? (Sa mère eut l'air contrariée.) Oh, pas déjà, pour l'amour du Ciel ! Reste au moins à Madrid jusqu'à Noël, puis nous irons là-bas tous ensemble. Mais je ne veux pas que tu sois là-bas maintenant. C'est bien trop triste à cette époque de l'année.

— Je sais, et ce n'est pas là que je vais. Je parlais de San Francisco.

— Comment ? (Sa mère était abasourdie.) Est-ce de cela que tu as discuté avec ton père ? Qu'est-ce qu'il a dit ?

— Rien. (Raphaella retint un sourire en se souvenant de la robe de chambre rouge.) C'est ma décision.

Ce qu'elle avait appris sur son père l'avait définitivement libérée.

— Je veux rentrer chez moi.

— Ne sois pas ridicule. C'est ici que tu es chez toi, Raphaella.

Elle eut un geste circulaire vers la demeure raffinée qui appartenait à la famille depuis si longtemps.

— Oui, en partie. Mais j'ai aussi une maison là-bas. Et je veux y retourner.

— Pour y faire quoi ?

Sa mère parut inquiète. D'abord Raphaella s'était cachée à Santa Eugenia comme une bête blessée, et maintenant elle voulait s'enfuir. Mais elle devait reconnaître qu'il y avait là quelque chose de vivant… ce n'était qu'un éclair furtif… une étincelle… mais c'était un rappel de la femme que Raphaella avait été. Alejandra se surprit à se demander si elle avait eu de nouveau contact avec cet homme, si c'était pour cela qu'elle s'en allait et, si c'était le cas, cela ne lui plaisait guère ; la mort de son mari ne remontait même pas à un an, après tout.

— Pourquoi n'attends-tu pas le printemps ?

— Non. Je pars maintenant.

— Quand ?

— Demain.

Elle s'était décidée en le disant. Elle posa sa tasse et regarda sa mère dans les yeux.

— Et je ne sais pas combien de temps je resterai, ni quand je reviendrai. Peut-être vendrai-je la maison, peut-être pas. Je ne sais pas encore. Ce dont je suis sûre, c'est que lorsque j'ai laissé en plan tout ce que j'avais là-bas j'étais en état de choc. Il faut que je rentre.

Sa mère savait que c'était vrai, mais elle avait peur de la perdre. Elle ne voulait pas que Raphaella reste aux États-Unis. Son pays était l'Espagne.

— Pourquoi ne laisses-tu pas ton père s'occuper de tout ?

C'était ce qu'Alejandra aurait fait elle-même.

— Non. (Raphaella la regarda d'un air assuré.) Je ne suis plus une enfant.

— Tu veux emmener une de tes cousines ?

Raphaella sourit avec douceur.

— Non, maman. Je n'ai besoin de personne.

Elle tenta d'en discuter à plusieurs autres reprises avec Raphaella, mais sans résultat, et c'était trop tard lorsque Antoine reçut son message. Le lendemain, il décrocha le téléphone d'une main tremblante et appela l'Espagne. Il se disait que Raphaella avait peut-être tout raconté et que son propre ménage allait être réduit à néant. Mais ce qu'il apprit, c'est seulement que Raphaella s'était envolée pour la Californie le matin même. Alejandra n'avait pu l'en empêcher et elle voulait qu'il lui téléphone pour lui ordonner de rentrer.

— Je ne crois pas qu'elle obéira, Alejandra.

— Toi, elle t'écoutera, Antoine.

Il entendit ces mots avec une vision soudaine de la scène à laquelle Raphaella s'était heurtée deux jours plus tôt et il se sentit soudain très reconnaissant qu'elle n'ait pas informé sa mère. Il se contenta alors de secouer la tête.

— Non, elle ne m'écoutera pas, Alejandra. Plus maintenant.

35

L'avion atterrit à l'aéroport international de San Francisco à trois heures de l'après-midi, par une belle journée de décembre. Le soleil brillait, l'air était doux, le vent vif, et Raphaella prit une profonde aspiration en se demandant comment elle avait pu survivre sans cette atmosphère vivifiante. Cela lui mettait du baume au cœur rien que d'être là et, quand elle eut passé la douane avec ses bagages, elle se sentit forte, libre et indépendante en sortant avec le porteur et en hélant un taxi. Cette fois, il n'y avait pas de limousine pour l'attendre, il n'y avait pas eu de sortie spéciale de l'avion. Elle n'avait pas demandé qu'on l'accompagne pour franchir la douane. Elle avait fait comme tout le monde et elle avait trouvé cela agréable. Elle était lasse de vivre cachée et protégée. Elle savait le moment venu de se prendre elle-même en charge. Elle avait téléphoné aux domestiques de John Henry pour prévenir de son arrivée, il n'en restait d'ailleurs que très peu à la maison. Les autres avaient été congédiés par son père, certains avec des pensions, d'autres avec de petites sommes que leur avait léguées John Henry, mais tous avec le regret de voir finir cette époque. Ils étaient tous persuadés que Raphaella ne reviendrait plus et ce fut avec surprise que ceux qui étaient restés apprirent qu'elle revenait.

Lorsque le taxi s'arrêta devant la grande maison et qu'elle eut sonné, elle fut accueillie avec affection et des sourires amicaux. Tous étaient heureux de la voir, heureux qu'il y ait de nouveau quelqu'un dans la maison, même s'ils se doutaient tous que son retour était aussi un présage de changement. Ce soir-là, ils lui préparèrent un dîner soigné, composé d'une dinde farcie, de patates douces et d'asperges, avec une merveilleuse tarte aux pommes. À l'office, ils se répandirent tous en commentaires sur l'état de maigreur pitoyable qui était devenu le sien, sur son air malheureux, fatigué, et ils disaient qu'ils n'avaient jamais vu des yeux aussi tristes. Elle avait pourtant meilleure mine qu'à Santa Eugenia au cours de l'année passée, mais cela aucun d'eux ne pouvait le savoir.

Pour leur faire plaisir, elle avait dîné dans la salle à manger et ensuite elle erra à pas lents dans la maison qui donnait en quelque sorte l'impression d'être morne, vide, abandonnée, une relique d'une période révolue et, en regardant autour d'elle, Raphaella se dit qu'il était temps de la fermer. Si elle demeurait à San Francisco, ce dont elle n'était pas du tout certaine, elle n'aurait pas besoin d'une maison comme celle-ci. En montant lentement au premier, elle eut conscience que cette demeure la déprimerait toujours. Elle se rappellerait constamment John Henry ici, diminué comme il l'était dans ses dernières années.

En un sens, s'installer à San Francisco la tentait mais, si elle se décidait, il lui faudrait une maison beaucoup plus petite… comme celle d'Alex… à Vallejo…

Malgré tous ses efforts pour s'en empêcher, son esprit s'égara de nouveau vers lui. C'était impossible d'entrer dans sa chambre sans se rappeler toutes ces soirées où elle attendait avec impatience d'aller le retrouver. Elle y pensait maintenant en regardant autour d'elle, se demandant comment il allait, ce qui lui était arrivé, ce qu'il avait fait de sa vie au cours de la dernière année. Elle n'avait plus eu aucune nouvelle d'Amanda ou de Charlotte, et se doutait qu'elle n'en aurait plus. Et elle ne prévoyait pas de reprendre contact avec elles… ni avec Alex… Elle n'avait pas l'intention de lui téléphoner pour lui dire qu'elle était de retour. Elle était venue pour affronter le souvenir de John Henry, pour fermer la maison, emballer les affaires de John Henry et se retrouver face à elle-même. Elle ne se considérait plus tout à fait comme une meurtrière mais, si elle devait vivre avec ce qui s'était passé, elle savait qu'il lui fallait l'assumer à l'endroit où cela s'était produit et regarder les choses en face avant de pouvoir aller de l'avant et, soit s'installer à San Francisco, soit retourner en Espagne. L'endroit où elle séjournerait n'avait plus d'importance. Ce qu'elle ressentait à l'égard de ce qui s'était passé orienterait le cours entier de son existence. Elle n'en avait que trop conscience tandis qu'elle errait nerveusement d'une pièce à l'autre, s'efforçant de ne pas penser à Alex, de ne pas laisser son esprit vagabonder, de ne pas se permettre d'éprouver de nouveau un sentiment de culpabilité à cause de la façon dont John Henry était mort.

C'était presque minuit lorsqu'elle eut enfin le courage d'entrer dans la chambre de son mari. Elle resta immobile un long moment à regarder autour d'elle, se rappela les heures vécues auprès de lui, à lire pour lui à haute voix, à bavarder, à l'écouter, à dîner avec lui sur un plateau, puis pour, une raison ou une autre, elle se souvint des poèmes qu'il aimait tant… et comme si elle avait toujours eu l'intention de le faire, elle alla lentement à la bibliothèque et commença à passer les livres en revue. Elle découvrit le mince volume sur la planche du bas où quelqu'un l'avait rangé. La plupart du temps, il le gardait sur la table de chevet à côté de son lit. Elle se rappelait à présent l'y avoir vu le lendemain matin… après la nuit… Elle se retrouva en train de se demander s'il le lisait juste avant de mourir. C'était là une idée bien romanesque, qui n'avait probablement pas grand-chose à voir avec la réalité, mais elle se sentit tout à coup proche de John Henry quand elle s'assit à côté du lit, le mince recueil à la main, se rappelant la première fois où ils l'avaient lu ensemble, pendant leur lune de miel dans le sud de la France. C'était le volume qu'il avait acheté quand il était tout jeune. À présent, souriant légèrement, elle se mit à le feuilleter et s'arrêta soudain à un passage familier qui avait été marqué par une page de papier bleu. Lorsque le livre s'ouvrit à l'endroit où le papier avait été inséré, son cœur fit subitement un bond, comme elle s'apercevait que le feuillet était couvert de l'écriture tremblante qu'avait John Henry dans ses dernières années. On aurait dit qu'il avait voulu lui laisser quelque chose, un message, des dernières paroles… puis elle commença à lire et se rendit compte que c'était exactement ce qu'il avait fait et, comme elle regardait au bas de la lettre, ses yeux s'emplirent de larmes.

Ma Raphaella bien-aimée – elle lut de nouveau les mots à travers un brouillard de larmes qui se mirent à couler sur ses joues –, *c'est une soirée interminable à la conclusion d'une vie qui n'en finit plus. Une vie riche. Encore plus riche grâce à toi. Quel cadeau inestimable tu as été pour moi, ma bien-aimée. Un diamant pur, dans toute sa perfection. Tu n'as jamais cessé de m'inspirer de la révérence, de m'apporter du plaisir, de me donner de la joie. À présent, je ne peux que te demander de me pardonner. J'y ai pensé si longtemps. J'ai désiré pendant si longtemps être libre. Je m'en vais maintenant, sans ta permission mais, je l'espère, avec ta bénédiction. Je te laisse avec tout l'amour que j'ai jamais eu à donner. Et pense à moi non pas comme étant mort mais comme étant libre. Avec tout mon cœur,*

John Henry.

Elle lut et relut les mots. *Pense à moi non pas comme étant mort mais comme étant libre*. Il lui avait donc bien laissé tout de même une lettre. Le soulagement était si écrasant qu'elle pouvait à peine bouger. Il avait demandé qu'elle lui pardonne. Comme tout cela était absurde. Et comme elle s'était trompée… *non pas mort... mais libre*. Elle pensa à lui de cette façon à présent et elle le bénit comme il l'en avait priée un an auparavant. Et la bénédiction lui fut rendue. Car soudain, pour la première fois depuis un an, Raphaella se sentit libre aussi. Elle s'avança lentement dans la maison, sachant qu'ils étaient tous deux libres. Elle et John Henry. Il avait passé son chemin comme il le désirait tant. Il avait choisi la voie qui lui convenait. Et maintenant elle était libre de faire de même. Elle était libre de partir… de continuer sa route… Elle se retrouvait intacte. Et brusquement elle eut envie de téléphoner à Alex pour lui parler de la lettre, mais elle savait qu'elle ne le pouvait pas. Ç'aurait été d'une cruauté indicible que de réapparaître dans sa vie après tout ce temps. Mais elle brûlait pourtant de le lui dire. Ils n'avaient finalement pas tué John Henry.

Tout en regagnant lentement sa chambre à trois heures du matin, elle songea à ces deux hommes tendrement, affectueusement, elle les aimait tous les deux à présent plus qu'elle ne les avait aimés depuis longtemps. Ils étaient tous libres maintenant... tous les trois. Enfin.

Le lendemain matin, elle appela l'agent immobilier, mit la maison en vente, téléphona à plusieurs musées, à la bibliothèque de l'université de Californie et à celle de Stanford, et à une entreprise de déménagement. Il était temps de partir à présent. Elle avait pris sa décision. Elle ne savait pas encore très bien où elle irait ni ce qu'elle ferait, mais le moment était venu de sortir de la maison qui avait été celle de John Henry et jamais vraiment la sienne. Peut-être même était-il temps de rentrer en Europe mais de cela elle n'était pas encore sûre. Avec la lettre de John Henry, elle était absoute de son « péché ». Elle la plia soigneusement et la mit dans son sac à main. Elle avait l'intention de la déposer dans son coffre à la banque avec quelques-uns de ses papiers importants. C'était le morceau de papier le plus important qu'elle avait jamais possédé.

À la fin de la semaine, les legs aux musées avaient été enregistrés et les deux universités s'étaient réparti les livres de la bibliothèque. Elle n'en avait gardé qu'un petit nombre qu'elle avait lus avec John Henry et, bien sûr, le recueil de poèmes dans lequel il avait laissé sa dernière lettre, le soir de sa mort. Elle avait déjà reçu un coup de téléphone de son père, et elle lui avait parlé de cette lettre. Il y avait eu un long silence au bout du fil. Lorsqu'il avait repris la parole, sa voix était altérée en s'excusant de tout ce qu'il avait dit. Elle l'avait assuré qu'elle ne lui en gardait pas rancune mais chacun, en raccrochant, s'était demandé comment on rattrape une année perdue, quel baume on met sur des blessures qui ne se fermeront peut-être jamais. En fait, c'était John Henry qui avait pansé l'angoisse de Raphaella, lui qui l'avait dotée du plus beau des cadeaux avec cette lettre, la vérité.

Tout cela semblait un rêve, quand Raphaella et les domestiques fermèrent le dernier carton. Il leur avait fallu un peu moins de quinze jours et Raphaella projetait de se trouver en Espagne à Noël, la semaine suivante. Elle n'avait plus aucune raison de rester ici. La maison était pour ainsi dire vendue à une femme qui en était folle mais dont le mari demandait seulement quelques jours pour se décider. Le mobilier allait être vendu aux enchères, à l'exception de quelques petits meubles que Raphaella expédiait à sa mère, en Espagne. Elle n'avait plus rien à faire ici et dans quelques jours elle s'installerait à l'hôtel pour le peu de temps qui restait avant son départ définitif de San Francisco. Seuls demeuraient à présent les souvenirs qui hantaient la maison comme de vieux fantômes. Souvenirs de dîners dans la salle à manger avec John Henry, en robe de soie ou parée de perles, de soirées devant la cheminée… de la première fois qu'elle avait vu la maison. Ces souvenirs-là, elle les emporterait avec elle, se dit-elle comme ils achevaient de tout mettre en caisse, exactement une semaine avant Noël.

Il était six heures du soir. Il faisait déjà noir au-dehors et le cuisinier lui avait préparé pour dîner des œufs au lard, ce qui était tout juste ce qu'elle voulait ; elle s'étira avec un soupir et jeta un coup d'œil à la belle demeure de John Henry en s'asseyant par terre, dans un vieux pantalon de toile kaki. Tout était prêt à être emporté par les déménageurs à la salle des ventes et à la compagnie maritime qui expédierait en Espagne les quelques pièces qu'elle gardait. Mais, tandis qu'elle finissait ses œufs, ses pensées dérivèrent de nouveau vers Alex et le jour où ils s'étaient retrouvés sur la plage, exactement un an auparavant. Elle se demanda si en retournant là-bas elle le rencontrerait de nouveau, mais sourit intérieurement à cette perspective hautement improbable. Ce rêve-là était terminé lui aussi maintenant.

Quand elle eut fini les œufs, elle remporta ses assiettes à la cuisine. Les derniers domestiques partiraient dans quelques jours et c'était étrangement plaisant, elle l'avait découvert, de pourvoir elle-même à ses besoins dans la maison bizarrement désorganisée. Il n'y avait à présent ni livres à lire, ni lettres à écrire, ni télévision à regarder. Elle songea pour la première fois à aller au cinéma, mais se décida finalement pour une petite promenade avant de se mettre au lit. Elle avait encore quelques détails à régler, le lendemain matin, et elle devait passer chercher son billet de retour pour l'Espagne à la compagnie aérienne.

Jetant de temps à autre un coup d'œil au paysage, elle descendit lentement Broadway, regardant les demeures fastueuses endormies et sachant qu'elles ne lui manqueraient pas quand elle s'en irait. Celle qui lui avait manqué si douloureusement était bien plus petite, bien plus simple, peinte en beige avec des encadrements blancs, avec des fleurs aux couleurs vives dans le jardin au printemps. Presque comme si ses pieds savaient ce que sa tête pensait, elle se retrouva en train de marcher dans cette direction et s'aperçut en tournant le coin qu'elle n'était qu'à une rue de là. Elle n'avait pas vraiment envie de la revoir. Cependant elle avait conscience qu'elle souhaitait être là-bas pour éprouver de nouveau l'amour qu'elle y avait connu. Elle avait finalement fait ses adieux à la demeure où elle avait vécu avec John Henry, maintenant c'était comme si elle devait laisser également derrière elle l'endroit où elle avait connu Alex. À cette seule condition peut-être, elle serait libre de trouver un autre foyer, un lieu bien à elle cette fois, et peut-être un jour aussi un homme qu'elle aimerait comme elle avait aimé Alex et, avant lui, John Henry.

Elle se sentait presque invisible, comme elle continuait à marcher, entraînée par un attrait puissant qu'elle ne s'expliquait pas. C'était comme si elle avait attendu toute la semaine pour venir ici, pour revoir la maison, pour faire la somme de tout ce que cette maison avait signifié pour elle et dire adieu, non pas aux gens mais au lieu même. Lorsqu'elle arriva, la maison était plongée dans l'obscurité et elle comprit qu'il n'y avait personne à l'intérieur. Elle se demanda même s'il n'était pas parti en voyage, pour New York peut-être, puis elle se souvint que Mandy était à l'université. Peut-être était-elle déjà partie pour les vacances de Noël soit chez Kay, soit de nouveau à Hawaï avec Charlotte. Tous ces gens semblaient soudain bien loin de la vie de Raphaella, et elle resta là un long moment, les yeux levés vers les fenêtres, se remémorant, ressentant tout ce qu'elle avait ressenti là, souhaitant tout le bien possible à Alex où qu'il puisse être. Ce qu'elle ne vit pas tandis qu'elle se tenait là, c'est que la porte du garage s'était ouverte et que la Porsche noire avait stoppé au coin, cependant que l'homme grand et brun qui la conduisait restait assis au volant à la regarder. Il était presque certain que c'était Raphaella qui était debout sur l'autre trottoir en train de contempler les fenêtres, mais il se disait que ce n'était pas possible, que c'était une illusion, un rêve. La femme qui se tenait là-bas d'un air rêveur semblait plus grande et beaucoup plus mince, et elle portait un vieux pantalon kaki, un gros chandail blanc, elle avait les cheveux noués en simple chignon. La silhouette avait une grande similitude avec celle de Raphaella et quelque chose de son expression, d'après ce qu'il pouvait distinguer à cette distance, mais il savait que Raphaella était en Espagne et que, d'après ce que lui avait dit sa mère, elle avait pratiquement renoncé à vivre. Il avait perdu l'espoir de réussir à renouer avec elle. Elle n'avait répondu à aucune de ses lettres et, toujours d'après sa mère, n'attendait plus rien de l'existence. Elle s'était coupée de tout ce qui avait naguère compté pour elle, renonçant à tous ses rêves et à tous ses sentiments. Pendant un an, il avait cru en mourir mais il avait maintenant accepté ce qui était. De même qu'il avait appris à cesser de se torturer à cause de Rachel, de même il avait appris à ne plus se cramponner au souvenir de Raphaella. Elle ne le voulait pas. Il avait compris au moins cela et donc, à regret, après un an d'affliction, il s'était fait une raison. Mais il se souviendrait toujours… toujours… Il n'avait jamais aimé aucune femme comme il l'avait aimée.

Alors, concluant que la femme devant sa maison n'était pas Raphaella, il embraya et conduisit la voiture dans le garage. De l'autre côté de la rue, le petit garçon qui aimait si passionnément regarder rentrer la Porsche noire était là qui contemplait l'engin avec son habituelle admiration. Alex et lui étaient devenus amis. Un jour, Alex l'avait même emmené jusqu'au bas de la rue. Mais à présent ce n'était pas le petit garçon qui attirait l'attention d'Alex. C'était le visage de la femme qu'il voyait dans son rétroviseur. C'était bien elle… c'était… Il sortit de la Porsche aussi vite que ses longues jambes le lui permettaient et fonça sous la porte automatique du garage juste avant qu'elle se referme, puis soudain il resta là, bougeant à peine, la regardant seulement, tout comme de l'autre côté de la rue elle restait frémissante à le regarder. Elle avait le visage beaucoup plus maigre, les yeux plus grands, ses épaules semblaient affaissées dans les vêtements qu'elle avait mis pour remplir les cartons, et ses traits étaient fatigués, mais c'était bien Raphaella, la femme dont il avait rêvé si longtemps et qu'il croyait finalement ne jamais revoir. Et elle était là, ici, qui le regardait, et il ne savait pas très bien si elle riait ou si elle pleurait ; il y avait un petit sourire sur ses lèvres, mais la lumière des lampadaires faisait miroiter une larme qui s'échappait doucement d'un de ses yeux.

Alex ne dit rien, il demeura seulement où il était, alors, lentement, elle commença à avancer vers lui, avec précaution, comme si elle traversait à gué un ruisseau qui courait entre eux, tandis que les larmes se mettaient à dévaler sur ses joues, mais le sourire s'élargissait et à présent il lui souriait aussi. Il ne savait pas très bien pourquoi elle était là, si elle était venue pour le rencontrer ou simplement pour se souvenir et rêver. Mais maintenant qu'il l'avait vue il ne la laisserait pas le quitter. Pas de nouveau, pas cette fois. Il fit le dernier pas vers elle et l'attira dans ses bras. Quand il posa ses lèvres sur les siennes, son cœur se mit à battre à grands coups et, sentant en elle la même émotion, il resserra son étreinte et l'embrassa encore. Ils restèrent sur la chaussée à échanger des baisers, mais il n'y avait pas de voitures dans les parages. Il n'y avait qu'un petit garçon qui était venu voir la Porsche noire et qui, à la place, se retrouvait en train de les regarder s'embrasser. Mais c'est la Porsche qui l'intéressait et non les deux adultes étroitement enlacés au milieu de Vallejo Street, qui riaient doucement tandis que l'homme essuyait les larmes des yeux de la femme. Ils s'embrassèrent une dernière fois sur place puis, lentement, bras dessus bras dessous, ils entrèrent dans le jardin de l'homme et disparurent dans sa maison. Le petit garçon haussa les épaules et, après un dernier coup d'œil au garage renfermant la voiture de ses rêves, retourna chez lui.

Ouvrage composé par
PCA 44400 Rezé

Imprimé en France par

Maury Imprimeur
à Malesherbes (Loiret)
en septembre 2017

POCKET – 12, avenue d'Italie – 75627 Paris Cedex 13

N° d'impression : 221029
Dépôt légal : octobre 2017
S24029/01